Nora Elias

Der Schönheitssalon

Das Erbe der Schwestern

GOLDMANN
Lesen erleben

Informationen zu Nora Elias sowie zu weiteren Titeln der Autorin finden Sie am Ende des Buches.

NORA ELIAS

DER SCHÖNHEITSSALON

Das Erbe der Schwestern

Roman

GOLDMANN

Dieses Buch ist auch als E-Book erhältlich.

MIX
Papier aus verantwortungsvollen Quellen
FSC® C014496
FSC
www.fsc.org

Penguin Random House Verlagsgruppe FSC® N001967

1. Auflage
Originalausgabe Mai 2021

Dieses Werk wurde vermittelt durch die Literarische Agentur
Thomas Schlück GmbH, 30161 Hannover
Umschlaggestaltung: UNO Werbeagentur München
Umschlagfoto: © Treppe: (c) plainpicture/Frank Herfort;
Rahmen: FinePic®, München; Frau: Ildiko Neer/Trevillion Images
Redaktion: Regine Weisbrod
BH · Herstellung: kw
Satz: Uhl + Massopust, Aalen
Druck und Bindung: GGP Media GmbH, Pößneck
Printed in Germany
ISBN: 978-3-442-49125-4
www.goldmann-verlag.de

Besuchen Sie den Goldmann Verlag im Netz

TEIL 1

APRIL 1925

Es hatte schon als Kind funktioniert. *Ich will! Ich will! Ich will!* Dieses Mal hatte ihre Mutter zwar länger widerstanden, hatte es mit Argumenten versucht anstelle eines strikten »Nein!«, was ihre Taktik war, seit Helena Rosenberg dem Kindesalter entwachsen war. Im Ergebnis war es jedoch dasselbe. Helena bekam ihren Willen. Und weil sie auch in diesem Fall ihren Willen bekommen hatte, stand sie nun hier in diesem Bahnhof, in dem alles überdimensioniert war – die Ausmaße, der Lärm, die Masse an Menschen.

Helena umfasste den Griff ihres kleinen Koffers und ging langsam über den Bahnsteig. Der Zug, der sie hergebracht hatte, fuhr mit einem Ruck an. Eisen schob sich kreischend über Eisen, die Luft schmeckte metallen wie Blut auf der Zunge. Schon jetzt summte es in ihren Ohren, waren die Stimmen um sie herum wie ein raunendes Meer, aus dem dann und wann ein Ruf oder ein Lachen aufschwappte.

Da sie keine Ahnung hatte, wo der Ausgang war, folgte sie einfach den Reisenden, die zielsicher auf die Treppe zustrebten. Noch mehr Menschen, noch mehr Größe und

Weitläufigkeit. Eine Pfeife tönte in ihrer unmittelbaren Nähe so schrill auf, dass sie zusammenfuhr und in einen älteren Herrn zu ihrer Linken stolperte.

»Na, na, Mädel«, brummte der und eilte weiter.

In der großen Bahnhofshalle blieb Helena stehen und hob den Kopf, um die Kuppel anzusehen, die sich so hoch über ihr wölbte, dass einem allein vom Hinsehen schwindlig werden konnte. Jemand stieß sie an und eilte weiter. Helena hielt ihren Koffer fest umklammert, ihre Geldbörse war dem Rat ihrer Mutter folgend in einer Tasche im Innenfutter ihres Mantels verstaut. Trotzdem tastete sie danach, presste die Hand einen Moment fest dagegen. Wieder rempelte jemand sie an.

»Mädchen, steh da nicht rum und halt Maulaffen feil!«, schimpfte eine Frau.

Helena trat zur Seite und stieß einen Mann an, der einen schweren Koffer schleppte. »Kannste nich uffpasse?«, fuhr er sie an, und sie murmelte hastig eine Entschuldigung.

Kurz darauf schwappte sie mit der Menschenmenge aus dem Bahnhof hinaus, suchte sich einen freien Platz und stellte den Koffer ab. Tief durchatmend sah sie sich um. Wolkenstrahlen tasteten sich behutsam durch verrußt wirkende Wolken, tupften kleine Sprengsel auf den Platz, über die Menschen achtlos hinwegliefen. Sie kramte in ihrer Handtasche, um den Stadtplan hervorzuholen. Den Anhalter Bahnhof, an dem sie ankam, hatte sie markiert und von dort aus den Weg zu ihrem Ziel mit einem Bleistift eingezeichnet. Keine zwei Kilometer, das konnte sie problemlos zu Fuß gehen, so ihr Gedanke, als sie im Zug gesessen und sich sehr gut vorbereitet gewähnt hatte. Jetzt jedoch erschien ihr das, was vor einigen Stunden noch so simpel gewesen war, nahezu unausführbar.

Dies hier war kein überschaubares Konstrukt aus Straßen, es war ein Labyrinth, das sich zwischen viel zu hohen Häusern erstreckte, bevölkert von zu vielen Menschen, zu vielen Automobilen. Bahnen fuhren über Schienen, die ohne jede Ordnung quer über die Straße zu verlaufen schienen. Unmöglich, hier der Karte zu folgen. Helena sah sich noch einmal um, dann nahm sie den Koffer und überquerte den Askanischen Platz, ging auf eine Reihe von Taxis zu. Ein Mann in elegantem Anzug stieg in das erste in der Reihe, und Helena hob das Kinn, bemühte sich, forsch zu wirken, als sei es für sie das Normalste der Welt, weltgewandt in ein Taxi zu steigen. Sie ging auf eines der Taxis zu und öffnete die Tür zum Fond. Der Fahrer, der rauchend an der Tür gelehnt hatte, sah sie verwundert an, während der Mann, dem das nun erste Taxi in der Reihe gehörte, rief: »Bin ick dem Frollein nich jut jenuch?«

Helena bemerkte ihren Fehler, schlug die Tür rasch wieder zu und wandte sich ab.

»Hey, nich so fest zuknallen«, schimpfte der Fahrer. »Dit is keen Traktor.«

»Verzeihung«, antwortete Helena und eilte auf das erste Taxi zu. Der Fahrer verstaute ihren Koffer und ihren Korb im Heck, während Helena einstieg, dann setzte er sich ans Steuer.

»Wo soll's denn hinjehen?«

Sie nannte ihm die Adresse, die sie sich vor ihrer Abfahrt gründlich eingeprägt hatte. Der Fahrer ließ den Wagen an und fädelte sich in den Verkehr ein. Einmal zuckte Helena zusammen, als ein Auto ihnen den Weg abschnitt, der Taxifahrer abrupt abbremste und dann wieder beschleunigte. Langsam stieß sie den angehaltenen Atem aus und lehnte sich zurück, versuchte, die Fahrt zu genießen. Sie war bisher erst einmal mit einem Auto gefahren, als der Verwalter des Gutes, in dem ihre Mutter arbeitete, sie nach Hause gebracht hatte. Das war überwältigend gewesen, wie der Wagen über die leere Chaussee gebraust war. Hier war der Verkehr träge, aber beeindruckend war es dennoch.

Knappe fünfzehn Minuten später hielt das Taxi vor einem weißen Haus, das früher einmal gewiss etwas hergemacht hatte. *Apotheke Rosenberg* stand auf einem Schild über der Eingangstür. Helena zückte ihre Geldbörse und bezahlte den fälligen Betrag. Sie hatte keinerlei Vorstellung davon, wie viel eine Taxifahrt kostete, und hoffte, der Fahrer knüpfte ihr nicht zu viel ab. Dann stieg sie aus, und auch der Fahrer verließ den Wagen, um ihren Koffer auszuladen. Danach tippte er sich an die Mütze, setzte sich wieder hinter das Steuer und ließ den Motor an.

Helena sah an der wenig einladenden Fassade hoch, die dringend einen neuen Anstrich benötigt hätte. An einigen Stellen war sogar der Putz abgesprungen. Die Fenster immerhin schienen geputzt zu sein, wenngleich Gardinen einen Blick in das Innere verhinderten. Das Schild an der Tür wies die Apotheke als geöffnet aus, und so nahm Helena ihren Koffer in die Hand, hängte den Korb über den Arm und schob die Tür auf. Ein leises Glöckchen ertönte.

Das Innere war in dunklem Holz eingerichtet. Porzellantiegel standen auf Regalen, Schränke mit Messinggriffen und unzähligen Schubladen bedeckten die rückwärtige Wand. Eine junge Frau trat aus dem durch einen Vorhang abgetrennten hinteren Bereich des Hauses. Ihr Blick zuckte von Helena zu dem Koffer, dann wieder zurück in Helenas Gesicht. »Sie wünschen bitte?«

Helena holte tief Luft, lächelte. »Ich bin Helena Rosenberg. Ich möchte zu Fräulein Charlotte Rosenberg.«

Die Augen der Frau weiteten sich in flüchtiger Überraschung. »Ich bin Charlotte Rosenberg.«

Helena ging auf sie zu, streckte ihr die Hand entgegen. »Wie schön, dass wir uns kennenlernen.«

Charlotte Rosenberg ignorierte die ausgestreckte Hand. »Warum bist du hier? Hier ist nichts zu holen.«

Zögerlich senkte Helena die Hand wieder. »Ich wurde von dem Testamentsverwalter unseres Vaters angeschrieben.«

»Ich weiß nicht, was meinen Vater geritten hat, dieses Testament aufzusetzen, meine Versuche, es anzufechten, sind jedoch leider gescheitert. Wie gesagt, es gibt hier nichts zu holen. Die Apotheke ist unrentabel, und ich komme kaum allein über die Runden. Undenkbar, das auch noch zu teilen. Wenn du also klug bist, gehst du dorthin, woher du gekommen bist.«

Helena wusste nicht so recht, was sie erwartet hatte, so einen Empfang jedoch nicht. »Mir steht die Hälfte von all dem hier zu«, sagte sie und reckte das Kinn vor. Ihr Widerspruchsgeist war geweckt. Bisher hatte ihr nie jemand das verwehrt, was sie wollte.

»Mein Vater hat in all den Jahren kein Wort über euch verloren. Ich wusste zwar, dass es dich gibt, aber mehr nicht. Er kann nicht bei klarem Verstand gewesen sein, als er dich in seinem Testament bedacht hat.«

»Womöglich das schlechte Gewissen?«

Daraufhin lachte Charlotte nur. »Also, was genau willst du hier tun? In der Apotheke stehen und Medikamente verkaufen?«

Darauf konnte Helena keine Antwort geben, denn sie war tatsächlich aufgebrochen, ohne so recht zu wissen, was sie erwartete und was sie mit dem Ererbten zu tun gedachte. In ihrer Phantasie war es so gewesen, dass sie die Hälfte eines Hauses geerbt hatte und aus dem finanziellen Erbe ihr Leben in der Großstadt bestritt.

»Wenn er mit dem Geld so umgegangen ist wie zu meiner Zeit«, hatte ihre Mutter gesagt, »dürfte das ein böses Erwachen geben.«

Darauf hatte Helena nicht hören wollen, und hier war sie nun. »Wo kann ich meinen Koffer hinbringen?«

»Die Straße runter ist ein Hotel.«

»Ist hier das Treppenhaus?« Helena ging auf eine seitliche Tür zu, und Charlotte beeilte sich, sie zu überholen, und versperrte ihr den Weg. »Du kannst hier nicht einfach herumlaufen und Türen öffnen.«

»Warum nicht? Ich bin hier immerhin geboren.« Wenngleich sie an diesen Umstand keine Erinnerung mehr hatte.

»Das ist mir gleich.«

Helena wollte an ihr vorbei zur Tür, aber Charlotte fasste nun sogar ihre Oberarme an, um sie zurückzuhalten.

»Untersteh dich!«, warnte Helena.

Dann jedoch gab sie das unwürdige Gerangel auf und trat einen Schritt zur Seite. Zögernd zog Charlotte die Hände zurück, blieb jedoch vor der Tür stehen.

»Und was nun? Ich werde in kein Hotel gehen, und wenn du willst, dass ich verschwinde, musst du mich hinauszerren, ich denke jedoch nicht, dass du den Menschen dort draußen dieses Schauspiel bieten möchtest. Ich bin nun einmal hier, finde dich damit ab.«

Charlotte schien widersprechen zu wollen, dann jedoch fiel mit einem Mal aller Kampfgeist von ihr ab. Ihre Schultern sackten leicht nach unten, in die Augen trat ein Ausdruck von resigniertem Überdruss.

»Die Treppe hoch und dann im Flur die letzte Tür rechts ist das Gästezimmer, da kannst du schlafen. Vorerst«, sagte Charlotte schließlich. »Im Schrank im Flur findest du Bettwäsche, du kannst dir eines der Plumeaus nehmen.«

»Danke.« Helena nahm ihren Koffer wieder in die Hand, hängte den Korb über den anderen Arm und öffnete die Tür. Im Treppenhaus war es kühl, man merkte, dass der Frühling noch nicht so recht Einzug halten wollte. Sie fand das Zimmer auf Anhieb, ein kleiner, aber nett eingerichteter Raum, vielleicht ein wenig altbacken. Helena stellte ihren Koffer ab und setzte sich auf das Bett. Sie selbst war fassungslos gewesen, von der Existenz einer Schwester zu erfahren, ausgerechnet sie, die immer mit ihrem Schicksal als Einzelkind gehadert hatte. Wie hatte sie ihre Freundinnen beneidet, wenn diese abends im Bett liegend Geheimnisse mit ihren Schwestern austauschten.

Helena hatte vor Aufregung in den Nächten zuvor

nicht schlafen können, hatte sich das erste Treffen immer wieder ausgemalt. Nie war es so ausgegangen wie gerade eben. Die Charlotte in ihrer Phantasie hatte nicht gesagt: »Die Straße runter ist ein Hotel.«

Schließlich erhob Helena sich und ging in den Flur, wo ein riesiger Wäscheschrank stand, der wirkte, als stünde er schon seit mindestens hundert Jahren unverrückbar an dieser Stelle. Sie öffnete ihn, entnahm ihm ein Plumeau, ein Kissen und gestärkte Bettwäsche. Als sie zurück ins Zimmer gehen wollte, hörte sie das Klackern von Absätzen auf dem Boden des Treppenhauses. Erst glaubte sie, Charlotte wollte zu ihr nach oben kommen, doch dann wurde die Haustür geöffnet und wieder ins Schloss gezogen.

Sie musste raus, sonst würde sie platzen. Nur fort von diesem Haus, das alles war, das ihr blieb, und das ihr nun diese anmaßende Fremde zur Hälfte wegnehmen wollte. Charlotte ging die Friedrichstraße entlang, rannte beinahe, wollte so viel Abstand wie möglich zwischen sich und diese Person bringen. Und so schritt sie rasch und wenig damenhaft aus.

All der Ärger nur, weil ihren Vater das schlechte Gewissen gepackt hatte. War er überhaupt noch zurechnungsfähig gewesen, als er die Hälfte von allem dieser Frau übertrug, deren Namen er bis dahin nicht einmal erwähnt hatte? Weil sie ihm so wenig bedeutete. Oder aber, flüsterte eine Stimme in ihr, weil er der Überzeugung war, erbärmlich schlecht an ihr gehandelt zu haben. Energisch schüttelte Charlotte den Kopf und bemerkte, dass einige Passanten sie anstarrten. Rasch eilte sie weiter. Der Teufel sollte diese Frau holen, sie wurde noch närrisch darüber.

Ihre beste Freundin, Paula Richter, arbeitete in der Schneiderei ihrer Eltern in der Neuenburger Straße. Charlotte ging die Friedrichstraße entlang, überquerte den Belle-Alliance-Platz, in dessen Mitte die Friedenssäule aufragte, ging in die Lindenstraße und bog danach in die Neuenburger Straße ein. Sie stieß die Tür zum Nähatelier Richter auf. Im Verkaufsraum stand Paulas Schwester Gesine und befestigte gerade einen Zettel an einem Kleid, das auf einem gefütterten, satinbezogenen Bügel hing. »Paula ist in der Anprobe.« Sie nickte zu einem Samtvorhang hin. »Kannst aber gern warten, wenn du möchtest.«

Charlotte ließ sich auf einem der mit rotem Samt bezogenen Besucherstühle nieder, und kurz darauf drückte ihr Gesine wortlos eine Tasse Kaffee in die Hand. »Du siehst aus, als könntest du ihn brauchen.«

»Danke.« Gesine kochte einen sehr starken Kaffee, und Charlotte spürte schon beim ersten Schluck, wie sich ihre Lebensgeister wieder regten. So leicht würde sie sich nicht unterkriegen lassen. Ihr ganzes Leben schon wohnte sie in diesem Haus, hatte nur deshalb für die Schule gelernt, weil sie Apothekerin werden wollte wie ihr Vater. Hatte gelernt und studiert. Und nun erschien dieses Provinzmädchen und schwätzte etwas von einem Erbe, das sie antreten wolle. Na, der würde sie das Erbe schon noch verleiden.

Der Vorhang wurde beiseitegeschoben, und Paula ließ einer eleganten Dame den Vortritt, die – das Kinn angehoben – an Charlotte vorbeistolzierte, ohne sie auch nur eines Blickes zu würdigen.

»Es bleibt dabei, dass ich das Kleid in drei Tagen abholen kann?«

»Natürlich«, versicherte Paula. »Ich nehme nur noch letzte Änderungen vor.«

Die Frau nickte, was sie irgendwie hinbekam, ohne das Kinn dabei auch nur nennenswert zu senken, und verließ die Schneiderei.

»Gesine, mach Mutter bitte eine Notiz und hefte sie an das Kleid.« Jetzt erst wandte sich Paula Charlotte zu. »Das ist ja eine Überraschung. Was machst du denn hier so mitten am Tag?«

»Hast du eine halbe Stunde Zeit für mich?«

Paula sah zu ihrer jüngeren Schwester. »Kannst du hier solange die Stellung halten?« Sie erhielt ein knappes Nicken als Antwort. »Dann komm, ich mache uns noch einen Kaffee.«

»Ich habe gerade frischen gekocht«, rief Gesine ihnen nach, als sie den gemütlichen Raum hinter dem Atelier betraten.

Charlotte ließ sich auf einem der bequemen Sessel nieder, Paula setzte sich ihr gegenüber. »Dann erzähl mal.«

Und das tat Charlotte, während sich Paulas Augen in zunehmendem Erstaunen weiteten, als sie von der Schwester erfuhr. »So ein richtiges Landei«, lästerte sie. »Die Kleidung total altbacken, mit einem Korb in der Hand und das Haar zu einem langen Zopf geflochten.«

»Warum hast du mir nichts davon erzählt?«

»Weil ich gehofft hatte, die bleibt, wo sie ist. Immerhin ist hier nichts zu holen. Und weil es sich dann real angefühlt hätte. Bisher hatte ich die Hoffnung, dass es alles schon nicht so schlimm werden würde. Als könnte ich schlafende Hunde wecken in dem Moment, in dem ich es ausspreche.«

»Die muss ich mir ansehen.«

»Du kannst gerne mitkommen.« Charlotte ließ sich einen weiteren Kaffee einschenken. »Da bin ich mal gespannt, wie dieses Mädchen mit dem süddeutschen Dialekt und der Provinzausstrahlung in der Apotheke Kunden bedient, wenn sie nicht einmal den Unterschied zwischen einer Brandsalbe und einer Schönheitscreme kennt.«

Paula lachte. »Kann auf jeden Fall unterhaltsam werden.«

»Vor allem wird es geschäftsschädigend.«

»Willst du sie wirklich in den Verkauf stellen?«

»Sie wird sich selbst hineinstellen, da sie ja meint, die Hälfte von allem gehöre ihr.«

»Vielleicht ist sie ja gar nicht die Tochter deines Vaters, sondern eine Betrügerin.«

»Na ja, sie sieht ihm schon ähnlich.« Charlotte hatte erst im Nachhinein begriffen, dass genau das sie bei Helenas Eintreten so irritiert hatte. Dieser Moment, in dem die Frau mit dem dunklen Haar und den grauen Augen ihr fremd und vertraut zugleich erschienen war. Die Ähnlichkeit mit ihrem Vater, von dem ihre Mutter immer gesagt hatte, er sehe besser aus, als gut für ihn war. Er hatte es ziemlich wild getrieben. Wer wusste schon, welche weitere Überraschung Charlotte noch ins Haus stand? Vielleicht tauchte demnächst gar ein Bruder auf und erhob gleich Anspruch auf alles. Bei dem Gedanken an ihre

Mutter schnürte es Charlotte die Brust ein – das Gefühl schmerzlichen Verlustes war noch so präsent wie am Tag ihres Todes. Vor zwei Jahren war ihre Mutter an Krebs gestorben, hatte Charlotte mit einem Vater zurückgelassen, dem jedes Gefühl für Verantwortung fremd war.

»Kannst du das Testament nicht irgendwie anfechten?«

»Das habe ich doch schon versucht.«

»Vielleicht kann man es so drehen, dass er ihre Mutter verlassen hat, weil sie eine Ehebrecherin war. Das würde die Legitimität deiner vermeintlichen Halbschwester zumindest fragwürdig erscheinen lassen.«

»Leider war es allerdings mein Vater, der die Ehe gebrochen hat. Mit meiner Mutter, wie du jetzt weißt. Außerdem mache ich so etwas nicht. So ein Lügengebäude bricht über kurz oder lang zusammen und begräbt alle unter sich, die daran mitgebaut haben.«

Um Paulas Mund zuckte es spöttisch. »Sehr pathetisch.«

»Ich weiß einfach nicht, was ich jetzt tun soll«, schloss Charlotte. »Also auf legalem Weg.«

»Damit fällt der Auftragsmörder ja schon einmal aus.«

»Mach dich nicht lustig über mich.«

Paula schwenkte ihre Tasse leicht. »Leider fällt mir da auch nichts ein. Du könntest sie wegekeln, aber sonst ...« Sie zuckte mit den Schultern. »Wo ist sie jetzt eigentlich?«

»Bei mir zu Hause, wo sonst?«

»Du lässt eine Wildfremde in dein Haus?«

»In *unser* Haus«, antwortete Charlotte betont sarkastisch. »Was soll sie schon tun? Das Familiensilber rauben, das ihr ohnehin zur Hälfte gehört?«

»Was ist mit deinem Schmuck?«

»Das bisschen, das Papa nicht veräußert hat, ist gut verwahrt, das findet sie nicht.«

»Vielleicht ist es ja gar nicht so schlecht, dass du nicht allein bist.«

»Ach, jetzt auf einmal?«

»Na, überleg doch mal. Die Apotheke ist hoch verschuldet, *du* bist hoch verschuldet. Ich möchte wetten, die Provinzmaus ahnt nicht, dass sie die Hälfte deiner Schulden schultert, wenn sie das Erbe annimmt. Vor einiger Zeit hast du noch befürchtet, dass dein Vater aus dubiosen Quellen Geld geliehen hat. Das ist dann nicht mehr allein deine Sorge.«

Das stimmte natürlich auch wieder.

»Was bleibt übrig, wenn du alles verkaufst?«

»Vielleicht genug, um mich in irgendein Hinterhofzimmer einzumieten.«

»Im Notfall kannst du immer noch zu uns.«

»Ich kann nicht einmal einen Knopf annähen.«

»Du könntest auch noch einmal über Martins Antrag nachdenken.«

Die Erinnerung an die peinliche Episode im Garten von Paulas Eltern reichte, um Charlotte die Hitze ins Gesicht zu treiben. Sie hatte sich dazu hinreißen lassen, den Bruder ihrer besten Freundin zu küssen, was zunächst gar nicht einmal übel gewesen war. Dann jedoch hatten seine Hände ihren Po durchgeknetet, als wäre dieser ein störrischer Brotteig, während er ihren Körper gleichzeitig kräftig gegen seine Hüfte gedrückt hatte, was ihr Kenntnisse von seiner Anatomie eingebracht hatte, auf die sie gut und gerne hätte verzichten können. Sie schüttelte den Kopf, sowohl um Paulas Einwand zu verneinen, als auch um diese Erinnerung zu vertreiben.

»Mir fällt schon noch etwas ein. Es muss eine Lösung geben.«

Nachdem Helena voll bekleidet auf dem Bett eingeschlafen war, wachte sie hungrig und desorientiert auf. Dabei hatte sie nur einen Moment die Augen schließen wollen. Träge richtete sie sich auf, strich sich einige gelöste Haarsträhnen aus dem Gesicht und stand schließlich auf. Die Uhr sagte ihr, dass sie keine Stunde geschlafen hatte, wenngleich es sich anfühlte, als sei der Tag schon weit fortgeschritten. In der Wohnung herrschte Stille, und als Helena die Treppe hinunterging, stellte sie fest, dass die Verbindungstür zur Apotheke verschlossen war. Charlotte war wohl noch nicht heimgekehrt und hielt sie offenbar für eine verkappte Giftmischerin, denn es gab keinen Grund, die Apotheke zu verschließen, wenn das Treppenhaus ohnehin nur zu dieser einen Wohnung führte.

Helenas Magen forderte mit vernehmlichem Knurren Aufmerksamkeit ein. Zum Frühstücken war sie zu aufgeregt gewesen, und so hatte sich ihr Essen auf eine Stulle beschränkt, die ihre Mutter ihr geradezu hatte aufzwingen müssen als Wegzehrung. Zudem meldete sich ein anderes, noch dringlicheres Bedürfnis. Sie ging zaudernd durch den Flur und fühlte sich wie ein Eindringling, obwohl sie hier zumindest etwas mehr als das erste Jahr ihres Lebens verbracht hatte.

In diesem Haus hatte sie ihre ersten Schritte getan,

vielleicht war sie auf tapsigen Beinen diesen Flur entlanggelaufen. Hatte in diesem Wohnzimmer, dessen Tür sie nun aufstieß, auf den Knien ihres Vaters gesessen. War in der Küche, die sie nun betrat, am Tisch mit Brei gefüttert worden. Aber wo um alles in der Welt war das Badezimmer? Helena öffnete zwei Türen, fand aber nur weitere Schlafzimmer vor. Schließlich verließ sie die Wohnung und entdeckte im Hausflur eine Tür, die zu einem recht geräumigen Bad führte, das allerdings nicht nennenswert moderner war als das, das sie sich zu Hause mit ihrer Mutter teilte.

Kurz darauf ging Helena in die Küche zurück und öffnete nach einigem Zögern die schmale Tür, die in eine kühle Vorratskammer führte, fand Brot und nach kurzem Suchen auch eine weiße Keramikdose mit Butter. Mit einem Anflug von schlechtem Gewissen nahm sie auch das Stück Schinken vom Haken. Sie schnitt zwei dicke Scheiben Brot ab, bestrich sie großzügig mit Butter und belegte sie mit hauchdünnem Schinken. Mit dieser Mahlzeit ließ sie sich am Tisch nieder und seufzte voller Wohlbehagen. Leider entfachte es den Hunger eher, als dass es ihn stillte, und so bereitete sich Helena noch einmal zwei Scheiben Brot zu.

Mit dem Teller in der Hand spazierte sie in das angrenzende Wohnzimmer und sah sich um, während sie aß. Der Raum war gemütlich, wenngleich etwas altmodisch eingerichtet und ein gutes Stück größer als ihre gute Stube daheim. Über dem Kamin hingen Fotos, und neugierig trat Helena näher. Ein Kinderbild hing dort, aufgenommen von einem Fotografen, und natürlich war es nicht sie. Ein Hochzeitsbild befand sich ebenfalls dort, und obwohl die Frau darauf sich Mühe gegeben hatte, den Bauch zu kaschieren, konnte einem die kleine Kugel nicht entgehen. Um Helenas Mund zuckte es verächtlich. Interessiert betrachtete sie ihren Vater. Es war das erste Foto, das sie von ihm sah. Ob »Papa« wohl eines ihrer ersten Worte gewesen war? Und hatte er sich darüber gefreut? Helena suchte ihr Gesicht in seinen Zügen, forschte nach der Ähnlichkeit, die sie laut ihrer Mutter mit ihm hatte.

Auf einem weiteren Bild war die gesamte Familie abgebildet, ihr Vater mit seiner zweiten Ehefrau und Charlotte im Alter von vielleicht zehn Jahren, aufgenommen in einem Atelier. Helena hatte sich die Nebenbuhlerin, die Frau, die ihre Mutter vertrieben hatte, immer als kaltherzige Megäre vorgestellt, und es war schwer, diese Vorstellung mit der warmherzig lächelnden Frau auf dem Foto in Einklang zu bringen. Sie hatte helles Haar, vermutlich das gleiche Honigbraun wie bei Charlotte, und die Augen waren gewiss von einem ähnlichen Braun wie die ihrer Tochter. Allerdings ging Charlotte jede Wärme ab, und Helena erinnerte sich mit einigem Unbehagen daran, wie sie sie angestarrt hatte. Aber vielleicht wäre sie selbst auch nicht freundlicher gewesen, hätte auf einmal eine Fremde vor ihr gestanden und ihr erzählt, dass alles, was sie, Helena, ihr Eigen wähnte, zur Hälfte der anderen gehörte.

Die Wohnungstür fiel ins Schloss, und kurz darauf waren Schritte zu hören und Frauenstimmen. Helena hielt immer noch den Teller – mittlerweile war dieser leer – in der Hand, stand vor dem Kaminsims und fühlte sich ertappt. Daran änderte sich auch nichts, als sie sich sagte, sie habe ein Recht, hier zu sein.

Die Schritte näherten sich, waren an der Küche angelangt, hielten inne. Getuschel. Dann eilten die Schritte im Doppelklang zum Wohnzimmer. Charlotte blieb in der offenen Tür stehen, starrte sie aus verengten Augen an, hinter ihr eine fremde Frau mit modisch kurz geschnittenem blondem Haar, die sie neugierig und mit einem Anflug von spöttischer Belustigung musterte.

»Sag mal, hast du keine Erziehung genossen?« Charlotte nickte mit dem Kinn knapp in Richtung Küche. »Bedienst dich einfach so an fremden Vorräten und schnüffelst dann im Privatleben anderer herum?«

»Ich hatte Hunger. Zudem habe ich nicht herumgeschnüffelt.«

»Ach? Und wie nennst du das, was du hier tust? In meinem Wohnzimmer stehen und meine Familienfotos angaffen? Warst du auch schon in allen Schlafzimmern?« Die Unterstellung ärgerte Helena, und ihre Wangen wurden warm, was Charlotte offenbar als Schuldeingeständnis deutete, denn obwohl sie widersprach, machte diese nur einen Zischlaut. »Ich werde wohl demnächst die Türen hier abschließen müssen.«

»Dein Schlafzimmer interessiert mich nicht, und was Küche und Wohnzimmer angeht, so gehört beides zur Hälfte mir.«

Charlotte sah aus, als wollte sie die Wände hochgehen, aber ihre Freundin legte ihr begütigend die Hand auf den Arm. »Sie könnten sich aus Pietätsgründen wenigstens gedulden, bis Charlotte ihre Angelegenheiten hier geordnet hat, ehe Sie sich ans Leichenfleddern machen.«

»Und Sie sind?« Diesen Ausdruck blasierter Überheblichkeit bekam Helena durchaus ebenfalls hin.

»Paula Richter.«

»Meine beste Freundin«, fügte Charlotte hinzu.

Ah, sie hatte Verstärkung mitgebracht. Um Helenas Mund zuckte es, was ihrer Schwester nicht entging, denn diese wandte sich abrupt ab und verließ das Wohnzimmer. Nach einem letzten Blick auf Helena tat ihre Freundin es ihr gleich.

Noch während Helena ihnen nachsah, tat sie einen tiefen, zittrigen Atemzug. Es mochte naiv sein, aber mit so viel Ablehnung hatte sie nicht gerechnet und erst recht nicht mit dieser Herablassung, mit der Charlottes Freundin sie gemustert hatte. Daheim war sie beliebt gewesen, schon in der Schule hatten die Mädchen alle mit ihr befreundet sein wollen. Und auch über einen Mangel an männlicher Aufmerksamkeit hatte sie sich nie beklagen können. So wie hier war sie noch nie in ihrem Leben gemustert worden, und als sie langsam in den Korridor trat, kam sie nicht umhin, einen Blick in den Spiegel zu werfen.

Daheim war ihr das Reisekostüm elegant und modern vorgekommen, aber wenn sie es mit den Kleidern von Charlotte und Paula verglich, wirkte es hausbacken und fast ein wenig altjüngferlich. Natürlich wusste sie, dass heute viele Frauen ihr Haar kurz trugen, aber sich von dieser glänzenden, langen Fülle zu verabschieden hatte sie noch nicht über sich gebracht. Wie sie so dastand, sah sie aus wie eine Gouvernante, die man vom Land holte, um die verzogene Brut reicher Herrschaften zu erziehen. Abrupt wandte sie sich ab und begegnete dem Blick von Paula Richter, die unbemerkt wieder in den Korridor getreten war. Spöttisch verzogen sich deren Mundwinkel.

»Was willst du denn hier?« Charlotte hatte gerade das Schild an der Tür umgedreht, sodass »Geöffnet« nach außen zeigte.

Seit vier Tagen wohnte Helena jetzt in diesem Haus, und es war von Anfang an ein Kampf gewesen. Charlotte verbat sich entschieden, dass sie an die Vorräte ging, und als Helena gefragt hatte, wo das Bargeld verwahrt wurde, war sie ihr fast ins Gesicht gesprungen. Noch hatte Helena eine kleine Reserve, sodass es zumindest dafür reichte, sich selbst zu verköstigen. Aber auf Dauer ging das so natürlich nicht.

»Ich will hier verkaufen«, antwortete Helena.

Charlottes Blick fiel auf den Korb, den sie über dem Arm trug, und ihre Augen verengten sich argwöhnisch. »Was denkst du, was das hier ist?«

Helena ersparte sich eine Antwort darauf. Der Verkaufstresen aus glänzend poliertem Kirschbaumholz war L-förmig angelegt, und hinter der längeren Seite, die sich gegenüber der Tür befand, nahm Charlotte Aufstellung. Helena trat an die kürzere Seite und stellte den Korb auf dem Boden ab.

»Bist du ausgebildete Apothekerin?«

Helena hob die Brauen. »Du willst mir doch nicht erzählen, dass du mit deinen – einundzwanzig? zweiundzwanzig? – Jahren bereits ein fertiges Pharmaziestudium vorweisen kannst.«

»Du wirst es nicht glauben, aber ja, kann ich. Ich habe meine zweijährige Lehre hier abgeschlossen und die Gehilfenprüfung absolviert. Und danach vier Semester Pharmazie studiert. Also komm mir nicht so herablassend.«

Helena zuckte nur mit den Schultern und holte mehrere weiße Porzellantiegel aus dem Korb und platzierte sie auf dem Tresen.

Charlotte starrte sie an. »Was soll das werden? Das ist eine seriöse Apotheke, hier werden keine selbst zusammengepanschten Quacksalberprodukte verkauft.«

»Das sind Schönheitscremes, die meine Mutter hergestellt hat. Daran ist nichts zusammengepanscht.«

»So etwas verkaufen wir hier nicht, pack das sofort wieder weg!«

»Mag sein, dass *du* so etwas nicht verkaufst, ich hingegen werde das durchaus tun. Selbst die Baronin, für die meine Mutter arbeitet, schwört auf die Produkte.«

»Ach was? Das interessiert mich aber nicht. Räum das weg, oder …« Das leise Bimmeln der Türglocke unterbrach Charlottes Wutausbruch. Eine Kundin betrat den Laden, elegant mit ihrem aufgesteckten silbergrauen Haar, und Charlotte war auf einmal ganz und gar beflissene Höflichkeit. Sie setzte sogar ein Lächeln auf, das ihr anscheinend mühelos gelang, obwohl es hinter der Fassade gewiss immer noch brodelte. Eben gänzlich Geschäftsfrau. Helena hörte nur mit halbem Ohr hin, während Charlotte mit der Dame sprach, und fuhr fort, ihre Waren ordentlich aufzustellen.

Nachdem die Kundin das Gewünschte erhalten hatte, wandte sie sich zu Helena um und musterte sie mit einem Ausdruck milden Erstaunens. »Na, so etwas, meine Liebe«, sagte sie zu Charlotte. »Haben Sie nun doch eine Mitarbeiterin eingestellt?«

Charlottes Lächeln wurde ganz schmal, die Augen verkniffen, und noch ehe sie antworten konnte, sagte Helena: »Ich bin ihre ältere Schwester aus der ersten Ehe unseres Vaters.«

»Ach?« In das Erstaunen der Frau mischte sich ein klein wenig harmlose Sensationslust. »Das ist ja etwas.«

»Möchten Sie vielleicht eine unserer Schönheitscremes nach einem Geheimrezept der Familie ausprobieren?«

Charlotte schnappte lautlos nach Luft. Es sah aus wie ein Fisch auf dem Trockenen, dachte Helena ein wenig boshaft.

Die Frau hingegen lachte. »Wirke ich gar, als hätte ich es nötig?«

Helena gab ihrer Stimme etwas Verschwörerisches. »Ganz und gar nicht, aber wir wollen es ja nicht so weit kommen lassen, nicht wahr?«

Wieder lachte die Frau. »Und das wirkt?«

Helena lächelte sie an, hob das Kinn, präsentierte ihren sahneweißen Teint. »Wie Sie sehen.«

»Sie junger Hüpfer. Na, wenn ich Ihr Aussehen danach bekomme, kaufe ich alles, was Sie dahaben«, antwortete die Frau lachend.

»Mit unserer *Crème Vienne* tun Sie immerhin schon einen Schritt in die richtige Richtung.«

Charlotte starrte sie an, formte mit den Lippen nur ein Wort. *Ernsthaft?* Der Einfall war Helena gerade spontan gekommen, und es klang doch gar nicht schlecht. Die Herrin des Gutes, auf dem ihre Mutter arbeitete, stammte gebürtig aus Vienne. Dieser Gedanke wiederum brachte sie auf eine weitere Idee.

»Die Baronin Weimershaus ist eine Stammkundin meiner Mutter«, erklärte Helena, und das war nicht gelogen, denn in der Tat war die Gutsherrin eine begeisterte Abnehmerin der Creme.

»Da kann ich ja kaum widerstehen.« Die Frau zwinkerte Helena zu, und es war nicht zu erkennen, ob sie ihr glaubte oder einfach nur ihren Spaß an der Sache hatte. »Einen Tiegel, bitte.«

Helena setzte den Kaufpreis großzügig an, aber der wurde, ohne mit der Wimper zu zucken, gezahlt, dann verließ die Frau die Apotheke.

»*Crème Vienne?*« Charlotte sah rasch zur Tür, als wollte sie sich vergewissern, dass dort wirklich niemand stand. »Diesen schwülstig klingenden Mist verkaufst du gewiss nicht in meiner Apotheke.«

»Unsere Apotheke.«

»Es ist mir gleich, wie du es nennst. Wir haben einen guten Ruf, und ich verkaufe hier nichts, das so heißt wie ein billiges Parfüm für Lebedamen.«

»Du bist ja närrisch.« Helena war sehr zufrieden mit sich. Sie hatte ihr erstes Geld in dieser großen Stadt verdient.

»Und wie viel Geld du ihr dafür abgeknöpft hast!«

»Was nichts kostet, ist nichts wert. Wie kann ich sie von einem Produkt überzeugen, von dem ich selbst offenbar nicht ausreichend überzeugt bin, um einen guten Preis dafür zu nehmen.«

»Es mag ja in *deinem* Teil der Familie normal sein, Wucherpreise zu ergaunern, aber wir hier …«

»*Mein* Teil der Familie ist nur dort, wo er ist, weil *deine* Mutter meine verdrängt hat. Darüber hinaus hatten wir keinen Ernährer und mussten uns selbst durchschlagen. Da lernt man, sich nicht unter Wert zu verkaufen.«

»Hat deine Mutter sich prostituiert, oder was?«

Helena gab keine Antwort darauf und ordnete stoisch weiter ihre Waren an. Im Grunde war das Rezept ihrer Creme schnell erklärt. Die Basis war Wollwachs – das ausreichend zur Verfügung stand, denn ein Erwerbszweig des Gutshofes war die Schafzucht – vermischt mit Pflanzenöl für eine bessere Geschmeidigkeit. Für einen ansprechenden Geruch wurde die Creme mit Rosen oder Lavendel parfümiert.

»Meine Mutter prostituiert sich nicht«, sagte sie schließlich. »Aber sie hat immer für reiche Frauen gearbeitet, und ich weiß, dass Frauen für ihre Schönheit nichts kaufen, das billig ist.«

Charlotte hatte offensichtlich keine Lust, sich weiter zu streiten, und zuckte nur mit den Schultern. »Weißt du«, sagte sie schließlich, »es gibt große Kosmetikfirmen. Du erfindest ja nicht gerade das Rad neu. Warum sollen die Leute für diesen zusammengepanschten Kram so viel Geld bezahlen, wenn sie bekannte Marken kaufen können?«

Helena antwortete nicht. Es war ja nicht so, dass sie das selbst nicht wusste, aber irgendwo musste sie anfangen. Schönheit hatte sie immer schon fasziniert, von klein auf. Ihre Mutter siedete selbst Seifen – wenngleich eher aus Gründen der Sparsamkeit denn aus Forscherdrang. Sie hatte sie mit Duftstoffen verfeinert, die sie aus Blüten gewann. Auch die Creme war zunächst nur ein Versuch gewesen, die von der harten Arbeit rissigen Hände zu pflegen. Im Winter hatte sie sie gegen die Kälte aufs Gesicht aufgetragen und bemerkt, wie gut das tat. Und so war nach und nach die Creme in der Form entstanden, in der Helena sie nun anbot. Ihre Mutter hatte gemeint, dass sie auf die Art wenigstens nicht mit leeren Händen dastünde.

Nachdem die erste Euphorie über den Verkaufserfolg abgeflaut war, setzte jedoch Ernüchterung ein, denn die Frau blieb an dem Tag ihre einzige Kundin, und Charlottes triumphierendes, leicht überhebliches Lächeln ging Helena irgendwann so auf die Nerven, dass sie kurz davor war, die Tiegel an die Wand zu pfeffern. Sie beherrschte sich, lächelte, wenn Kunden die Apotheke betraten – insgesamt so wenige, dass man nach Helenas Dafürhalten auch schon mittags hätte schließen können –, und wurde von den meisten nur mit einem flüchtigen Blick bedacht. Eine sehr modern wirkende Frau schenkte ihr gar ein Lächeln, das fast schon mitleidig wirkte.

»So«, sagte Charlotte, als sie die Tür abends abschloss. »Morgen kannst du deinen Krempel dann direkt im Korb behalten, ja?«

»Warum regt dich das eigentlich so auf? Soll sie doch Geld verdienen.« Paula war pragmatisch wie immer.

Direkt nach Ladenschluss hatte Charlotte sich umgekleidet, ihre Freundin abgeholt und sich mit ihr ins Nachtleben gestürzt. Sie brauchte Abwechslung, und vor allem wollte sie ihre Schwester nicht sehen müssen. »Wir waren immer seriös, und jetzt kommt dieses Landei mit diesem zusammengepanschten Zeug daher.«

»Na und? Soll sie doch. Letzten Endes sind Medikamente doch auch nur verschiedene Wirkstoffe, die man zusammenrührt.«

»Was ist denn das für ein absurder Vergleich?«

»Sie tut doch dasselbe, nur eben nicht mit medizinischen Stoffen, sondern mit pflegenden. Ich kann ja verstehen, dass dir die Situation nicht gefällt, aber du solltest lernen, wie eine Geschäftsfrau zu denken, und nicht wie das von Papa enttäuschte Töchterchen.«

Charlotte spürte, wie ihr das Blut heiß in die Wangen stieg. »Ich bin doch wohl zu Recht enttäuscht.«

»Du bist vor allem hoch verschuldet. Mach dir deine Schwester zunutze, und sieh zu, dass du wieder zu Geld kommst.«

Charlotte hätte gerne die Zuversicht ihrer Freundin geteilt, aber das war nicht einfach. Ihr wuchs das alles über den Kopf, sie musste unbedingt etwas Klarheit und Struktur in die ganze Sache bringen. Seit ihr Vater tot war, lebte sie von einem Tag auf den nächsten und schreckte allein bei dem Gedanken zurück, Ordnung in die desaströse Buchhaltung ihres Vaters zu bringen. Wer konnte schon wissen, auf welche Überraschungen sie stieß? Noch mehr Schulden, noch mehr ominöse Schuldner.

Paula lächelte, hob kaum merklich das Glas, als prostete sie jemandem zu. So war sie eigentlich nur, wenn ein vielversprechendes Exemplar männlicher Gattung in der Nähe war, deshalb drehte Charlotte sich um. Hm, nicht schlecht. Und sie waren zu zweit. Das bedeutete, man konnte tanzen, sich einladen lassen, ein klein wenig anklingen lassen, dass man zu mehr bereit war, um dann irgendwann doch mit bedauerndem Lächeln zu verschwinden. Erwartungen nicht erfüllt, meine Herren. Während Paulas Blick einladend war, war Charlottes gelangweilt, und sie wandte sich ab. Es funktionierte – wie immer.

»Guten Abend, die Damen.«

»Warten wir mal ab, ob es ein *guter* Abend wird«, antwortete Paula.

Charlotte steckte sich eine Zigarettenspitze zwischen die Lippen, drehte sich leicht zu den beiden Männern und wartete. Das Klicken eines Feuerzeugs war zu hören, und Charlotte neigte sich etwas vor, tat einen Zug, bis sich die Spitze der Zigarette glutrot färbte. Langsam atmete sie den Rauch aus, ließ kein Lächeln sehen, neigte nur knapp den Kopf in einer Geste des Dankes, während Paula einladend zu kokettieren begonnen hatte.

»Peter Mohnhaupt«, stellte der Dunkelhaarige sich vor, der Charlotte Feuer gegeben hatte.

»Franz Wilhelmsdorf«, sagte der Zweite, der etwas helleres Haar hatte und nach Charlottes Dafürhalten der besser Aussehende der beiden war. Aber den hatte Paula bereits an der Angel.

Sie stellten sich ihrerseits vor, ließen sich zum Tanzen auffordern und danach zu Getränken einladen. Es war offenbar die richtige Entscheidung gewesen auszugehen. Charlotte spürte, wie die Anspannung und die ständig in ihrem Magen lauernde Wut auf die gesamten Umstände langsam wichen und einer heiteren Ausgelassenheit Platz machten. Mal sehen, wohin der Abend führte. Erfahrungsgemäß würde Paula sich zu ein klein wenig mehr hinreißen lassen als Charlotte, die zwar hin und wieder küsste, kleine Zudringlichkeiten aber stets abwies. Paula war da experimentierfreudiger, doch sie hatte auch eine Familie, in deren Schutz sie lebte. Charlotte lebte allein – na ja, mittlerweile nicht mehr ganz – und hätte schnell den Ruf eines losen Weibsbilds weg, würde sie nicht achtgeben.

Auf der Tanzfläche bogen sich Körper im Takt der Musik, das Halbdunkel ließ die Atmosphäre leicht verrucht wirken, und Paula hatte schon wieder diesen Blick. Charlotte ließ sich eine weitere Zigarette anstecken und tat einen tiefen Zug, stieß den Rauch langsam aus. Während sich der attraktive Franz Wilhelmsdorf zunehmend intensiver um Paulas Aufmerksamkeit bemühte, kam eine Unterhaltung mit Peter Mohnhaupt nur schleppend in Gang. Der Kerl konnte definitiv besser tanzen als reden. Aber Paula wollte küssen, das war unmissverständlich, Charlotte erkannte die Signale. Und da eine nie ohne die andere heimging, musste sie also in den sauren Apfel beißen.

»Kommen Sie«, sagte Charlotte, »tanzen wir.« Sie zog den verdutzten Peter Mohnhaupt einfach mit sich. Eigentlich hatte sie sich mittlerweile müde getanzt, und die Getränke stiegen ihr langsam zu Kopf, aber lieber tanzte sie bis zum Umfallen, als sich noch einen Moment länger sein Geschwätz anzuhören, von dem sie die Hälfte ohnehin nur an sich hatte vorbeirauschen lassen, um dann und wann »hmhm« und »ach ja?« einzustreuen. Das war definitiv ermüdender, als zu tanzen. Außerdem sollte Paula endlich ihre Gelegenheit bekommen, damit sie sich bald auf den Heimweg machen konnten. Die anfängliche gute Stimmung schwand, und Charlotte musste wieder an all den Ärger denken, den sie derzeit hatte.

Und just in diesem Moment entdeckte sie ihn: Dominik Lichtenthal von Lichtenthal-Pharma, jenen Mann, bei dem sie nicht unbeträchtliche Schulden hatte. Bisher war er zurückhaltend, hatte sie mehrmals anschreiben lassen, aber Charlotte hielt ihn hin. Was sollte er denken, wenn sie hier Geld verprasste – dass sie sich alles bezahlen ließ, ging ihn ja nichts an –, während sie Ausstände bei ihm hatte? Sie bezogen die Medikamente mittlerweile vermehrt von einem anderen Anbieter, das hatte Charlotte veranlasst, da er gerade so schön stillhielt und sie nach dem Prinzip handelte, schlafende Hunde lieber nicht zu wecken.

»Was ist los?«, fragte Peter Mohnhaupt.

»Nichts, mir ist nur gerade nicht wohl.« Wie zur Bekräftigung des Gesagten legte sich Charlotte die Hand an den Magen.

»Oh.« Er ging tatsächlich ein wenig auf Abstand. War das zu fassen?

»Ich glaube, ich sollte mich einen Moment ausruhen.« Und dann schnellstmöglich absetzen. Wo war Paula?

Jedenfalls nicht mehr auf ihrem Platz. Vermutlich stand sie knutschend in irgendeinem verschwiegenen Winkel. Peter Mohnhaupt rang sichtlich mit sich, ob er ihr den Arm reichen oder einfach das Weite suchen sollte. Was für ein Hanswurst! Wo war Dominik Lichtenthal denn jetzt hin?

»Fräulein Rosenberg? Ist Ihnen unwohl?«

Verdammt noch mal!

»Ganz recht«, antwortete Peter Mohnhaupt und schien geradezu erleichtert, die Bürde weiterreichen zu können. Dominik Lichtenthal lächelte auf jene Art, zu der es ein Peter Mohnhaupt nie bringen würde.

»Darf ich Sie zu Ihrem Platz bringen?«

Was blieb ihr übrig? Sie nahm seinen Arm und schwieg, hielt sich nun demonstrativ die Hand auf den Magen, damit gar nicht erst der Gedanke aufkam, dass dies der passende Moment für ein längeres Gespräch sein könnte. Aber das würde er ohnehin nicht tun, gewiss war er in Begleitung. Schaute die Blondine dort nicht sogar etwas vergrätzt zu ihnen hinüber? Nein, er würde nichts sagen, er würde seine Briefe sprechen lassen. Oder vielmehr sein Finanzverwalter würde.

»Soll ich Ihnen ein Taxi rufen?«, fragte Dominic Lichtenthal liebenswürdig.

»Nein, vielen Dank. Ich bin mit einer Freundin hier, sie wird gewiss gleich kommen.« Reichlich viele Worte für jemanden, der gerade sehr litt. Aber offenbar entging ihm das.

»Dann darf ich Sie guten Gewissens allein lassen?«

»Sie dürfen.«

Er neigte den Kopf, lächelte sein Lächeln und ging in der Tat in Richtung der verärgerten Blondine. Charlotte reckte sich und hielt Ausschau nach Paula, die erst eine gute halbe Stunde später auftauchte, die Wangen gerötet und mit glänzenden Augen. An ihrer Seite ihr hoffnungsvoller Galan.

»Können wir los?«, fragte Charlotte. »Mir ist nicht gut.«

Paula nickte. Das war immer ihr Zeichen zum Aufbruch, damit keine der neuen Bekanntschaften sich irgendwelche Schwachheiten einbildete wie eine gemeinsame Heimfahrt oder einen Abstecher ins Hotel.

»Du siehst wirklich nicht wohl aus. Was ist los?«, fragte sie, als sie auf der Straße standen und in der kühlen nächtlichen Aprilluft fröstelnd auf ein Taxi warteten.

»Dominik Lichtenthal ist mir gerade begegnet.«

Paulas Miene war reines Entzücken. »Er ist hier?«

»Paula!«

»Schon gut. Kannst ihn immer noch nicht bezahlen, ja? Warum nimmst du keinen Kredit auf?«

»Welche Bank gibt mir noch einen Kredit?«

Darauf wusste Paula keine Antwort, und Charlotte hatte auch keine Lust mehr, darüber zu sprechen. Glücklicherweise bog in diesem Moment ein Taxi in die Straße ein.

MAI 1925

Zweimal wäre Helena fast von der Elektrischen überfahren worden, da sie sich darauf konzentriert hatte, in dem kurzen Moment, als zwischen zwei Autos Platz genug war, rasch über die Straße zu laufen. Beim ersten Mal hatte eine Frau sie rechtzeitig beiseitegerissen, ein anderes Mal war sie rasch zurückgesprungen und dabei einem Mann mit dem Absatz auf den Fuß gestiegen.

»Haste keene Oogen im Deez, du blöde Kuh?«

Da Helena sich nützlich machen wollte, um nicht den Eindruck zu erwecken, sie lebe einfach nur in den Tag hinein, während die jüngere Schwester arbeitete und dafür sorgte, dass die Speisekammer gefüllt war, hatte sie angeboten, Letzteres zu übernehmen. Darauf, dass sie dies vor eine Herausforderung stellen könnte, war sie überhaupt nicht gekommen. Daheim hatten ihr die Wege ins Dorf immer Spaß gemacht, man hatte Leute getroffen, war ins Gespräch gekommen. Hier jedoch war es ein Gedränge und Geschubse, jeder war sich selbst der Nächste, und man zögerte auch nicht, den Ellbogen zu Hilfe zu nehmen, wenn es nicht anders ging, womit Helenas Rippen Erfahrung machen durften, als sie einem Lastenrad im Weg gestanden hatte. Sie hatte so schnell einen mitbekommen, dass ihr keine Zeit blieb zu reagieren. Empört hatte sie sich umgeschaut in der Erwartung, dass jemand etwas sagte, aber entweder hatte es niemand bemerkt oder es interessierte schlicht niemanden.

»Dann schau halt, wo du langläufst«, war Charlottes wenig hilfreicher Kommentar dazu, als Helena schimpfend den Korb mit den Einkäufen auf den Tisch stellte.

»Das habe ich doch getan. Bei uns hat man auf Ortsfremde Rücksicht genommen, aber hier merkt man offenbar nicht einmal, dass jemand unterwegs ist, der sich nicht auskennt.«

»Oh, dass du nicht von hier bist, merkt gewiss jeder, das kann ich dir versichern. Mit dem langen Zopf und dem Korb – da fehlt nur noch das gestrickte Tuch um die Schultern, und du gehst als Bauersfrau aus Masuren durch.« Charlotte erhob sich vom Tisch. »Du entschuldigst, dass ich bereits gegessen habe? Die Mittagspause ist gleich vorbei. Ach ja, und wundere dich nicht, wenn es wirkt, als sei jemand in deinem Zimmer gewesen. Ich brauchte zwei Tiegel von deiner seltsamen Creme und habe sie nicht gleich gefunden.«

»Ach was? Und darf ich fragen, wofür?«

»Frau Riemers war wohl ganz angetan. Sie meinte, schöner werde sie dadurch nicht, aber ihre Haut spanne nicht mehr so schlimm. Mir war es ja fast schon peinlich, diesen unverschämten Preis zu verdoppeln.«

»Und? Hast du?«

»Ging ja wohl nicht anders, wenn wir nicht unseriös wirken wollen. Und wenn sie zufrieden war – was soll's?«

Charlotte zuckte mit den Schultern. »So, ich muss wieder in die Apotheke. Räum hier auf, ja?« Damit verließ sie die Küche.

Helena hob den Topfdeckel und schnupperte. Gemüseeintopf mit dick geschnittener Wurst. Könnte schlimmer sein. Nach dem Essen räumte Helena auf, machte den Abwasch und ging danach in ihr Zimmer, wo sie sich hinsetzte und ihre Cremetiegel vor sich aufstellte. Weiß und schmucklos. Sie stützte das Kinn in die Hände und dachte nach. Klein beigeben kam nicht in Frage, und ganz offensichtlich taugte die Creme etwas. Sie würde ihrer Mutter schreiben und sie bitten, ihr Wollwachs zu schicken. Bei dem Gedanken an ihre Mutter überkam sie sogleich das schlechte Gewissen. Sie hatte ihr bisher nur zweimal geschrieben, obwohl sie schon drei Wochen hier war. Aber es gab schlicht nichts zu erzählen – nichts Erfreuliches zumindest. Und auf gar keinen Fall wollte sie zwischen den Zeilen einräumen: »Du hattest recht, das hier war keine gute Idee.«

Sie stand auf und ging ins Wohnzimmer, wo sie den Sekretär öffnete. Nach einigem Suchen wurde sie fündig und fand feines Büttenpapier. Sie nahm den Füllfederhalter zur Hand und schrieb in ihrer feinen Handschrift *Crème Vienne* auf das Papier, das sie danach in rechteckige Etiketten schnitt. Jetzt brauchte sie nur noch Kleber, den jedoch fand sie nicht, also würde sie Charlotte danach fragen müssen. Schon bei dem Gedanken daran breitete sich ein Gefühl des Überdrusses aus. Erneut nahm sie einen Bogen Büttenpapier und schrieb darauf:

Crème Vienne
Exklusiv nur hier in der Apotheke Rosenberg
Diese Woche zum Einführungspreis
von 1,50 Mark pro Tiegel

Da konnte man nächste Woche den Preis ja noch einmal gut anheben. Helena war zufrieden mit sich und hatte das Gefühl, endlich etwas zu tun. Die Apotheke war mit allem ausgestattet, das sie brauchte, um frische Creme anzurühren, weitaus besser, als ihre kleine Küche es gewesen war. Hier konnte sie in großem Stil Cremes herstellen. Vielleicht hätte Charlotte Einwände, aber das konnte sie getrost ignorieren. Helena suchte nach einem Behältnis für ihre gerade angefertigten Etiketten und kippte kurzerhand die Stifte aus dem Stiftbecher. Sie nahm ihr selbstgeschriebenes Werbeschild und verließ das Wohnzimmer. Im Flur hing neben der Garderobe ein hoher Spiegel, und Helena blieb stehen, um sich darin zu betrachten. *Mit dem langen Zopf und dem Korb – da fehlt nur noch das gestrickte Tuch um die Schultern, und du gehst als Bauersfrau aus Masuren durch.*

Und wenn sie das Haar aufsteckte? Dann sähe sie vermutlich erst recht aus wie eine Gouvernante aus der Jugendzeit der Baronin. Helena biss sich auf die Lippen. Altbacken und unmodern. So war sie daheim nie wahrgenommen worden, und nun konnte sie nicht umhin, sich so und nicht anders zu fühlen. Sie hatte gehört, wie Paula sie gegenüber Charlotte bezeichnet hatte, als die beiden bei einem Besuch Paulas im Wohnzimmer gesessen hatten. Landei. Helena hob das Kinn, versuchte sich an einem herausfordernden Blick, der ihr für gewöhnlich problemlos gelang. *Landei. Bauersfrau.*

Abrupt wandte sie sich vom Spiegel ab und ging in ihr Zimmer, legte dort das Schild und den Becher mit den Etiketten ab, ehe sie in die Apotheke hinunterging. Dort beriet Charlotte gerade eine Kundin und dämpfte die Stimme, als Helena den Raum betrat. Immerhin bekam Helena mit, dass es um Verdauungsprobleme ging. Sollte Charlotte sich gerne damit befassen, Helena hatte anderes im Sinn. Sie ging in den hinteren Teil der Apotheke, wo Medikamente hergestellt wurden. Der kleinere Raum dahinter schien das Arbeitszimmer zu sein. Hier herrschte das reine Chaos. War ihr Vater so unordentlich gewesen, oder hatte Charlotte das angerichtet bei dem Versuch, die Unterlagen zu sichten? Helena durchsuchte die Regale und fand schließlich ein Fläschchen mit Kleber. Na bitte. Rasch verließ sie das Arbeitszimmer wieder, vermied es, durch die Apotheke zu gehen, um sich nicht Charlottes Fragen stellen zu müssen, und eilte zurück in ihr Zimmer, wo sie damit begann, die Etiketten auf die Tiegel zu kleben.

Charlotte hatte den ganzen Tag damit gewartet, den Brief zu öffnen. Sie hatte es ja geahnt, die Schonzeit war vorbei. Vielleicht hatte man bisher gedacht, sie sei noch gefangen in der Trauer um den Vater, und wollte sie daher nicht mit Geldforderungen behelligen. Aber nun, da sie ja so offensichtlich bestens aufgelegt tanzen gehen konnte … Jetzt war er da, der Brief, und mit ungutem Gefühl in der Magengegend hatte Charlotte ihn erst einmal unter die Verkaufstheke geschoben. Jetzt, nachdem sie die Apotheke abgeschlossen hatte, holte sie ihn hervor.

Lichtenthal-Pharma stand auf dem Absender in gestochen scharfer Schrift. Tadelnd wirkte diese Schrift. Fordernd. Seufzend riss Charlotte das Kuvert auf und starrte auf die Summe. Sie hatte gewusst, dass es viel war, es aber stets einigermaßen erfolgreich verdrängt. Himmel, ihr schwindelte. Und das war nur eine von vielen Forderungen. Was würde Dominik Lichtenthal tun, wenn sie die Zahlung weiter hinauszögerte? Er drohte zumindest sehr explizit. Dieser Mistkerl. War steinreich und hatte doch gleich nichts Besseres zu tun gewusst, als seinen Finanzverwalter erneut auf sie anzusetzen. *Die kleine Rosenberg ist wieder tanzend und kokettierend im Nachtleben unterwegs. Setzen Sie direkt mal die Daumenschrauben an und sparen Sie nicht an Drohungen. Wäre ja gelacht, wenn wir sie nicht dazu bringen könnten, wahlweise hier heulend zu Kreuze zu kriechen oder demnächst das Nachtlager im Bordell aufzuschlagen, wo sie das Einzige verkauft, was ihr noch geblieben ist.*

Das konnte es doch jetzt nicht gewesen sein. Es war schwer genug für eine Frau, eine Apotheke zu führen, denn obwohl es viele Pharmazeutinnen gab, waren Frauen fast nur im Angestelltenverhältnis zu finden. Eine Konzession für eine Apotheke erhielten sie allenfalls durch eine Erbschaft. Und jetzt sollte sie alles verlieren? Sollte klein beigeben, nur weil ihr Vater – Gott sei seiner Seele gnädig – nicht mit Geld umgehen konnte? Charlotte wollte gar nicht wissen, wofür er es verprasst hatte. Sie wusste auch, dass Fragen aufgekommen waren, als er betrunken den Wagen vor einen Baum gesetzt und sich dabei das Genick gebrochen hatte. Zum Glück waren keine Unbeteiligten verletzt worden. Viele mutmaßten, dass er sich schlicht und ergreifend geschickt aus der Affäre gezogen hatte, aber das mochte Charlotte nicht glauben, denn dafür hatte er das Leben zu sehr genossen.

Als sie in die Wohnung kam, stand das Abendessen schon auf dem Tisch. Daran konnte man sich glatt gewöhnen. Schade, dass das hier die Person war, die ihr die Hälfte von dem Nichts, das ihr geblieben war, auch noch weggenommen hatte, und keine Haushälterin. Seufzend ließ Charlotte sich am Tisch nieder, griff mit wenig Appetit nach einer Scheibe Brot und bestrich sie mit Butter, während Helena Pfefferminztee auf den Tisch stellte und sich nun ebenfalls setzte, dann aber direkt wieder aufstand.

»Ich muss dir etwas zeigen.«

»Hat das nicht Zeit bis später?« Ein Druck hinter der Stirn kündigte Kopfschmerzen an. Viel lieber als Tee hätte sie jetzt eine Tasse starken Kaffee gehabt, aber sie musste am kommenden Tag früh raus. Andererseits wartete die Buchhaltung, und die wurde nicht weniger, je länger sie sie aufschob.

»Dauert nicht lange.« Helena lief aus der Küche, und Charlotte seufzte erneut. Kurz darauf kam sie zurück und präsentierte ihr die weißen Cremetiegel, auf denen nun Etiketten klebten. Ruckartig richtete Charlotte sich auf. »Hast du dafür etwa das gute Büttenpapier zerschnippelt?«

»Was man teuer verkauft, muss auch teuer aussehen.«

»Bist du toll? Das ist handgeschöpft. Weißt du, wie teuer das war?«

»Ich habe ja nicht alles benutzt.«

Ganz ruhig und tief durchatmen, dachte Charlotte. Sie war gerade so weit, dass sie ihrer Stimme ausreichend traute, um nicht laut zu werden, da präsentierte Helena ihr das Schild.

»Das hängst du nicht in die Scheibe! Erst recht nicht mit diesem Wucher als Einführungspreis!«

»Du musst hier nicht gleich so herumschreien. Ich hänge es in die Scheibe, ob es dir passt oder nicht.«

Charlotte wollte es ihr aus den Händen zerren, es zerreißen, ahnte jedoch, dass dann der nächste Bogen Büttenpapier dran glauben musste. »Verschwinde doch einfach!«, schrie sie. »Es sah hier auch ohne dich schon düster genug aus. Das Letzte, was ich jetzt brauche, ist so ein naives, vertrotteltes Dorfmädchen, das glaubt, in der Stadt mit ihren läppischen Provinzprodukten das große Geld zu machen, während mir das Wasser bis zum Hals steht. War deine Mutter genauso vernagelt? Dann ist es kein Wunder, dass mein Vater es nicht länger mit ihr ausgehalten hat!«

Helena war ganz blass geworden, aber der erwartete Wutausbruch blieb aus. Sie nahm den Korb – diesen grausigen, altbackenen Landmädchenkorb – mit ihren Tiegeln in die Hand und verließ die Küche. Kurz darauf fiel die Zimmertür krachend ins Schloss. Die Wohnungstür wäre Charlotte lieber gewesen, aber sei's drum. Die Kopfschmerzen wurden schlimmer, und Charlotte stand auf, nahm eine Tablette aus dem Döschen im Medizinschrank, schluckte sie mit einem Glas Wasser und setzte sich wieder an den Tisch, um das Abendessen fortzusetzen.

Während sie die Stulle mit Kompott bestrich, meldete sich sehr unwillkommen das schlechte Gewissen, und

Helenas leerer Teller, das unberührte Besteck, die Tasse, in der der Tee erkaltete, verstärkte diesen Stich des Unbehagens. Ach, verdammt noch mal! War ihr denn kein Moment der Ruhe vergönnt? Charlotte knallte das Messer auf den Tisch und erhob sich so ruckartig, dass der Stuhl fast hintenüberkippte. Sie ging zu Helenas Zimmer, klopfte und stieß die Tür auf, ohne eine Antwort abzuwarten. Helena saß an ihrem kleinen Schreibtisch und schien im Begriff gewesen zu sein, etwas aufzuschreiben. Vermutlich ein Brief, in dem sie sich lang und breit über die böse Halbschwester beklagte.

»Wir haben nicht genug Geld, um etwas umkommen zu lassen, also setz dich hin und iss.« Charlotte gab ihr keine Gelegenheit zu antworten, sondern drehte sich einfach um und ging zurück in die Küche. Und natürlich folgte ihre Schwester ihr nicht, sondern blieb im Zimmer sitzen und bockte. Na, dann eben nicht. Charlotte aß auf, ließ alles auf dem Tisch stehen, da sie annahm, dass der Hunger Helena schon zum Essen treiben würde, und wenn nicht, dann sollte sie zumindest alles aufräumen, wenn Charlotte schon das Geld für sie beide verdiente.

Zehn Minuten später saß sie mit einer Tasse Tee im Arbeitszimmer hinter dem Verkaufsraum und versuchte, sich systematisch durchzuarbeiten. Sie stapelte die Rechnungen und Mahnungen nach Summe und Dringlichkeit. Finanzielle Rücklagen hatte sie nicht, sie lebte von dem, was die Apotheke einbrachte, sodass zum Monatsende nichts übrig blieb, denn in einen laufenden Betrieb musste ständig investiert werden, schließlich gab es Medikamente nicht umsonst. Womit sie wieder bei Lichtenthal-Pharma war. Sie hatte die Produkte mittlerweile aus dem Sortiment genommen, da man sie erst wieder beliefern würde, wenn sie die offenen Rechnungen zahlte.

Irgendwann hörte sie, wie nebenan jemand umherging. Vermutlich Helena, die ihren morgigen Verkaufstag vorbereitete und ihren Krempel schon einmal platzierte. Sollte sie nur, Charlotte war zu müde zum Streiten. Außerdem wollten die Kopfschmerzen nicht nachlassen, und angesichts der Summen, die sie hier gerade zusammenrechnete, überkam sie eine wachsende Verzweiflung, die sich tagsüber gut bannen ließ, in der abendlichen und nächtlichen Einsamkeit aber stets zurückkehrte.

»Heirate«, riet Paula ihr in diesen Momenten. »Oder nimm dir einen Liebhaber, der vertreibt dir die nächtlichen Sorgen schon.«

»Gewiss«, hatte Charlotte beim letzten Mal geantwortet. »Ein dicker Bauch ist genau das, was mir zu meinem Glück noch gefehlt hat.«

»Als Apothekerin fällt dir da gewiss was ein. Zudem muss es ja nicht zum Äußersten kommen.«

Danke, kein Bedarf. Charlotte wollte mit der Arbeit fortfahren, als die Tür geöffnet wurde.

Helena stellte einen Tiegel Creme auf den Schreibtisch. »Hier, Geschenk des Hauses, damit man dir die verbitterte Gewitterhexe nicht vor deiner Zeit ansieht.« Damit drehte sie sich um und war zur Tür hinaus, noch ehe Charlotte eine passende Replik einfiel.

Grundgütiger, war alles, was Helena in diesem Augenblick denken konnte. Grundgütiger! Das war kein Kaufhaus, das war … das war einfach ohne Worte. Anfangs war Helena eingeschüchtert stehen geblieben, hatte das imposante Gebäude von weitem betrachtet, glücklich, es mithilfe des Pharus-Plans unfallfrei bis hierher geschafft zu haben. Dann war sie eingetreten mit all den Menschen, die so selbstverständlich hineingingen, dieses Portal mit gleichgültiger Nonchalance durchschritten, als wäre es ganz normal, in dieses Gebäude zu treten. Kaufhaus Wertheim. Helena war überwältigt gewesen von diesem Gebäude, dessen schiere Ausmaße ihr den Atem nahmen. Kaum war sie drin, konnte sie nicht anders, als stehen zu bleiben, sich umzublicken, atemlos, verzaubert. Grundgütiger! Sie legte den Kopf in den Nacken, sah zur Glaskuppel hinauf, sah die Balustraden, die Treppen, die in elegantem Schwung von einer Etage in die nächste führten.

Wie beiläufig Charlotte ihr an diesem Morgen geantwortet hatte. Nichts hatte sie auf das hier vorbereitet.

»Wo kann man hier ein Kleid kaufen?«, hatte Helena beim Frühstück gefragt.

»KaDeWe in der Tauentzienstraße, Tietz am Alexanderplatz oder Wertheim am Leipziger Platz.«

Helena senkte den Blick, begegnete dem amüsierten Grinsen zweier Angestellter bei den Kurzwaren. Ihr war klar, welches Bild sie abgeben musste. Das naive Mädchen vom Land, das sich zum ersten Mal in die Großstadt verirrte. Wenn man etwas auf gar keinen Fall zeigen durfte, das wusste Helena inzwischen, dann, wie unglaublich beeindruckt man war. Aber konnte man durch diese Pracht gehen und dabei *nicht* beeindruckt sein? Helena war sich sicher, dass sie auch in zwanzig Jahren noch in ungläubigem Staunen durch dieses Kaufhaus gehen würde. Nicht einmal einen Kaiserpalast aus dem Märchen hatte sie sich so luxuriös vorgestellt. Und sie war mitten darin, konnte hindurchgehen, die Dinge anfassen. Das musste sie ihrer Mutter schreiben.

Langsam ging Helena weiter, wandte den Kopf mal hierhin, mal dahin. Säle, Höfe, Gänge, Winkel, Farben, Licht, Glanz und über all dem wie losgelöst schwebend der Lärm unzähliger Stimmen. Es konnte einem schwindlig werden von all dem Durcheinander, dem auf den ersten Blick jeder Plan, jede Ordnung fehlte, ein verworrenes Konstrukt aus Gängen, das einen von einer Pracht zur nächsten führte, haltlos, orientierungslos in einem Meer von Waren und Luxusgütern. Helena stieg Treppen hinauf, ließ sich durch Gänge treiben, stieg weitere Treppen hoch, ging irgendwann über eine andere Treppe wieder hinunter und stand auf einmal vor einem Friseursalon. Sie blinzelte, als erwachte sie gerade aus einem traumartigen Taumel.

Eine Frau kam auf sie zu, lächelte. »Möchten Sie zu uns, meine Dame?«

Helena überlegte nicht lange. »Ja, ganz recht.«

Sie wurde zu einem gemütlichen Sessel geführt, der vor einem Frisierspiegel stand. Auf der Ablage davor lagen Modejournale, und die Frau fragte, ob Helena einen Kaffee wünsche. Angesichts möglicher Kosten wollte Helena ablehnen, aber als geizig wollte sie nun auch wiederum nicht gelten, also willigte sie mit einem »Ja« ein, das so leise war, dass sie es wiederholen musste.

»Der geht aufs Haus.« In dem Lächeln der Frau lag kein bisschen Spott oder Herablassung, und Helena entspannte sich ein wenig.

Nachdem sie versorgt war, stellte die Frau sich hinter sie, sodass sie einander im Spiegel ansehen konnten. »Was wünschen Sie? Waschen? Schneiden?«

»Ich möchte einen modernen Haarschnitt«, sagte Helena. »So, wie die Frauen die Haare heute tragen.«

»Wie ein Flapper?«

Helena hatte keine Ahnung, was ein Flapper war, aber es klang modern, und so nickte sie nur. Die Frau strahlte, als hätte man ihr gerade eröffnet, dass Weihnachten dieses Jahr früher war. Sie machte sich daran, am Band um Helenas Zopf zu ziehen, und löste den langen, geflochtenen Zopf.

Zwei Stunden später stand Helena wieder auf dem Korridor, der Kopf fühlte sich seltsam leicht an, und es war kühl im Nacken. Sie hob die Hand, berührte das Haar, das sorgsam in Form gebracht worden war. Die Frau hatte sie gefragt, ob sie sie auch noch schminken sollte, damit das Gesamtbild stimmte, und Helena hatte genickt. Am Ende hatte eine Fremde sie im Spiegel angesehen, eine Fremde, deren Augen größer und tiefgründiger erschienen, dunkel geschminkt, die Brauen ebenmäßige Bögen darüber, die Wangen mit Rouge betont. Blicke trafen sie, dieses Mal nicht amüsiert und herablassend, sondern ein klein wenig erstaunt. Die Fremde schien Eindruck zu machen.

Immerhin wusste Helena dank der hilfsbereiten Coiffeurin nun, wo sie ein Kleid bekam. Es dauerte trotzdem bestimmt zwanzig Minuten, ehe sie die richtige Abteilung fand. Auch hier drohte die schiere Masse an traumhaft schönen Kleidern sie schlicht zu überwältigen, und sie stand zunächst einfach nur da, hielt ihre Tasche eng an sich gepresst, als müsste sie sich daran festhalten, und sah sich um. Die Preise hatten es in sich, und Helena hatte durch den Friseurbesuch schon mehr ausgegeben als geplant. Sie hatte das Geld mitgenommen, das sie durch den Verkauf ihrer Creme verdient hatte – denn die lief allen Unkereien und Startschwierigkeiten zum Trotz erstaunlich gut. Nicht überwältigend, aber doch gut. Zwei Freundinnen von Frau Reimers zählten mittlerweile auch zu ihren Kundinnen. Da Helena jedoch ahnte, dass das Geld nicht reichte, hatte sie etwas aus der Kasse genommen und einen Zettel mit dem Betrag hineingelegt. An das Donnerwetter, wenn sie später heimkam, wollte sie jetzt lieber nicht denken.

»Womit kann ich dienen, meine Dame?« Eine junge Verkäuferin stand vor ihr und sah Helena mit einem ermutigenden Lächeln an.

»Ich brauche zwei Kleider.«

»Für welchen Anlass?«

»Für den Alltag.«

»Verstehe. Das hier«, sie deutete auf die Kleider, die Helena sich angeschaut hatte, »sind Ausgehkleider. Schlichtere Modelle finden Sie dort hinten.«

Die Wahl wurde durch Helenas Mittel eingeschränkt, sodass nur eine Handvoll Kleider übrig blieb. Und wenn man dann noch die ausschloss, die ihr nicht standen – »das macht Sie blass, und Sie haben einen so wundervollen Teint« –, blieben drei übrig. Eins saß nicht, also hatte sie ihre zwei Kleider. Die Verkäuferin gab ihr einen ausgefüllten Bon in die Hand und zeigte ihr, wo sich die Kasse befand.

»Möchten Sie die Kleider zugestellt bekommen?«

»Ich würde eines gerne direkt anziehen. Ist das möglich?«

»Aber natürlich. Wenn Sie bezahlt haben, bringen Sie das entsprechende Kleid, ich sorge dann dafür, dass Ihr jetziges mit dem anderen an Ihre Adresse geschickt wird.«

Das Kleid war ein Traum, fast zu schön für den Alltag. Taubenblau – »die Farbe Ihrer Augen!« – und gerade geschnitten umspielte es ihre schlanke Figur. Der Rock war schon fast skandalös kurz, und die Verkäuferin war sehr überzeugend gewesen, als sie Helena dringend zu neuen Schuhen geraten hatte. Der Plan, zumindest einen Teil des Geldes zurückzulegen, war damit gescheitert, denn zu den neuen Schuhen gehörte auch eine neue Handtasche, darum kam sie, so die Schuhverkäuferin, auf keinen Fall herum.

Das Wetter war herrlich, fast schon sommerlich warm, und als Helena wieder auf der Straße stand, ergriff sie ein Hochgefühl wie schon lange nicht mehr. Konnte man einen solchen Palast verlassen, ohne sich wie eine Königin zu fühlen? Helena öffnete den Pharus-Plan, versuchte, sich zu orientieren, und ging los. Immer geradeaus und dann irgendwann rechts abbiegen. Es würde über die

Wilhelmstraße und dann durch die Kochstraße vielleicht schneller gehen, aber da war auch die Gefahr größer, sich zu verlaufen. So ging sie nun über zwanzig Minuten, was aber bei diesem Wetter recht schön war. Offenbar hatte sich nicht nur ihre eigene Wahrnehmung verändert, sondern auch die der Leute. Helena hob das Kinn, endlich wieder im Besitz ihrer früheren Selbstsicherheit. Sie war nicht mehr das Landei, das man belächelte, sondern ein – wie hatte die Coiffeurin es genannt? Irgendein englisch klingendes Wort. Na, egal. Hauptsache, die Passanten, die sie ansahen, wussten es.

Das Hochgefühl trug sie wie auf einer Welle nach Hause, dort schwemmte es sie jedoch mit Wucht an und ebbte umgehend danach ab. Charlotte war rasend vor Wut, und sie war nicht allein. Außer ihr befanden sich noch zwei Männer im Verkaufsraum, die nicht wirkten, als seien sie hier, um Medikamente oder gar Schönheitscreme zu kaufen. Einen Moment lang sah Charlotte sie an, blinzelte, dann brach sich der Zorn Bahn.

»Du greifst in die Kasse, du erbschleichende Diebin?«

»Ich brauchte Geld, und es gehört uns beiden.«

»Kannst du dir vorstellen, dass ich mit dem Geld wirtschaften muss?«

»Na, aber hallo!« Der größere der beiden Männer starrte sie an. »Wen haben wir denn hier?«

»Meine Schwester«, schnappte Charlotte. »Ist noch Geld übrig? Oder hast du alles dafür«, sie machte eine Handbewegung, die offenbar Helena im Ganzen umfassen sollte, »ausgegeben?«

»Wenn meine Creme sich gut verkauft, dann …«

»Das nützt mir jetzt nichts.«

»Also wird heute wieder nicht gezahlt, ja?« Der andere Mann, kleiner und hagerer, ergriff das Wort.

»Ich wollte ja, aber ...«

»Ja, ja, erspar uns die Ausflüchte, das konnte dein Vater schon gut.«

»Unser Chef wäre gewiss auch mit einer Anzahlung anderer Art zufrieden, um etwas guten Willen zu zeigen«, fügte der Kleinere hinzu.

»Dafür stehen wir leider nicht zur Verfügung«, antwortete Charlotte rasch.

»Bedauerlich.«

Der zweite Mann schüttelte den Kopf. »Zahl, was du hast, Mädchen. Und sieh uns nicht so verschreckt an, hier vergeht sich keiner an euch. Aber irgendetwas musst du vorweisen, verstehst du? Jetzt stehen wir hier, doch der Chef könnte beim nächsten Mal jemanden schicken, der nicht so nett ist.«

Charlotte öffnete die Kasse, entnahm ihr Geld. »Reicht das fürs Erste? Ich versuche, noch mehr aufzutreiben.«

Der Mann zählte es durch und machte ein gequältes Gesicht. »Es tut mir leid.«

»Ich leihe mir etwas. Reicht es bis morgen?« Charlotte wirkte, als sei sie den Tränen nahe, und Helena bekam ein erbärmlich schlechtes Gewissen. Aber woher sollte sie denn wissen, wie es um sie stand, wenn Charlotte nichts erzählte?

»Ist gut. Wir kommen morgen wieder. Und sei nicht zu streng mit ihr, Mädchen. Das hier«, der größere der beiden Männer machte eine Handbewegung, die Helena offenbar von Kopf bis Fuß umfassen sollte, »war sein Geld wert.« Er zwinkerte Helena zu und verließ mit seinem Partner die Apotheke. Letzterer konnte es sich offenbar nicht verkneifen, einmal genießerisch die Zunge über die Lippen gleiten zu lassen. Ekelhafter Kerl.

»Es tut mir leid«, wiederholte Helena.

Charlottes Zorn war offenbar aufgebraucht und machte nun einer erschöpft wirkenden Verzweiflung Platz. »Wo soll ich denn jetzt das Geld auftreiben?«

Helena war ganz elend zumute, und sie kam sich auf einmal furchtbar überkandidelt vor. Der Riemen ihrer neuen Tasche schien sich gar in ihre Schulter zu brennen. Was hatte sie sich nur dabei gedacht? Es war wie ein Rausch gewesen, sie hatte gar nicht aufhören können einzukaufen.

»Ich frage Paula, ob sie mir etwas leiht.«

»Gibt es etwas, was wir verkaufen können?«

»Einen Teil des Tafelsilbers, aber das wollte ich eigentlich nehmen, um Dominik Lichtenthal zu bezahlen.«

»Ist das auch so ein unangenehmer Kerl?«

»Na ja, nicht so wie der Kreditgeber, in dessen Auftrag die beiden Schläger kamen.«

»Schläger?«

»Ja, oder was dachtest du, was das für Kerle sind? Wenn wir Männer wären, hätten die vermutlich schon zugeschlagen, aber das sollte nicht darüber hinwegtäuschen, dass sie auch uns gegenüber noch sehr unangenehm werden können. Der Vorschlag, die Schulden auf andere Weise zu begleichen, war kein anzüglicher Scherz.« Charlotte strich sich eine Haarsträhne aus dem Gesicht.

»Lichtenthal ist auch ein Kreditgeber?«

»Nein, ein Pharmaunternehmen.«

»Mit dem kann man doch gewiss sprechen.«

»Er schreibt nicht persönlich, sondern sein Finanzverwalter, und der ist ein Typ, wie man sich den alten Scrooge aus Dickens' Weihnachtsgeschichte vorstellt. Wenn der einen über die Brille hinweg ansieht, ist schon klar, dass man ihm mit Ausflüchten gar nicht erst zu kommen braucht. Er hört sich alles geduldig an, aber davon sollte man sich nicht täuschen lassen.«

»Und der Inhaber selbst? Dieser Lichtenthal?«

»Zu dem dringt man nicht vor, da sitzt ein leibhaftiger Drachen im Vorzimmer, das habe ich alles schon versucht.«

»Ich könnte ...«

»Nein«, fiel Charlotte ihr entschieden ins Wort. »Auf gar keinen Fall. Du siehst entzückend aus, keine Frage, aber das zieht bei ihm nicht.«

»Ich bin nicht so naiv, wie du offenbar denkst. Bei uns gab es auch Männer, weißt du.«

»Ja, aber gewiss ein anderes Kaliber. Männer wie Dominik Lichtenthal sind Raubtiere, eine Art von Männern, wie sie nur eine Stadt wie Berlin hervorbringt. Er ist überaus charmant und glatt, dabei lauert er stets auf den Moment, an dem er zuschlagen kann.«

»Und wenn wir das gesamte Tafelsilber versetzen?«

»Dann haben wir überhaupt nichts mehr für den akuten Notfall.« Charlotte schüttelte mit Nachdruck den Kopf. »Ich kriege das schon hin. Übrigens ist ein Paket für dich gekommen, es liegt im Wohnzimmer.«

»Das ist gewiss das Wollwachs für meine Creme.«

»Dann hast du ja zu tun.« Charlotte sagte das in einem Ton, als sei nun sichergestellt, dass Helena fürs Erste keine weitere Dummheit anstellen konnte.

»Reicht das?« Paula reichte ihr das Geld über den Verkaufstresen. Offenbar war sie nach Charlottes Anruf gleich zur Bank gegangen.

»Ja, vielen Dank.« Erleichtert stieß Charlotte den Atem aus. Damit, dass ihre Freundin so viel erübrigen konnte, hatte sie nicht gerechnet, die Schneiderei lief wohl weit besser, als sie gedacht hatte.

»Martin würde mit dir gehen, das Silber versetzen. Er sagte, als Frau haut man dich sofort übers Ohr.«

Das war Charlotte auch klar, aber sie wollte nicht mit Paulas Bruder das Silber verkaufen, sonst würde er womöglich darauf bestehen, dass sie doch auch gemeinsam ausgehen könnten, wo sie doch gerade so nett unterwegs waren. »Walther Haustedt hat angeboten, mich zu begleiten.« Das war ein alter Freund ihres Vaters.

»Na dann.« Paula wirkte immer ein wenig beleidigt, wenn Charlotte Martins Aufmerksamkeiten ausschlug.

»Dennoch vielen Dank.« Charlotte steckte das Geld in einen Umschlag und würde es direkt mit nach oben nehmen.

»Und? Wie sieht sie jetzt aus?«

»Helena?«

»Wer sonst?«

Charlotte dachte an ihren Vater. »Besser, als gut für sie sein kann.«

»Du machst mich neugierig.«

»Geh halt hoch und sieh sie dir an.«

»Wo ist sie denn?«

»Das weiß ich doch nicht, irgendwo in der Wohnung, vermutlich in ihrem Zimmer.«

Just in diesem Moment trat Helena in den Verkaufsraum, über dem Arm wieder diesen Korb, und sie hatte ihr neues Kleid gegen eines ihrer alten getauscht. Aber das tat dem Gesamteindruck kaum Abbruch, und Charlotte bemerkte, dass Paula sie mit einer Mischung aus Unglauben und Befremden ansah, was Helena entweder nicht bemerkte, oder aber es war ihr gleich.

»Wo kann ich die Creme anrühren?«, fragte sie.

»In der Fertigung hinten.« Charlotte nickte zu dem durch einen Vorhang abgetrennten Bereich. »Ich dachte, du wolltest Duftöle kaufen.«

»Meine Mutter hat selbst welche gewonnen und dazugelegt, das reicht erst einmal. Ich kümmere mich aber darum, dass ich das demnächst selbst mache.« Helena verschwand in der Fertigung.

»Die sieht ja umwerfend aus. Lass sie uns mitnehmen, wenn wir abends rausgehen.«

»Verteilst du deine Sympathien jetzt anhand des Aussehens?«

»So gut, wie sie aussieht, bekommen wir sie bestimmt reich verheiratet, und dann wärst du sowohl sie als auch einen Teil der Geldsorgen los.«

»Bist du jetzt völlig von Sinnen? Ich bin doch keine Kupplerin.« An dem Zucken um Paulas Mundwinkeln erkannte sie, dass die Bemerkung wohl scherzhaft gemeint gewesen war.

»Lass sie uns trotzdem mitnehmen. Macht bestimmt Spaß zuzusehen, wie die Männer sich ihretwegen zum Narren machen.«

»Ich kann mir Unterhaltsameres vorstellen«, murmelte Charlotte. Eine Kundin trat ein, nahm ihre Aufmerksamkeit in Anspruch, und Paula verabschiedete sich.

Bis zum Geschäftsschluss kamen noch ausreichend Kunden, um den Tag nicht als vollkommen vergeudet bezeichnen zu können. Immerhin hatte sie wieder Geld in der Kasse, und zwei Frauen waren sogar extra wegen der Creme gekommen. Der Einführungspreis galt nur noch an diesem Tag, das wollte man ausnutzen. Charlotte nahm das Schild aus dem Fenster und schloss die Tür ab, dann ging sie in die Fertigung.

»Wo füllst du die Creme denn rein?«, fragte sie.

»Meine Mutter hat Porzellandöschen mitgeschickt, aber künftig möchte ich die hier kaufen, sonst wird das für meine Mutter zu teuer.« Helena hatte sich eine Schürze umgebunden und ein Tuch um das Haar. Es duftete nach Rosen und Lavendel.

»Wie weit bist du?«

»Fast fertig. Ich muss nur noch etikettieren.«

Das Büttenpapier. Aber Charlotte wollte nicht schon wieder streiten, dafür war sie einfach zu müde. All die Sorgen – wie sollte man da zur Ruhe kommen? Kein Wunder, dass sie mittlerweile bereits um sieben Uhr abends fast im Stehen einschlief. »Ich gehe morgen Mittag und verkaufe das Tafelsilber. Die Kerle kommen wohl erst am Nachmittag, aber falls nicht, zeige ich dir, wo ich das Geld für sie hinterlege.«

Helena wirkte unsicher, nickte jedoch.

»Ich sehe zu, dass ich schnell wieder hier bin.«

»Du musst nicht auf mich aufpassen, ich bin die Ältere.« Sorgsam träufelte Helena Duftöl in die Schale, in der sie die Creme anrührte. »Außerdem kannst du mich gerne stärker in die Finanzen einbeziehen. Ich mag mich in der Großstadt nicht so gut auskennen und auch nicht deine Bildung genossen haben, aber ich bin in Verhältnissen groß geworden, in denen man lernen musste zu haushalten, sonst reichte das Geld vorne und hinten nicht. Außerdem habe ich durchaus die Schule besucht, ich kann also Einnahmen und Ausgaben ausrechnen, das habe ich daheim ständig getan.«

»Die Buchhaltung meines – unseres – Vaters war eine Katastrophe. Da muss ich erst Ordnung reinbringen.«

Helena zuckte mit den Schultern. »Für die Creme mache ich eine eigene Aufstellung. Jetzt sind noch keine Kosten angefallen, sieht man von dem Pflanzenöl ab, aber nach dieser Reihe werde ich die Zutaten – abgesehen vom Wollwachs – selbst kaufen. Das Wollwachs erhalte ich von meiner Mutter, die es kostenfrei von der Gutsherrin überlassen bekommt. Wir schreiben also erst einmal nur Einnahmen, das sind ja nicht die schlechtesten Voraussetzungen.«

Offenbar hatte ihre Schwester doch mehr Biss als gedacht. Da Charlotte sie nun einmal nicht loswurde, wollte sie sich Paulas pragmatische Ratschläge zu Herzen nehmen und die Hilfe, die ihr da geboten wurde, nicht ausschlagen. Sie brachte das Geld in die Wohnung und legte es in ihr Nachtschränkchen, ehe sie wieder hinunterging und sich im Arbeitszimmer an die Buchhaltung setzte. Während sie arbeitete, stellte sie fest, dass es etwas Beruhigendes hatte, die werkelnden Geräusche von nebenan zu hören, die Gewissheit, dass sie hier nicht ganz allein saß.

Helena beendete die Arbeit für diesen Tag, räumte auf und legte die Utensilien zum Reinigen beiseite. Jetzt musste sie die Tiegel nur noch etikettieren. Sie reckte die Arme über den Kopf und bog den Körper durch, dann ging sie hoch in die Wohnung, blieb einen Moment lang vor dem Spiegel stehen und betrachtete sich. Sie musste unbedingt ein Foto machen und es ihrer Mutter schicken. Wie mondän sie wirkte, ganz anders als bei ihrem Aufbruch. Ein zufriedenes, kleines Lächeln huschte ihr über die Lippen, ehe sie ins Wohnzimmer ging, um die Etiketten vorzubereiten. Außerdem musste sie ein neues Schild schreiben, denn ab kommendem Tag galt der neue Preis von zwei Mark.

Nachdem sie fertig war, ging Helena zu Bett, um am nächsten Morgen direkt nach dem Frühstück ihre Ware anzuordnen. Charlotte hatte das neue Verkaufsschild nur mit gehobenen Brauen kommentiert und den Kopf geschüttelt. Als sie später in die Apotheke kam, sagte sie: »Das kauft niemand für diesen Preis. Niveacreme bekommt man für die Hälfte.«

»Ich verkaufe ein echtes Schönheitsprodukt, und dafür zahlen die Leute, du wirst schon sehen.«

Die Leute kamen. Vereinzelt zwar, aber sie kamen. Helenas nächste Investition wäre ein Fotograf, nicht nur für das Foto für ihre Mutter, sondern auch, weil sie für ihr

Produkt werben wollte, und was wäre eine bessere Werbung als ihr eigener makelloser Teint? Jetzt musste sie nur noch jemanden finden, der ihr ansprechende Werbebroschüren und Plakate erstellte. Das wäre also ihre nächste Investition.

»Das Geld liegt hier«, riss Charlottes Stimme sie aus den Gedanken und brachte sie zurück zu Dingen, in die dringender investiert werden musste. »Ich beeile mich, das wird ja nicht lange dauern. Aber falls sie kommen, solange ich fort bin, zahl sie einfach aus, ja?«

Helena wurde es flau im Magen, aber sie nickte. Was sollte sie auch tun? Sie bestand auf ihrem Anteil, das galt eben auch bei den unangenehmen Aufgaben, und Charlotte hatte dergleichen in der letzten Zeit auch allein bewältigen müssen. Was für ein Mensch war ihr Vater gewesen, seinen Töchtern so ein Erbe aufzubürden? Natürlich hatte er nicht wissen können, dass es ihn so abrupt aus dem Leben reißen würde – wobei, stieg man dann betrunken in ein Auto? –, aber man traf doch trotzdem Vorkehrungen und zahlte zumindest die unangenehmsten Kerle vorher aus.

Während der Mittagspause sah sie immer wieder auf die Uhr, wartete darauf, das Geräusch der sich öffnenden Wohnungstür zu hören. Nach dem Essen räumte Helena den Tisch ab, spülte rasch und ging hinunter in die Apotheke. Vielleicht war Charlotte ja gleich dort geblieben, weil es sich nicht mehr lohnte, jetzt noch zu Mittag zu essen. Der Verkaufsraum war jedoch leer, und Helena stand nun vor der Frage, ob sie öffnen sollte. Sie hatte überhaupt keine Ahnung von Medikamenten, wollte jedoch nicht, dass mögliche Kundinnen ihrer Creme vor verschlossener Tür standen. Schließlich entschied Helena sich dafür, das Schild umzudrehen und die Tür aufzuschließen. Sollte jemand pharmazeutische Produkte kaufen wollen, würde sie denjenigen eben bitten, später noch einmal wiederzukommen.

Immer wieder sah sie zum Fenster hinaus, hoffte, Charlotte endlich zu sehen. Immerhin kamen drei Kundinnen für ihre Creme. So gut, wie sich diese über reine Empfehlung verkaufte, lohnte sich die Ausgabe in Werbung gewiss. Es musste ja nichts Großes sein, einfach nur eine Maßnahme, die Creme auch in anderen Stadtteilen bekannter zu machen. Helena hatte eine eigene Geldkassette für diese Einnahmen und gab diese nicht in die Registerkasse ein, die auf der langen Seite des Verkaufstresens stand.

Als das Glöckchen anschlug, hob Helena den Blick, in der Hoffnung, dass es endlich Charlotte war, und ihr sank der Mut, als sie sich den beiden Männern gegenübersah. Sie schluckte, fuhr sich mit den Händen fahrig über den Rock.

»Keine Angst, Mädchen«, sagte der Große. »Wir holen nur das Geld und sind wieder weg.«

Helena nickte, ging auf Charlottes Seite des Verkaufstresens und zog die Schublade auf, erschrak im ersten Moment, weil der Umschlag mit dem Geld dort nicht lag, und noch während sich ihr Magen zusammenzog, erkannte sie ihren Fehler und öffnete die Schublade auf der rechten Seite. Hier lag das Geld. Sie reichte es dem Mann, der den Umschlag öffnete und nachzählte.

»Alles bestens, Mädchen, du kannst wieder ausatmen.«

Der Mann zwinkerte ihr zu, während der Kleinere einen Zettel auf den Tresen legte.

»Beim nächsten Mal dann den Rest.«

»Wann ist das nächste Mal?«, wagte Helena zu fragen.

»In genau drei Monaten. Einen Aufschub gibt es dann aber nicht, und die Zinsen laufen natürlich weiter.«

Die Männer gingen wieder, und jetzt erst wagte Helena einen tiefen Atemzug der Erleichterung. Die Tür hatte sich kaum hinter ihnen geschlossen, als Charlotte eintrat.

»Es tut mir leid, ich habe sie gerade weggehen sehen. War alles in Ordnung?«

Helena nickte.

»Haben sie die Zahlung quittiert?«

Erschrocken sah Helena sie an. An so etwas hatte sie überhaupt nicht gedacht, aber Charlotte hatte den Zettel, der auf dem Tresen lag, bereits entfaltet.

»Sehr gut«, sagte sie. »Wir müssen zusehen, dass wir in drei Monaten den Rest zusammenbekommen.«

»Hast du das Silber verkauft?«

»Ja, nach langen Verhandlungen. Der Halsabschneider wollte uns über den Tisch ziehen, deshalb hat das so lange gedauert. Es tut mir leid.«

»Ist nicht schlimm, sie sind ja jetzt weg, und du musstest dich vorher auch allein mit ihnen herumschlagen.«

»Wenigstens können wir einen Teil der Schulden bei Lichtenthal bezahlen.«

Sie drehten sich zur Tür, als das Glöckchen erneut anschlug, und Charlotte setzte das auf, was Helena ihr Geschäftslächeln nannte. Die ältere Dame, die eintrat, steuerte jedoch Helena an, und Charlottes Lächeln zerfiel.

JULI 1925

Dominik Lichtenthal betrachtete die spärlich bekleideten Frauen auf der Bühne mit distanziertem Interesse. Das hier war ein Varieté der gehobeneren Art, zurückhaltend genug, damit man mit seiner Ehefrau oder Verlobten hier auftauchte, aber doch anrüchig genug, um nicht als bieder zu gelten. Er war an diesem Abend ohne weibliche Begleitung und dafür in Gesellschaft einiger Freunde hier. Was seine derzeitige Geliebte anging, so keimte in ihm der erste Anflug von Überdruss, und das war erfahrungsgemäß stets der Anfang vom Ende.

Sein bester Freund, Ferdinand Abendroth, erzählte gerade von den Plänen seines Vaters, mit dem Unternehmen zu expandieren. Das Unternehmen Abendroth stellte Teile für Schienen her. »Er wird wohl meinen Bruder nach Frankfurt schicken, um den Standort dort zu leiten.«

»Warum nicht dich?«, fragte Andreas Braun, den Dominik seit Kindesbeinen kannte, weil die Anwaltskanzlei Braun und Brüninghaus seit jeher sämtliche Rechtsfragen der Firma Lichtenthal-Pharma regelte. »Das war doch der Plan, dachte ich.«

»Weil ich in Berlin bleiben möchte. Was soll ich in Frankfurt?«

»Und das hat dein Vater einfach so zugelassen?«

»Na ja, einfach so nicht, ich habe versprochen, mich zeitnah nach einer passenden Ehefrau umzusehen.«

»Ach?« Dominik hob die Brauen. »Jetzt doch?«

Der Kellner erschien mit dem nächsten Schwung gefüllter Gläser und räumte die leeren ab.

»Es galt, die Alternativen gegeneinander abzuwägen.«

»Dann ist ja bald Schluss mit dem schönen Leben.« Frank von Brunow, ein gemeinsamer Schulfreund von Dominik und Ferdinand, deutete mit seiner Zigarre in Richtung der Frauen auf der Bühne.

»Das würde ich nicht sagen.« Ferdinand zündete sich ebenfalls eine Zigarre an und paffte. »Früher oder später trifft es euch alle, dann treffen wir uns regelmäßig auf der abendlichen Flucht.«

Die Männer lachten.

»Eher später als früher«, prophezeite Andreas. »Aber mein Vater kann mir auch nicht mit Enterbung oder so drohen. Wenn er mich nicht als Jurist im Unternehmen möchte, komme ich eben woanders unter.«

»Sobald dein Vater merkt, dass du mit den Roten liebäugelst, bist du ohnehin raus«, entgegnete Ferdinand.

»Ein Roter?« Frank hob die Brauen. »Wie funktioniert denn dann die Freundschaft mit unserem Dominik, der durch und durch Kapitalist ist und sich nicht einmal scheut, ein armes Waisenmädchen auszunehmen?« Er grinste, während Andreas Dominik taxierte.

»Eine erwachsene Frau, die das Unternehmen ihres

Vaters geerbt hat«, erklärte Dominik, ehe ein falscher Eindruck entstand. »Und ich fordere die Zahlungsrückstände ein.«

»Von wem ist die Rede?«, fragte Ferdinand.

»Von der hübschen Apothekerin in der Friedrichstraße.«

»Woher kennst du sie überhaupt? Bei der Masse an Apothekern in Berlin?«, fragte Dominik.

»Ich habe vor einigen Wochen mal ihre beste Freundin kennengelernt.« Ein hintergründiges, kleines Lächeln trat auf Franks Lippen.

»Und sie hat sich bei der Gelegenheit dann gleich darüber beschwert, dass ich ihre Freundin ausnehme?«, fragte Dominik.

»Das kam eher beiläufig zur Sprache, als sich herausstellte, in welcher Branche ich tätig bin. Da führte eines zum anderen.« Franks Familie besaß mütterlicherseits ein Unternehmen für Medizintechnik.

Dominik war sehr zurückhaltend gewesen bisher, aber vielleicht wurde es langsam an der Zeit, die Zügel ein wenig anzuziehen und die Hinhaltetaktik der jungen Frau zu beenden. Wenn sie nicht imstande war, die Apotheke zu halten, sollte sie sie eben aufgeben, sein Problem war das nicht.

»Allerdings«, fuhr Frank fort, »schien es ihr eher darum zu gehen, ein wenig mehr über dich zu erfahren. Sie schien mir interessiert.«

»Während sie gerade mit dir zugange war?«, fragte Andreas. »Wie schmeichelhaft.«

»Nur ein paar Küsse und eine abendliche Verabredung, nichts Ernstes.«

Dominik ließ seinen Blick durch den Raum schweifen, überlegte, ob sich eine kleine abendliche Eroberung lohnen könnte. Nichts Ernstes, denn noch war er ja schließlich liiert, und er hatte gerne geordnete Verhältnisse. Nur ein klein wenig Zerstreuung, mehr nicht. Die Rothaarige dort an der Bar vielleicht? Sie bemerkte seinen Blick, lächelte.

Dominik entschuldigte sich und machte sich auf den Weg zu den Toilettenräumen. Auf dem Rückweg würde er einen kleinen Umweg über die Bar nehmen. Mal sehen, was sich ergab. Er hörte das Keuchen, noch ehe er um die Ecke gebogen war, sah zwei ineinander verschlungene Körper, die sich an die Wand drückten, und er wollte sich bereits diskret abwenden und vorbeigehen, als der Mann sich auf einmal krümmte und den Unterbauch hielt. Die Frau richtete hastig ihre Kleidung, trat rasch einen Schritt beiseite, als wollte sie sich außer Reichweite des Mannes bringen, dann sah sie Dominik an, die Wangen gerötet, die Augen leicht verengt, was wütend und ängstlich zugleich wirkte, als befürchtete sie, dass ihr Gegner nun Verstärkung bekommen hatte.

»Du blöde Hure«, keuchte der Mann und hielt sich immer noch den Unterleib.

»Na, na«, ging Dominik dazwischen. Die Frau drehte sich um und lief davon, und als der Mann Anstalten machte, ihr nachzusetzen, hielt Dominik ihn am Arm fest, sah ihn auf eine Art an, die angeraten sein ließ, es bei der Abfuhr zu belassen. Der Mann spannte einen Moment die Muskeln, dann gab er nach. Dominik ließ ihn los, und der Mann wandte sich abrupt ab und ging davon. Kurz überlegte Dominik, ihm zu folgen, unterließ es dann aber. Die Frau war gewiss in Begleitung, sollte die sich darum kümmern.

»Ich sehe das alles ja nach wie vor pragmatisch. Wenn sie Geld reinbringt, dann investiert sie eben in die Dinge, die Helena für die Creme benötigt.«

»Und meine Schulden?«

»Die kriegst du doch gerade ohnehin nicht gestemmt. Da ist eine sinnvolle Investition gewiss nicht verkehrt.«

»Als könnten wir mit all den großen Kosmetikfirmen mithalten.«

»Darum geht es doch gar nicht. Ihr könntet mit ihnen mitsegeln und eure eigene Nische schaffen.«

»Sie will Geld in Werbung stecken, Geld, das wir nicht haben. Wo bleibt sie eigentlich?« Charlotte sah in Richtung der Toiletten, zu denen Helena bereits seit geraumer Zeit verschwunden war. Wusste sie nicht, dass es als vulgär galt, sich gar zu lange dort aufzuhalten?

»Vielleicht hat sie auf dem Weg dorthin eine Eroberung gemacht«, scherzte Paula. »So, wie die Männer die Köpfe nach ihr verdreht haben.«

Charlotte hatte sie gar nicht mitnehmen wollen, diese Abende mit Paula gehörten ihr, da wollte sie sich die häuslichen Probleme nicht auch noch aufhalsen. Aber dann hatte sie doch nachgegeben, da Helena so inständig gebeten hatte, sie begleiten zu dürfen. Sie sei noch nie nachts aus gewesen, und das sei alles so aufregend. Sie war auch in der Tat staunend wie ein Kind in dieses Etablissement eingetreten, und Charlotte hatte ihr zugezischt, unbeeindruckt zu tun. Paula hingegen hatte nur spöttisch gelächelt. Aber immerhin war der Eindruck, den sie als Trio auf die Männer machten, nicht zu unterschätzen, das bemerkten sie schon beim Eintreten. Sie hatten sich an einen Tisch gesetzt und die erste Bestellung aufgegeben, hatten ausgelotet, bei wem sich eine Eroberung lohnen könnte.

Dann hatte Helena sich entschuldigt, und Paula hatte gespöttelt, das sei gewiss die Aufregung, wenn es sie so kurz nach ihrer Ankunft bereits in gewisse Örtlichkeiten zog. Seither warteten sie darauf, dass Charlottes Schwester zurückkehrte.

»Das dauert aber wirklich arg lange«, wandte nun auch Paula ein. »Soll ich mal nachschauen gehen, was sie da treibt?«

»Was soll sie auf der Toilette schon treiben? Sie …« Charlotte hielt inne, als sie den Mann bemerkte, der nun ebenfalls in Richtung der Toiletten ging. Wie lange war der denn schon hier? Hatte er sie bemerkt, oder war ihm ihre Anwesenheit ebenso entgangen wie ihr bisher die seine? Voll genug war es ja. Sie senkte den Blick, wandte den Kopf halb ab.

»Was ist los?«

»Wir gehen.«

Paula krauste die Stirn. »Wie bitte?«

»Dominik Lichtenthal ist hier.«

»Wo?«

»Gerade vorbei. Ständig läuft er mir über den Weg!«

»Ständig? Das letzte Mal ist schon zwei Monate her oder so.«

Charlotte griff nach ihrem Täschchen. »Lass uns gehen,

ehe er mich bemerkt. Beim letzten Mal kam unmittelbar danach seine Zahlungsaufforderung.«

»Ich dachte, du hättest gezahlt.«

»Nur einen Teil, und seither hat er sich nicht gerührt. Ich will mich nicht in Erinnerung bringen.« Zuerst standen ohnehin dringlichere Zahlungen an, und allein der Gedanke daran ließ in Charlotte jede Lust auf einen geselligen Abend in sich zusammenfallen. Zum Teufel mit diesen Kerlen, die ihr Vater ihr da aufgehalst hatte.

»Vielleicht ist er gar nicht so übel, wenn du ihn nur persönlich kennenlernen würdest.« Paulas Lächeln bekam etwas Verträumtes.

»Du gehst mir mit deiner Schwärmerei für ihn so langsam ganz schön auf die Nerven.«

»Ich bin mir sicher, er küsst phantastisch.«

»Dann probiere es gerne aus, aber bitte nicht, wenn ich dabei bin.«

»Vielleicht macht ihn das ja nachsichtiger.«

»Ein Kuss? Du beliebst zu scherzen! Der ist nicht einmal nachsichtig mit mir, obwohl er weiß, wie schwer ich es habe.«

Kurz darauf erschien Helena endlich, und sie wirkte nicht mehr ganz so ordentlich wie zuvor. Charlotte hob eine Braue.

»Ich gehe«, sagte Helena.

»Das passt gut, dasselbe wollten wir gerade tun.«

»Dann rasch, ehe der Kerl mir nachkommt.«

»Der Kerl?« Paula sah in Richtung der Toilettenräume.

»Er hat mich bedrängt, versucht, mich zu küssen, und mich überall angefasst.«

»Dominik Lichtenthal?« Charlotte starrte sie aus großen Augen an.

»Unsinn, das passt doch zeitlich gar nicht«, sagte Paula.

»Ich weiß nicht, wer es war, auf jeden Fall ein ekliger Kerl. Lasst uns gehen. Habt ihr schon bezahlt?«

»Dieses Mal war ja so schnell keiner aufzutreiben, der das übernimmt.« Paula winkte einen Kellner heran, und sie teilten die Rechnung auf. »Wie bist du den Kerl losgeworden?«

»Ich habe dafür gesorgt, dass seine Hände damit beschäftigt sind, sein Gemächt festzuhalten.«

Jetzt grinste Paula. Das war sichtlich nach ihrem Geschmack. »Immerhin weißt du dich zu wehren.«

»So, und was nun?«, fragte Charlotte, als sie wieder auf der Straße standen.

»Wir amüsieren uns trotzdem«, sagte Paula. »Warum diesen Abend so frühzeitig beenden, nur weil die falschen Männer hier unterwegs sind.«

»Wohin sollen wir denn gehen?«, fragte Helena.

»Berlin bietet Gelegenheiten genug, meine Liebe.« Paula sah sich um, als überlegte sie, welche Richtung sie nun einschlagen sollten. Ihr blonder Pagenkopf glänzte im Licht der Straßenlaternen. Sie und Helena bildeten einen sehr reizvollen Kontrast zueinander, fand Charlotte und war fast ein bisschen eifersüchtig, wie sie die beiden zusammenstehen und sich beraten sah, wie der Abend weitergehen sollte.

»Ins Kakadu?«, schlug Paula vor.

»Ganz sicher nicht«, widersprach Charlotte.

»Da war ich noch nie, und es soll unglaublich verrucht sein. Oder ins Romanische Café? Ein paar Künstlern und Intellektuellen die Köpfe verdrehen?«

»Ach, ich weiß nicht. Nach Spaß klingt das nicht«, wandte Helena zögernd ein.

»Ist es auch nur dann, wenn man da etwas explizitere Wünsche hat«, antwortete Charlotte.

»Du solltest es mit meinen expliziten Wünschen auch mal versuchen, das entspannt ungemein.«

»Ich bin entspannt.«

»Hmhm«, machte Paula, während sie nachdenklich die Straße entlang sah.

Sie diskutierten hin und her, ohne zu einer Einigung zu gelangen, und schließlich mussten sie einräumen, dass die Stimmung dahin war. Helena hatte der erzwungene Kuss wohl ernüchtert, obwohl das ja eigentlich keine große Sache war. Charlotte konnte nur mehr an ihre Schulden denken und daran, dass sie immer noch nicht wusste, wie sie alles bezahlen sollte. Und Paula wollte unbedingt eine Eroberung für einen Abend machen. Da es ein schöner Sommerabend war, machten sie sich zu Fuß auf den Heimweg, begleiteten Paula nach Hause und gingen dann zu zweit in Richtung Friedrichstraße.

»Ihr seid doch nicht wirklich nur meinetwegen gegangen, oder?«, fragte Helena.

»Nein, ich habe Dominik Lichtenthal gesehen.«

»Und? Hat er irgendwie verfügt, dass du nicht in seine Nähe kommen darfst?«

»Er soll sich einfach nicht an mich erinnern, bisher hält er so angenehm still, daran soll sich nichts ändern.«

»Verstehe.«

Sie waren an ihrem Haus in der Friedrichstraße angekommen, und Charlottes Blick fiel auf Helenas handgeschriebenes Schild im Fenster, mit dem sie die Creme anpries. Rosenberg Kosmetik. Klang eigentlich gar nicht schlecht.

Charlotte überflog den Brief bloß, dann knallte sie ihn wütend auf den Verkaufstresen. Verdammt! Als hätte er sie gewittert. Wie ein Raubtier. Und schon schlug er zu, drohte ganz unverhohlen mit den Maßnahmen, die ihr bevorstanden, wenn sie nicht zahlte. Die Lieferungen hatte er ja bereits eingestellt, was zwar nicht zu echten Engpässen führte, da es noch andere Pharmafirmen gab, aber irgendwie kannten sich die Leute untereinander, und die sehr subtile Drohung, dass ihre Zahlungsmoral vermutlich auch andere Unternehmen abschrecken könnte, weiterhin mit ihr zu arbeiten, schwang zwischen den Zeilen mit. Dieser Mistkerl!

Dabei musste sie nächsten Monat erst einmal den Kreditgeber auszahlen, eine Summe, die durch die horrenden Zinsen wieder angewachsen war. Wie sollte man je schuldenfrei werden, wenn die Summe sich Monat um Monat vergrößerte und man die ganze Zeit nur dabei war, irgendwie die anfallenden Zinsen abzustottern? In Momenten wie diesen war Charlotte versucht, einfach alles hinzuwerfen und das Haus zu verkaufen. Aber was sollte sie danach tun? Wohin gehen?

Dank Helenas Creme kam zumindest ein bisschen mehr Geld rein, aber das investierte sie ja jedes Mal gleich wieder und zweigte nur ein wenig Geld ab, das sie brauchte, um ihre Garderobe moderner auszustatten und hochwertige Kosmetik zu »Forschungszwecken« zu kaufen. Wenigstens gingen sie elegant zugrunde. Helena konnte zurück zu ihrer Mutter, konnte da irgendeinen Dorftrottel heiraten und die modernen Kleider in den darauffolgenden Jahren in wehmütiger Nostalgie betrachten. Aber was blieb Charlotte? Sie hatte keine lebenden Verwandten mehr. Vielleicht konnte sie vorübergehend bei Paula unterkommen, aber lange würde das nicht funktionieren. Und dann? Musste sie in ein verwahrlostes Zimmer ziehen, in dem es zog und die Wände Schimmel schwitzten? Bei dem Gedanken wurde ihr ganz elend.

War es ein fragwürdiger Wink des Schicksals, dass gerade jetzt Paulas Bruder Martin die Apotheke betrat? Augenblicklich war Charlotte auf der Hut, denn normalerweise kam er nicht hierher. Vielleicht brauchte er lediglich ein Medikament, obwohl die Familie diese über Paula bezog. Leider war Charlotte auch noch allein in der Apotheke, weil Helena unterwegs war, um einen Drucker für die Werbezettel aufzusuchen. Ob Martin das geahnt hatte? Oder hatte Paula es ihm gar erzählt?

»Wie geht es dir, Charlotte?«

»Gut.« Charlotte setzte einen geschäftsmäßigen Gesichtsausdruck auf. »Was kann ich für dich tun?«

»Ich dachte, wir könnten mal zusammen ausgehen.«

Genau das hatte sie befürchtet. Offenbar hatte er ihren Kuss weniger peinlich in Erinnerung als sie. »Im Moment habe ich viel zu tun.«

Er ging durch die Apotheke, blieb vor der kürzeren Seite der Verkaufstheke stehen, nahm einen Tiegel von Helenas Creme, öffnete ihn, schnupperte daran und verzog das Gesicht. »Wer kauft dieses blumige Zeug?«

»Frauen.«

»Aber gewiss nicht die mit gutem Geschmack, oder?«

Es ärgerte Charlotte ein wenig, dass er sich bei ihr anbiedern wollte, indem er Helenas Creme schlechtmachte. Es stimmte, sie selbst war mit der ganzen Sache nicht einverstanden gewesen, aber die Creme verkaufte sich nun einmal, und Geld brauchten sie dringend. »Das sind hochwertige Öle, den Lieferanten habe ich selbst ausgesucht.«

Sie bemerkte, wie sich blassrote Flecken auf seinen Wangen bildeten, und er räusperte sich und stellte den Tiegel zurück. »Du hast ziemlich große finanzielle Schwierigkeiten, nicht wahr?«

Das ging ihn ja nun überhaupt nichts an. Charlotte schwieg.

»Vor allem, wenn du nun auch noch alles mit dieser Fremden teilen musst. Soll ich mich mal darum kümmern, ihre Herkunft zu erforschen?«

»Was gibt es denn da zu erforschen? Ihre Mutter ist die frühere Ehefrau meines Vaters.« Dieses großspurige Getue war ja noch peinlicher als die Anbiederei.

»Vielleicht ist sie ja eine Hochstaplerin.«

Charlotte hatte nicht die geringste Lust, sich auf ein

so unfruchtbares Gespräch einzulassen. »Wohl kaum. Ihr Anspruch ist unstrittig.«

Er lehnte sich leicht vor auf die Verkaufstheke. »Und? Gehst du mit mir aus?«, wechselte er unvermittelt zurück zu seinem eigentlichen Anliegen.

Wie kam es, dass er ihr mangelndes Interesse an ihm nicht bemerkte? Spätestens nach dem Kuss hätte es ihm klar sein müssen. Charlotte hätte sich gar nicht darauf einlassen sollen, ihn zu küssen, aber er konnte durchaus charmant sein, wenn er sich Mühe gab. Außerdem sah er ganz gut aus, hatte ebenso wie Paula blondes Haar, zu denen die braunen Augen einen interessanten Kontrast bildeten. Da war sie schwach geworden.

»Zusammen mit Paula?«, fragte sie, obwohl sie es besser wusste.

Er wirkte ein wenig konsterniert. »Es wird nicht nötig sein, meine Schwester als Anstandsdame mitzunehmen.«

»Paula ist meine beste Freundin und nicht meine Anstandsdame.«

»Und wenn ich lieber mit dir allein wäre?«

Im Grunde genommen brachte es nichts, darum herumzureden. Eine Abfuhr war eine Abfuhr, gleich, wie man sie formulierte. »Sei mir nicht böse, aber ich denke, das wäre keine gute Idee.«

»Und warum nicht?«

»Weil ich dir keine falschen Hoffnungen machen möchte.«

Er zog die Brauen zusammen. Ganz leicht nur, aber es war ausreichend, um keinen Zweifel daran zu lassen, dass er nicht vorhatte, es bei einem »Nein« zu belassen. »Ich finde, angesichts dessen, dass ich dir so selbstlos helfe, ohne mich dabei in den Vordergrund zu drängen, könntest du durchaus ein wenig Entgegenkommen zeigen.«

»Wann hättest du mir je geholfen?«

In dieser Art, spöttisch und ein klein wenig überheblich zu lächeln, erkannte Charlotte Paula. In diesem Moment war die familiäre Ähnlichkeit unverkennbar. Glücklicherweise erschöpfte sie sich nur in Äußerlichkeiten. »Dachtest du, das Geld, mit dem Paula dir ausgeholfen hat, wären ihre eigenen Ersparnisse?«

Das verschlug Charlotte die Sprache.

»Denkst du nicht, da wäre ein klein wenig Dankbarkeit angeraten? Immerhin handelte es sich nicht gerade um eine kleine Summe.«

Dafür fand Charlotte erst nach ein paar Anläufen die richtigen Worte. »Ich soll mich für diese Summe also aus Dankbarkeit an dich verkaufen?«

»Natürlich nicht! Wofür hältst du mich?« Seine Empörung war nicht gespielt. »Ich möchte nur mit dir ausgehen, mehr nicht.«

»Ich soll also mit dir ausgehen, weil du mir Geld gegeben hast? Ist das nicht etwas armselig? Ich meine, möchtest du den ganzen Abend dasitzen und daran denken, dass ich an deiner Seite bin, weil du mir deine Ersparnisse geliehen hast?«

Rote Flecken tanzten auf seinen Wangen. »Warum diese Feindseligkeit, Charlotte? Immerhin gab es ja mal ein gewisses … hm … Einverständnis zwischen uns.«

»Das war ein Kuss, mehr nicht.« Ob er ahnte, wie oft seine Schwester zu dieser Art von *Einverständnis* kam?

Paula begründete das stets damit, dass man ja nie wissen könne, welcher Frosch sich als Prinz entpuppte, aber in Wahrheit ging es ihr um das Vergnügen. Ohnehin hätte sie von Martin für keine der beiden Begründungen Nachsicht zu erwarten. Er war in dieser Hinsicht erstaunlich konservativ für einen Mann, der leichten Frauen gegenüber keineswegs abgeneigt war.

»Ich bin dir für deine Hilfe sehr dankbar, und ich werde dir das Geld zurückzahlen, aber ich bin nicht bereit, dafür irgendeine Art von Gegenleistung zu erbringen. Das war nicht Teil der Abmachung.«

»Dann stell dich schon einmal darauf ein, dass ich demnächst die erste Rate zurückgezahlt haben möchte. Mit Zinsen, versteht sich.« Damit drehte er sich um und ging.

Ein weiterer Schuldner, der auf baldige Rückzahlung bestand – genau das hatte sie jetzt noch gebraucht. Hatte Paula nicht gesagt, sie solle sich darum keine Gedanken machen? Ihr wuchs das alles über den Kopf. Es waren ja nicht nur Lichtenthal und dieser fragwürdige Kreditgeber. Da war ein Bankkredit, der monatlich abbezahlt werden musste, da ihr Vater die Apotheke modernisiert hatte, ohne das Geld dafür zu haben. Die Handwerker waren bisher nur zum Teil ausbezahlt worden und erinnerten stetig an ihre Forderungen. Aus diesem Grund hatte Charlotte denjenigen, der ihr vor einigen Wochen ein Leitungsrohr in der Wohnung hatte reparieren müssen, direkt ausbezahlt, weil er angesichts ihres Rufes nicht bereit gewesen war zu stunden.

Es gab Pharmalieferanten außer Lichtenthal, die Forderungen stellten, und sie schaffte es gerade so, die Gas-

und Wasserwerke zu bezahlen und die Lebenshaltungskosten zu bestreiten. Die Apotheke könnte einigermaßen gut laufen, wenn nicht ständig irgendwo etwas zu bezahlen wäre. Einen Wagen, den sie hätte veräußern können, hatte sie auch nicht mehr, den hatte ihr Vater bei seiner letzten – im wahrsten Sinne des Wortes – halsbrecherischen Fahrt zerstört. Und da sollte man nicht verzweifeln?

Helena stand vor den Kosmetikauslagen im Kaufhaus Tietz. Natürlich hatte Charlotte recht, sie erfand das Rad nicht neu, aber das musste sie auch gar nicht, es reichte, wenn sie ihre eigene Nuance in das bereits Vorhandene einbrachte. Angesichts der Masse an hochwertiger Kosmetik – Elizabeth Arden, Helena Rubinstein – war es ja geradezu eine Herausforderung, etwas Neues und Exklusives zu kreieren. Das brachte ihre Gedanken zurück zu dem Werbebrief, den sie gerade in Auftrag gegeben hatte. Ihr Konterfei, wobei nur die Lippen und die Augen koloriert waren, und daneben der Werbetext:

Rosenberg Kosmetik
Crème Vienne

Als exklusive Mischung
für die Baronin W. entwickelt
Jetzt auch erhältlich
in der Pharmazie Rosenberg

Sie war ein klein wenig stolz auf sich. Das klang alles so geschäftsmäßig und professionell, und es war genau das, was sie wollte – Schönheit schaffen. Jeder Frau zeigen, dass sie schön sein konnte. Das hatte ihr schon immer Spaß gemacht, wenn sie ihre Mutter begleitete und der Baronin bei Zofendiensten zur Hand ging – eine richtige Zofe beschäftigte diese seit dem Krieg nicht mehr.

Als sie das Kaufhaus verließ, war sie in Hochstimmung und pfiff gänzlich undamenhaft ein Lied, wie es der Stallbursche der Baronin hin und wieder tat, wenn er gut drauf war. Sie ging gerade in Gedanken durch, welche Kosten auf sie zukamen, wenn sie die Creme in größerer Menge produzierte, als eine Frau etwas aus einem Hauseingang kickte, das wie ein weißes Fellbündel aussah. Helena wäre fast darüber gefallen und erschrak, als das Bündel sich nun bewegte, aufjaulte, weil sie es wohl mit der Schuhspitze getroffen hatte.

»Ach je«, rief sie und ging in die Hocke. »Das tut mir leid.«

»Ist das Ihr Köter?«, schimpfte die Frau. »Lungert hier die ganze Zeit herum. Zweimal bin ich über ihn gefallen!«

»Der ist ja noch ganz klein.« Helena hob den zitternden Hund auf. »Warum tun Sie ihm weh?«

»Dann halt das Vieh demnächst an der Leine.«

Helena sah sich um, aber niemand wirkte, als ginge ihn die Szene etwas an. Die Menschen machten einfach einen Schlenker um sie herum und eilten weiter. Der kleine Hund trug kein Halsband und auch sonst nichts, wodurch erkennbar war, wem er gehörte. Vermutlich war er schlicht und ergreifend ein Streuner, ein Welpe, der sich irgendwie allein durchschlug. Oder war er davongelaufen?

»Na komm, mein Kleiner.« Helena spürte in dem warmen Fell das heftig schlagende Herz unter den Fingern. »Dann bleibst du eben fürs Erste bei mir, nicht wahr? Und morgen sehen wir weiter.«

Da der Welpe keine Anstalten machte, sich zu befreien, behielt Helena ihn kurzerhand auf dem Arm und ging mit ihm heim. Mittlerweile bewegte sie sich einigermaßen sicher durch die Straßen. Währenddessen streichelte sie den kleinen Hund immer wieder, sprach leise auf ihn ein, hob ihn einmal hoch, um zu sehen, ob es eine Hündin oder ein Rüde war, denn er brauchte ja – zumindest vorübergehend – einen Namen. Das war eine Frage, über die Helena den ganzen Weg über nachdachte. Charlotte sah indes wenig begeistert aus, als Helena eintrat.

»Was macht dieser verlauste Köter in der Apotheke?«

»Sie ist nicht verlaust.« Zumindest hoffte Helena das. »Estelle wird jetzt bei uns wohnen.«

»Ja, großartig, da wir ja auch, ohne ein zusätzliches Maul zu stopfen, so gut über die Runden kommen. Wo hast du den Hund überhaupt her?«

»Jemand hat sie einfach auf die Straße geworfen. Mit einem Fußtritt.« Der Gedanke daran wollte Helena die Tränen in die Augen treiben. Während der Wegstrecke hatte sie die Kleine schon sehr liebgewonnen.

Estelle wiederum schien zu ahnen, dass es um sie ging und hier gerade über ihre Zukunft und vor allem ihren Fressplatz entschieden wurde. Sie sah Charlotte aus glänzenden, dunklen Augen an. Diese seufzte.

»Na ja, sie ist ja schon ganz süß.« Behutsam streckte Charlotte die Hand aus, kraulte den Hund hinter den Ohren. »Und so zutraulich, nicht wahr?« Ihre Stimme hatte sich verändert, klang weicher, kosender. Das war wohl so eine Art Reflex. Man konnte einfach nicht anders mit diesem Hundebaby sprechen als in liebkosender Babysprache.

»Dann bleibt sie?«

Charlotte räusperte sich und sah auf. »Wir können sie ja schlecht auf die Straße setzen, jetzt, da du ihr praktisch schon Hoffnungen gemacht hast.« Sie schloss die Tür für die Mittagspause ab. »Welchen Werbetext hast du jetzt eigentlich genommen? Nicht diesen dick aufgetragenen mit der exklusiven Mischung, oder?«

»Doch, genau den. Mit Zurückhaltung kommt man im Bereich Kosmetik und Schönheit nicht weit. Keine Frau möchte Kosmetik kaufen, von der die Herstellerin selbst nicht überzeugt ist.« Helena spürte feuchte Wärme an ihrem Arm, und es brauchte einen Moment, um die Ursache herauszufinden. »Ach, verdammt!«

»Raus!« Charlotte wies ihr mit der Hand die Tür. »Ehe du auf den Boden tropfst. Das hier ist eine Apotheke! Wir verkaufen Arzneien.« Da es ihr offenbar nicht schnell genug ging, begann sie gar, Helena zu schieben.

»Ist ja gut, ich gehe ja schon.«

»Und sieh zu, dass er nicht auf Teppiche pinkelt!«

»Es ist eine Sie.«

Darauf antwortete Charlotte nicht, sondern warf die Tür nachdrücklich ins Schloss, sodass Helena allein mit dem Hund im Treppenhaus stand. »Mach dir nichts draus, so ist sie immer«, erklärte sie Estelle, während diese ohne den Anflug eines schlechten Gewissens zu ihr aufblickte.

Nachdem sie sich gewaschen und umgekleidet hatte, machte Helena sich daran, Estelle zu waschen, was dieser überhaupt nicht gefiel, dafür sah sie danach aber einfach entzückend aus mit dem blütenweißen, flauschigen Fell und den schwarzen Knopfaugen. Da Helena keine Ahnung hatte, was so ein kleiner Hund fraß, schnitt sie Fleisch klein und kochte es, gab ein paar Kartoffeln dazu, zerdrückte diese, nachdem sie gar waren, und stellte es auf gut Glück vor der Kleinen ab. Estelle zögerte nicht lange, sie schien wirklich hungrig zu sein, und das Schälchen hatte sich schnell geleert.

»Mehr ist leider nicht da«, sagte Helena bedauernd. »Außerdem muss ich jetzt arbeiten, aber ich glaube, vorher gehen wir noch einmal vor die Tür, damit nicht wieder ein Malheur passiert.« Sie fand nach einigem Suchen an der Garderobe ein seidenes Tuch, das sie dem Welpen umband, und befestigte einen langen schmalen Seidenschal daran. Das musste fürs Erste genügen.

Tatsächlich war es die richtige Entscheidung gewesen, mit dem Hund nach draußen zu gehen, und sie schafften es ganz knapp.

»Seit wann habt ihr einen Hund?«, hörte Helena Paulas Stimme.

»Ist mir heute zugelaufen.«

Paula beugte sich zu Estelle hinunter und kraulte sie hinter den Ohren. »Bist du sicher, dass er niemandem gehört?«

»Sie sah zumindest nicht danach aus. Wer lässt auch so ein Baby allein durch die Straßen stromern?«

»Na, ein Baby ist sie nicht mehr, eher im Flegelalter.«

»Bist du sicher?«

»Ganz sicher, wir hatten seit meiner Kindheit Hunde.« Erneut kraulte Paula Estelle, dann richtete sie sich auf. »Ist Charlotte da?«

Helena nickte zur Apothekentür hin und wandte sich wieder Estelle zu, versicherte sich, dass vorerst keine weitere Pfütze zu erwarten war, und ging zurück ins Haus.

»Ist das mein seidenes Tuch, das der Hund da trägt?«

»Irgendetwas musste ich ihr ja um den Hals binden.«

»Dann nimm gefälligst deine eigenen Sachen. Das gibt es doch wohl nicht!« Charlotte sah den kleinen Hund an, der schwanzwedelnd aus dunklen Knopfaugen zu ihr aufblickte. Sie sah ja schon ganz niedlich aus mit der taubenblauen Seide um den Hals.

»Ich hatte kein Tuch, das ihr gepasst hätte. Du kannst es jetzt wieder nehmen, ich wollte nur nicht, dass sie mir draußen wegläuft.«

»Das binde ich mir bestimmt nicht mehr um, das darfst du erst einmal waschen.«

Helena verdrehte die Augen. Klar, sie war auf dem Gutshof, wo ihre Mutter arbeitete, vermutlich zwischen Tieren und in Misthaufen herumgekrochen. Aber Charlotte würde gewiss nicht mit einem Tuch ausgehen, das nach Hund roch. »Was macht sie überhaupt hier? Hatte ich nicht gesagt, nicht in die Apotheke oder die Fertigung?«

»Ganz recht, aber das hier ist das Arbeitszimmer, und

das hast du nicht in das Verbot eingeschlossen. Hast du zufällig eine Decke, die ich hier hinlegen kann?«

»Nein!«

Helena öffnete die Tür zum Hinterhof, der früher einmal schön begrünt gewesen war, jetzt aber mehr oder weniger vor sich hin gammelte, weil Charlotte keine Zeit hatte, sich darum zu kümmern. Estelle lief schwanzwedelnd hinaus und sprang mit allen Pfötchen auf einmal auf einen Vogel zu, der rasch aufstob. Danach jagte sie einen Schmetterling. Charlotte räusperte sich. »Wie auch immer. Nur hier und nirgendwo sonst hier unten. Oben darf sie nur ins Wohnzimmer und in den Flur. Vor allem nicht in die Küche.«

Helena seufzte übertrieben laut.

»Womit hast du sie gefüttert?«

»Wir hatten noch Fleisch.«

»Du meinst das, was ich für morgen aufbewahren wollte?«

»Irgendetwas musste sie ja fressen.«

»Irgendetwas müssen *wir* auch essen. Geh morgen einkaufen, zweig es von deinem Creme-Geld ab. Und am besten holst du auch gleich Hundefutter.«

»Hmhm«, murmelte Helena. Sie hatte sich mittlerweile an den Tisch gesetzt.

»Was machst du hier überhaupt?«

»Kosten berechnen. Wir brauchen mehr Creme.«

Charlotte kehrte zurück in die Apotheke, wo Paula gerade die Stellung hielt. »Warum hast du mir nicht gesagt, dass das Geld, das du mir geliehen hast, von deinem Bruder stammt?«

»Ich dachte nicht, dass das eine Rolle spielt.«

»Wenn er zu mir kommt und mich fragt, ob ich mit ihm ausgehe, und dabei erwähnt, dass ich ihm Geld schulde, dann spielt das sehr wohl eine Rolle.«

»Ich wusste nicht, dass er das tut.«

»Er will es verzinst zurück, und die erste Rate ist bald fällig.«

»Ich rede mit ihm.«

Charlotte hatte nur wenig Hoffnung, dass das etwas brachte, aber da ließ sich nun einmal auch nichts ändern.

»Was hat er denn jetzt genau zu dir gesagt?«

»Er wollte, dass ich mit ihm ausgehe.«

»Und was noch?«

»Reicht das nicht?«

Paula sog einen kurzen Moment lang die Unterlippe zwischen die Zähne. »Was hättest du dir denn vergeben, mal einen Abend mit ihm tanzen zu gehen? Immerhin ist das nicht irgendein Fremder.«

»Das ist doch wohl hoffentlich nicht dein Ernst. Ich gehe nicht mit jemandem aus, nur weil ich ihm Geld schulde.«

»Du stellst es dar, als hätte mein Bruder von dir irgendetwas Anrüchiges verlangt.«

»Wenn er auf meine Absage hin meine Schulden bei ihm ins Feld führt, finde ich das durchaus anrüchig.«

»Er hat ja nicht von dir verlangt, mit ihm ins Bett zu gehen.«

Wer konnte schon wissen, was er als Nächstes verlangt hätte? Aber das auszusprechen unterließ Charlotte tunlichst, immerhin wusste sie, wie empfindlich Paula reagierte, wenn es um ihren Bruder ging. »Ich zahle ihm das Geld zurück. Aber ich gehe nicht mit ihm aus, nur, weil ich ihm etwas schulde. Das ist doch armselig.«

Augenblicklich setzte Paula jenen schnippischen Ausdruck auf, den Charlotte als Kind immer zu imitieren versucht hatte. Das eine oder andere Mal hatte ihr das eine Ohrfeige von ihrem Vater eingebracht. »Du liebe Güte«, sagte Paula. »Es ist ja nicht so, als könnte er nicht mit anderen Frauen ausgehen. Und er hat ja wohl nicht als Gegenleistung angeboten, dir die Schulden zu erlassen, oder? Von Geld gegen Ausgehen kann also nicht die Rede sein.«

Charlotte gab es auf. Auf ihren Bruder ließ Paula nichts kommen, so war das schon immer gewesen. »Ich sehe zu, dass ich das Geld schnellstmöglich aufbringe.«

»Er wird dir hier schon nicht die Tür einrennen.«

Kurz darauf verabschiedete Paula sich. An ihrem abrupten Abgang war unschwer zu erkennen, dass sie verärgert war. Im Zweifelsfall war Blut eben doch dicker als Wasser.

Bis zum Abend blieb Charlotte allein im Verkaufsraum, hörte nur, wie einige Male die Haustür ins Schloss fiel. Offenbar ging Helena mit dem Hund raus. Sollte sie nur, darum würde Charlotte sich nicht auch noch kümmern, da konnte der Welpe so herzig sein, wie er wollte. Als sie abends ins Arbeitszimmer kam, saß Helena am Schreibtisch und blätterte Journale durch, während der Hund auf dem Teppich unter dem Schreibtisch schlief.

»Das nennst du arbeiten?«, begrüßte Charlotte sie.

»Ja, durchaus. Das sind Modemagazine, und ich sehe

mir die Angebote für Kosmetik an. Das mit der Creme ist ein schöner Anfang, aber ich kann mir vorstellen, dass sich das auf Dauer erweitern lässt. Apotheken, die Cremes verkaufen, sind ja nicht so selten, wir müssen uns neben der Exklusivität noch etwas anderes überlegen. Einen echten Verkaufsschlager.«

Charlotte setzte sich auf den Stuhl, der auf der anderen Seite des Schreibtischs stand. »Lass mal sehen.«

Helena reichte ihr das Magazin, und Charlotte blätterte es durch, sah aufwendig geschminkte Film- und Werbeschönheiten. »Dass das ein gefragter Markt ist, stimmt ja durchaus. Aber sieh dir mal diese Namen an. Rubinstein, Arden – da können wir nicht mithalten.«

»Die haben auch klein angefangen. Ebenso wie jeder andere Gründer der heute bekannten Marken.«

»Ja, aber das waren andere Zeiten. Vor zwanzig Jahren war der Markt nicht so umkämpft wie heute. Damals galt es noch als anrüchig, wenn eine Frau sich schminkte, daran erinnere ich mich noch von meiner Mutter. Die sagte, nur Huren tragen Wangenrouge und Lippenstift. Da war es noch revolutionär, sich mit solchen Produkten auf dem Markt zu platzieren. Aber heute?« Sie zuckte mit den Schultern.

»Und du denkst, damit war es das? Es wird ab jetzt keine weitere Marke für Kosmetik geben?«

»Wenn, dann unter anderen Startbedingungen. Da steckt mehr Geld dahinter, mehr Möglichkeiten, die ausgeschöpft werden können.«

»Ich weigere mich zu glauben, dass es nur geht, wenn man mit einem goldenen Löffel im Mund geboren wurde.«

»Na, auf jeden Fall besser, als wenn man einen Haufen Schulden hat.«

»Vielleicht sorgt ja gerade das dafür, dass wir mit der nötigen Demut und Entschlossenheit an die Sache herangehen.«

Aber sicher doch. Charlotte blätterte in dem Magazin, sah sich die Werbung an und fragte sich, wie Helena glauben konnte, sie würden jemals ernsthaft damit in Konkurrenz treten. Machte das nicht geradezu den Eindruck, als würden kleine Kinder versuchen, bei den Erwachsenen mitzuspielen? »Hast du überhaupt eine Ahnung, wie du so etwas bewerkstelligen willst? Das sind doch enorme Kosten, die da auf uns zukämen.«

»Ich mache das ja nicht einfach so ohne Grundlage. Erst einmal sehe ich zu, dass ich den Verkauf der Creme steigere. Vielleicht können wir sogar Geschäfte beliefern, wenn es gut läuft.«

Luftschlösser waren das, mehr nicht. Darauf würde Helena schon noch selbst kommen, früher oder später. Vielleicht verkaufte sich ihre Creme leidlich gut, aber das wäre wohl kaum der Grundstein für ein Kosmetikimperium.

AUGUST 1925

Die Werbung funktionierte, das musste sogar Charlotte einräumen. Helena fertigte bis in die Abendstunden hinein die Creme an, investierte Geld in weiße Porzellantiegel und in Duftöle. Wollwachs bekam sie nach wie vor von ihrer Mutter. Allerdings war es nicht die Arbeit, die sie erschöpfte, sondern der Umstand, dass ein kleiner Hund anstrengender sein konnte, als seine Größe vermuten ließ. Leider ließ sich Charlotte nicht erweichen, ihren Schlaf zu unterbrechen, wenn Estelle rausmusste. Hoffentlich würde das irgendwann auch mal anders.

»Sie ist halt noch klein«, erklärte Paula. »Das muss sie auch erst lernen.«

Helena hatte eine Decke ins Wohnzimmer gelegt, auf der der Hund schlief, aber trotzdem hatte er sich für ihre nächtliche Erleichterung den Wohnzimmerteppich ausgesucht. Charlottes Wutschrei hatte Helena am frühen Morgen aus dem Schlaf gerissen, und die folgende Stunde hatte sie damit zugebracht, den Teppich zu reinigen. Glücklicherweise war es bei diesem einen Zwischenfall geblieben, denn seither stand Helena nachts auf und führte den Hund raus.

Als sie in dieser Nacht gähnend auf dem Bürgersteig stand und darauf wartete, dass Estelle sich endlich erleichterte, wunderte sie sich nicht zum ersten Mal, dass diese Stadt offenbar niemals schlief. Sie beobachtete eine Frau und einen Mann, die sich langsam näherten. Die Frau sagte etwas, was Helena nicht verstand. Es klang wenig freundlich. Den Mann beeindruckte das offensichtlich nicht, er griff nach ihrem Arm, und sie fuhr herum, riss sich los und eilte weiter. Helena hielt den Ausschnitt ihres Sommermantels zu, damit man das Nachthemd darunter nicht bemerkte. Nicht gerade die passende Aufmachung für Heldentaten, aber sie würde auch nicht schweigend danebenstehen und zusehen, wenn der Mann die Frau belästigte.

Als sie fast auf Höhe der Apotheke waren, griff der Mann erneut nach dem Arm der Frau, riss sie grob herum, und dieses Mal hatte sie es offensichtlich nicht so leicht, sich zu befreien. Sie rangen miteinander, der Mann zischte ihr etwas zu, sie wollte ihn ohrfeigen, aber er fing ihre Hand auf, lachte. Nun trat Helena aus dem Schatten des Hauses, neben ihr Estelle, die ganz aufgeregt war und begeistert mit dem Schwanz wedelte.

»Lassen Sie die Frau los«, sagte sie mit so viel Festigkeit in der Stimme, wie sie nur aufbringen konnte.

Der Mann starrte sie ungläubig an, aber immerhin lockerte er dabei seinen Griff so weit, dass die Frau ihm den Arm entwinden konnte.

»Na, so etwas!« Der Mann lachte. »Irene, offenbar hast du eine Beschützerin im Nachthemd mit einer wilden Bestie an der Leine.«

Helena spürte, wie sie rot anlief, und rasch fasste sie den Mantelausschnitt wieder zusammen und hob das Kinn. »Zu zweit sind wir Ihnen trotz allem überlegen, nicht wahr?«

Nun sah auch die Frau sie an, zog ganz leicht die Brauen hoch, Irritation wie eine dünne Tünche über dem Zorn. Dann glättete sich ihre Stirn, und sie atmete langsam aus, wandte sich wieder dem Mann zu. »Verzieh dich!«, sagte sie.

»Sonst was?«

Ein Automobil wurde langsamer, hielt schließlich neben ihnen an. Darin saßen zwei androgyn wirkende junge Männer, und der Beifahrer kurbelte das Fenster hinunter. »Benötigen die Damen Hilfe?«

Die Frau sah ihr Gegenüber an. »Benötigen wir Hilfe? Oder verschwindest du freiwillig?«

Der Mann schien etwas sagen zu wollen, sah schließlich erneut Helena an, dann die beiden Männer im Auto und schüttelte schließlich den Kopf, ehe er sich abwandte. »Das glaubt mir doch kein Mensch«, murmelte er.

Die beiden Männer nickten ihnen zu und fuhren weiter, während sich die fremde Frau eine Zigarette ansteckte. »Auch eine?«

Helena nickte, nahm eine Zigarette aus dem silbernen Etui und ließ sich Feuer geben.

»Irene Danelius«, stellte die Frau sich vor, und Helenas Augen weiteten sich.

»Die Schauspielerin?«

»Ebendiese.« Die Frau lächelte. »Was für ein beeindruckender Auftritt!«

»Normalerweise laufe ich nachts nicht im Nachthemd durch die Straßen.«

»Habe ich mir fast gedacht.« Irene Danelius beugte sich hinunter und streichelte Estelle.

»Helena Rosenberg«, stellte Helena sich mit einer Verspätung vor.

»Was für ein schöner Name!«

Sie rauchten schweigend, und Helena sah in die Richtung, in die der Mann gegangen war.

»Möchten Sie, dass ich Ihnen ein Taxi rufe? Wir haben ein Telefon.«

»Das wird nicht nötig sein.« Die Frau warf ebenfalls einen kurzen Blick die Straße hinunter. »Er weiß, wo ich wohne, also würde ein Taxi nichts ändern, wenn er sich entschließt, mich weiterhin zu bedrängen. Aber vielleicht hat er es ja mittlerweile begriffen.«

Da Helena nicht indiskret sein wollte, fragte sie nicht weiter nach, obwohl sie durchaus neugierig war, um wen es sich bei dem Mann gehandelt hatte. Er war ihr vage bekannt vorgekommen. Stattdessen verabschiedete Helena sich und wünschte noch einen schönen Abend, ehe das schweigsame Herumstehen peinlich wurde.

Während Estelle sich sofort auf ihrer Decke zusammenrollte und einschlief, lag Helena noch wach im Bett und dachte über die Begegnung nach. Wenn sie schon einen Filmstar traf, konnte das dann nicht in einer Situation sein, in der sie elegant und souverän daherkam? Musste sie im Nachthemd nachts auf der Straße stehen? Irgendwann musste sie doch eingeschlafen sein, denn sie fuhr auf, als sie Charlotte neben sich schimpfen hörte.

»Wie lange willst du denn noch im Bett liegen bleiben?«

Helenas Lider fühlten sich an wie Sandpapier. »Wie spät ist es?«, fragte sie schlaftrunken.

»Gleich sieben. Wir öffnen in einer halben Stunde.«

»Ich habe kaum geschlafen.«

»Wir müssen trotzdem öffnen, und ich sehe gar nicht ein, mich da allein hinzustellen, wenn das Geld am Ende uns beiden gehört.«

»Ja, ja, schon gut.« Helena richtete sich auf, angelte mit den Füßen nach ihren Pantoffeln und tapste müde ins Bad, wo sie sich erst einmal kaltes Wasser ins Gesicht spritzte.

»Beeil dich mit dem Frühstück«, sagte Charlotte, als Helena in die Küche trat. »Den Hund habe ich schon gefüttert, du kannst also direkt runterkommen.«

Helena goss sich eine Tasse Kaffee ein und lehnte sich mit dem Rücken an die Anrichte. Nach der zweiten Tasse ging sie hinunter, gefolgt von Estelle. Sie ließ den Hund ins Arbeitszimmer, öffnete die Tür zum Hof und ging hinüber in die Apotheke, wo Charlotte bereits zwei Kunden bediente.

»Immerhin siehst du jetzt wacher aus«, sagte Charlotte, als die Männer die Apotheke wieder verlassen hatten.

»Das macht die richtige Kosmetik.«

»Ich hoffe, das heißt nicht, dass du noch mehr Geld dafür verpulvern möchtest.«

»Ich nenne es lieber eine Investition.«

»Du weißt, dass diesen Monat die letzte Rate fällig ist. Und wir haben sie noch nicht einmal annähernd zusammen.«

»Immerhin hättest du ohne meine Creme noch weniger.«

»Das nützt uns herzlich wenig, wenn du einen Großteil des Geldes immer gleich wieder ausgibst.«

»Ich investiere es, damit es sich vermehrt.«

»Ja, schon klar. Aber investiere bitte erst wieder, wenn wir diese Leute ausgezahlt haben, ja?«

An diesem Vormittag lief alles sehr schleppend an, als ob Helenas Trägheit wegweisend für den Tag wäre. Es kam nur eine Kundin für ihre Creme, sodass Helena nicht nur müde, sondern zum Mittag hin zunehmend frustriert war.

»Könntest du nicht auch mal nachts mit dem Hund rausgehen?«, fragte sie.

»Du hast sie mitgebracht, oder? Also kümmere dich auch um sie.«

Helena setzte zu einer bissigen Antwort an, als das Türglöckchen anschlug und eine elegante Dame eintrat. Charlotte schnappte nach Luft, und nun erkannte auch Helena sie. Die Frau grüßte lächelnd.

»Irene Danelius?«, fragte Charlotte mit einem leisen Vibrieren der Aufregung in der Stimme, das sich ungewohnt bei ihr ausnahm.

»Ebendieselbe« Die Frau wandte sich an Helena. »Ich habe mich gestern überhaupt nicht bedankt. Sie müssen ja einen unmöglichen Eindruck von mir haben.«

Helena bemerkte Charlottes fragenden Blick, ignorierte ihre Schwester jedoch. »Ganz und gar nicht. Ich freue mich, dass ich helfen konnte.« Warum fiel ihr nichts anderes ein als so eine Floskel?

»Worum geht es denn?«, fragte Charlotte jetzt, offenbar nicht gewillt, sich übergehen zu lassen.

»Fräulein Rosenberg hat mich gestern Nacht aus der Bredouille gerettet.«

»Was hast du denn nachts auf der Straße getrieben?«, fragte Charlotte, jetzt an Helena gewandt.

»Ich war mit Estelle draußen, darüber haben wir doch gerade erst gesprochen.« Helena neigte den Kopf, sah Irene Danelius an. »Ehe hier der falsche Eindruck entsteht – eigentlich bin ich die Ältere von uns.«

Das Lächeln der jungen Frau vertiefte sich. »Auf den ersten Blick würde man nicht ahnen, dass Sie Schwestern sind.«

»Auf den zweiten gewiss auch nicht«, antwortete Helena. »Aber die Wege des Schicksals …« Sie ließ den Satz offen, und Charlotte verdrehte die Augen.

»Sie erinnern mich an meine kleine Schwester und mich. Schwestern sind wichtig, geben Sie gut aufeinander acht.« Irene Danelius öffnete ihr Täschchen und entnahm ihm zwei Billetts. »Eintrittskarten für den Wintergarten. Als kleines Dankeschön für letzte Nacht.«

Helena nahm die Billetts und bedankte sich. »Darf ich Ihnen vielleicht bei der Gelegenheit unsere Schönheitscreme empfehlen? Aus dem Geheimrezept der Familie?«

Charlotte starrte sie so entsetzt an, dass es schon fast komisch war, während Irene Danelius kaum merklich die Brauen hob.

»Denken Sie, ich hätte es nötig?«

»Wenn Sie es erst nötig haben, ist es zu spät.«

Jetzt lachte Irene Danelius ein so hübsches und glockenhelles Lachen, dass es geradezu bedauerlich war, dieses nicht im Film übertragen zu können. »Dann will ich gern einen Tiegel kaufen, wenn es Sie glücklich macht.«

»Nicht nötig«, sagte Helena, »der ist ein Geschenk des Hauses. Aber wenn Sie überzeugt sind, sagen Sie es gerne weiter.«

Irene Danelius nahm die Creme entgegen und verstaute sie in ihrem Täschchen. »Ich sehe, Sie haben bereits eine wichtige Lektion im Bereich der Schönheitspflege verinnerlicht. Setze immer auf die Mundpropaganda der richtigen Leute.« Sie zwinkerte ihr zu. »Aber ich bleibe ganz und gar ehrlich.«

»Ich bitte darum.«

Charlotte wartete, bis die Tür wieder ins Schloss fiel und die Frau auch nicht mehr durch das Fenster zu sehen war. »Sag mal, bist du von Sinnen? Diese berühmte Schauspielerin kommt her, um sich erkenntlich zu zeigen, und du biederst ihr so aufdringlich deine Ware an?«

»Das war nicht aufdringlich, sondern geschäftstüchtig. Diese Gelegenheit bekommen wir vielleicht nie wieder, die lasse ich gewiss nicht ungenutzt verstreichen.«

»Wobei hast du ihr überhaupt nachts geholfen?«

»Ich habe einen Kerl vertrieben, der sie belästigt hat.«

Charlotte krauste die Stirn. »Du?«

Weder wollte Helena das bereits Bekannte ein weiteres Mal bestätigen noch hatte sie Lust, sich von diesem ungläubigen Tonfall provozieren zu lassen. Stattdessen ging sie zur Tür, schloss für die Mittagspause ab und ging ins Arbeitszimmer, um Estelle zu holen und mit ihr hoch in die Wohnung zu gehen.

Dominik betrachtete das Konterfei der Frau auf der Werbeanzeige in einer Beilage der Tageszeitung. Sie hatte Ähnlichkeit mit Louise Brooks. Interessant war allerdings eher der Text.

Rosenberg Kosmetik
Crème Vienne

Als exklusive Mischung
für die Baronin W. entwickelt
Jetzt auch erhältlich
in der Pharmazie Rosenberg

Was wurde das denn jetzt? Charlotte Rosenberg schuldete ihm einen nicht unbeträchtlichen Betrag, bat stetig um Aufschub und hatte gleichzeitig das Geld, um in offenbar großem Stil eine exklusive Creme zu vermarkten? Musste sein Finanzverwalter den Ton noch einmal verschärfen? Oder musste Dominik selbst einmal dort vorbeischauen und mit etwas mehr Nachdruck erklären, dass er nicht gewillt war, sich noch länger hinhalten zu lassen, während sie offenbar ausreichend Geld hatte, um aufwendige Werbung zu drucken und sich abends zu amüsieren?

Sie war nicht seine erste säumige Schuldnerin, aber sie war diejenige, die seine Geduld am meisten strapazierte. Er war nachsichtig gewesen, was er nicht gewesen wäre, hätte er es mit ihrem Vater zu tun gehabt. Aber sie stand von einem Moment auf den anderen allein da, musste eine Apotheke leiten, hatte ihren Vater verloren. Da war Dominik gewillt gewesen, ihr eine Schonfrist zu gewähren. Aber so lief das natürlich nicht. Wenn sie die Apotheke weiterführen wollte, so war das ihre Sache, doch dann musste sie damit leben, dass er ihr jetzt mit entsprechender Härte begegnete. Schluss mit der Nachsichtigkeit. Immerhin war sie auch nach dem Tod ihres Vaters noch eine Zeit lang beliefert worden – ohne dass die Firma Lichtenthal Geld gesehen hätte. Medikamente produzierten sich nicht von allein, auch das kostete. Und wenn sich herumsprach, dass man getrost mal monate- oder gar jahrelang das Bezahlen schleifen lassen konnte, dann ahnte Dominik schon, wo das über kurz oder lang hinführen würde.

Wenn Charlotte Rosenberg nicht dazu imstande war, ihre Schulden zu begleichen und wie eine Geschäftsfrau zu agieren, dann sollte sie eben verkaufen und irgendeinen Kerl heiraten, der sie versorgte. Aber ganz so arg konnte es ja nicht um sie stehen, wenn sie ein Modell bezahlte, das aussah wie eine Hollywood-Schauspielerin, und in Werbung investierte.

»Du gehst persönlich zu ihr?«, fragte Ferdinand, als sie sich zum Mittagessen am Kurfürstendamm trafen.

»Ja. Offenbar nimmt sie meine Schreiben nicht ernst, und bevor ich ihr den Gerichtsvollzieher auf den Hals hetze, möchte ich ihr die Möglichkeit geben, den Ernst der Lage zu begreifen.«

»Du denkst, das tut sie nicht?«

»Na, das muss ich ja wohl langsam annehmen.« Dominik zeigte ihm die Werbeanzeige, die er kurzerhand eingesteckt hatte.

»Hübsch. Das ist aber nicht sie, oder?«

»Nein.«

»Und du denkst jetzt, wenn dafür Geld da ist, dann auch dafür, dich zu bezahlen.« Ferdinand unterbrach sich, als der Kellner das Essen brachte.

»Haben die Herren sonst noch einen Wunsch?«

»Nein, vielen Dank«, antwortete Dominik.

»Sie ist noch jung und unerfahren.«

»Das lasse ich nicht mehr gelten.«

Ferdinand musterte die Anzeige erneut, während Dominik in sein Steak schnitt. »Rosenberg Kosmetik. Sie scheint etwas Größeres zu planen. Sonst hätte sie es doch einfach als Produkt ihrer Apotheke vermarkten können.«

»Vermutlich. Ist für mich aber auch gerade nicht von Interesse.« Dominik nahm die Werbeanzeige wieder an sich, faltete sie und steckte sie ein. Er würde direkt nach der Mittagspause in die Apotheke gehen. Sollte Charlotte Rosenberg ruhig noch ihr Mittagessen genießen.

Die Männer schienen darauf gewartet zu haben, dass sie die Apotheke nach der Pause öffneten, denn sie traten unmittelbar danach ein, und nicht nur Charlotte erschrak sichtlich. Der kleinere Mann war derselbe wie vorher, der andere jedoch, der die Statur eines Kleiderschranks hatte, war Helena noch unbekannt, und er wirkte nicht eben freundlich.

»Wir sind hier, um die fällige Zahlung zu kassieren«, sagte der Kleine.

»Sie haben sich nicht angekündigt«, antwortete Charlotte. »Daher konnte ich noch nicht …«

Mit einer Handbewegung fegte der Kleiderschrank ihre Seite des Verkaufstresens leer. Tiegel und Fläschchen flogen durch den Raum, zersprangen auf dem Boden, und Charlotte stieß einen erstickten Schrei aus.

»Wir müssen uns nicht anmelden«, sagte der Kleine. »Das Geld ist diesen Monat fällig. Inklusive der Zinsen.«

Charlotte öffnete mit zittrigen Fingern die Registerkasse und entnahm ihr offenbar das gesamte Geld, reichte es den Männern. Der Kleine nickte dem Großen zu, der das Geld entgegennahm und durchzählte.

»Reicht nicht«, schloss dieser.

Helena griff in ihre Geldkassette, in der die Einnahmen dieser Woche für die Creme lag, aber sie kam gar nicht dazu, sie zu öffnen, da der Große nun über die Theke griff und sie ihr kurzerhand aus der Hand nahm, um den Inhalt auf den Verkaufstresen zu kippen. Rasch zählte er durch.

»Nehmt ihr das hier irgendwie nicht ernst genug, Mädchen?«, fragte der Kleine nun. »Denkt ihr, wir machen Spaß?«

»Ich gehe hoch und …«

Mit einer Handbewegung fegte der Kleiderschrank ein Regal leer, und Helena fuhr zusammen, während Charlotte eine Hand vor den Mund schlug.

»Und dann was? Kratzt du weitere ärmliche Reste zusammen?«

»Ich …« Charlotte verstummte, als es erneut schepperte und ein weiteres Regal leer war. Helena sah ihr an, dass sie den Tränen nahe war, während in ihr selbst nur Wut brodelte.

»Wenn Sie hier alles kurz und klein schlagen, können wir erst recht nicht mehr bezahlen«, rief sie.

Der Kleine setzte zu einer Antwort an, als das Glöckchen über der Tür anschlug und ein elegant gekleideter Mann eintrat. Scherben knirschten unter seinen Schuhen, und er sah sich um, warf Charlotte und Helena einen raschen Blick zu, ehe er die Männer taxierte, die Augen leicht verengt.

»Keine Sorge, wir sind hier fertig.« Der Kleine gönnte dem Mann nur einen kurzen Blick. »Ihr zwei könnt froh sein, dass ihr keine Männer seid, die kämen nicht so leicht davon. Aber für zwei hübsche Frauen wie euch gibt es Möglichkeiten, die Schulden abzuarbeiten. Ihr hört von uns.« Damit drehten die beiden sich um und verließen die Apotheke.

Der elegante Mann kam näher, ganz langsam in einer Art, die an ein lauerndes Raubtier erinnerte. Ein Kunde war dies gewiss nicht.

»Sind Sie hier, um mir den Rest zu geben?«, fragte Charlotte, deren Stimme leicht vibrierte, als kämpfte sie nur mühsam dagegen an, in Tränen auszubrechen.

»Sie machen Schulden bei diesen Kerlen?« Der Mann zog ein Blatt aus der Tasche, auf dem Helena eine ihrer Werbeanzeigen erkannte. »Und ich habe mich schon gefragt, wie Sie das hier finanzieren. Haben Sie auch nur den leisesten Schimmer, von welcher Art *Möglichkeiten* hier gerade die Rede war?«

»Die Schulden haben nicht wir gemacht, sondern unser Vater«, antwortete Helena an Charlottes Stelle. »Und finanziert habe *ich* die Werbezettel aus dem Erlös meiner Verkäufe.«

Der Mann wandte sich nun ihr zu. »Ihr Vater? Sie sind Ernst Rosenbergs Tochter?«

»Aus erster Ehe. Helena Rosenberg.«

»Verstehe. Dominik Lichtenthal.« Er sah erneut auf die Werbeanzeige, dann taxierte er sie, ehe er näher kam. »Und mit Verlaub – es wäre gewiss besser gewesen, Sie hätten von dem Geld Ihre Schulden gezahlt. Der entstandene Schaden dürfte die offene Summe nun vermutlich übersteigen.« Er machte eine ausladende Handbewegung.

Charlotte warf Helena einen »Ich habe es ja gesagt«-Blick zu.

Dominik Lichtenthal sah die aufgereihten Cremetiegel an. »Das ist Ihr exklusives Produkt?« *Mehr ist es nicht?*, schwang ungesagt mit.

»Ganz recht.«

Er nahm einen Tiegel, öffnete ihn und schnupperte an der Creme, dann schloss er ihn wieder. »Und das verkauft sich?«

»Ja.«

Er nickte schweigend, die Stirn leicht gekraust, skeptisch.

»Selbst Irene Danelius hat heute einen Tiegel mitgenommen, um die Creme auszuprobieren«, fügte Helena hinzu, da seine Art, sie anzuschauen, wirkte, als hielte er sie für eine Hochstaplerin.

Dominik Lichtenthal hob eine Braue. »Ach was?« Er drehte den Tiegel in der Hand, dann wurde seine Aufmerksamkeit von etwas anderem gefesselt, und er griff nach den Karten für den Wintergarten, die immer noch auf dem Tresen lagen. »Wie ich sehe, ist nicht nur Geld für Werbung, sondern auch für exklusive Vergnügen vorhanden.«

»Die sind ein Geschenk von Frau Danelius.« Helena schnappte ihm die Karten aus der Hand.

»Sie sind befreundet?«

»Nein, sie hat sie uns als Dankeschön überreicht.«

Jetzt zeichnete unverkennbare Heiterkeit seine Miene. »Als Dankeschön? Dafür, dass sie Ihre Creme benutzen darf?«

»Nein, weil ... das geht Sie überhaupt nichts an.«

Nach wie vor spielte dieses kleine Lächeln um seine Lippen, und er stellte den Tiegel, den er in der Hand gehalten hatte, vor ihr ab. »Packen Sie mir den bitte ein.«

»Darf ich dann auch mit Ihrem Gesicht werben?«

Nun lachte er. »Gewiss nicht.«

»Das macht dann zwei Mark.«

»Verrechnen Sie es mit den Schulden.«

»So funktioniert das nicht.« Helena ignorierte Charlottes entsetzte Miene. »Wir schulden Ihrem Unternehmen Geld, aber das hier erwerben Sie als Privatperson.«

Dominik Lichtenthal lächelte immer noch, aber sein Blick hatte sich verändert, und sie wusste nicht, ob sie die Art, wie er sie ansah, erregend oder beunruhigend finden sollte.

»Sagen Sie, sind wir uns schon mal begegnet?«, fragte er.

»Nicht dass ich wüsste.«

Einen Moment lang musterte er sie, dann legte er zwei Mark auf den Tisch, und Helena steckte die Creme in eine Papiertüte, die sie ihm überreichte.

Charlotte wartete nur so lange, bis die Tür sich hinter Dominik Lichtenthal schloss. »Bist du toll, oder was? Ich versuche stillzuhalten, ihn nicht gegen mich aufzubringen, und du stellst ihm diesen dämlichen Tiegel in Rechnung? Und was sollte das überhaupt, von wegen *Irene Danelius wirbt für uns*«, äffte sie ihn nach.

»Das habe ich so überhaupt nicht gesagt.«

»Weißt du, wie peinlich das ist, wenn sich diese Prahlerei herumspricht und sie dein Produkt womöglich nicht verträgt, sondern rote Pickel kriegt oder so?«

»Von meiner Creme kriegt niemand rote Pickel! Die Baronin …«

»Ach, lass mich doch mit deiner blöden Provinzbaronin in Ruhe! Ich habe hier echte Sorgen, und du tust so, als sei das alles nur ein Spiel.«

»Was hat deine Art, die Dinge zu betrachten, denn bisher gebracht? Wir bekommen nach wie vor Besuch von komischen Leuten, und jedes Mal, wenn du Dominik Lichtenthal irgendwo siehst, duckst du dich angstvoll und suchst das Weite.«

Dem konnte Charlotte nicht gut widersprechen, und ihr war anzusehen, dass sie das ärgerte. Stattdessen verließ sie den Verkaufstresen, schloss die Tür ab und hängte das »Geschlossen«-Schild an die Tür. Dann ging sie in die Hocke und hob einige Tiegel auf, die nicht zu Bruch gegangen waren. Dabei liefen ihr die Tränen über die Wangen, die sie offenbar die ganze Zeit so mühsam zurückgehalten hatte. Aus dem Arbeitszimmer hörte Helena Estelle bellen und stieß ein stummes Dankgebet aus, dass der Hund die ganze Zeit über so still gewesen war. Wer konnte schon wissen, wozu sich die Kerle in ihren Drohgebärden hätten hinreißen lassen.

»Ich sehe nach Estelle, dann helfe ich dir«, sagte Helena.

Charlotte schwieg.

»Wir schaffen das schon gemeinsam.«

Jetzt erhob Charlotte sich abrupt, pfefferte eine halb zerbrochene Ampulle in die Ecke, sodass sie gänzlich zerbarst, dann wandte sie sich ab und lief aus dem Verkaufsraum ins Treppenhaus. Kurz darauf fiel die Haustür ins Schloss.

»Wenn ich könnte, würde ich dir helfen.« Paula brachte ihr eine Tasse Tee. »Was dir widerfahren ist, ist schrecklich.«

Hier brauchte Charlotte endlich ihre Tränen nicht mehr zurückzuhalten, musste sich nicht beherrschen. Sie schluchzte, bis sie Schluckauf bekam, und putzte sich mehrmals die Nase. »Was soll ich denn jetzt tun?«

»Was wollte Dominik Lichtenthal denn?«

»Ist das alles, was dich interessiert?«

»Nein, aber wenn er schon persönlich kommt, hat das doch gewiss einen Grund.«

»Was weiß denn ich? Vermutlich wollte er mir den Todesstoß versetzen, aber dann hat sogar er Mitleid bekommen. Was sollte er auch tun? Zutreten, während wir schon am Boden liegen? Es ist aus, ich werde verkaufen müssen.«

»Vielleicht ist das das Beste. Andererseits hast du dann überhaupt keine Lebensgrundlage mehr. Und Helena hat doch gerade erst ihre Werbung …«

»Ach, lass mich doch damit in Ruhe. Ihre Werbung. Deshalb war Lichtenthal ja überhaupt erst da. Weil er dachte, wir hätten genug Geld, wenn es sogar *dafür* reicht. Und anstatt ihn milde zu stimmen, hat Helena ihn die ganze Zeit so patzig und herausfordernd angesehen und ihm sogar Geld für die Creme abgeknöpft.«

»Vielleicht respektiert er genau das. Wenn man ihm hoch erhobenen Hauptes entgegentritt.«

»Dennoch wird er seine Forderungen geltend machen.«

»Klar, aber immerhin behandelt er euch dann als Geschäftspartner.«

Charlotte verzog den Mund. »Wie tröstlich.« Sie trank einen Schluck Tee. »Vielleicht geschieht ja ein Wunder, und Irene Danelius findet die Creme so wunderbar, dass sie es überall herumerzählt.«

Paulas Augen weiteten sich. »Irene Danelius? Die kauft bei euch ein?«

»Nein, sie hat sich bei Helena bedankt, weil die ihr nachts wohl behilflich war, einen aufdringlichen Verehrer abzuwehren, daher war sie heute da, um sich erkenntlich zu zeigen. Dabei hat Helena ihr dann eine Creme aufgeschwatzt.«

Man konnte in Paulas Gesicht lesen wie in einem offenen Buch. Erst Irene Danelius, dann Dominik Lichtenthal – und all das an einem Tag, als sie mal nicht zu Besuch gewesen war. »Und jetzt?«

»Nichts jetzt. Danach ist sie wieder gegangen.« Wieder schnäuzte Charlotte sich. Ihre Nase war vom vielen Weinen ganz zugeschwollen, und ihre Stimme klang nasal.

»Vielleicht kauft sie jetzt ja öfter bei euch ein.«

»Ja, in einer Apotheke, in der Schläger wüten. Wer sollte da nicht gerne etwas kaufen?«

»Das weiß sie ja nicht.«

»Ich würde nicht darauf wetten, dass es nicht der eine oder andere mitbekommen hat und es sich herumspricht.« Charlotte trank den Tee aus und ließ sich ein weiteres Mal einschenken. »Ich weiß einfach nicht, wie es jetzt weitergehen soll. Die kommen wieder. Und was dann?«

»Kannst du nirgendwo Geld auftreiben?«

»Ich kann mich auf den nächsten Kredithai einlassen, um den ersten auszuzahlen. Auf diese Weise hätte ich immerhin wieder etwas Schonfrist.«

»Ich meinte von Freunden oder so.«

»Ich schulde Martin immer noch Geld, hast du das vergessen?«

»Wieder einen Kredit aufzunehmen kann aber doch nicht die Lösung sein.«

»Was schlägst du denn vor? Soll ich warten, bis die Kerle wiederkommen und uns zwingen, uns in irgendeiner Kaschemme für Männer auszuziehen?« Wieder traten Charlotte die Tränen in die Augen. »Nein, das werde ich gewiss nicht tun. Ich erkundige mich, wo ich einen Kredit bekommen kann, und dann sehe ich weiter. Immerhin habe ich dann wieder etwas Zeit.«

Paula sah sie zweifelnd an, schwieg jedoch.

Für zwei Tage hatten sie die Apotheke geschlossen, einen zum Putzen und Aufräumen, den nächsten, weil sie Angst gehabt hatten, die Kerle könnten wiederkommen.

Sie würden wiederkommen, dessen waren sie sich beide gewiss, gleich, ob sie schlossen oder nicht. Dann würden sie eben die Türen aufbrechen und sogar in ihre privaten Räume eindringen. Also öffneten sie wieder, standen stumm und angespannt da. Immerhin lief Helenas Creme dieser Tage erstaunlich gut, was ein kleiner Lichtblick war, der jedoch stets wieder erlosch, wenn sie daran dachte, was ihr möglicherweise noch bevorstand.

»Warum kommst du nicht mit?«, fragte Helena. »Es ist doch schade, die Karte verfallen zu lassen.«

»Mir ist wahrhaftig nicht nach Varieté.« Charlotte saß im Wohnzimmer, wohin sie die Rechnungsbücher mitgenommen hatte. »Und ich wundere mich, dass dir danach ist. Aber das liegt wohl daran, dass das alles für dich ein großer Spaß ist. Bis dann das böse Erwachen kommt.«

Helena war es leid, diese Diskussion immer wieder zu führen, und so ging sie in die Hocke und kraulte Estelle. »Denk daran, dass sie heute Abend noch einmal rausmuss.«

»Daran denke ich schon im Interesse meines Teppichs.«

Seufzend erhob Helena sich. »Bis später.«

»Bis morgen, ich liege gewiss schon im Bett, wenn du kommst.«

»Dann eben so.« Helena streifte sich schwarze Handschuhe über, die ihr bis über die Ellbogen reichten. Das schwarze Kleid mit den silbrig schimmernden Fäden darin gehörte Charlotte und war schon älter, aber dank Paulas Änderungskünsten würde dies niemand bemerken. Fransen hingen vom Saum über Helenas Knie, und in ihrem Haar steckte eine silberne Spange mit kleinen schwarzen Federn.

Helena ging zu Fuß die Straße entlang bis zum Bahnhof Friedrichstraße. In ihr rang die Vorfreude mit schlechtem Gewissen. War es richtig, ihre Schwester in dieser Situation allein zu Hause zu lassen? Konnte sie sich einfach so amüsieren gehen, während ihnen das Wasser bis zum Hals stand? Andererseits – wäre es nicht unhöflich, die Karten verfallen zu lassen?

Die Friedrichstraße war zu jeder Tageszeit trubelig, aber abends und nachts hatte sie ihr ganz eigenes Flair. Es gab Tanzlokale, elegante Bars, Luxusgaststätten und eine Vielzahl von Möglichkeiten, sich zu amüsieren. Für Helena war das eine vollkommen neue Welt, und obwohl Charlotte ihr immer riet, unbeeindruckt zu tun, konnte sie einfach nicht anders, als all das mit staunenden Augen wahrzunehmen, während sie sich das erste Mal allein ins Nachtleben stürzte. Es war, als spürte man den Herzschlag dieser überwältigend großen Metropole. Und Helena war ein Teil davon.

Der Wintergarten befand sich an der Ecke Friedrichstraße und Dorotheenstraße, die Leuchtschrift war schon von weitem zu sehen. Helenas Herz schlug wie wild, als sie darauf zuging, aufgeregt und in einer Erwartung, die teils angstvoll, teils erregt war. Wie konnte Charlotte sich das nur entgehen lassen? Natürlich lebte ihre Schwester hier, kannte das von klein auf, aber konnte man sich daran je gewöhnen? Aber es war ja nicht die Gewöhnung, die Charlotte vom Mitkommen abgehalten hatte, sondern die Angst, und kurz durchzuckte Helena erneut ein Anflug von schlechtem Gewissen, das sie rasch abschüttelte. Es änderte sich ja nichts an ihrer desolaten Situation, gleich, ob sie ausging oder nicht. Da konnte sie sich vorher wenigstens noch einmal amüsieren.

Kurz zögerte sie, dann betrat sie das Varieté und blieb erst einmal überwältigt stehen, legte den Kopf zurück, sah sich alles an, die Lüster, die das Foyer erhellten, den schimmernden Boden, in dem sich das Licht spiegelte. Besucher fanden sich paarweise oder zu Gruppen ein, sodass Helena sich etwas verloren fühlte, wie sie so allein dastand. Sie bemerkte den einen oder anderen taxierenden männlichen Blick und gab sich Mühe, diese zu ignorieren. Schon bald fühlte sich der Erste ermutigt, sie anzusprechen, auszuloten, zu welcher Art von Frau sie gehörte. Dass sie ihn von oben herab abblitzen ließ, ermutigte offenbar den Nächsten.

»Wir gehören zusammen«, sagte eine Frau, schob den Arm in Helenas Armbeuge und gab dem verhinderten Verehrer durch einen Blick zu verstehen, dass jede weitere Annäherung zwecklos war.

Helena fuhr herum und erkannte Irene Danelius. »Jetzt denkt er womöglich …«

»Aber natürlich denkt er das.« Irene Danelius lächelte. »Was für ein Riesenspaß, nicht wahr? Aber meine Liebe, wieso sind Sie allein?«

»Meine Schwester wollte nicht mitkommen.«

»Und sonst auch niemand? Das mag ich fast nicht glauben, immerhin sitzen Sie in einer Loge.«

»Ich kenne sonst niemanden«, antwortete Helena und fügte rasch hinzu: »Ich wohne noch nicht so lange in Berlin.«

»Verstehe. Nun, dem werden wir schnell Abhilfe verschaffen müssen. Ich stelle Sie einigen interessanten Leuten vor.«

»Diesem halbseidenen Volk?«, sagte eine Männerstimme hinter ihnen. »Willst du sie auf Abwege führen?«

Beide Frauen drehten sich um, und während Helena erstarrte, bekam das Lächeln von Irene Danelius etwas leicht Flirtendes. »Sei lieb, Dominik.« Sie ließ zu, dass er sie auf die Wange küsste. Dann wandte sie sich an Helena. »Dominik Lichtenthal.«

»Ich weiß, wir hatten das Vergnügen.«

»Nicht sehr vergnüglich, wenn ich Ihren Gesichtsausdruck richtig deute? Hat er Sie gar auf Abwege geführt, bevor ich die Gelegenheit dazu bekommen konnte?«

»Ganz gewiss nicht«, entgegnete Helena nachdrücklich, während Dominik Lichtenthal grinste.

»Darf ich den Damen etwas zu trinken bringen?«

»Ich bitte darum«, antwortete Irene Danelius.

Helena war ein wenig erschrocken über den vertrauten Umgang. Was, wenn er Irene Danelius nach der Creme fragte, und es sich herausstellte, dass Helena etwas zu dick aufgetragen hatte? Sie würde vor Scham im Boden versinken.

»Sie waren wirklich nicht mit ihm im Bett?« Irene Danelius hatte den Kopf leicht schief gelegt und sah sie aufmerksam an.

»Um Himmels willen, nein!«, rief Helena ehrlich entsetzt.

»Er sieht Sie so an, als wäre er es gewesen und hätte noch lange nicht genug, während Sie nicht mehr wollen. Oder als fasse er dieses Vorhaben ins Auge.«

»Grundgütiger!« Helena spürte die Hitze in ihren Wangen. »Wie kommen Sie denn auf so etwas? Er hat mich ganz normal angesehen.«

»Oh, ich weiß, wie er eine Frau ansieht, mit der er schlafen möchte.« Irene Danelius lächelte hintergründig. »Also, in welcher Beziehung stehen Sie zu ihm?«

»In einer geschäftlichen.«

»Verstehe. Und die ist eher unerquicklich?«

Helena wollte eigentlich nicht offenbaren, wie prekär die Verhältnisse waren, aber es war nicht auszuschließen, dass Dominik Lichtenthal das erzählte, da übernahm sie das lieber selbst. »Ja, so kann man es ausdrücken. Die Geschäfte laufen seit dem Tod unseres Vaters nicht gut, und es sind noch Außenstände offen.«

»Ah, verstehe.« Die Frau sah in die Richtung, aus der Dominik gerade mit drei langstieligen Gläsern zurückkehrte. »Was Geschäftliches angeht, ist er sehr ungnädig.«

Dominik Lichtenthal war bei ihnen angelangt und reichte ihnen die Gläser. Helenas Hand zitterte ganz leicht, als sie ihres entgegennahm, und sie hoffte, dass es ihm entging. Er lächelte sie an, und so langsam konnte sie Paulas Schwärmerei verstehen, er war tatsächlich verstörend attraktiv mit den dunkelblauen Augen, die einen interessanten Kontrast zu dem honigbraunen Haar bildeten, dieser Art zu lächeln.

Er sieht Sie so an, als wäre er es gewesen und hätte noch lange nicht genug, obwohl Sie nicht mehr wollen. Oder als fasse er dieses Vorhaben ins Auge. Ihr wurde ganz heiß bei dem Gedanken, und Dominik Lichtenthal sah sie an, als erahnte er, was sie dachte. Prompt schien sich die Hitze in ihren

Wangen zu verstärken, und sie wandte sich ab, sah in ihr Glas, als gäbe es dort etwas Spannendes zu entdecken. Wie modern und großstädtisch sie sich noch beim Aufbruch von zu Hause gefühlt hatte. Und jetzt, da sie neben dieser mondän wirkenden Schauspielerin und diesem so lässig eleganten Mann stand, kam sie sich wieder vor wie das Mädchen aus der Provinz, das in einem alten Kleid bei der höheren Gesellschaft mitspielen wollte, nun aber als Hochstaplerin enttarnt worden war.

»Fräulein Rosenberg?« Irene Danelius' Stimme klang etwas lauter, fragender als normal, als hätte sie sie bereits mehrmals angesprochen, und Helena sah auf.

»Entschuldigen Sie, ich war in Gedanken.«

»Ich habe Dominik gerade erzählt, dass ich Ihre Creme mag und ein wenig Werbung für Sie machen werde.«

Ein kleiner, freudiger Schauer durchrieselte Helenas Bauch. »Ach, das ist ja wunderbar.«

»Du denkst also, das hat Potential?«, fragte Dominik Lichtenthal.

»Durchaus, ja.«

Die Besucher bewegten sich langsam in Richtung des Eingangs zum Bühnenraum. »Ihr habt einen Logenplatz?«

»Ganz recht. Du auch?«

»Ja. Darf ich mich dennoch anschließen?«

»Woher weißt du, dass noch ein Platz frei ist?«

»Das erschloss sich mir irgendwie aus den Worten ›wieso sind Sie allein?‹«

»Dass du allein bist, mag ich hingegen nicht glauben«, antwortete Irene Danelius. »Welche Schönheit versetzt du denn gerade, um in unserer Nähe zu weilen?«

»Die Dame, der ich Fräulein Rosenbergs Creme geschenkt habe, hat mich versetzt. Ich hoffe, da gibt es keinen Zusammenhang.«

Wieder wurde Helena ganz heiß vor Schreck. Was, wenn Charlottes Befürchtung eintraf und die Frau nun das ganze Gesicht voller roter Pickel hatte?

»So, ich denke, es ist Zeit.« Irene Danelius nahm Helena das leere Glas ab und stellte es mit ihrem auf einem Stehtisch ab. »Und wollen wir nicht diese Förmlichkeit ablegen? Ich mag nicht mit jemandem im Varieté sitzen und die ganze Zeit mit *Fräulein Danelius* angesprochen werden, also nennen Sie mich bitte Irene.« Sie hakte sich bei Helena ein und sah Dominik Lichtenthal über die Schulter hinweg an. »Schließ dich uns gerne an, mein Lieber.«

In ihrer Loge platzierte Irene sie so, dass sie zwischen Helena und Dominik saß, was dieser nur recht war. Überwältigt sah Helena über das Parkett hinweg zur Bühne, ließ den Blick über die Logen schweifen und legte schließlich den Kopf zurück, um nach oben zu sehen, wo unzählige Glühbirnen einen Sternenhimmel am dunklen Firmament imitierten. Ob Charlotte ahnte, was sie hier verpasste?

»Es hat was, nicht wahr?«, fragte Irene.

Helena nickte nur.

»Woher kennt ihr euch eigentlich?«, ließ sich Dominik Lichtenthal vernehmen.

»Fräulein Rosenberg hat mich nachts vor einem gar zu aufdringlichen Verehrer gerettet, mit dem ich einmal aus war und der kein *Nein* hinnehmen wollte. Mutig und entschlossen ist sie ihm entgegengetreten, obwohl sie nur ein Nachthemd trug.«

»Sie laufen nachts im Nachthemd draußen herum?«, fragte Dominik interessiert und beugte sich leicht vor, um Helena besser ansehen zu können.

Geschickt überspielte Helena jeden Anflug von Peinlichkeit. »Ich war mit meinem Hund draußen.«

»Und sie trug einen Mantel darüber.«

»Verstehe.«

»Dass dir von der ganzen Geschichte ausgerechnet der Umstand mit dem Nachthemd erwähnenswert ist, ist mal wieder typisch für euch Männer.«

»Dass Fräulein Rosenberg sehr wehrhaft gegenüber Männern ist, wusste ich schon, seit mir endlich wieder eingefallen ist, woher mir ihr Gesicht so bekannt vorkommt. Da hat sie schon einmal einen Mann in die Flucht geschlagen, indem sie das Knie sehr zielführend eingesetzt hat.«

Irene tätschelte Helenas Arm. »Sie gefallen mir immer besser.«

Kurz darauf ging die Vorstellung los, und Helena war gebannt. Voller Begeisterung klatschte sie in die Hände, lehnte sich vor, um nichts zu verpassen. Künstlerinnen und Künstler traten im Wechsel auf, Tänzer aus Amerika, Kasachen, Komödianten, Burlesque-Tänze, die Helena das Blut in die Wangen trieben, Luftpoesie, atemberaubende Choreographien. Es war einfach unbeschreiblich. Als das Licht anging und die Pause anstand, war sie wie betört.

»Die Frau am Trapez ist eine Freundin von mir«, erklärte Irene. »Sie hat mir die Karten besorgt.«

»Sie ist wundervoll.«

»Möchten die Damen ins Foyer, oder soll ich etwas von der Bar holen?«, fragte Dominik Lichtenthal.

»Die Damen möchten bedient werden«, antwortete Irene.

Dominik Lichtenthal neigte den Kopf und verließ die Loge.

»Sind Sie …«, Helena zögerte, »gute Freunde?« Ein Paar, hatte sie fragen wollen, aber das erschien ihr zu privat.

»Wir haben ein paarmal miteinander geschlafen«, antwortete Irene leichthin.

»Ich wollte nicht indiskret sein.«

»Das sind Sie nicht.«

Dominik Lichtenthal kehrte mit den Gläsern zurück und nahm Platz. Kurz darauf war er in eine Plauderei mit Irene verwickelt, während Helena sich neugierig umsah und an ihrem Glas nippte. Konnte man anders, als sich in diesem Moment einfach großartig zu fühlen? In der Loge über diesem unglaublichen Bühnenraum zu schweben, über sich einen Sternenhimmel und Gruppen von Menschen aus aller Herren Länder, die diese Nacht damit zubrachten, sie zu unterhalten? Helena legte den Kopf zurück und lächelte.

Die zweite Hälfte der Show war ebenso beeindruckend wie die erste, und nachdem der Vorhang gefallen war, blieb Helena noch einen Moment sitzen, musste erst einmal wieder in die Wirklichkeit zurückfinden. Dann wandte sie sich Irene zu. »Vielen Dank dafür. Ich weiß gar nicht, was ich sagen soll.«

»Das wiederum sagt genug. Mich beeindruckt es auch immer wieder von Neuem.« Irene erhob sich, und Dominik Lichtenthal schob den schweren Vorhang beiseite, damit sie aus der Loge treten konnten.

Als sie auf dem Flur stand und um sie herum die vielen Menschen auf die Treppe zuströmten, wurde Helena ein klein wenig schwindlig, und sie schwankte leicht.

»Ach, meine Liebe, haben Sie einen Schwips?«, fragte Irene.

»Nein, es geht schon.« Helena schloss kurz die Augen, öffnete sie vorsichtig wieder und fühlte sich etwas sicherer auf den Beinen.

»Ich gehe noch mit einigen Freunden aus. Möchten Sie mitkommen?«

»Nein, ich denke, für heute reicht es, ich muss morgen ja wieder früh raus.«

Irene drückte ihren Arm. »Dann auf bald.« Und weg war sie. Einen Moment lang sah Helena ihr irritiert nach.

»So verabschiedet sie sich immer«, erklärte Dominik Lichtenthal, der höflich neben ihr stehen geblieben war. »Anfangs kann das etwas befremdlich wirken. Und was tun wir beide nun, hm?«

»Ich für meinen Teil werde nach Hause gehen.«

»Soll ich Ihnen ein Taxi anhalten?«

Helena dachte an ihre Barbestände. »Nein danke, ich laufe.«

Offenbar erahnte er den Grund für die Ablehnung – wenn nicht er, wer dann? Immerhin wusste er um ihre finanzielle Lage. »Darf ich Sie heimbringen? Mein Wagen parkt direkt vor der Tür.«

Helena wollte ablehnen, aber ihr war wirklich etwas schwindlig.

»Ich werde Sie ganz und gar anständig daheim vor der Tür absetzen.«

»Also gut«, willigte sie ein.

Die frische Nachtluft tat gut, und einen Moment blieb Helena stehen und tat einige tiefe Atemzüge. Das, was hier in den Nachtstunden zum Leben erwachte, war ein anderes Berlin als jenes am Tag. Lichtfanale erhellten das Dunkel, während in der Finsternis außerhalb eine neue Stadt entstanden war, ein Labyrinth, verwirrend, vergnüglich, düster, gefährlich und verrucht.

»Kommen Sie.« Dominik Lichtenthal öffnete die Tür eines schwarzen Automobils, und Helena ließ sich in den Ledersitz sinken.

Die Fahrt ging schnell, eigentlich fast schon zu schnell, denn Helena genoss das Fahren und hätte noch viel länger einfach schweigend dasitzen können, während Dominik Lichtenthal das Gefährt routiniert über die Straße lenkte.

»Ich weiß, es gehört hier nicht her, aber ich habe beschlossen, Ihnen noch einen kleinen Zahlungsaufschub zu gewähren. Das war dann aber das letzte Mal. Bringen Sie erst einmal die Sache mit diesem Kredithai in Ordnung.«

»Das wird schon«, antwortete Helena. »Charlotte macht gerade einen neuen Kreditgeber ausfindig.« Warum erzählte sie ihm das überhaupt? Offenbar war sie doch leicht beschwipst.

»Wie bitte? Sie wollen sich einen weiteren Kredithai ans Bein binden? Sind Sie toll?«

»Welche andere Möglichkeit haben wir denn? Wir zahlen jetzt den einen aus und haben dann ja wieder eine Frist, den anderen auszuzahlen.«

»Und diverse andere Schuldner.« Dominik Lichtenthal schüttelte den Kopf. »Suchen Sie sich jemanden, der etwas von Finanzen versteht, ehe es noch ungemütlicher wird.«

»Das bekommen wir schon hin.« Ganz so zuversichtlich war Helena da nicht, aber das ging diesen Kerl ja nichts an. Außerdem war es verwirrend, wie er sie ansah, dieser Blick, den sie nicht deuten konnte. Ob er sie jetzt küssen würde? Taten das Männer nicht, wenn sie Damen nachts heimbrachten? Helena tastete nach dem Türgriff, wollte aussteigen, weil sie offenbar wirklich nicht sie selbst war.

»Einen schönen Abend noch«, murmelte sie.

»Gleichfalls.«

»Und vielen Dank.« Sie ließ offen, ob sie damit den Aufschub meinte oder die Heimfahrt. Etwas wacklig auf den Beinen stieg sie aus, schlug die Tür zu und ging zum Haus. Es brauchte zwei Anläufe, ehe sie den Schlüssel ins Schloss gefummelt bekam. Während sie die Treppe hochging, sang sie leise vor sich hin.

»Was machst du mit dem Knie, lieber Hans, beim Tanz? Was machst du, tu das nie, lieber Hans, tu das nie, lieber Hans, beim Tanz.« Da sie den Text weiter nicht kannte, summte sie die Melodie, während sie in die Wohnung trat.

Im Wohnzimmer brannte noch Licht, und als sie eintrat, sah Helena Charlotte auf dem Sofa liegen und schlafen, eine Hand in Estelles Fell, die neben dem Sofa zusammengerollt ebenfalls schlief. Allerdings wurde sie nun wach, sprang auf und lief auf Helena zu, sprang ganz aufgeregt um sie herum, und Helena ging in die Knie, hob den kleinen Hund auf und herzte ihn.

Schlaftrunken richtete Charlotte sich auf. »Wie spät ist es?«

»Gleich zwei Uhr.«

»Himmel, ich wollte längst im Bett sein.« Charlotte streckte sich und gähnte. »Wie war es?«

»Ganz gut. Dominik Lichtenthal war übrigens auch da«, fügte Helena betont beiläufig hinzu. »Er sagt, er gewährt uns einen Zahlungsaufschub.«

»Wann hat er das gesagt? Während der Pause im Foyer?«

»Er saß in unserer Loge und hat mich später nach Hause gefahren. Eigentlich ist er ja ganz nett.«

Charlotte starrte sie an, als hätte sie den Verstand verloren.

Dominik betrat seine Villa, legte den Schlüssel in die Schale auf der Anrichte im Foyer, löschte das Licht und knipste dafür die Lampe am Treppenaufgang an. Als er leise Stimmen und Gekicher hörte, blickte er auf, bemerkte eine Bewegung. Die beiden waren schnell, aber nicht schnell genug.

»Warum schlaft ihr noch nicht?«, fragte er streng.

»Marianne kann nicht schlafen«, erklärte sein elfjähriger Neffe Erich.

»Das erklärt mitnichten, was ihr hier auf dem Flur zu suchen habt. Hier wird sie gewiss erst recht nicht einschlafen können.« Dominik ging die Treppe hinauf, wo seine fünfjährige Nichte nur im Hemdchen saß. »Was ist denn das für ein Benehmen? Wo ist dein Nachthemd?«

»Das war mir zu warm.«

»Auf der Stelle ziehst du dich an, und dann ab ins Bett.«

»Ich kann nicht schlafen«, maulte Marianne.

Na, das fehlte ihm ja gerade noch mitten in der Nacht. »Wo ist eure Mutter?«

»Die schläft. Sie sagt, wir sollen sie nicht wecken.«

»Ach, sagt sie, ja?« Dominiks zwei Jahre ältere Schwester war mit einem Bankier verheiratet, aber sie kam regelmäßig mit den Kindern zu ihm, wenn sie sich mal wieder mit ihrem Mann gestritten hatte. Seine Schwester war allerdings so anstrengend, dass Dominik mittlerweile argwöhnte, ihr Mann benehme sich absichtlich daneben, um sie ab und zu los zu sein. Er ging zum Gästezimmer, in dem sie schlief, um dann festzustellen, dass die Tür verschlossen war. Na, das mit dem *nicht stören* setzte sie ja sehr nachdrücklich um. Dominik klopfte lautstark an die Tür. »Ariana!«

Es dauerte, ehe sie schlaftrunken öffnete. »Was soll das denn mitten in der Nacht? Ist etwas mit den Kindern?«

»Du meinst, abgesehen davon, dass Marianne die Treppe hinunterfallen könnte, ohne dass du es mitbekommen würdest? Nein, alles bestens. Geh zu ihnen und sorg dafür, dass sie schlafen, denn ich tue es gewiss nicht. Und versöhn dich mit deinem Mann lieber früher als später.«

»Ich habe dir doch erzählt, dass er …«

»Ja, hast du, aber das ist ja nicht das erste Mal. Wenn

du ihn verlassen willst, dann tu das offiziell, wenn nicht, dann sollte es jetzt langsam mal gut sein.«

»Man merkt, dass ihr Männer immer zusammenhaltet.« Ariana verließ das Zimmer und gähnte ein weiteres Mal.

Ohne sich weiter um sie zu kümmern, ging Dominik in sein Zimmer, legte das Jackett ab und knöpfte sein Hemd auf. Auf dem Nachtschränkchen lag ein Zettel, geschrieben in der Handschrift seiner Haushälterin. Dominik warf das Hemd aufs Bett und las die kurze Nachricht, in der stand, Fräulein Hagen entschuldige sich für den Abend, sie habe es bereits im Büro versucht, ihn jedoch nicht erreicht. Leider plagten sie starke Kopfschmerzen, und sie bedaure es zutiefst, ihn nicht begleiten zu können.

Dominik zerknüllte den Zettel und warf ihn in den Papierkorb. Diese Kopfschmerzen plagten sie oft, er würde sie am nächsten Tag aufsuchen und sich nach ihrem Befinden erkundigen. Dabei könnte sie ihm dann auch gleich sagen, ob sie die Creme bereits benutzt hatte und wie sie ihr gefiel. Wenn Irene Werbung dafür machte, könnte die Sache interessant werden. Blieb abzuwarten, ob die Schwestern das entsprechende kaufmännische Geschick hatten, daraus etwas Großes zu machen. Die finanziellen Mittel hatten sie auf jeden Fall nicht. Dominik beschloss, das Geld erst einmal nicht einzutreiben und die Sache zu beobachten. Wenn das etwas Rentables würde, wäre es gewiss nicht schlecht, die beiden in einer gewissen finanziellen Abhängigkeit zu halten und auf diese Weise im Spiel zu bleiben.

NOVEMBER 1925

»Ist das kalt.« Helena rieb sich die Hände, als sie die Apotheke betrat.

»Jeder gibt beim Eintreten einen Wetterbericht von sich.« Charlotte schob die Lade der Registerkasse zu. »Warum hat das so lange gedauert?«

»Weil ich mehrere Angebote verglichen habe.«

»Du hast hoffentlich das günstigste genommen.«

Helena biss sich auf die Unterlippe. »Nun ja, nicht ganz. Es war günstig, aber nicht das günstigste. Ich meine, jetzt, da Irene uns weiterempfiehlt …«

Charlotte stöhnte auf. »Das heißt nicht, dass wir unser Geld zum Fenster hinauswerfen müssen.«

»Ich nenne es investieren.«

Da sie diese Unterhaltung nicht zum ersten Mal führten, ersparte sich Charlotte eine Antwort darauf. Ohnehin war die Creme derzeit das Einzige, das überhaupt noch nennenswerten Gewinn abwarf, daher konnte sie nicht gut dagegen anreden. Seit die beiden Schläger des Kredithais in der Apotheke gewütet hatten, war die Kundschaft weniger geworden. Charlotte hatte gehofft, es hätten nicht gar zu viele mitbekommen, und vermutlich hatten es in der Tat nur wenige beobachtet, aber das reichte schon, um sich herumzusprechen. Es gab so viele Apotheken in Berlin, warum dann zu einer gehen, wo man auf solch zwielichtige Gestalten stoßen konnte? Die Creme wiederum lief seltsamerweise trotzdem, was wohl vor allem daran lag, dass die Kundinnen sie nur hier beziehen konnten. Und weil Irene Danelius sie in ihrem Freundeskreis empfahl.

Sie und Helena gingen manchmal miteinander aus, und Paula war furchtbar neidisch deswegen. Vor allem, als sie hörte, dass sich im Wintergarten Dominik Lichtenthal zu ihnen in die Loge gesetzt hatte. »Du hättest mir doch die Karte überlassen können«, hatte sie sich beklagt.

Es war nun nicht so, dass sie den großen Verkaufserfolg einfuhren, aber es war doch mehr, als Charlotte in den letzten Monaten mit Arzneien verdient hatte – jedenfalls, ehe man die Kosten für die Herstellung neuer Creme abzog. Ihnen blieb insgesamt gerade genug übrig, um den Lebensunterhalt zu bestreiten. Und hier und da einige Gläubiger mit Kleckerbeträgen kurzfristig ruhigzustellen. Ihre größte Sorge jedoch war ihr von einem Moment auf den anderen genommen und durch eine diffuse Besorgnis ersetzt worden. Einer der beiden Schläger war aufgetaucht, hatte vor den angststarren Schwestern gestanden und einen Wechsel auf die Verkaufstheke geknallt.

»Hier, ist bezahlt.«

»Wie bitte?«, hatte Helena zittrig hervorgebracht.

»Ist bezahlt. So ein alter, verknöcherter Typ hat alles gezahlt. Euer Stecher, oder was?«

Weder Charlotte noch Helena hatten darauf antworten können, da sie keine Ahnung hatten, was hier los war. Und seither warteten sie darauf, dass dieser *alte verknöcherte Typ* hier auflief und Forderungen stellte. Immerhin hatte Dominik Lichtenstein einen Aufschub gewährt, das war ja schon einmal etwas. Allerdings hätte Charlotte zu gerne gewusst, warum er das tat. Ob da irgendetwas zwischen ihm und Helena lief? Mehrmals hatte Charlotte die eine oder andere Andeutung fallen lassen, bisher erfolglos. So richtig vorstellen konnte sie sich das ohnehin nicht. Dass er offenbar mit Irene Danelius gut bekannt war, wusste sie inzwischen, aber ob das damit zu tun hatte? Helena hatte ihr erzählt, die beiden hätte eine Affäre miteinander verbunden, wobei Charlotte sich nicht vorstellen konnte, dass Dominik Lichtenthal Aufschub gewährte, weil eine seiner Bettgeschichten mit der Schuldnerin ausging.

»Du solltest das nicht ständig alles hinterfragen«, hatte Paula geraten, aber das war natürlich leicht gesagt, wenn man diese Existenzsorgen nicht hatte. Bei Martin hatte sie auch noch eine offene Rate, aber sie wusste gerade einfach nicht, wo sie das Geld dafür abzweigen sollte.

Während sie allein in der Apotheke stand, kam sie gar nicht umhin, die Dinge zu hinterfragen. Nicht nur Dominik Lichtenthals Beweggründe oder die des Unbekannten, der ihre Schulden beglichen hatte, sondern das gesamte Erbe. Und wenn sie doch alles verkaufte? Aber dieses Szenario hatte sie schon so oft durchgespielt, und es endete nie zu ihrer Zufriedenheit. Grundsätzlich bestand natürlich die Möglichkeit, sich als Apothekerin zu bewerben, aber man stellte lieber Männer als Frauen ein, da man davon ausging, dass eine junge Frau irgendwann heiratete und dann nicht mehr arbeitete.

Zudem würde sie in einer Abhängigkeit verharren, die Möglichkeit auf eine Apotheke wäre ihr für immer verwehrt, wenn sie nicht gerade einen Apotheker heiratete und diesen dann überlebte. Aber das war ja kein Konzept, auf das man seine Lebensplanung aufbauen konnte. Zudem wollte Charlotte nicht heiraten, wollte sich nicht in diese Unmündigkeit begeben. Sie hatte bei ihrer Mutter gesehen, wohin das führte. Oder auch bei Helenas Mutter. Warum sich also diesen Klotz ans Bein binden?

Charlotte ging in Gedanken die Möglichkeiten durch. Wenn ein Verkauf nicht in Frage kam, die Verkäufe der Medikamente die Apotheke aber nicht mehr trugen, mussten sie auf ein anderes Konzept setzen. Da war Helenas Creme womöglich nicht das Schlechteste. Aber das allein würde nicht reichen, auch wenn es gerade einigermaßen gut lief. Noch waren Einnahmen und Ausgaben fast deckungsgleich, da Helena alles umgehend nutzte, um zu investieren, wie sie es nannte, und nur wenig abzweigte, um ihren Beitrag zum Unterhalt zu leisten. Leben konnte man davon nicht. Noch nicht zumindest. Charlotte fand die Idee, sich auf Schönheitsprodukte zu konzentrieren, nicht reizlos, aber vielleicht könnte man sich dabei auf den medizinischen Aspekt konzentrieren. Eine Schönheitscreme, die gleichzeitig ein Medizinprodukt war. Das wäre doch was. Unter Paulas Freunden war, wenn Charlotte sich richtig erinnerte, ein Hautarzt. Vielleicht sollte sie einmal vorsichtig die Fühler ausstrecken.

»Wer ist ein herziges kleines Hündchen?« Helena hielt einen Streifen getrockneter Rinderhaut, nach der Estelle ganz verrückt war, so hoch, dass der kleine Hund auf die Hinterpfoten steigen musste, um sie zu schnappen. Daraufhin kraulte Helena ihn entzückt im Nacken und hinter den Ohren. »Du bist so niedlich, aber das weißt du ja schon, nicht wahr?«

Estelle verzog sich mit der Leckerei auf ihren Teppich, während Helena sich erhob und das Arbeitszimmer in Augenschein nahm. Sie hatte ihre Idee bisher mit niemandem besprochen, wollte sie selbst erst einmal in Gedanken durchspielen. Ihr Plan sah vor, das Arbeitszimmer zu räumen und einen Büroplatz im Wohnzimmer einzurichten. Aus diesem Raum hingegen wollte sie einen Bereich machen, in dem sie Schönheitspflege und Kosmetikbehandlungen für Frauen anbot. Sie würde all das tun, was sie auch für die Baronin getan hatte – Gesichtsmassage, Kopfmassage, kühlende Tücher unter die Augen legen, erfrischende Minztücher auf das Gesicht, das Gesicht eincremen, schminken. Außerdem wollte sie die ersten Versuche machen, der Creme Farbpigmente beizumischen, um den Teint zu verschönern.

Helena las viele Zeitschriften, die das Thema Schönheit behandelten, und sie wusste, wie groß der Bedarf war. Nicht umsonst waren Elizabeth Arden und Helena Rubinstein so erfolgreich. Und sie, Helena, wollte einen Teil dieses lukrativen Kuchens abhaben. Und wo sollte das besser funktionieren als hier in Berlin, jener verführerischen Metropole, in der der schöne Schein stärker wog als das Sein? Jetzt galt es, zunächst die äußeren Umstände zu schaffen und diesen Raum auszuräumen. Dann wollte sie den Hof begrünen, wollte dort ihren Kundinnen Tee und erfrischende Getränke servieren.

Auch für die Fertigung hatte sie bereits Pläne gefasst. Das ehemalige Schlafzimmer ihres Vaters stand leer und war somit verschwendeter Platz. Wenn es nach Helena ging, konnte man es ausräumen und die Fertigung dort unterbringen. Über kurz oder lang würde Charlotte sie – wenn es nach Helena ging – nicht mehr für Medikamente benötigen, dann würden sie dort nur noch Kosmetik herstellen. Was sich von den Möbeln verkaufen ließ, würden sie verkaufen und den Rest zu Brennholz machen, dann hatten sie im Winter zumindest eine Sorge weniger.

Und um dem Vorhaben umgehend Taten folgen zu lassen, machte Helena sich daran, die Unterlagen zusammenzupacken und in Stapeln hinzulegen. Da sich keine nennenswerte Ordnung darin befand, könnte man alles in Kisten packen, um es dann nach und nach zu sortieren. Was für ein Mensch musste ihr Vater gewesen sein! Hatte er nie darüber nachgedacht, welches Erbe er hinterließ? Das musste er aber doch wohl, denn sonst hätte er Helena nicht bedacht. Vielleicht hatte er dabei aber auch weniger an Helenas Wohlergehen gedacht, sondern einfach die Last der Schulden nicht allein auf den Schultern seiner geliebten Charlotte abladen wollen.

An diesem Abend würde Helena wieder mit Irene ausgehen. Es war jedes Mal spannend und ein Riesenspaß, wenngleich Helena nicht hätte sagen können, in welcher Beziehung sie zueinander standen. Konnte man da schon von Freundschaft sprechen? Dafür war die Sache wohl zu oberflächlich. Irene erzählte zwar freiheraus von Skandalen und Affären, aber das hätte sie vermutlich jedem erzählt, den es interessierte. Ansonsten wusste Helena nicht mehr über sie, als die Magazine berichteten. Helena hätte sie gerne als Gesicht für ihre Werbung, konnte das aber nicht einfach so ansprechen, wenn sie nur gute Bekannte waren. Natürlich würde sie sie bezahlen, aber angesichts ihrer finanziellen Mittel war es eben doch ein Unterschied, ob sie einen Freundschaftspreis bekam oder aber zahlen musste, was jeder Kosmetikkonzern für eine Frau ihres Formats auf den Tisch legte.

Helena trat vor den kleinen Spiegel über dem Kamin, strich mit den Fingerspitzen über ihre glatte Haut. Im Grunde genommen war sie selbst die beste Werbeträgerin für ihre Produkte, und sie wusste, dass sie auffiel, wenn sie aufsehenerregend geschminkt war. Vielleicht brauchte sie gar kein bekanntes Gesicht auf den Plakaten, vielleicht reichte es, sich mit einem bekannten Gesicht öffentlich blicken zu lassen. Ob sich Irene dabei ausgenutzt fühlen würde? Andererseits kam sie aus einer Branche, in der man es durch Können in Verbindung mit den richtigen Beziehungen zu etwas brachte. Und ihr schien ein gewisser skrupelloser Geschäftssinn durchaus zu gefallen.

Da sie an der frischen Luft besser nachdenken konnte und Estelle zudem rausmusste, befestigte Helena die Leine an dem Halsband, an dem die Hündin seit kurzem ihre Steuermarke trug – auch das eine Ausgabe, über die Charlotte geschimpft hatte. Da ein Tier, das man nicht als Nutztier hielt, als Luxus galt, war seinerzeit die Regel eingeführt worden, dass dafür Steuern zu zahlen waren, denn wer Geld genug hatte, ein Tier einfach so zu halten, hatte nach Ansicht der Preußen auch Geld genug, um dafür Steuern zu bezahlen. An dieser Sichtweise hatte sich bisher nichts geändert, und da Estelle nun zum Hause Rosenberg gehörte, galt es zu zahlen.

»Wohin gehst du?«, fragte Charlotte, die gerade in die offene Tür des Arbeitszimmers trat.

»Ein wenig an die Luft.«

»Räumst du hier auf?« Charlotte ließ den Blick über die Stapel wandern.

»Ja.« Ins Detail würde Helena später gehen, das war nichts, das man zwischen Tür und Angel besprechen konnte. Sie führte Estelle auf die Straße, und der kleine Hund zog an der Leine, schnupperte mal hier, mal dort, und obwohl es Helena schwerfiel, sie nicht einfach gewähren zu lassen, hielt sie sich an Paulas Ratschlag und bemühte sich, der Hündin eine Erziehung angedeihen zu lassen. Nachdem sich zweimal bereits eine Frau fast in der Leine verheddert und ein Mann beinahe über Estelle gefallen wäre, weil sie ihm zwischen die Füße lief, war Helena bewusst geworden, dass es unumgänglich war, dass Estelle auf Kommandos hörte und gut an der Leine ging. Auf dem Land mochte das anders sein, aber in der Großstadt war das einfach zu gefährlich. Nicht auszudenken, wenn sie vor ein Auto oder gar eine Bahn lief. Bei dem Gedanken daran wollte Helena sie am liebsten auf den Arm nehmen und durch die Straßen tragen, aber auch davon hatte Paula abgeraten.

»Sie mag klein und süß sein, aber sie ist ein Hund. Sie möchte sich bewegen und als Hund ernst genommen werden. Wenn du das nicht kannst, leg dir ein Stofftier zu, das kannst du herumtragen, so viel du willst.«

Helena bemerkte, dass ihr der eine oder andere Blick folgte, und das nicht nur von den Männern. Sie gab sehr sorgsam darauf acht, wie sie das Haus verließ, und zumindest in der Friedrichstraße kannten die näheren Nachbarn sie inzwischen. Da die Straße eine Vergnügungsmeile war, war es gewiss von Vorteil, wenn man ihr Aussehen in Verbindung mit ihrer Creme brachte, und das würde man. Sah man sie noch dazu häufig mit Irene, dürfte sich das noch verkaufsfördernder erweisen. Sie mussten sich unbedingt auch mal tagsüber verabreden. Helena plante zudem ein Foto, auf dem sie auch Estelle in die Kamera hielt. Der weiße Hund mit den schwarzen Knopfaugen neben der Frau mit dem makellosen sahneweißen Teint und dem dunklen Haar.

»Ihr seid also heute Abend wieder unterwegs?«, fragte Paula und konnte dabei einen Anflug von Neid nicht ganz verhehlen.

Helena befestigte die Perlenstecker, die sie sich von Charlotte geliehen hatte, in den Ohrläppchen. Außerdem trug sie ein weinrotes Kleid, das an Ausschnitt und Saum schwarz abgesetzt war, kombiniert mit schwarzen Handschuhen. Eine lange, doppelreihige Perlenkette vervollständigte das Ensemble, während der einzige Kopfschmuck ein schmales schwarzes Band war, auf dem an der rechten Seite kurze schwarze Federn fächerartig befestigt waren.

»Charlotte bleibt hier«, antwortete Helena.

»Mit ihr meinte ich dich und Irene Danelius.«

»Ach so, ja.«

»Warum schließen wir uns nicht an?«, fragte Paula an Charlotte gerichtet.

»Weil mir nicht der Sinn danach steht, mich aufzudrängen.«

»Das ist doch kein Aufdrängen, wenn du deine Schwester begleitest. Und ich wäre dann dabei, damit ihr keine ungerade Zahl bildet.« Sie wandte sich an Charlotte. »Wir gehen momentan fast gar nicht mehr aus.«

»Mir ist einfach nicht danach.«

»Ach, jetzt komm schon.«

»Helena wird abgeholt, da schließe ich mich nicht ungefragt an.«

»Ihr könnt ja auch allein ausgehen«, sprang Helena Paula bei. »Und dann trefft ihr nachts rein zufällig auf uns.«

Paula sah Charlotte so hoffnungsvoll an, dass diese seufzte. »Und was ist mit Estelle?«

»Die bringe ich zu uns«, tat Paula diesen Einwand ab. »Meine Schwester wird sie lieben. Also, falls Helena einverstanden ist.«

»Warum nicht, wenn sie sich bei euch wohlfühlt?«

Paula ging in die Knie und kraulte Estelle. »Das wird sie bestimmt, nicht wahr? Wir nehmen ihre Kuscheldecke mit.«

Wieder seufzte Charlotte. »Also gut.«

»Großartig«, jubelte Paula.

»Wohin soll es überhaupt gehen?«

»Auf den Kurfürstendamm, mehr weiß ich noch nicht.« Helena legte Parfüm auf.

»Dürfte schwer werden, euch da zu finden.«

Paula tat den Einwand mit einer Handbewegung ab. »Wo ist Estelles Leine? Ich nehme sie gleich mit, wenn ich heimgehe, um mich umzukleiden.«

»Die hängt neben der Wohnungstür.« Helena streichelte die Hündin. »Bis morgen, meine Süße.«

Draußen erwartete Irene sie in einem cremeweißen Benz, und diese Kombination aus bekannter Schauspielerin und Luxuswagen zog einige Aufmerksamkeit auf sich, wie Helena zufrieden feststellte, als sie ganz selbstverständlich die Beifahrertür öffnete und einstieg.

Irene winkte kokett durchs Fenster, dann startete sie den Wagen und brauste los. »Entzückend sehen Sie aus, meine Liebe. Das Lippenrot ist famos.«

»Das habe ich selbst zusammengemischt.«

»Das können Sie?«

»Meine Mutter und ich haben uns immer selbst behelfen müssen, da lernt man das eine oder andere.« Die Qualität eines teuren Lippenstifts hatte es indes nicht, aber immerhin schien die Farbe gelungen zu sein. Blieb nur zu hoffen, dass sie hielt, die Konsistenz war erst zu krümelig und dann zu cremig geworden.

»Wollen Sie Ihr Sortiment erweitern?«

»Ich denke darüber nach.«

»Tun Sie das unbedingt.«

Helena lag ein keckes »Werden Sie meine Werbeträgerin?« auf der Zunge, aber sie befürchtete, dass es nicht so herauskam wie gewollt. Ernst gemeint, wenn Irene darauf ansprang, und im Scherz, falls sie lachend ablehnte. Womöglich würde sie nur eine peinliche Situation heraufbeschwören, also schwieg sie. Immerhin erzählte Irene ihren Freundinnen und Kolleginnen, wie angetan sie von Helenas Creme war, das war ja schon einmal etwas. Die exklusive Creme für die Baronin von W. – das zog auch in Schauspielerkreisen.

»Wo gehen wir heute hin?«, fragte Helena.

»Ich dachte an ›wild und verrucht‹. Es kann übrigens sein, dass wir Dominik treffen. Er fragte ein wenig zu beiläufig, wann wir denn mal zusammen ausgehen und wo wir hinwollen.«

»Ach ja?« Helena bemühte sich um einen gleichmütigen Tonfall.

»Er will mit Ihnen ins Bett, glauben Sie mir, ich erkenne das.«

»Wenn er Interesse an mir haben würde, hätte er doch nicht fast drei Monate darauf gewartet, mich wiederzusehen.«

»Ich glaube, er ist seine letzte Gespielin gerade erst los. Zumindest heißt es, sie hätten sich getrennt. Er ist also auf der Pirsch. Lassen Sie ihn bloß nicht ran.«

»Keine Sorge, ich bin doch nicht toll!«

»Das ist vernünftig.«

Helena kannte sich mit Automobilen nicht aus, aber sie hatte den Eindruck, dass Irene in den kurzen Momenten, in denen sie freie Fahrbahn hatten, doch recht schnell unterwegs war. Wenn es nicht mehr weiterging, bremste sie abrupt ab, um dann wieder zu beschleunigen, sobald es ging. Als Irene schwungvoll um die Kurve bog, hob sich Helenas Magen.

»Ach, wunderbar, direkt ein Parkplatz«, rief Irene und

bremste abrupt. Helena schmeckte Galle auf der Zunge und schluckte. Sie stieg aus und atmete tief die feuchtkalte Herbstluft ein, um sie dann mit einem langen Zug wieder auszustoßen.

»Es ist herrlich hier, nicht wahr?« Irene deutete den Seufzer offenbar als Ausdruck der Ehrfurcht. »Man nennt den Kurfürstendamm auch das Schaufenster Berlins. Wer gesehen werden will, ist hier genau richtig.« Sie hakte sich bei Helena ein, die sich an diesen steten Wechsel von Distanz und plötzlicher Nähe bereits gewöhnt hatte. »Hier pulsiert sozusagen das Blut der Stadt.«

»Ich war bisher nur nachmittags hier, und da fand ich es schon beeindruckend.« In dieser Straße schien alles darauf ausgelegt, sich zu amüsieren. Es gab Cafés, Grillstuben, Austernstuben, Kabaretts, Kinos und Bars. Besonders gut hatte es Helena gefallen, dass im Sommer die Tische auf den Bürgersteig gestellt wurden und man seinen Kaffee inmitten des trubeligen Lebens trinken konnte.

Irene führte sie zu einem Haus, dessen Fassade bereits dunkel war. »Tagsüber ist das ein Café, nichts Besonderes, fast schon ein wenig bieder.« Sie zwinkerte ihr zu, und gemeinsam gingen sie eine Treppe seitlich hinunter. Unten angekommen zog sie eine Tür auf, und ihnen waberte warme, rauchgeschwängerte Luft entgegen, untermalt von Jazzklängen. Irene zog sie mit sich hinein ins Innere, in dem das Licht die Wirkung erzielte, als lauerte die Dunkelheit in den Ecken, bereit, jeden Moment hervorzukriechen. Körper bewegten sich im Tanz und malten bizarr zuckende Schatten an die Wände.

»Und? Wie gefällt es Ihnen?«

»Na, ich weiß nicht.«

Irene ignorierte Helenas mangelnde Begeisterung und steuerte einen Tisch an. Das Interieur war aus dunklem Holz, die Lampen aus Bronze, Sitze und Bänke waren mit Leder und rotem Samt bezogen. So recht wusste Helena nicht, was sie davon halten sollte, die Aufmachung wirkte, als hätte man das Innere eines Piratenschiffs imitiert. Sie ließ sich auf der Bank nieder, während sich Irene ihr gegenüber auf einen Stuhl setzte. Vorne auf der Bühne standen die Musiker und spielten flotte Swingrhythmen.

Sie hatten gerade etwas zu trinken bestellt, als Irene an Helena vorbeiblickte und verhalten lächelte. »Scheint, als hätte ich richtiggelegen, dass Dominik es auf Sie abgesehen hat. Er ist mit einem Freund gekommen, zweifellos, damit ich nicht allein danebensitze, während er sich um Sie bemüht.«

Helena wollte ihm nicht zu auffällig entgegenblicken, konnte jedoch nichts dagegen tun, dass ein erregter kleiner Schauder durch ihren Bauch rann. »Na ja«, versuchte sie sich an einer harmlosen Erklärung. »Charlotte geht auch mit ihrer Freundin aus. Wir zwei sind ja auch zusammen hier.«

»Ach, meine Liebe, Sie werden schon noch lernen, die Männer richtig zu deuten. Wäre nur gut, wenn Sie den Anfang dabei nicht ausgerechnet mit Dominik machten. Aber Sie sind ja vernünftig, nicht wahr?«

Helena kam nicht mehr zu einer Antwort, denn die beiden waren bereits an ihrem Tisch angelangt. »Guten Abend, die Damen.« Dominik Lichtenthal lächelte sein Lächeln, und das kleine Flattern in Helenas Magen stieg kitzlig in der Brust auf, reizte dazu zurückzulächeln. Wie töricht sie war! »Mein Freund Ferdinand Abendroth.«

»Wir kennen uns ja bereits.« Irene neigte huldvoll den Kopf.

»Ferdinand, Fräulein Helena Rosenberg.«

Der Mann hatte einen angenehmen Händedruck und wirkte überhaupt sehr einnehmend.

»Dürfen wir Ihnen Gesellschaft leisten?«, fragte er und ließ sich auf Irenes einladende Handbewegung wie selbstverständlich an ihrer Seite nieder, während Dominik Lichtenthal neben Helena auf die Bank rückte. Nicht so nahe, dass es anstößig oder aufdringlich wirken würde, aber doch nahe genug, dass sie sich unterhalten konnten, ohne sich über die Musik hinweg anschreien zu müssen. Helena bemerkte Irenes verstohlenes, wissendes Lächeln. Sie hätte gerne gesagt, dass sie für Dominik Lichtenthals Ausstrahlung vollkommen unempfänglich war.

Er indes hielt sich nicht lange mit Wortgeplänkel auf, sondern forderte sie zum Tanz auf, kaum dass sie die erste Bestellung aufgegeben hatten. Eigentlich tanzte Helena gerne, aber jetzt war sie so befangen, dass ihr ihre Bewegungen seltsam steif und eckig erschienen. Dass ihr die ganze Zeit Irenes Warnungen im Kopf herumspukten, machte es nicht besser. Als Dominik Lichtenthal sie zurück an den Tisch führte, fragte sie sich, ob er wohl gerade bedauerte, ausgerechnet sie als abendliche Gefährtin ersonnen zu haben. Denn er tanzte gut und sichtlich gern.

In dem Moment, in dem sie an den Tisch zurückkehrten, erhoben sich Irene und Ferdinand Abendroth, wobei Irene sie ansah und kaum merklich eine Braue hob.

Helene griff nach ihrem Glas und nahm einen großen Schluck.

»Wie ist es Ihnen in den letzten Wochen ergangen?«, fragte Dominik Lichtenthal.

Sie zuckte mit den Schultern und trank einen weiteren Schluck.

»Keine unangenehmen Besuche mehr?«

»Nein, glücklicherweise nicht. Jemand hat den Kreditgeber bezahlt.«

»In der Tat?«

»Ja. Allerdings weiß ich nicht, ob es uns nicht eher beunruhigen sollte, dass wir nicht wissen, wer es ist. Na ja, aber da man jetzt alles ohnehin nicht ändern kann, nehmen wir es hin. Wenn meine Kosmetik sich gut verkauft, sind wir vielleicht einen Teil der Geldsorgen los.«

»Sie wollen das in größerem Stil aufziehen?«

»Unbedingt. Meine Creme verkauft sich gut, und ich habe noch weitere Pläne.«

»Und die wären?«

»Lassen Sie sich überraschen.«

Als sie ihr leeres Glas abstellte, grinste Dominik Lichtenthal. »Müssen Sie sich Mut antrinken für den nächsten Tanz mit mir?«

»Bilden Sie sich nur keine Schwachheiten ein.«

»Na dann los.« Er erhob sich und reichte ihr die Hand.

Als es auf ein Uhr zuging, hatte Helena so viel getanzt, dass ihr ein wenig schwindlig wurde. Sie nahm ein Taschentuch und tupfte sich die Stirn ab.

»Möchten Sie kurz an die frische Luft?«, fragte Dominik Lichtenthal.

»Gerne.« Helena begleitete ihn hinaus, und tatsächlich tat die Kälte ihr gut. Fröstelnd hob sie die Schultern, und sie rieb sich die Oberarme, ohne dass sie Anstalten machte, zurück in die Tanzbar zu gehen. Charlotte und Paula hatte sie bisher nicht erspäht, obwohl sie die ganze Zeit über Ausschau gehalten hatte. Entweder waren sie doch nicht aufgebrochen, oder aber sie hatten die Suche bald aufgegeben. Wirklich böse war Helena nicht deswegen, sie konnte gut auf Charlottes tadelnde Blicke verzichten.

Dominik bot ihr eine Zigarette an, nahm sich danach selbst eine und gab erst ihr Feuer, dann sich selbst. »Sagen Sie Bescheid, wenn es Ihnen zu kalt wird.«

»Es geht schon«, antwortete sie, wobei ihr die Zähne aufeinanderschlugen.

»Ja, man hört es.«

Helena nahm einen tiefen Zug und stieß den Rauch langsam aus. Dominik Lichtenthal war den ganzen Abend sehr aufmerksam gewesen, und so recht wusste sie nicht, worauf das alles hinauslief. Nachdem sie aufgeraucht hatte, ließ sie den Zigarettenstummel fallen und trat ihn aus. »Und nun?«

»Gehen wir hinein, würde ich sagen.«

»Ich meinte, was tun wir dann?«

Sein Lächeln wirkte ein wenig anzüglich. »Ich bin für alles offen.«

Als er die Tür öffnete, strömte ihnen warme Luft entgegen, die erst angenehm war, dann aber dafür sorgte, dass Helena das Blut heiß in die Wangen stieg und ihr der Schweiß ausbrach. Sie blieb stehen und drehte sich zu

Dominik um. Eine Säule im Eingangsbereich verstellte den Blick auf sie, sodass sie sich unbeobachtet fühlte.

»Darf ich Sie denn küssen, ohne zu befürchten, mit Ihrem Knie außer Gefecht gesetzt zu werden?«

Da waren sie dahin, all die guten Vorsätze. Helena antwortete nicht, war dazu schlicht nicht in der Lage. Dabei wollte sie sich so gerne abgeklärt und erfahren geben. Offenbar nahm er ihr Schweigen als Zustimmung, denn er beugte sich vor, wenngleich vorsichtig, als wollte er ausloten, wie sie auf diesen Vorstoß reagierte. Helena legte den Kopf zurück, wartete, die Lippen leicht geöffnet und mit so wild schlagendem Herz, dass die Musik nunmehr dumpf durch das Rauschen in ihren Ohren drang. Im nächsten Moment spürte sie seinen Mund auf ihrem, spürte ihn erst sacht darüber gleiten, dann in leichtem Druck. Sie ließ zu, dass er ihr einen Arm um die Schultern legte, indes die Finger der anderen Hand ihr spielerisch über den Nacken glitten und von dort hoch zum Hinterkopf, während Dominik den Kuss vertiefte.

Als er sie losließ, schien es für einen Augenblick, als drehte sich der Raum, und Helenas Herz ging immer noch, als wäre sie gelaufen. Dominik gab ihr einen Moment, um wieder zu Atem zu kommen, dann küsste er sie ein weiteres Mal, jetzt weniger zurückhaltend. Danach ließ er sie los, sah sie aufmerksam an.

»Setzen wir uns?«, fragte Helena, weil ihr nichts anderes einfiel und sie nicht so recht wusste, was jetzt von ihr erwartet wurde.

Kurz wirkte er befremdet, dann lächelte er. »Aber gewiss doch.«

Als sie am Tisch ankamen, fanden sie diesen verwaist vor, und nur die halbvollen Gläser deuteten darauf hin, dass Irene und Ferdinand Abendroth kurzzeitig hier gewesen waren. »Möchten Sie noch etwas trinken?«, fragte Helena und sah sich nach dem Kellner um.

»Das ist das erste Mal, dass mich eine Frau siezt, nachdem ich sie geküsst habe.«

»Es gibt eben für alles ein erstes Mal.« In Wahrheit wusste Helena nicht, wie sie mit ihm umgehen sollte, und hoffte, dass sie diesen Umstand mit ihrem scherzhaften Ton überspielen konnte. Sie war so befangen, dass sie glaubte, er müsse es ihr anhören, müsse das leichte Beben in ihrer Stimme wahrnehmen.

»Verstehe«, sagte er nur, ohne dass Helena wusste, was es war, das er da verstand.

Der Kellner erschien, nahm ihre Bestellung entgegen und ging wieder.

»Wollen wir diese Distanz nicht ablegen?«, fragte Dominik.

Helena zögerte, dann nickte sie kaum merklich. »Also gut.«

»Darf ich dich nach Hause fahren?«

»Nein, ich fahre mit Irene.«

Dominik hob die Brauen. »Ihr Fahrstil ist etwas, hm, abenteuerlich.«

»Das weiß ich. Ich mag Abenteuer.«

Er lachte. »Dann soll es mir natürlich nicht einfallen, dir den Spaß zu verderben.«

Nachdem ihre Getränke serviert worden waren, spürte Helena, wie dieses seltsame Gemisch aus Erregung, Erwartung und Euphorie einer bleiernen Müdigkeit wich. So langsam durften sie gerne aufbrechen. Sie sah sich nach Irene um, konnte sie jedoch nicht entdecken. Ferdinand Abendroth stand an der Bar und unterhielt sich mit einigen Männern, die er offenbar kannte.

»Habt ihr abgesprochen, dass er dich nicht stören darf, während du bei mir dein Glück versuchst?«, fragte Helena und unterdrückte ein Gähnen.

»Nein, er ist taktvoll genug, das auch so zu wissen.«

Irene kam aus Richtung der Toiletten, und Helena winkte ihr zu.

»Sehen wir uns wieder?«, fragte Dominik, ehe Irene bei ihnen angekommen war.

»Versuch erneut dein Glück.« Helena erhob sich. »Können wir gehen? Ich bin furchtbar müde.«

»Gerne, Liebes.« Mit kritisch verengten Augen musterte Irene Dominik, der ihren Blick erwiderte und ihr zuzwinkerte. »Du lieber Himmel, ich habe es ja geahnt. Komm.« Sie hakte sich bei Helena ein. Nachdem sie ihre Mäntel geholt und die Bar verlassen hatten, zündete sich Irene draußen eine Zigarette an. »Sie wollten nicht auf mich hören, ja?«

»Wir haben uns nur geküsst.«

»Nur? Was hätte er dort auch mehr tun können? Mit einem Kuss fängt es an, und in seinem Bett endet es.«

Helena schwieg.

»Lassen wir ab heute das förmliche Sie!«, fuhr Irene fort. »Nachdem es mit Dominik trotz meiner Warnungen so weit gediehen ist, vermute ich, du wirst bald eine gute Freundin brauchen, um dich auszuheulen.«

Helena knabberte an ihrer Unterlippe und schwieg einen Moment. »Wie lange warst du mit ihm zusammen?«

»Nicht lange. Wir haben ein paarmal miteinander geschlafen, dann habe ich es beendet.«

»Warum? War es … hm … schlecht?«

Irene lachte. »Leider war es viel zu gut. Aber ein Dominik Lichtenthal wird nicht sein Leben an meiner Seite verbringen, da fand ich es besser, die Reißleine zu ziehen, ehe er meiner überdrüssig wird.«

»Meiner wird er nicht überdrüssig.«

Irene warf ihr nur einen kurzen Blick zu und antwortete nicht.

Charlotte stand in der Tür, die Arme vor der Brust verschränkt. »Du kannst ja wohl nicht erwarten, dass ich nun ständig hoch- und runterlaufe, wenn ich in die Fertigung möchte.«

»Wir können aber auch keinen Schönheitssalon in unserer Wohnung einrichten.«

»Wer sagt überhaupt, dass wir so etwas brauchen?«

»Es bringt Geld, vor allem, wenn Irene uns ihren Freundinnen und Kolleginnen empfiehlt. Wir haben oben so viel Platz, den wir gar nicht benötigen. Oder willst du weiterhin aus Vaters Zimmer ein Museum machen?«

Ein Museum. Dabei war es eher so, dass Charlotte den

Raum nicht betrat, weil sie ihrem Vater so sehr grollte. Wie unglücklich ihre Mutter oft gewesen war, wenn er abends wieder mal spät heimkehrte. Vermutlich hatte sie Angst gehabt, dass ihr dasselbe Schicksal blühte wie ihrer Vorgängerin. Aber zweimal hintereinander wagte das wohl selbst ihr Vater nicht.

»Du willst also einen Schönheitssalon in der Fertigung einrichten?«

»Nein, im ehemaligen Arbeitszimmer.«

»*Ehemalig?*«

»Hatte ich das nicht erwähnt? Der Schreibtisch kommt ins Wohnzimmer.«

»Habe ich da auch noch mitzureden? Du kannst doch hier nicht umräumen, wie es dir passt.«

»Wofür brauchen wir diesen Raum? Die Buchhaltung können wir oben machen, das ist eh gemütlicher.«

»Ein Arbeitszimmer muss praktikabel sein und nicht gemütlich.«

Helena wandte sich wieder der Aufgabe zu, Papiere in Kartons zu stapeln. Immerhin war der Raum ordentlich wie nie zuvor. »Wie auch immer, wir sortieren das alles jetzt, und das tun wir oben, wo es deutlich wärmer ist als hier.«

Für den Moment gab Charlotte nach, aber da war das letzte Wort noch nicht gesprochen. Auf keinen Fall wollte sie diesen Wust an Papieren in ihrem Wohnzimmer haben. »Ich habe heute eine neue Ladung Medikamente bestellt. Aus Gründen, die mir nicht ganz klar sind, beliefert man mich wieder. Sogar Lichtenthal-Pharma hat mich angeschrieben und mir einen weiteren Aufschub gewährt.«

»Dominik war sehr interessiert an meiner Idee, den Kosmetikbereich auszubauen.«

»Dominik, ja?«

Helena sah kurz auf. »Er war letztens auch dabei, als ich mit Irene aus war.«

»Und da seid ihr euch gleich ein wenig nähergekommen?«

»Na ja, wenn's hilft.«

»Was meinst du? Dass du ihn bezirzt, damit er uns finanziell entgegenkommt oder Schulden erlässt?«

Jetzt wurde sie doch rot. »Natürlich nicht. Ich bin doch keine Hure. Aber wenn ihn das ein wenig milder stimmt, ist das nicht verkehrt, oder?«

Charlotte verdrehte die Augen. »Einen Dominik Lichtenthal stimmt man mit ein paar Küssen nicht milder.«

»Nun, offensichtlich doch, nicht wahr?«

»Sieh zu, dass du dich da in nichts verrennst.«

»Keine Sorge, ich bin erwachsen.« Helena stülpte mit entschlossener Miene einen Deckel auf den randvoll gefüllten Karton. »Wir sollten ohnehin den Apothekenbereich etwas verkleinern, denke ich.«

»So, denkst du?«

»Bisher decken sich Ausgaben und Einnahmen nicht einmal mehr, seit diese Kerle hier gewesen sind. Die Leute gehen lieber woanders hin. Und die, die kommen, kommen hauptsächlich wegen meiner Creme.«

»Das wird sich auch wieder ändern.«

»Wenn du meinst.« Der nächste Karton wurde befüllt.

»Folgst du da irgendeiner Ordnung, oder packst du einfach nur alles ein?«

»Ich habe das nach Jahren sortiert.«

Immerhin.

Estelle, die auf ihrer Decke geschlafen hatte, wurde wach, streckte sich und kam dann zu Helena. Die ließ augenblicklich von ihrer Arbeit ab und nahm den Hund auf.

»Paula sagt, du sollst sie nicht ständig hochheben.«

»Ich mache das auch nicht ständig.«

Charlotte entnahm der Dose auf der Kommode einen Streifen getrockneter Rinderhaut und ging in die Hocke. Augenblicklich sprang Estelle von Helenas Schoß und kam zu Charlotte gelaufen, die den kleinen Hund streichelte. »Wir können den Verkaufsraum aufteilen«, schlug sie vor. »Einen Teil bekommst du für deine Kosmetik, der übrige Bereich bleibt eine Apotheke.«

»Wenn sich das weiterhin rechnet. Ich möchte nur nicht, dass wir ständig weiter Schulden anhäufen. Die Schuld an den Kreditgeber ist ja nicht verschwunden, sie wurde nur umgelagert.«

»Das weiß ich selbst. Aber vielleicht war das ja irgendein unbekannter Wohltäter, der sein Geld für gute Zwecke unter die Leute bringen wollte.«

»Glaubst du das wirklich?«

»Sonst hätte derjenige sich doch längst mal gemeldet.«

Helena schüttelte zweifelnd den Kopf.

Über eine Woche hatte Dominik seit dem Tanzabend nichts mehr von sich hören lassen, und als Helena bereits dachte, die ganze Sache sei für ihn ein einmaliger kleiner Spaß gewesen, hatte an diesem Tag in der Mittagspause das Telefon im Wohnzimmer geklingelt. Helena fand es geradezu närrisch, wie aufgeregt sie war, als sie Dominiks Stimme hörte, und sie rief sich entschieden zur Ordnung, konnte jedoch das leichte Vibrieren, das jedes ihrer Worte untermalte, nicht unterdrücken. Sie war nicht so abgebrüht wie Charlotte und Paula, für die Männer oftmals nur ein Spaß waren, der einem vergnügliche Abende bezahlte.

»Darf ich dich nach der Arbeit ausführen?«

Hatte das Schweigen der letzten Tage bedeutet, dass er sie zappeln lassen wollte? Sie in der Ungewissheit halten, ob der Kuss eine Bedeutung hatte? Sie dachte an das, was sie ihm zum Abschied gesagt hatte. *Versuch erneut dein Glück.* Wollte er die Sache umkehren und hoffte darauf, dass sie voller Sehnsucht hier saß und auf ihn wartete?

»Bist du noch dran?«

Sie räusperte sich. »Ja, entschuldige, ich war kurz abgelenkt. Ja, du darfst mich ausführen. Holst du mich nach Geschäftsschluss ab?«

»So war der Plan.«

»Dann bis später.«

Sie verabschiedete sich von ihm und legte auf.

»Wer war das?« Charlotte trocknete sich die Hände an einem Handtuch ab.

»Dominik. Er möchte mich heute Abend ausführen.«

»Schon wieder? Was soll das werden, hm? Fraternisierst du mit dem Feind?«

»Rede doch keinen Unsinn. Außerdem ist er nicht unser Feind, nur weil wir unsere Rechnungen bei ihm nicht bezahlen können.«

Charlotte verdrehte die Augen. »Denkst du wirklich, er hat ehrenhafte Absichten? Dominik Lichtenthal hat ständig Frauen an seiner Seite, das heißt überhaupt nichts. Er will Spaß, mehr nicht.«

»Das ist es doch, was ihr abends auch von den Männern wollt.«

»Nicht *diese* Art von Spaß. Wir tanzen einen Abend lang, lassen uns Getränke bezahlen, und danach sehen wir die Männer normalerweise nie wieder. Das hier ist etwas vollkommen anderes.«

»Bisher ist doch überhaupt nichts passiert. Wir haben uns einmal geküsst, Paula macht das ständig.«

»Paula weiß im Gegensatz zu dir auch, mit Männern umzugehen.«

»Ich bin nicht so naiv, wie du vielleicht denkst.«

Charlotte schnaubte nur spöttisch.

»Spar dir doch diese Überheblichkeit.« Helena stand von dem Telefonbänkchen auf. »Gibt es noch Essen?«

»Natürlich, oder dachtest du, ich schlinge das alles allein hinunter? Vergiss den Abwasch nicht.«

Helena ging in die Küche, schöpfte mit einer Kelle Eintopf auf ihren Teller und setzte sich. Auf dem Tisch lagen auf einem Schneidbrett noch zwei Scheiben des krossen Weißbrots, das Charlotte am Vorabend gebacken hatte. Während sie aß, ging sie ihre Garderobe durch und überlegte, was angemessen war. Wenn er sie abholte, war es früher Abend, trug man da bereits Abendgarderobe? Oder wollte er nur mit ihr spazieren gehen und fuhr hier leger vor, während sie in übertriebener Eleganz das Haus verließ? Charlotte mochte sie nicht fragen, der traute sie zu, ihr absichtlich genau das Falsche zu raten, in der Hoffnung, dass die Sache mit Dominik schnell beendet wäre. Dabei war es doch gar nicht das Schlechteste, wenn er sich so um sie bemühte. Das ließ sich durchaus zu ihrem Vorteil nutzen, und davon hätte Charlotte ja auch etwas. Und wenn Helena dabei Spaß hatte, umso besser.

Den Nachmittag verbrachte sie nur zum Teil im Verkauf, den überließ sie hauptsächlich Charlotte, um sich ihren Versuchen zu widmen, Lippenrot herzustellen. Sie hatte die Zusammensetzung, die ihre Mutter benutzt hatte, noch im Kopf, aber wenn sie das Ergebnis mit den gekauften Produkten verglich, war das allenfalls für den Hausgebrauch geeignet. Genau dafür war es ja auch gedacht gewesen, für zwei Frauen, die sich keine teure Kosmetik leisten konnten. Die Grundzusammensetzung funktionierte, aber sie musste in einem anderen Verhältnis mischen. Zudem war der Fettglanz einfach zu stark. Ein seidiger Glanz sah hübsch aus auf den Lippen, aber wer wollte schon, dass der Mund aussah, als hätte man gerade herzhaft in ein Stück fettes Fleisch gebissen?

Da waren ihre Versuche, ein Make-up zu entwickeln, das kleine Unebenheiten im Gesicht erfolgreich kaschierte, erfolgversprechender, wenngleich das Problem bestehen blieb, dass es sich nach einer Weile in den Hautfältchen sammelte und der Teint nicht mehr gar so strahlend aussah. Die Idee, die pflegenden Eigenschaften ihrer Creme mit den kosmetischen eines Make-ups zu kombinieren, wollte sie unbedingt beibehalten. Jetzt galt es nur noch, die richtige Zusammensetzung zu finden, damit man danach weder glänzte noch Stunden später aussah wie ein Clown, dem die Schminke nach einem Auftritt zerlief.

Nach zwei Stunden probierte Helena ihr neues Lippenrot aus. Das war schon etwas besser, aber immer noch zu glänzend. Zum Verrücktwerden war das. Frustriert stellte sie das kleine Döschen auf die Anrichte unter dem Spiegel und seufzte. Sie stand im Arbeitszimmer, das mittlerweile etwas überschaubarer war, aber immer noch unordentlich genug, dass man sich angesichts der Zeit, die bisher in das Aufräumen gesteckt worden war, vorkam wie Sisyphos. Die Baronin hatte ihr die Sage vorgelesen, als sie noch ein Kind gewesen war. Ihre Mutter hatte sich darüber immer ein bisschen geärgert und sagte, die Baronin stopfte ihr den Kopf mit allerlei unnützem Wissen voll.

Als Charlotte die Tür aufstieß, fuhr sie zusammen. »Musst du so hereinplatzen?«

»Woher soll ich wissen, dass du so tief versunken in dein eigenes Spiegelbild bist? Ich hatte ganz vergessen, dir zu sagen, dass ich nachher mit Paula ausgehe, du musst also schauen, was du mit Estelle machst. Gar zu lange solltest du sie nicht allein lassen.«

»Ach je.« Helena erinnerte sich nur zu gut daran, was beim letzten Mal passiert war, als sie ein wenig zu spät heimgekehrt und Charlotte auch noch unterwegs gewesen war. Estelle hatte so laut gejault, dass man es im Nachbarhaus gehört und sich Sorgen gemacht hatte. Zudem hatte sie eine Lache direkt im Flur und eine im Wohnzimmer hinterlassen. Offenbar plagten den kleinen Hund große Verlustängste. Helena hatte ein erbärmlich schlechtes Gewissen gehabt, da Estelle bei ihrer Ankunft so aufgeregt gewesen war, dass sie sich erst gar nicht beruhigen wollte.

»Ihr könnt sie doch nicht so lange allein lassen«, hatte Paula danach geschimpft. »Sie ist noch viel zu jung, und ihr wisst nicht, was sie erlebt hat.«

»Das war ja auch nicht geplant gewesen«, hatte Charlotte geantwortet.

»Das versteht sie aber nicht.«

Das Ende vom Lied war, dass sie den Hund nun überhaupt nicht mehr allein ließen. Seltsamerweise blieb er anstandslos im Arbeitszimmer, während sie beide im Verkauf waren, als spürte er ihre Nähe. Und solange Helena hin und wieder nach dem Rechten sah, war alles bestens.

»Was machen wir denn jetzt?«

»Frag doch Frau Huber von nebenan«, schlug Charlotte vor.

»Ich lasse sie doch nicht bei einer Fremden.«

»Na ja, so fremd ist sie nicht, ich kenne sie seit meiner Kindheit.«

»Aber ich nicht, da hätte ich keine ruhige Minute. Vielleicht fühlt Estelle sich nicht wohl.«

»Na, dann musst du *Dominik* wohl absagen.«

Eine Stunde nach Geschäftsschluss trat Helena in einem dunklen Mantel mit dickem Pelzkragen aus dem Haus. Auf dem Kopf trug sie einen jener modernen topfartigen Hüte, der farblich auf den Mantel abgestimmt war, und an der Leine führte sie Estelle. Dominik hob die Brauen.

»Haben wir heute Abend Gesellschaft?«

»Ich muss sie mitnehmen, sie mag nicht allein bleiben.« Helena fragte nicht, ob ihm das recht war, da es schlicht keine Rolle spielte. Wenn es ihm nicht passte, blieb sie eben daheim.

Dominik ging in die Hocke, hielt Estelle seine Hand hin und kraulte sie dann hinter den Ohren, fand zielsicher genau die Stelle, die sie am liebsten mochte. »Wie heißt sie?«

»Estelle.«

»Na, Estelle, dann hoffen wir mal, dass du stubenrein bist.«

»Hast du Angst um dein Auto?«, neckte Helena ihn.

»Nein, um deinen Mantel, denn falls sie es nicht wäre, käme sie auf deinen Schoß.«

»Ach was?«

»Der lässt sich leichter reinigen, als wenn es unter die Sitze läuft.«

Helena verdrehte die Augen. »Keine Sorge.« Er öffnete ihr die Beifahrertür, und sie ließ Estelle in den Fußraum springen, dann stieg sie ein, und Dominik schloss die Tür.

»Wo geht es hin?«, fragte sie, als er den Anlasser betätigte.

»Auf den Kurfürstendamm, aber dieses Mal etwas weniger verrucht, es ist ja noch früh am Tag. Du darfst aussuchen, worauf du Lust hast. Etwas Pariser Flair bei Reimann oder lieber zu Roberts, wo es fabelhafte amerikanische Eisdrinks gibt, oder ins Café Wien, dort gibt es wunderbaren Mokka. Wenn du Ungarisch magst, gibt es das Weisz Csárdás oder den Zigeunerkeller. Ansonsten gibt es noch das Uhlandeck, dort wirkt alles ein wenig feierlich. Na ja, und dann ist da noch die Kaffee-Plantage.«

»Das klingt doch gut«, sagte Helena, die sich in dieser raschen Aufzählung die Namen nicht alle gemerkt hatte. Paris und Wien wären gewiss auch nett, aber das klang so gewöhnlich. Eine Plantage, das war exotisch und fremd.

»Die Kaffee-Plantage? Na dann.« Dominik lenkte den Wagen durch den Verkehr, fuhr ruhiger als Irene und bremste sachter, was wohl daran lag, dass er nicht ständig losbrauste, um dann abrupt auf die Bremse treten zu müssen. »Es ist allerdings nicht gerade schick, also nicht, dass du mit falschen Vorstellungen darangehst.«

»Na ja, schick war dieser Keller letztens auch nicht.«

Es war kühl im Auto, und Helene fror ein wenig. Dominik schien es zu bemerken, denn er kurbelte das Fenster auf seiner Seite zu. »Was macht der Verkauf deiner Creme?«

»Der läuft gut. Ich probiere gerade einige andere Ideen aus. Charlotte ist noch skeptisch, aber ich denke, dass das funktionieren könnte. Meine eigene Kosmetikmarke, das wäre wunderbar.«

»Nicht eure gemeinsame?«

»Momentan hält Charlotte sich da zurück, sie setzt eher darauf, dass die Apotheke irgendwann wieder läuft.«

»Nun ja …« Er ließ den Satz in der Luft hängen.

»Meine Idee kann gut funktionieren, da bin ich mir sicher. Charlottes Fähigkeit, mit Zahlen umzugehen, und meine Kreativität. Wir ergänzen uns wunderbar, das weiß sie nur noch nicht.«

Ein kaum merkliches Lächeln umschattete seine Mundwinkel.

»Irene sagt, wenn ich ein richtig gutes Lippenrot habe, wird sie es öffentlich tragen.«

Gute zwanzig Minuten dauerte die Fahrt, und dass Dominik auf Anzüglichkeiten oder Anspielungen auf ihren Kuss verzichtete, sorgte dafür, dass Helena sich zunehmend entspannte, während sie mit ihm plauderte. Nachdem er geparkt hatte, kam er formvollendet um den Wagen und öffnete ihr die Tür. Estelle schüttelte sich, als sie wieder auf der Straße stand, und wollte forsch los, woran die Leine sie hinderte.

»Bei Fuß«, sagte Helena streng, was ihr nur einen verständnislosen Blick des Hundes einbrachte. Dominik wirkte unübersehbar belustigt.

»Da wären wir«, sagte er. »Gegenüber ist übrigens das Uhlandeck.«

»Sieht tatsächlich nett aus, möchtest du lieber dorthin?«

»Ich beuge mich ganz und gar deinen Wünschen.«

»Darauf könnte ich zu unpassender Zeit zurückkommen.«

Er lachte nur und führte sie in das Café. Das Innere war unverkennbar auf exotisch gemacht worden, mit Bambusrohren und tropischer Dekoration. Eine Treppe führte nach oben, und Helena reckte den Kopf, um mehr erkennen zu können.

»Oben ist eine Bar, und du kannst deinen Kaffee auf einem Liegestuhl trinken, wenn du magst.«

»Hm, muss nicht sein. Was gibt es noch?«

»Ich führe dich herum, such dir etwas aus.«

Sie kamen in ein Separee, das in französischem Stil eingerichtet war, künstlich heruntergekommen, um eine gewisse Schäbigkeit vorzutäuschen und somit das Flair von abenteuerlichem Straßenleben. Musik leierte blechern aus einem Grammophon, und die Wände zierten Bilder, auf denen nicht viel mehr als buntes Herumgekleckse zu erkennen war.

»Nein?«, fragte Dominik auf ihren Blick hin, und sie schüttelte zur Bestätigung den Kopf. Unter Plantagenflair stellte sie sich etwas anderes vor.

Dem kam der Raum, in den Dominik sie nun führte, schon näher. An den Wänden hingen alte Landkarten aus der Zeit der großen Seefahrer, und zum Sitzen gab es anstelle von Stühlen Kaffeeballen.

»Ansonsten gibt es noch die Schiffskajüte.«

»Das klingt doch sehr abenteuerlich.«

Wieder war da dieses kleine Lächeln. »Dort ist es etwas, hm, privater.«

»Ich sagte doch, ich mag Abenteuer.«

Jetzt lachte er. »Na, dann komm. Falls du übrigens noch dein Glück im Spiel versuchen möchtest, findest du hier auch einige Spieltische.«

»Illegales Glücksspiel?«

»Nein, du kannst dein Geld auf absolut legale Weise hier verlieren.«

»Ich habe aber kein Geld zu verlieren.«

Die Schiffskajüte war in der Tat eng und schummrig. Sie hatten Glück, denn das Paar, das sie belegt hatte, war gerade im Begriff zu gehen. Der Mann wirkte mit seiner Hornbrille sehr intellektuell, und erst dachte Helena, seine Begleitung sei ebenfalls ein Mann, aber es war eine

Frau mit sehr kurzem Haar in Hose und Hemd. Sie sah Helena an, dann zwinkerte sie Dominik zu.

»Kennst du sie?«

Dominik drehte sich noch einmal um. »Nein, ich glaube nicht.«

»Du glaubst? Hast du den Überblick verloren, oder was?«

»Höre ich da einen Anflug vollkommen unpassender Eifersucht?«

»Keineswegs.«

»Du wirst es nicht glauben, aber nicht jede Frau, die meinen Weg kreuzt, tut dies als Liebesgespielin.«

Helena setzte sich und band Estelles Leine an einem Tischbein fest. Der kleine Hund würde wohl keine herkulesähnlichen Kräfte entwickeln und den Tisch durch den Raum ziehen. »Was kannst du empfehlen?«

»Der Kaffee hier ist wirklich gut.«

»Dann fangen wir damit doch an.«

Es dauerte nicht lange, bis eine der braun livrierten Kellnerinnen auftauchte und die Bestellung entgegennahm. Als sie zurückkam, hatte sie nicht nur den Kaffee auf dem Tablett, sondern auch ein Schälchen Wasser für Estelle.

»Ach, das ist ja lieb«, sagte Helena.

Dominik übernahm es, ihnen den Kaffee aus dem Kännchen einzuschenken. »Ich würde empfehlen, ohne Milch zu trinken, dann kommt der Geschmack besser zur Geltung.«

Das probierte Helena, indem sie vorsichtig nippte. Der Kaffee war heiß und stark, geradezu belebend.

»Gefällt es dir hier?«

Sie nickte.

»Wie kommt es eigentlich, dass nach all den Jahren auf einmal eine Schwester mit Charlotte Rosenberg zusammen in der Apotheke steht? Warst du ein gut gehütetes Geheimnis der Familie?«

»Ich war schlicht und ergreifend zu weit weg, um im Leben meines Vaters eine Rolle zu spielen.«

»Ein kleiner Ausrutscher?«

Helena nahm einen weiteren Schluck Kaffee. »Nein, meine Mutter war schon offiziell verheiratet mit ihm. Aber dann tauchte Charlottes Mutter auf der Bildfläche auf, und mein Vater hat sich seiner ersten Ehefrau rasch entledigt. Da war ich ein gutes Jahr alt. Meine Mutter spricht nicht viel darüber, aber die Scheidung muss hässlich gewesen sein.«

»Das sind dergleichen Dinge ja immer.«

»Auf jeden Fall musste sie das Feld räumen, da hat sie entschieden, Berlin komplett den Rücken zu kehren.«

»Und ist nach Süddeutschland gegangen?«

»Ja, woher weißt du das?«

»Man hört es dir an.«

»Wir haben dort in einem Dorf gewohnt, so richtig in der Provinz. Ich bin jetzt das erste Mal in einer großen Stadt.«

»Tatsächlich? Und dann gleich in einer solchen Metropole.«

»Du hättest mich sehen sollen, als ich hier ankam.« Sie lachte.

»Du warst gewiss entzückend.«

»Gewiss.« Wieder lachte sie. »Ich bin ständig in irgendwen reingelaufen, weil ich mich immer staunend umgesehen habe, und mehrmals bin ich fast überfahren worden.«

Er lächelte. Sein Arm lag auf der Rückenlehne der Bank, und wie beiläufig spielte er mit den Haarsträhnen in ihrem Nacken, was Wirkung auf ihre Atmung und ihren Herzschlag hatte.

»Du hättest Charlottes Gesicht sehen sollen, als ich auf einmal vor ihr stand.« Helena lachte ein wenig atemlos. »Das Testament muss für sie genauso ein Schock gewesen sein wie für mich. Aber immerhin wusste sie, dass ich existiere, ich hingegen hatte keine Ahnung, dass ich eine Schwester habe.«

Sanft streichelten seine Fingerspitzen ihren Nacken, und da Helena nicht wusste, welche Reaktion von ihr erwartet wurde, saß sie nur da, genoss das leichte Prickeln auf der Haut und war gleichzeitig angespannt, weil sie eine unausgesprochene Erwartung spürte. Sie hob den Blick, sah Dominik an, spürte, wie seine Fingerspitzen ganz leicht gegen ihren Nacken drückten, kaum spürbar, wie eine Aufforderung, der sie folgen oder die sie ignorieren konnte. Langsam neigte Helena sich vor, und als hätte er nur ihre Reaktion abwarten wollen, kam Dominik ihr entgegen, schob seine Hand von ihrem Nacken um ihre Schulter, hielt einen kurzen Augenblick inne und berührte schließlich ihre Lippen mit den seinen. Wieder ein kurzes Zögern, ein Abwarten, dann küsste er sie.

Nachdem sie sich voneinander gelöst hatten, strich Dominik ihr eine Haarsträhne hinter das Ohr, sah sie einen

Moment beinahe nachdenklich an, dann griff er nach der Karte. »Möchtest du noch etwas trinken? Oder sollen wir weiterziehen?«

»Es ist ja eigentlich ganz hübsch hier, lass uns noch bleiben.«

Dominik beugte sich vor und winkte die Kellnerin heran, um eine weitere Bestellung aufzugeben, dann wandte er sich erneut Helena zu und zog sie an sich, um sie zu küssen.

»Wird das nicht langsam ein wenig anstößig in der Öffentlichkeit?«, fragte sie, als er ihren Mund lange genug freigab.

Auf Dominiks Miene zeigte sich ein Ausdruck von Erheiterung, aber er kam nicht dazu zu antworten, da die Kellnerin zurückkehrte und hohe Gläser vor ihnen abstellte, die mit Blüten und Ananasscheiben verziert waren. »Das hier ist Berlin, hier wird Anstößigkeit anders definiert als in anderen Teilen des Reiches.«

»Verstehe. Dann dürfen wir also weitermachen?«

»So lange wir wollen.«

Und Helena wollte eine ganze Weile, weil es so aufregend war, wie dieser Mann, vor dem Charlotte sich stets wegduckte, weil sie seine Briefe fürchtete, sich so um sie bemühte.

Während sie an ihren Gläsern nippten, erzählte Dominik ein wenig von sich, von seinen Eltern und seinen drei Schwestern, davon, dass er eigentlich Arzt hatte werden wollen, sich aber der Familientradition gebeugt und Pharmazie studiert hatte, um das Pharmaunternehmen weiterhin leiten zu können. Er fragte Helena, wie sie auf die Idee gekommen war, Kosmetik herzustellen, und sie erzählte, dass die Rezeptur für die Creme von ihrer Mutter stammte, da sie in einfachen Verhältnissen gelebt und gewöhnt gewesen waren, viele Dinge selbst herzustellen.

»Diese Baronin, mit der du wirbst, gibt es also nicht?«

Augenblicklich war Helena auf der Hut. »Natürlich gibt es die, ich lüge doch nicht!«

»Verzeihung.« Wieder dieser Ausdruck von Belustigung auf seinem Gesicht.

»Meine Mutter arbeitet für sie, und ich habe Zofendienste für sie übernommen.«

»So richtig stilecht im schwarzen Dienstmädchenkleid mit weißer Haube?«

»Machst du dich gerade lustig über mich?«

»Nein, ich finde die Vorstellung sehr anregend.«

Sie taxierte ihn forschend aus leicht verengten Augen. »Untersteh dich, dir irgendetwas Unanständiges mit mir vorzustellen.«

»Das kannst du mir nun wirklich nicht verbieten.«

»Möchte ich wissen, was du dir vorstellst?«

»Nicht, wenn du zum Erröten neigst.«

Prompt stieg ihr das Blut in einer heißen Welle ins Gesicht, und Dominik grinste. Sie griff nach ihrem Glas, als sich Estelle auf einmal unter dem Tisch regte und Helena, abgelenkt von ihr, das Glas umstieß. Dominik warf rasch eine Serviette auf den Tisch, konnte aber nicht verhindern, dass die Flüssigkeit hinunterrann. Estelle wollte sie vom Boden lecken, was Helena verhinderte, indem sie eilig nach der Leine griff, dann beim Hochkommen mit der Schulter gegen den Tisch stieß, wodurch das zweite Glas umkippte, dieses Mal in Richtung Dominik, der hastig aufsprang.

Obwohl ihr das furchtbar peinlich war, sah es so komisch aus, dass Helena lachen musste. Eine Kellnerin kam herbeigeeilt und wischte erst den Tisch und dann den Boden auf.

»Es tut mir leid«, beteuerte Helena, mehr an die Kellnerin gerichtet, der sie nun mehr Arbeit bereitete, als an Dominik. Als sie sah, dass er sein Hosenbein mit einer Serviette abtupfte, die ihm ein aufmerksamer Gast im Vorbeigehen reichte, musste sie wieder lachen.

»Es hätte weniger aufsehenerregende Möglichkeiten gegeben, mich abzulenken«, sagte er, als die Kellnerin gegangen war.

»Es tut mir wirklich leid«, wiederholte sie lachend.

»Ja, das sieht man.«

»Ich mache es wieder gut.« Sie bemühte sich um eine ernste Miene, konnte aber nicht verhindern, dass ihre Mundwinkel zuckten.

Dominik wirkte interessiert. »Woran dachtest du?«

»Ich könnte dir einen Kuchen backen.«

Er hob die Brauen. »Du kommst wahrhaftig aus der Provinz«, spöttelte er. Ehe sie darauf antworten konnte, zog er sie an sich und küsste sie. »Ich komme darauf zurück.« Dann ließ er sie los. »Können wir noch einmal etwas bestellen, oder muss ich befürchten, dass sich das Malheur wiederholt?«

»Du musst da jetzt nicht drauf herumreiten. Du bist der erste Mann, dem ich einen Cocktail auf die Hose gekippt habe.«

»Könnte das daran liegen, dass ich der erste Mann bin, mit dem du ausgehst?«

Sie schenkte ihm dafür nur einen schrägen Blick, und er winkte die Kellnerin heran. Eine Stunde blieben sie noch in der Kaffee-Plantage, dann zahlte Dominik, und sie brachen auf.

»Möchtest du noch irgendwo anders hin?«, fragte er.

»Erlaubt deine nasse Hose noch weitere Ausflüge?«, antwortete sie mit arglosem Augenaufschlag.

»Die ist mittlerweile getrocknet, also keine Sorge. Wir können auch einfach ein wenig herumfahren, und ich zeige dir Berlin bei Nacht.«

»Ach, das klingt wunderbar.«

»Dann machen wir das.« Dominik öffnete ihr die Beifahrertür, und kurz darauf setzte er den Wagen auf die Straße. Das Nachtleben des Kurfürstendamms schien nahe der Kaffee-Plantage langsam zu verebben, und die Straße wurde nach hinten dunkler, erhellt von kleinen Lichtoasen. Dominik fuhr aus dem trubeligen Nachtleben hinaus in die stilleren Straßen, deren Häuser immer größer und prachtvoller wurden.

»Das hier ist Charlottenburg«, erklärte er. »Wenn du möchtest, fahre ich mal mit dir bei Tag hier hindurch, es ist wirklich sehenswert. Auch Potsdam solltest du unbedingt besuchen.«

Das hieß also, dass es trotz ihrer Ungeschicklichkeit nicht bei diesem einen Mal blieb. Helena lächelte still in sich hinein.

»Dieser Stadtteil«, durchbrach Dominik nach einer Weile das einträchtige Schweigen, »nennt sich Berlin-

Grunewald. Hier wohne ich übrigens.« Er verlangsamte die Fahrt und deutete auf eine herrschaftliche Villa.

»Sehr hübsch«, antwortete Helena, weil sie nicht wusste, was sie sagen sollte, und nicht zu offensichtlich beeindruckt wirken wollte. Was sollte sie tun, wenn er sie in sein Haus einlud? Und wenn er das tat, was sagte das über seine Erwartungen an sie? Dann waren sie auch schon am Haus vorbei, und er beschleunigte wieder. Erleichtert stieß sie den Atem aus.

»Enttäuscht?«

»Wie kommst du darauf?«

»Dieser tiefe Seufzer. Hattest du gehofft, ich lade dich ein? Dann können wir gerne umdrehen.«

»Keineswegs!«

Wieder dieser Ausdruck unverhohlener Belustigung. Um ihre Verlegenheit zu überspielen, beugte Helena sich hinunter und streichelte Estelle, deren Kopf sich vertrauensvoll in ihre Hand schmiegte.

DEZEMBER 1925

»Was wird das hier?« Charlotte sah sich die Bescherung in der Küche an, in deren Mittelpunkt Helena stand wie im Auge eines Orkans.

»Ich backe einen Kuchen.«

»Einfach so?«

»Nein, für Dominik.«

»Ach, ist dem das Geld ausgegangen, dass er jetzt an unsere Vorräte muss, oder was?«

»Den habe ich ihm versprochen, weil ich ihm einen Cocktail über die Hose gekippt habe.«

Obwohl sie verärgert war, stieg ein heftiger Lachreiz in Charlotte auf.

»So habe ich auch reagiert«, gestand Helena. »Na ja, und dann habe ich angeboten, es wiedergutzumachen.«

»Und da hat er einen Kuchen gefordert?«

»Nein, den habe ich ihm angeboten.«

»Wenn er bis dahin nicht wusste, dass du ein Dorfkind bist, dann spätestens seit diesem Augenblick.«

Helena schnitt ihr eine Grimasse und rührte weiter in der Schüssel.

»Was wird das überhaupt?«

»Laut Rezept ein feiner Butterkuchen.«

»Aus diesem klumpigen Teig? Wohl kaum. Wieso überhaupt ein Butterkuchen? Wenn du schon backst, kann es ruhig etwas Einfallsreicheres sein.«

»Weil das der einzige Kuchen ist, den ich kann.«

»Na ja, also *können* ...«

»Das wird schon noch.«

Charlotte sah ihren Bemühungen eine Zeit lang zu. »Euer abendlicher Ausflug ist doch schon eine ganze Weile her, warum backst du ihm den Kuchen erst jetzt? Den hat er doch gewiss schon vergessen.«

»Er hat mich gestern angerufen und vorgeschlagen, dass wir heute zusammen Kaffee trinken gehen könnten. Bei der Gelegenheit habe ich ihn an den Kuchen erinnert.«

»Verstehe. Er führt dich in ein Café aus, und du erscheinst da mit diesem klumpigen Gebilde. Na, der Neid wird ihm gewiss sein.«

»Hör schon auf!«

Die Türklingel wurde angeschlagen, und Charlotte ging, um zu öffnen. »Bleib!«, befahl sie, als Estelle sich bereits aufgeregt an ihr vorbei zur Treppe drängte. Die Hündin schenkte ihr keine Beachtung, und Charlotte beugte sich vor, um sie hochzuheben. Paula hatte ihr gesagt, häufiges Treppensteigen sei nicht gut für kleine Hunde, und seither trugen sie sie über die Treppe.

»Du lebst wie eine Königin, die von ihren Dienstboten umsorgt wird, weißt du das?«, sagte sie, als sie mit dem Hund im Arm die Tür öffnete.

»Wir sind heute Abend verabredet«, erklärte Paula, als sie eintrat.

»Tatsächlich?«

»Ja.« Paula streichelte Estelle und steckte ihr eine Leckerei zu. »Zusammen mit Conrad Rudorf.«

»Dem Hautarzt?«

»Genau der.«

Seit Wochen versuchte Paula, den Kontakt herzustellen.

»Wie kommt es, dass er endlich mal Zeit hat?«

»Er hat einen Anzug in die Schneiderei gebracht, und da habe ich ihn konkret auf eine Verabredung festgelegt. Ich habe ihm gesagt, du seist Apothekerin und hättest einige medizinische Fragen zu neuen Produkten, weil ihr jetzt auf Kosmetik setzt. Vermutlich denkt er, du wolltest ihn einfach nur kennenlernen, weil er als Arzt eine gute Partie ist, aber was soll's?«

»Er wird schnell merken, dass es mir nicht darum geht.«

Sie gingen hoch in die Wohnung, und Charlotte setzte Estelle wieder auf den Boden, ehe sie mit Paula in die Küche ging.

»Was machst du?«, fragte Paula.

»Sie versucht zu backen«, erklärte Charlotte. »Für Dominik Lichtenthal.«

»*Das* willst du ihm vorsetzen?« Paula schien ernsthaft entsetzt.

»Es ist doch noch gar nicht fertig.«

»Warum backst du überhaupt für ihn? Hat er Geburtstag?«

»Nein, ich habe ihm versehentlich einen Cocktail über die Hose gekippt, als wir abends aus waren.«

Paula wurde blutrot, als schämte sie sich an Helenas

Stelle für das Missgeschick. »Meine Güte, wie furchtbar! Du musst im Boden versunken sein.«

»Nein, ehrlich gesagt musste ich lachen, es sah zu komisch aus.«

»Grundgütiger! Und was hat der Kuchen damit zu tun?«

»Den backe ich ihm als Wiedergutmachung.«

»Wie bitte? Charlotte, jetzt sag doch auch mal was!«

»Habe ich bereits. Aber vielleicht lässt er ja endlich von ihr ab, wenn sie ihm *das da* mitbringt.«

»Oder aber er verlangt dann erst recht, dass ihr schnellstmöglich zahlt.«

»Ich kann euch hören, ja?«, kam es von Helena.

»Du hast recht«, antwortete Charlotte an Paula gewandt. »Geh mal zur Seite.« Sie schob Helena weg von der Schüssel und besah sich kritisch den Inhalt. Sie ließ sich von Helena aufzählen, was bereits darin war, und probierte von dem Teig. Immerhin schien das Mengenverhältnis der Zutaten zu stimmen. »Schäl mal ein paar Äpfel. Die sind eh schon schrumpelig und müssen weg. Für einen Kuchen sind sie genau richtig.« Dann begann sie, den Teig kräftig durchzurühren, streifte ihn vom Rand ab und rührte weiter. »Wo ist die Butter?«

»In der Kühlung.«

»Wolltest du die so steinhart darunter mischen? Setz einen Topf auf und lass sie zergehen.«

»Auf niedriger Temperatur«, fügte Paula hinzu. »Mal ganz ehrlich, wie habt ihr euch in der Provinz eigentlich versorgt? Eure Kosmetik macht ihr selbst, aber du kannst nicht backen?«

»Wir haben im Haus der Baronin immer in der Dienstbotenküche mitgegessen, zu Hause haben wir so gut wie nie gebacken.«

»Warum hast du Dominik Lichtenthal nicht angeboten, dich als Entschädigung zu küssen?«

»Das macht er doch sowieso schon jedes Mal, wenn wir uns sehen.«

Paula starrte sie nur an.

»Keine Ahnung, was ihr beide ständig mit diesem Mann habt.« Charlotte besah sich kritisch den Teig. Das sah schon deutlich besser aus. »Wo ist die Butter?«

»So schnell geht das nicht«, antwortete Helena.

Schließlich war alles fertig, der Kuchen im Ofen und die Zeit für das Mittagessen vorbei. Um nicht bis zum Abendessen zu warten, belegte sich Charlotte eine Scheibe Brot mit hauchdünn geschnittener Wurst. Ihre Vorräte gingen zur Neige, und auch wenn Helena sich sträubte, würde sie einen Teil ihrer Einkünfte abzweigen müssen für den nächsten Einkauf von Lebensmitteln. Da Charlotte an diesem Morgen eine in eine unverhüllte Drohung gekleidete Mahnung erhalten hatte, hatte diese Zahlung Vorrang vor allem anderen.

Nachdem sie Helena eingeschärft hatte, die Uhr im Blick zu behalten, ging sie hinunter in die Apotheke. Da Helenas Produkt sich gut verkaufte, übernahm sie dessen Verkauf, damit ihre Schwester sich der Herstellung weiterer Produkte widmen konnte. Immerhin brachte das Geld. Ob es zukunftsfähig war, würde sich zeigen. Charlotte blieb da angesichts der Konkurrenz skeptisch.

Der Himmel war düster und wolkenverhangen, als Dominik Helena am Nachmittag abholte.

»Hoffentlich«, hatte Paula kommentiert, »sieht niemand, wie du schick gekleidet mit diesem grausigen Korb das Haus verlässt.«

»Ich kann den Kuchen ja schlecht im Arm tragen.«

Paula war kurz vor Dominiks Erscheinen gegangen, um sich »das Elend nicht ansehen« zu müssen.

Dominik wirkte belustigt, als sie auf die Straße trat. »Picknicken wir?«

»Warum nicht?«, antwortete sie ernsthaft. »Ich wollte schon längst mal an den Wannsee.«

Er schien einen Moment mit sich zu ringen. »Du scherzt?«, fragte er dann vorsichtig.

Sie beließ es bei einem spöttischen Lächeln und stieg in den Wagen. Den Korb stellte sie in den Fußraum des Autos. Die Luft war feuchtkalt, und von dem Schnee, der am Vortag gefallen war, waren nur noch matschig graue Haufen am Straßenrand übrig.

»Meine Haushälterin hat den Nachmittagskaffee bei mir vorbereitet. Ich dachte mir, das ist gewiss das Beste, wenn du schon einen Kuchen mitbringst.«

»Wir fahren zu dir?« Helena merkte selbst, wie alarmiert sie klang, aber jetzt waren die Worte heraus.

»Keine Sorge, ich verspreche dir, du wirst mein Haus so jungfräulich verlassen, wie du es betrittst. Es sei denn, du wünschst etwas anderes.«

»Ganz sicher nicht!« Helena wurde sich bewusst, wie altjüngferlich sie wirken musste bei diesem entschiedenen Ton, mit dem Handtäschchen auf dem Schoß, und so veränderte sie ihre Sitzhaltung ein wenig, gab sich den Anschein von Gelassenheit.

Bei der Vorstellung, sein Haus zu betreten, wurde Helena durchaus etwas flau im Magen. Nicht, dass sie befürchtete, er würde übergriffig werden, aber sie war eben trotz aller Versuche, sich städtisch zu geben, eine junge Frau aus der Provinz, und dort wäre sie allein dafür, das Haus eines Junggesellen zu betreten, das Klatschthema des Monats gewesen. Man hatte sich bereits über ein Mädchen aus der Nachbarschaft heftig das Maul zerrissen, nachdem dieses am helllichten Tag aus dem Wagen eines jungen Mannes gestiegen war.

Die Fahrt dauerte im zäh fließenden Verkehr zwischen Fuhrwerken, Bussen und Straßenbahnen über eine halbe Stunde, aber Dominik wusste ihr die Zeit mit unterhaltsamen Anekdoten zu vertreiben, und so fiel allmählich die Befangenheit von ihr ab. Die kehrte allerdings zurück, als er durch das Tor in die Einfahrt seines Hauses fuhr. Das Haus der Baronin war zwar weitaus größer gewesen und von wahrhaft alter Pracht, aber es war doch etwas ganz anderes als diese Stadtvilla, die noch recht neu erschien und gewiss auf modernstem Stand war.

»Von wann ist das Haus?«, fragte Helena.

»Mein Vater hat es um die Jahrhundertwende erbaut.« Dominik parkte den Wagen in einem Unterstand und stieg aus. Tastend glitt Helenas Hand an der Tür entlang, bis sie den Griff fand. Sie wollte den Hebel gerade bewegen, als Dominik von außen öffnete. Mit dem Korb in der Hand kam sie sich nun doch sehr dörflich vor, während sie an Dominiks Seite auf das Haus zuging. Aber sie hätte den Kuchen ja schlecht auf dem Schoß transportieren können. Vielleicht war das ja wirklich eine dumme Idee gewesen, Dominik schien ohnehin vergessen zu haben, dass sie für ihn backen wollte, warum hatte sie ihn am Telefon überhaupt daran erinnert? Sonst säßen sie jetzt irgendwo in einem hübschen Café, und Helena würde sich nicht wie ein Landei fühlen.

Er schloss selbst auf und nahm Helena in der großzügigen Eingangshalle den Mantel ab. Helena wollte nicht allzu beeindruckt wirken, als sie den Korb vorsichtig auf den glänzenden, in einem Schachbrettmuster ausgelegten Marmorboden stellte. Sie reichte Dominik Hut, Schal und Handschuhe, und er brachte alles in einen angrenzenden Raum, der offensichtlich die Garderobe enthielt. Eine ältere Frau kam in die Halle, lächelte Helena an, und ihr Blick fiel auf den Korb.

»Elfriede Birkholz. Darf ich das mitnehmen in die Küche? Ich richte den Kuchen dann an.«

»Tun Sie das«, antwortete Dominik an Helenas Stelle.

Helenas Schuhe klackerten leise auf dem Boden, als sie Dominik in den Salon begleitete. Es war ein geschmackvoll eingerichteter Raum mit modernen, klaren Linien. Lederbezogene Sessel und ein Sofa gruppierten sich um einen niedrigen Tisch mit marmorner Platte, auf dem bereits die Kaffeetafel gedeckt war.

»Falls ich Sorge um meinen teuren Orientteppich haben muss, können wir auch gerne ins Speisezimmer umziehen, der Boden hält verschütteten Kaffee eher aus.«

»Hoffst du eigentlich, heute noch bei mir zum Zug zu kommen?«, fragte Helena spitz, woraufhin er lachte.

Er führte sie zum Sofa, während er sich in anständigem Abstand in einen Sessel setzte. »Wie trinkst du deinen Kaffee?«

»Mit einem Schuss Milch und ohne Zucker.«

Dass er es nicht ihr als Frau überließ, den Kaffee einzuschenken, verbuchte Helena als einen Punkt zu seinen Gunsten. Kurz darauf erschien Frau Birkholz mit dem aufgeschnittenen Kuchen, der buttrig gelb und locker wirkte. Hoffentlich schmeckte er auch.

»Wunderbar, vielen Dank«, sagte Dominik. »Ich rufe Sie, wenn ich noch etwas brauche.«

Damit war die Haushälterin entlassen.

»Wie viel Personal hast du?«

»Außer Frau Birkholz noch eine Köchin, einen Gärtner und eine Zugehfrau.«

»Verstehe.« Mit angehaltenem Atem wartete Helena darauf, dass Dominik den Kuchen probierte, und atmete erleichtert aus, als dieser weder das Gesicht verzog noch sonst ein Anzeichen in seiner Mimik zeigte, dass das Lob nur geheuchelt war. Jetzt erst probierte sie selbst. Ja, Charlotte verstand etwas davon, das musste man ihr lassen. Die Äpfel waren eine gute Idee gewesen, der Kuchen schmeckte hervorragend.

Nachdem sie eine Tasse Kaffee getrunken und ein Stück Kuchen gegessen hatte, sah Helena sich aufmerksamer im Raum um. Eines der breiten Fenster war erkerartig nach außen versetzt, sodass ein Fenster innen und eines außen war. Der Raum dazwischen war mit Kakteen und kleinen Farnen bepflanzt, ein Miniatur-Wintergarten. »Das ist ja hübsch«, sagte Helena. »Darf ich mir das näher ansehen?«

»Gewiss doch.«

Sie stand auf und bemerkte, dass inmitten des Grüns eine winzige Kaffeetafel wie aus einem Puppenhaus stand. »Was für eine reizende Idee, hier Puppenmöbel hineinzustellen.«

»Puppenmöbel?« Dominik erhob sich ebenfalls. »Ich hatte ihr doch verboten, an das Fenster zu gehen.«

»Wem?« Versteckte er hier womöglich eine uneheliche Tochter?

»Meiner kleinen Nichte. Sie ist fünf und lag mir erst letztens in den Ohren, dass in einen Garten auch Gartenmöbel gehören.«

»Es sieht doch ganz hübsch aus.«

»Wenn ich ihr das durchgehen lasse, picknickt demnächst ihre halbe Puppenstube in dem Fenster.«

»Du wirst sie doch nicht bestrafen?«

»Nein, natürlich nicht. Es reicht schon, wenn ich die Schublade mit den Bonbons demnächst verschließe.«

»Ach, du bist ja gemein.«

»Du meinst, ich soll das stehen lassen?«

»Ja. Als Kind hätte ich mich in so einen Garten geträumt.«

»Mein echter Garten ist viel hübscher, und da kann sie spielen, so viel sie will.«

»Das hier wirkt aber so klein und verwunschen.«

Sie drehte sich zu ihm um, bemerkte, wie sich sein Blick verändert hatte. Da sie ihn gewiss nicht weniger gern küssen wollte als er sie, kam sie ihm gerade ausreichend entgegen, um ihm zu signalisieren, dass er sein Glück nun versuchen durfte. Er legte ihr den Arm um die Taille, zog sie an sich und küsste sie. Hier küsste er sie anders als in der Öffentlichkeit, legte weniger Zurückhaltung an den Tag, und so geriet Helena schnell außer Atem. Als er behutsam die Hand höher schob, sie durch den Stoff ihrer Bluse liebkoste, flatterte ein Schauer durch ihren Bauch, in dem sich Angst und Erregung mischten. Eigentlich ging ihr das etwas zu schnell, was er wohl bemerkte, denn er zog die Hand zurück und legte sie ihr um den Hinterkopf.

Die Tür flog so heftig auf, dass sie innen gegen die Wand schlug, und augenblicklich fuhren sie auseinander.

»Mama, Onkel Dominik küsst eine Frau«, rief der Junge, der gerade in das Zimmer stürmte.

Eine elegante Frau folgte ihm, die Nasenflügel bebten wie bei einem nervösen Pferd, während ihre Wangen sich röteten. »Also wirklich, Dominik! Ist dir jetzt jeder Anstand abhandengekommen?«

Ein kleines Mädchen folgte ihnen und machte sich direkt über den Kuchen her. Helena hatte Dominik bisher ausschließlich höflich, spöttisch oder belustigt erlebt und erkannte nun an der Kälte in seinem Blick, wie einschüchternd er werden konnte. Obwohl seine Wut nicht ihr galt, trat sie einen Schritt zurück, während er zu der Frau ging und gleichzeitig den Kindern befahl, augenblicklich den Salon zu verlassen. Da die Kleine nicht sofort gehorchte, hob er die Stimme nur um wenige Nuancen, was reichte, dass das Kind den Kuchen fallen ließ und sich schüchtern aus dem Sessel erhob. Das wiederum konnte Helena nicht ertragen, und sie eilte zu dem Tisch, legte das angegessene Stück Kuchen auf ihren Teller, den sie dem Kind reichte.

»Das war keine Aufforderung zum Bleiben«, erklärte Dominik, als das Mädchen sich wieder setzen wollte. »Geh damit ins Esszimmer. Und du«, er sah die Frau an, »kommst mit mir, wir müssen uns kurz unterhalten.« Sein Ton erlaubte keinen Widerspruch, und obwohl es der Frau sichtlich nicht gefiel und sie Helena einen weiteren giftigen Blick zuwarf, verließ sie mit ihm den Salon. Der Junge schloss die Tür hinter ihnen, und Helena, die nun allein war, lenkte sich mit einem Blick in den frostkalten Garten ab. Sie drehte sich nicht um, als Dominik kurz darauf zurückkehrte.

»Es tut mir leid«, sagte er.

»Schon gut.«

Als er sie erneut küssen wollte, blieb sie starr, was ihn sichtlich befremdete. »Meine Schwester wird uns nicht stören.«

Dic Stimmung war dennoch dahin, denn Helena musste die ganze Zeit daran denken, dass die Schwester nun irgendwo im Haus saß und sich vermutlich gerade die wildesten Dinge vorstellte, die in diesem Raum vor sich gingen.

»Es kann dir doch egal sein, was sie denkt.«

»Das mag den Frauen, mit denen du sonst verkehrst, egal sein, aber mir nicht.«

Dominik zögerte einen Moment lang, schien widersprechen zu wollen, nickte dann jedoch. »Möchtest du noch eine Tasse Kaffee?«

»Sehr gerne.« Froh über diesen Anflug von Normalität ging sie mit ihm zurück zur Sitzecke und ließ sich auf einem Sessel nieder. Gemeinsam tranken sie noch eine

Tasse Kaffee, unterhielten sich über Belangloses, und schließlich bat Helena darum, dass er sie heimfuhr. Er war verstimmt, das war offensichtlich, und Helena hoffte, dass die Missstimmung nicht ihr galt, aber sie konnte es nun auch nicht mehr ändern.

»Du kannst mir auch ein Taxi rufen«, sagte sie.

»Rede keinen Unsinn«, gab er fast schon unwirsch zurück.

Sie biss sich auf die Unterlippe, und sofort wurde seine Miene wieder weicher. »Natürlich fahre ich dich heim.«

Helena bekam Dominiks Schwester beim Hinausgehen kein weiteres Mal mehr zu Gesicht, und als sie schließlich draußen stand, atmete sie auf. Die Sache war ihr viel unangenehmer, als ihm vielleicht angemessen erschien, aber Helena war es eben auch nicht gewöhnt, mit dergleichen umzugehen. Die Fahrt verlief schweigsam, und als Dominik schließlich vor ihrem Haus hielt, wandte Helena sich ihm zu, wollte ihn fragen, ob sie sich wiedersahen. »Hab einen schönen Abend«, sagte sie schließlich nur und stieg aus.

»Helena Rubinstein hat auch mit einer Creme angefangen«, sagte Helena, während sie das neue Lippenrot ausprobierte. Immer noch nicht zufriedenstellend, die Farbe trug nicht gleichmäßig in sanftem Schimmer auf.

»Du willst dich jetzt nicht ernsthaft mit ihr vergleichen, oder?« Charlotte schloss den letzten Karton und trug ihn zur Tür. »Dazu braucht es mehr als denselben Vornamen und dieselben Initialen.«

Helena legte das Döschen mit ihrem Lippenrot auf die Seite und versuchte sich an einer neuen Zusammenstellung.

»Du bezahlst Geld für die Zutaten, und am Ende landet es im Müll«, beschwerte sich Charlotte.

»Hast du heute schlechte Laune?«

»Nein, mich ärgert nur diese Verschwendung.«

»Ich verschwende nichts, sondern ich forsche.«

Charlotte verdrehte die Augen. »Gewiss doch.«

»Und das Geld kommt durch unseren Schönheitssalon wieder rein.«

»Conrad Rudorf hat einige Ideen für medizinisch kosmetische Behandlungen.«

»Nur zu, Schönheit beinhaltet auch das.« Helena hatte sich nach Preisen für Metallhülsen für Lippenstifte erkundigt, und die Menge, die sie brauchte, um so viele zu verkaufen, dass es sich rechnete, war derzeit fast unerschwinglich. Aber noch war sie nicht einmal so weit, überhaupt ein Lippenrot verkaufen zu können, das auch nur im Ansatz konkurrenzfähig war, und mit irgendeiner halbgaren Lösung wollte sie nicht auf den Markt gehen.

Irene kam nachmittags zu Besuch, pünktlich zum Sonntagsnachmittagskaffee, den Charlotte oben in der Wohnung einnahm, während sich Helena nicht von der Arbeit lösten mochte. Sie war viel zu unruhig, um jetzt oben im Wohnzimmer mit einer schlecht gelaunten Charlotte zu sitzen, die ihr nur wieder vorrechnete, wie viel Geld sie ausgab.

»Was für ein öder Sonntagnachmittag«, sagte Irene. »Ich bin eigentlich gekommen, weil ich mir ein wenig Unterhaltung erhofft hatte.«

»Ich befürchte, damit kann ich heute nicht dienen.«

»Dann unterhalte ich dich. Habe ich dir von Georg erzählt?«

»Nein.«

Was nun folgte, war eine detaillierte Erzählung von Georgs diversen Talenten, die Helena die Röte ins Gesicht trieben.

»Ich werde ihn allerdings wohl trotzdem verlassen, für meine Begriffe kokst er zu viel. Er läuft dann zwar zur Hochform auf, und ich kann dir sagen …« Irene machte eine stimmungsvolle Pause, ehe sie die lustvollen Folgen dieser Hochform ausführte. »Allerdings«, schloss sie, »finde ich Koksnasen grässlich, und seine rötet sich bereits.«

»Ah ja.«

»Was ist eigentlich mit dir und Dominik?«

»In letzter Zeit gar nichts.«

»Wohnt seine grässliche Schwester noch bei ihm?« Helena hatte ihr von dem Vorfall erzählt.

»Das weiß ich nicht, da ich ihn seither nicht gesehen habe.«

»Warum nicht?«

»Er hat sich nicht wieder gemeldet.«

Irene schenkte sich Kaffee ein, den Helena von oben gekocht mit in die Fertigung genommen hatte. »Das funktioniert in beide Richtungen, weißt du?«

»Ich möchte nicht aufdringlich sein, und meine Mutter sagt immer, der Mann macht den ersten Schritt.«

»Den ersten Schritt habt ihr lange hinter euch, und was deine Mutter sagt, mag für die Provinz gelten, aber das hier ist Berlin, und wir schreiben das Jahr 1925, da musst du einfach smart sein.«

Helena besah sich ihr Make-up und strich ein wenig mit dem Finger ab, verrieb es dazwischen. »Hmhm, vielleicht mache ich das sogar.«

»Es gibt eigentlich nur eine Regel, die du bei Kontakten mit Dominik beachten musst – such ihn niemals bei der Arbeit auf, nie, hörst du. Nichts kann so wichtig sein.«

»Darf ich ihn denn dort anrufen?«

»Ja, das schon, aber sprechen wirst du ihn nur dann, wenn sein Vorzimmerdrachen entscheidet, dass es wichtig genug ist.« Sie sah Helena über die Schulter. »Was wird das überhaupt?«

»Make-up, das nicht zerläuft.«

»So wie das von Max Factor? Das verwenden wir beim Film. Was ist eigentlich aus dem Schönheitsöl geworden, das du herstellen wolltest?«

»Da bin ich noch nicht weiter. Ich dachte an ein Mandelöl, das ich mit Duftessenzen versetze, aber Mandeln sind teuer. Charlotte möchte das Sortiment um Salben erweitern, also eher medizinisch.«

»Dann bleib erst einmal bei Creme, Make-up und Lippenstift, später kannst du das Sortiment erweitern. Gib mir etwas mit, wenn du so weit bist, falls es mich überzeugt, werde ich dich weiterempfehlen.«

»Ich dachte auch schon daran, Gratisproben an Friseursalons zu verteilen.« Insgeheim hatte Helena auch schon darüber nachgedacht, Hausfrauenpartys zu besuchen und ihre Produkte dort zu präsentieren. *Teure Kosmetik, entwickelt für die Baronin von W. und in Berlin getragen von berühmten Schauspielerinnen.* Jetzt brauchte sie nur noch das durchschlagende Produkt.

»Das klingt hervorragend. Hotels für die Oberschicht wären auch ein guter Anlaufpunkt.«

Irene blieb bis zum frühen Abend, und als Helena, die abgesehen von kurzen Ausgängen mit Estelle durchgearbeitet hatte, schließlich die Apotheke abschloss, war sie angesichts ihres Vorhabens, Dominik anzurufen, ein klein wenig aufgeregter, als es dem Anliegen angemessen war. Was war denn schon dabei, den Mann, der sie immerhin schon mehrmals geküsst hatte, anzurufen? Ob er sich an diesem Nachmittag bei sich daheim mehr erhofft hatte? Immerhin war sein kleiner Vorstoß schon sehr gewagt gewesen, und bei dem Gedanken daran, wie seine Fingerspitzen ihre Brust durch den Stoff ihres Kleides hindurch berührt hatten, durchlief sie ein kleiner Schauer, in dem sich Erregung und Scham mischten. Aber hätte er es darauf angelegt, sie zu verführen, hätte er es gewiss nicht bei dieser flüchtigen Berührung belassen. Oder aber das war Taktik.

Charlotte, vor der sie das Telefonat ungern führen wollte, kam ihr entgegen und sagte, sie wolle den schönen Sommerabend nutzen, um noch eine Runde spazieren zu gehen. Dabei konnte sie dann auch gleich Estelle noch ein wenig ausführen. Vielleicht würde es etwas später werden, falls sie kurzfristig entschied, noch zu Paula zu gehen.

Helena wartete, bis die Tür ins Schloss gefallen war und sie Schritte auf der Treppe hörte, die sich langsam entfernten. Dann griff sie zum Hörer und ließ sich mit Dominik Lichtenthal verbinden, während ihr Herz so heftig schlug, dass die Frauenstimme, die sich nun meldete, fast schon gedämpft an ihre Ohren drang.

»Von Blankenburg.« Helena, die sich falsch verbunden glaubte, schwieg einen Moment lang, und die Stimme am Telefon klang ungeduldig. »Ja, bitte?«

»Ich möchte bitte mit Dominik Lichtenthal sprechen.«

»Wer spricht da bitte?« Die Stimme klang nun leicht ungehalten.

»Helena Rosenberg.« Wie deutlich sie in diesem Moment offenbarte, dass sie mit dem Telefonieren überhaupt keine Erfahrung hatte. Im Haus der Baronin hatte es eines gegeben, und das hatte Helena stets nur ehrfürchtig angestarrt. Und so dauerte es einen Moment, ehe ihr klar wurde, dass niemand mehr am Apparat war. Irritiert starrte sie auf den Hörer in der Hand, sprach versuchsweise noch einmal hinein und erhielt keine Antwort. Ein weiteres Mal anzurufen wagte sie nicht. Hatte Dominik beauftragt, sie ohne Diskussion abzuwimmeln? War er verärgert, weil sie nicht länger hatte bleiben wollen? Oder weil sie ihn nicht rangelassen hatte? Helena legte den Hörer auf und erhob sich, um sich etwas zu essen zu machen. Wie gut, dass Charlotte diese Peinlichkeit nicht mitbekommen hatte.

»Wer war das?« Dominik sah, wie seine Schwester den Hörer auflegte.

»Falsch verbunden.«

»Ach was?«

Sie nickte und wandte sich wieder ihrem Journal zu.

»Wer war es denn?«

»Falsch verbunden, habe ich doch gesagt.«

»Meine Liebe, wenn ich erfahre, dass du wieder anfängst, meine Anrufer abzuwimmeln, weil dir mein Umgang nicht passt, wirst du mich von einer Seite kennenlernen, von der du lieber nichts wüsstest.«

»Du bist liederlich! Ich will nicht, dass du hier vor den Augen meiner Kinder mit deinen Huren verkehrst.«

»Es steht dir frei, mein Haus zu verlassen.« Dominik hatte längst eine Ahnung, wer angerufen hatte. Dafür sprach auch, dass die Person es kein weiteres Mal versuchte. Keine seiner bisherigen Geliebten hätte sich ein solches Benehmen bieten lassen.

»Das ist auch mein Elternhaus.«

»Das mag sein, aber ich bin der Hauptterbe, ob dir das nun gefällt oder nicht.« Dominik griff zum Hörer und sah seine Schwester an. »Du entschuldigst mich?«

Es dauerte einen Moment, ehe sie sich erhob. Dominik wartete, bis die Tür sich hinter ihr schloss, dann ließ er sich mit dem Haushalt Rosenberg verbinden. Es erschien ihm lang, bis jemand abhob, aber schließlich hörte er Helenas Stimme. »Hast du gerade angerufen?«, fragte er, nachdem er sie begrüßt hatte.

»Ja.« Mehr sagte sie nicht.

»Es tut mir leid, meine Schwester und ich sind unterschiedlicher Auffassung über ihre Befugnisse in meinem Haushalt. Was gibt es denn?«

Sie zögerte. »Ich möchte mit dir ausgehen.«

»Morgen Abend?«

Ihre Stimme klang nun gelöster. »Das klingt wunderbar.«

»Dann bis dahin.« Er verabredete eine Uhrzeit mit ihr, verabschiedete sich und hängte auf, dann ging er in das ehemalige Damenzimmer seiner Mutter, wo er seine Schwester vermutete. »Wenn du das jemals wieder machst, Ariana, dann sorge ich dafür, dass dir hier niemand mehr die Tür öffnet.«

Rote Flecken erschienen auf ihren Wangen. »Du ziehst eine Hure deiner eigenen Schwester vor?«

»Sie ist keine Hure.« Er verließ das Damenzimmer, da er nicht vorhatte, diesen Umstand zu diskutieren. Die Kinder tobten schon wieder auf seiner Treppe herum, aber da bedurfte es nur einer Ermahnung. Ariana beklagte öfter, dass ihre Kinder bei ihm spurten, wohingegen sie alles fünfmal sagen musste. Dominik ersparte sich stets eine Erwiderung darauf, an wem das wohl liegen mochte.

Einige Stunden später saß er mit seinen Freunden in einer Tanzbar, und während Ferdinand Abendroth sich mit Andreas Braun unterhielt, sah Frank von Brunow mit glänzenden Augen zur Bühne, was Dominik vermuten ließ, dass die hübsche Tänzerin mittlerweile mehr als nur ihr ohnehin schon durchsichtiges Kleid vom Körper hatte gleiten lassen.

»Was macht die Brautschau?«, fragte Dominik an Ferdinand gewandt.

»Mein Vater stellt mir regelmäßig die neueste Anwärterin vor. Vier sind es inzwischen.«

»Und? Keine in der engeren Auswahl?«

»Nein, denn mein Vater legt an meine künftige Ehefrau andere Maßstäbe an als ich. Ich werde also selbst die Fühler ausstrecken müssen.«

»Vielleicht solltest du dafür andere Örtlichkeiten aufsuchen«, meinte Andreas.

»Eine, die ich hier finde, verspricht gewiss mehr Spaß. Aber du hast natürlich recht. Ich lasse mich daher durchaus auch auf den langweiligen Soireen und Abendpartys blicken.«

»Was ist eigentlich mit dir?«, fragte Frank, ohne den Blick von der Bühne zu nehmen, sodass Dominik erst nicht begriff, dass er gemeint war.

»Unser Dominik trifft sich weiterhin mit seiner Unschuld vom Lande«, antwortete Ferdinand an Dominiks Stelle.

»Hat der Kuchen denn gemundet?«, spöttelte Andreas.

»Durchaus.«

»Und sonst ist nichts passiert, während sie da war?«

»Nein.«

»Na ja, wenn deine Schwester mit den Kindern hereinplatzt, ist das ja auch schwierig.«

Auch ohne Arianas Auftauchen wäre wohl nicht viel mehr passiert. Dominik hatte gespürt, wie sich Helena in seinen Armen versteift hatte, als er versucht hatte, eine kleine Liebkosung zu wagen, die übers Küssen hinausging. Aber sei's drum, er konnte warten.

»Du hast wieder dieses Lächeln«, sagte Ferdinand.

TEIL 2

APRIL 1926

»Sollen wir auf die Avus fahren?« Dominik bremste abrupt ab, als ein Lastenrad unvermittelt vor ihm links abbog. »Idiot!«

»Avus?«

»Eine Schnellstraße.«

»Wie schnell?«

»Berauschend schnell.«

Mittlerweile zeigten sich erste Anzeichen von Frühling, wenngleich es immer noch recht kühl war, und Dominik hatte vorgeschlagen, den schönen Tag für einen Ausflug nach Potsdam zu nutzen.

»Nur zu.« Helena lehnte den Kopf an die Rückenlehne und sah aus dem Fenster. Sie kamen nur langsam voran, zumal sie eine Baustelle umfahren mussten, was dazu führte, dass der Verkehr sich noch weiter aufstaute. Es fühlte sich an, als versuchte man, einen ganzen Batzen Baumwolle durch ein Nadelöhr zu stopfen.

Irene hatte sich tags zuvor verwundert darüber gezeigt, dass zwischen Helena und Dominik bisher außer Küssen nichts passiert war. »Er hat es nicht einmal versucht?«

Nein, abgesehen von einigen behutsamen Liebkosungen, die stets zurückhaltend genug waren, um nicht zu forsch zu wirken, war nichts passiert. Er machte nicht einmal Anstalten in diese Richtung, was Helena in der Annahme bestärkte, das mit ihr sei etwas anderes als mit anderen Frauen. Er hofierte sie, lud sie ein, holte sie ab, fuhr sie nach Hause, unternahm Ausflüge mit ihr. Außerdem sprach er ihre Außenstände nicht mehr an, belieferte Charlotte sogar wieder, obwohl Helena davon abriet, noch mehr Geld in Arzneien zu stecken, anstatt den Ausbau ihres Schönheitssalons voranzutreiben. Als sie es Irene gegenüber angesprochen hatte, war diese skeptisch. »Na, ich weiß nicht. Vielleicht fürchtet er auch einfach, dass er bei dir auf herkömmliche Art nicht weiterkommt.«

Helena jedoch setzte auf ihr Gefühl, und das sagte ihr, dass Dominik nicht vorhatte, aus ihr lediglich seine Bettgespielin zu machen. Er war interessiert an dem, was sie tat, und da er geschäftlich weitaus mehr Ahnung hatte als sie, hatte sie ihre Werbeideen mit ihm besprochen. Die Proben für Friseure waren gut angekommen, bereits zwei Salons bestellten bei ihr Creme und Make-up. Ihre Mutter war begierig zu hören, wie es Helena in Berlin erging, und sie war stolz auf das, was sie bisher vollbracht hatte. Leider war die Reise zu ihr einfach zu teuer gewesen, und Helena hatte sie auf nächstes Weihnachten vertrösten müssen, und so beschränkten sie sich auf gelegentliche Telefonate, bei denen ihre Mutter das Telefon der Baronin nutzen durfte.

»Hier fahren wir auf die Schnellstraße«, erklärte Dominik und riss sie damit aus den Gedanken.

Die Avus startete am Funkturm, und Dominik zeigte eine Karte vor, ehe er auffahren durfte.

»Ist das hier nur für Mitglieder?«

»Nein, aber normalerweise kostet eine Fahrt zehn Mark, ich habe direkt eine Vierteljahreskarte für tausend Mark gekauft.«

»Tausend Mark?« Dieses Mal machte Helena gar nicht erst den Versuch, ihre Fassungslosigkeit zu verbergen. Tausend Mark. Was man davon alles kaufen könnte! Das war ja geradezu obszön viel Geld. »Und das gibst du aus, um hier drei Monate lang hin und her zu fahren?«

»Es macht Spaß.«

Helena dachte daran, wie knapp ihre eigenen finanziellen Mittel bemessen waren, und wurde angesichts einer solchen Verschwendung sogar ein wenig ärgerlich.

»Man nennt Potsdam das Versailles des Nordens.«

Versailles kannte Helena aus Büchern.

»Früher einmal war es die Sommerresidenz deutscher Kaiser und preußischer Könige. Es wird dir gefallen, der Kranz aus Schlössern und Parkanlagen ist wirklich sehenswert.«

»Ich mag es, wenn du den Fremdenführer spielst.«

Es ging auf der Avus tatsächlich unfassbar schnell, fast schon ein wenig zu schnell. Helena wurde flau im Magen, und eine leichte Übelkeit stieg in ihr auf. Erleichtert atmete sie auf, als Dominik von der Schnellstraße abfuhr und das Tempo drosselte. Helena öffnete ihr Täschchen und holte einen Spiegel hervor, dann trug sie Lippenstift auf. Im Januar war sie endlich mit dem Ergebnis zufrieden gewesen, die Mischung aus Wachs und Ölen war nun genau richtig, sorgte für einen guten Farbauftrag und einen leichten Glanz.

»Einer deiner eigenen Lippenstifte?«, fragte Dominik nun auch prompt.

»Ja, und die Farbe ist auch neu, ich trage sie zum ersten Mal.« Es war ein sattes Blutrot mit einem untergründigen dunklen Schimmer. Helena war stolz darauf.

»Sehr hübsch«, bemerkte Dominik, nachdem er geparkt hatte.

»Das wird mein Verkaufsschlager, das spüre ich. Irene hat ein paar ihrer Kolleginnen angesprochen, die gegen Bezahlung als Werbeträgerinnen dienen werden.«

»Kannst du dir das leisten?«

Geld war ein heikles Thema zwischen ihnen, denn obwohl er gerade keine Forderungen stellte, hing es doch stets in der Luft.

»Wenn man Geld verdienen will, muss man Geld investieren, nicht wahr? Und die beste Werbeträgerin bin ohnehin ich selbst.«

Er lächelte, ließ seinen Blick einen Moment lang auf ihrem Mund ruhen und nickte schließlich zustimmend. »Deine neuen Bilder werden gewiss aufregend.«

Sie zwinkerte ihm keck zu, dann wandte sie sich ab und öffnete die Autotür. Er kam um das Auto herum zu ihr, bot ihr den Arm, und gemeinsam spazierten sie in den Botanischen Garten.

»Es ist eine sehr weitläufige Anlage«, sagte Dominik. »Ich würde sagen, wir sehen mal, wie weit wir bis zum ersten Regenguss kommen.«

Helena hob den Kopf, und in der Tat brauten sich am

Horizont unheilverkündend dunkle Wolken zusammen. Dabei war es gerade noch so wunderbar sonnig gewesen. Aber das war eben der April mit seinem unbeständigen Wetter.

»Ich werde anfangen, Seifen zu sieden«, erzählte sie. »Allerdings muss ich dann wohl Nachtschichten einlegen, da ich mit der Nachproduktion der Creme kaum hinterherkomme.« Mittlerweile gab es sogar Vorbesteller, und da Helena bestrebt war, ihre Kundinnen zufriedenzustellen und zu halten, stand sie morgens schon um fünf in der Fertigung.

»Nicht, dass du noch umkippst.«

»Ach, ich bin es ohnehin nicht gewöhnt, lange zu schlafen.«

»Das eröffnet ganz wunderbare Möglichkeiten.«

Sie taxierte ihn, bemerkte dieses leicht anzügliche Lächeln. »Du wirst schon wieder unanständig.«

»Schon wieder? Du hast mich bisher noch nicht erlebt, wenn ich unanständig werde.«

Sie waren bei der Orangerie angelangt und spazierten langsam daran vorbei, Helenas Hand immer noch in der Wärme von Dominiks Armbeuge. »Ich habe gestern Proben von meinem Schönheitsöl verteilt. Man kann es ins Bad gießen, und wenn man es in die Haut einmassiert, macht es sie weich. Dazu duftet es so wunderbar, dass man auf ein Parfüm verzichten kann, wenn man es etwas großzügiger aufträgt.«

»Und dein Schönheitssalon?«

»Ich habe mir überlegt, Stellwände zu organisieren, vor die ich die Frauen zur Schönheitsbehandlung setze. Die

Baronin hat stets gut ausgesehen, wenn sie sich mit ihrem silbergrauen Haar vor ihre dunkelroten Samtvorhänge gestellt hat, damit wir überprüfen, ob alles so aussieht, wie es aussehen soll. Eine blonde Frau käme vor einer hellen Wand gar nicht richtig zur Geltung, sie sähe viel zu blass aus, zu farblos, daraufhin schminkt man sie zu stark, und draußen wirkt sie dann wie ein Papagei. Sie braucht eine Farbe im Hintergrund.«

»Klingt, als plantest du eine größere Investition.«

»Die Stellwände besorgt Paula uns. Sie kann günstig Stoffe bekommen, die über entsprechende Gestelle gespannt werden.«

Dominik nutzte einen unbeobachteten Moment, zog sie an sich und küsste sie. Als er sie wieder losließ, nahm sie ein Taschentuch und wischte ihm den Lippenstift von Oberlippe und Mundwinkel. »Jetzt müsste es nur einen Lippenstift geben, der beim Küssen bleibt, wo er hingehört.«

Sie überquerten die Maulbeerallee und gingen durch den Sizilianischen Garten bis zur Glockenfontäne, ein Carillon, das – wie Dominik erzählte – aus vierzig Glocken bestand, die zu jeder vollen Stunde »Lobet den Herrn« und zu jeder halben Stunde »Üb immer Treu und Redlichkeit« abspielte. Helena sah auf ihre Uhr. Noch zehn Minuten bis zur nächsten halben Stunde. Sie schlenderten weiter bis zum Schloss Sanssouci, das Helena in seiner Pracht vollkommen gefangen nahm. Das hier war ein anderes Berlin als jenes, das sie bisher kennengelernt hatte. Hier zeigte sich etwas Erhabenes, Königliches, etwas, was in seiner Schönheit unbehelligt blieb, während die Stadt drum herum wild brodelte, hier und da morastige Abgründe zeigte. Als schwappte das Leben in der Stadt wie brackiges Wasser an unsichtbare Mauern.

»Sie ist den ganzen Tag mit Dominik Lichtenthal in Potsdam?«

»Herrje, Paula, ich habe ganz andere Sorgen derzeit. Fahr ihnen doch einfach nach, wenn du so verrückt danach bist, dich in seiner Nähe aufzuhalten.«

»Ich habe Helena gefragt, wie er küsst.«

»Aha.«

»Und sie sagte, es sei aufregend, aber sie hätte keine Vergleichsmöglichkeiten. Vielleicht ist es ja das, was ihn so an ihr anzieht, ihre ländliche Unschuld.«

»Vielleicht hat er auch einfach Augen im Kopf und sieht, dass sie sehr hübsch ist.« Charlotte las den Brief erneut, konnte sich einfach keinen Reim auf das Ganze machen. Wieder war eine Rechnung bezahlt worden, dieses Mal die eines Pharmaunternehmens, das sie nun wieder belieferte. Wer gezahlt hatte, schrieb der Buchhalter nicht, und Charlotte fragte sich, ob das erneut der »verknöcherte Alte« gewesen war. Ihr war das nicht geheuer, wer konnte schon wissen, wer sie da auf einmal in der Hand hatte und was für Forderungen derjenige stellen würde.

»Soll ich mit Estelle rausgehen?«, fragte Paula.

»Ja, mach das. Ich frage mich sowieso, warum Helena sie nicht mitgenommen hat, im Park hätte sie sich austoben können, der Hund kommt selten genug ins Grüne.«

»Vielleicht hatte sie Angst, sie dort zu verlieren.«

Charlotte zuckte mit den Schultern. Ihr wuchs das hier alles über den Kopf, und was die Apotheke anging, war Helena wahrhaftig keine Hilfe. Immerhin lockte Helena Kundinnen in die Apotheke, die dann und wann auch ihren Bedarf an Medikamenten bei ihnen deckten. Charlotte hatte zwar eingewilligt, die Räumlichkeiten dafür zur Verfügung zu stellen, aber ansonsten hielt sie sich raus. Sie hatte nicht so viel gelernt und Pharmazie studiert, damit sie jetzt alternden Frauen, die sich jung fühlen wollten, Schönheitsöle in die Haut massierte. Helena warb mittlerweile mit der Angst vor dem Altern, hatte sogar einen schmissigen Reim daraus gemacht. *Gegen das Altern frisch ans Werk – Crème Vienne von Rosenberg.* Grausig. Charlotte hatte fast der Atem gestockt, so peinlich fand sie das. Kurz darauf waren die ersten Vorbestellungen eingetrudelt. Ob das an dem Reim lag, an Helenas jungem Gesicht daneben oder an Estelles knopfäugiger weißer Flauschigkeit, die so wunderbar mit Helenas dunkler Schönheit kontrastierte, wusste Charlotte nicht.

An einem Sonntag sollte man erfreulichere Dinge tun, als sich mit Rechnungen und katastrophaler Buchhaltung herumzuschlagen. Aber sie konnte Helena da nicht einmal guten Gewissens böse sein, denn diese schlief in der Woche weniger als Charlotte, um sich ganz und gar ihrem Geschäft zu widmen. Zudem wäre sie ihr bei der Buchhaltung auch keine große Hilfe, denn mochte Helena auch kreativ sein, so hatte sie doch von Zahlen wenig Ahnung.

Nachmittags stand plötzlich Conrad Rudorf vor der Tür, und Charlotte fiel siedend heiß ein, dass sie ihn ja zum Kaffee eingeladen hatte. Unmöglich konnte sie ihn mit in das Durcheinander in ihrem Wohnzimmer nehmen, wo überall Papiere ausgebreitet waren. Zum Ausgehen war sie allerdings auch nicht passend gekleidet. Anstatt nun mühsam irgendeine Ausrede zu erfinden, der man gewiss sofort anmerken würde, dass sie gelogen war, blieb sie bei einer Halbwahrheit, nämlich, dass sie während der Arbeit die Zeit vergessen und den Kaffee noch nicht gekocht hatte. Dass sie ihn, Conrad Rudorf, vergessen hatte, würde seinem männlichen Stolz gewiss nicht guttun, und da sie etwas von ihm wollte, war es gut, ihn bei der Stange zu halten.

Als Paula mit Estelle zurückkehrte, hatte Charlotte Dr. Rudorf bereits im Wohnzimmer Platz nehmen lassen und hastig für Ordnung gesorgt.

»Machen Sie sich bitte keine Umstände, ich weiß ja, wie viel Papier bei der Führung eines eigenen Unternehmens anfällt. In meiner Praxis wäre es ohne meine Mitarbeiterin kaum zu bewältigen.«

Estelle sprang ausgelassen um ihn herum, freute sich schwanzwedelnd über den Besuch. Sie hätte vermutlich sogar einen nächtlichen Einbrecher voller Freude begrüßt. Conrad Rudorf beugte sich hinunter und streichelte sie.

»Ich bin gleich wieder weg«, sagte Paula augenzwinkernd zu Charlotte, als sie zu ihr in die Küche trat.

»Du kannst gerne bleiben. Das hier ist kein romantisches Treffen.«

»Gefällt er dir nicht? So übel sieht er doch gar nicht aus.« Paula hatte die Stimme gesenkt.

Nein, das wohl nicht, aber er war nicht Charlottes Typ. Sie hatte eine Schwäche für große Männer, und

Conrad Rudorf war kaum einen Kopf größer als sie selbst. Außerdem war er dunkelblond, und sie fand dunkelhaarige Männer attraktiver. Dazu gab ihm die Brille etwas Professorenhaftes, was nach Charlottes Dafürhalten zu brav und bieder wirkte. Aber er war sehr nett und wirkte als Arzt überaus fähig. Ein guter Freund war er inzwischen, mehr jedoch nicht.

Der Regen setzte ein, als sie sich gerade ins Auto gesetzt hatten, um sich auf den Rückweg zu machen. Wie ein Trommelfeuer prasselten die Tropfen auf die Windschutzscheibe, was die Sicht erschwerte, sodass Dominik deutlich langsamer fuhr als auf dem Weg nach Potsdam. Auf seine Frage, ob sie noch mit zu ihm kommen wolle, entgegnete sie, dass sie lieber heimfahren würde, da sie noch zu arbeiten habe.

Als sie ihr Haus betrat, kam ihr auf der Treppe Charlotte in Begleitung eines Mannes entgegen, der auf eine sehr belesene Art gut aussah. Er erinnerte sie an einen Lehrer aus ihrem Ort, für den die Mädchen alle ein wenig geschwärmt hatten.

»Guten Tag.« Sie machte keinen Hehl aus ihrer Überraschung. Seit wann empfing Charlotte hier Herrenbesuch?

»Helena, das ist Dr. Conrad Rudorf, ein Freund von Paula. Dr. Rudorf, meine Schwester Helena Rosenberg.« Ah, dachte Helena, gab es zu dem Namen also endlich auch ein Gesicht. Bisher hatte sich ihre Schwester mit ihm nur außer Haus getroffen. Sie versicherten einander, dass es ihnen ein Vergnügen sei, dann setzte Helena ihren

Weg nach oben fort und hörte, wie die beiden sich an der Tür voneinander verabschiedeten.

»Na, wer ist denn da so ausgelassen?« Sie ging auf die Knie, kraulte Estelle und dachte, dass sich wohl nur Kinder und Hunde so ungeheuchelt freuen konnten.

»Hast du schon gegessen?« Charlotte schloss die Wohnungstür hinter sich.

»Ja, Dominik hat mich eingeladen.«

»Bist du nicht ein kleines bisschen besorgt, er könnte für seine Großzügigkeit irgendwann mal eine Gegenleistung verlangen?«

»Das hätte er längst tun können. Aber ihm ist wohl klar, dass ich nicht eine dieser Frauen bin, die er sich einfach nur fürs Bett nehmen kann.«

Charlotte antwortete nicht, sondern ging ins Wohnzimmer und kam kurz darauf mit einem Tablett zurück, auf dem sich benutztes Kaffeegeschirr türmte. »Deine Plätzchen waren übrigens weniger schlimm als erwartet. Zum Glück, sonst hätte ich nämlich nichts anzubieten gehabt.«

»Hat er dich hier einfach so überfallen?«

»Nein, ich hatte vergessen, dass er kommt.«

»Na, der muss dich ja tief beeindruckt haben, wenn du dir noch nicht mal seinen Besuch merken kannst.«

Aus der Küche war Geschirrklappern zu hören. »Ich habe gerade genug anderes um die Ohren, da ich ja mit der Apotheke mehr oder weniger allein dastehe.«

Helena erhob sich aus der Hocke und ging in die Küche. »Es ist ja nicht so, dass ich überhaupt nichts tue, oder?«

»Du kümmerst dich nur um deine eigenen Belange, mehr nicht.«

»Ich verdiene Geld für uns beide.«

»Davon sehe ich nicht viel, weil du das meiste immer wieder direkt für dein Unternehmen ausgibst.«

»Ich bezahle davon außerdem unser Essen.«

»Das ist ja wohl das Mindeste, wenn ich schon auf allen anderen Rechnungen sitzen bleibe.«

»Ich habe letztens erst eine Rechnung beglichen und musste dann Abzüge beim Materialkauf machen. Du musst ja nicht ständig weiter Medikamente einkaufen. Verkauf das, was du noch hast, und gibt den Apothekenbetrieb auf.«

»Das kommt überhaupt nicht in Frage. Ich überlege übrigens, das Telefon abzumelden.«

»Warum das?«

»Weil es vermeidbare Kosten sind. Keine Ahnung, was Vater sich dabei gedacht hat. Vermutlich ist genau das das Problem, nämlich, dass er überhaupt nicht gedacht hat. Hochverschuldet, aber ein eigenes Telefon, als täte es nicht auch der öffentliche Fernsprecher.«

Helena hatte keine Lust, darüber zu diskutieren. Sie fand das Telefon zwar auch praktisch, aber im Grunde war es tatsächlich eine entbehrliche Ausgabe, wenngleich sie der Meinung war, dass man eher bei der Apotheke anfangen sollte zu sparen.

»Was machst du jetzt noch?«, fragte Charlotte, als Helena Richtung Wohnungstür ging.

»Lippenstift in Hülsen füllen. Ich brauche Werbematerial.«

»Plakatwerbung ist teuer.«

»Ich dachte auch nicht an Plakate. Irene will mich demnächst mitnehmen auf eine Party, und da werde ich sehen, ob ich ein paar Proben verteilen kann.«

»Sieh nur zu, dass du dich den Leuten nicht zu sehr anbiederst.«

Helena antwortete nicht darauf, sondern öffnete die Tür, beugte sich dann, ehe sie die Wohnung verließ, noch mal zu Estelle. »Nein, du bleibst jetzt oben, ich muss arbeiten. Charlotte, kümmerst du dich bitte? In der Fertigung kann ich sie jetzt nicht gebrauchen.«

Charlotte verdrehte die Augen. »Na komm, Estelle, Helena hat heute keine Zeit für dich.« Sie lockte den Hund von der Tür weg.

»Du brauchst mir kein schlechtes Gewissen zu machen. Immerhin profitierst du von dem, was ich tue.« Helena wartete keine Antwort ab, sondern zog die Tür hinter sich ins Schloss und ging die Treppe hinunter. Sie betrat die Fertigung, in der es so kühl war, dass sie fröstelnd die Schultern hochzog. Sie machte Licht, setzte sich an den Tisch, der an der rückwärtigen Wand stand, und knipste auch hier die Lampe an. Ihre Mutter hatte Lippenstift und Wangenrouge in so dezenten Farben selbst gemacht, dass kaum auffiel, wenn man dem natürlichen Rot im Gesicht ein wenig nachhalf. Rouge und Lippenstift – das war auch die Baronin nicht müde geworden zu betonen – war etwas für Huren. Vor dem Krieg noch, so wusste sie zu erzählen, war Lippenstift ausschließlich unter den Ladentischen gehandelt worden. Wie sie wohl reagieren würde, wenn sie wüsste, wie exzessiv sich die

Frauen hier schminkten? Die roten Münder, die Wangen, die dunkel umrandeten Augen – alles strebte danach aufzufallen, gesehen zu werden. Das Leben in all seinen Farbfacetten, gespiegelt auf den Gesichtern der Frauen.

Helena nahm ihren Lippenstift in die Hand, betrachtete ihn, drehte ihn ins Licht, sah den matten Glanz auf der Oberfläche. Er war perfekt, sowohl von der Farbe her als auch von der Konsistenz. Jetzt brauchte er nur noch einen werbewirksamen Namen. Einer, der nach Leben klang, verrucht und gleichzeitig geheimnisvoll. *Berlin Noir.*

Die Party, zu der sie Irene begleiten durfte, fand im Haus eines Filmproduzenten statt, dessen Namen Helena noch nie gehört hatte, was jedoch nichts heißen musste. Alles in allem war es ernüchternd, und Helena, die sich mittlerweile fast schon ein wenig berlinerisch gefühlt hatte, kam sich im Laufe der Nacht mehr und mehr wie eine Provinzmaus vor. Anfangs war es aufregend gewesen. Die Villa des Produzenten war auf eine exzentrische Art prachtvoll. Es gab einen Brunnen mitten in der Eingangshalle, Skulpturen, wie Helena sie aus ihren Geschichtsbüchern kannte – allesamt Kopien, wie ihr Irene verriet –, und der Garten schien in den Salon hineinzuwuchern, schuf Winkel und lauschige Ecken.

Es waren in der Tat einige Filmgrößen dort, und Helena,

sonst nicht auf den Mund gefallen, konnte sie nur sprachlos anstarren, während Irene sehr vertraut mit ihnen umging. Anfangs hatte sie Helena noch ein wenig unter ihre Fittiche genommen, aber dann belegten Freunde sie mit Beschlag, und kurz darauf hatte Helena sie aus den Augen verloren. Sie nahm sich ein Glas vom überladenen Büffet und ging langsam durch die Räume, wo sich Körper eng umschlungen auf der Tanzfläche wiegten oder in Nischen verschmolzen. Ein junger Mann umfasste ihr Kinn, sah ihr in die Augen und sagte, sie hätte Prachtlippen. Erst auf den zweiten Blick erkannte Helena, dass der Mann in Wahrheit eine Frau in einem Herrenanzug war, und anstelle einer Antwort drückte sie ihr einen Lippenstift in die Hand.

Die Frau wirkte aufrichtig erstaunt, dann lachte sie hell auf. »Du bist ja entzückend.«

Helena ging weiter, ließ sich zum Tanz auffordern und gesellte sich dann zu einer Gruppe Schauspielerinnen, die ihr Gespräch unterbrachen und sie ansahen, als wollten sie fragen, was genau sie von ihnen wollte. Mit roten Wangen zog Helena sich wieder zurück und ging in den Salon, wo sie Irene zuletzt gesehen hatte. Hier war das Licht schummrig, und die Musik spielte in wilden, mitreißenden Tönen. Jemand umfasste ihre Hand, zog Helena mit sich inmitten der Tanzenden. Da es lächerlich gewirkt hätte, wenn sie sich nun entschieden losgemacht hätte und von der Tanzfläche geflohen wäre, machte sie mit, tanzte, weil ihr in diesem Augenblick ohnehin nichts Besseres zu tun einfiel.

Nach drei weiteren Tänzen war von Irene immer noch

nichts zu sehen, und Helena ging erneut zum Büfett, um sich etwas zu trinken zu holen. Dort stand sie eine Weile, drehte das halbleere Glas in den Händen und wusste nicht, wie sie es anfangen sollte, die richtigen Leute in einer Art auf sich aufmerksam zu machen, sodass diese später auch ihre Produkte kauften. Sie konnte ja schlecht wie eine Hausiererin zwischen den Frauen herumgehen und ihre Ware anpreisen.

Ein Mann tauchte neben ihr auf und lächelte erfreut, als sei sie eine unerwartete Überraschung. »Alexander Rubin«, stellte er sich vor, aber das wäre nicht nötig gewesen, Helena hatte ihn sofort erkannt.

»Ich kenne alle Ihre Filme. Ihre Rolle als Magier war famos!«

»Wirklich?« Er schien hingerissen. »Komm, Prinzesschen, erzähl mir mehr über mich.«

Einen Moment sah Helena ihn verständnislos an, dann lachte er, und sie begriff, dass er scherzte. Zumindest hoffte sie das, sie wollte ihn gern sympathisch finden. Er nahm ihr das Glas aus der Hand, stellte es auf das Tablett eines vorbeigehenden Kellners und zog Helena mit sich, die Hand um ihren Ellbogen.

»Wie heißt du, meine Schöne?«

»Helena Rosenberg.«

Er sprach den Namen unhörbar aus, wirkte, als drehte er ihn im Mund, um ihn zu schmecken. »Bist du allein hier, mein Liebes?«

»Nein, mit Irene Danelius.«

»Also bist du ihr gut gehütetes Geheimnis?«

Helena war irritiert. »Nein …«

Er lachte, als hätte er einen Scherz gemacht, den sie nicht verstand, dann waren sie bei einer Gruppe Männer und Frauen angekommen, von denen Helena niemand bekannt vorkam. Sofort verfielen sie in eine angeregte Unterhaltung über irgendeinen Produzenten, von dem sie noch nie gehört hatte, und Helena, um deren Ellbogen immer noch Alexander Rubins Hand lag, stand daneben wie ein Kind, das bei den Erwachsenen zuhören durfte, jedoch kein Wort davon verstand, was geredet wurde. Irgendwann löste sich Alexander Rubins Hand von ihrem Arm, als er sich gestikulierend an eine Frau wandte und sich über Allüren einer unbekannten Schauspielerin aufregte, und Helena nutzte den Moment, sich vorsichtig zurückzuziehen.

Sie war gerade wieder am Büfett angekommen, als ein weiterer Mann sie ansprach, sie fragte, ob sie pikante Vergnügungen möge.

»Das kommt darauf an«, entgegnete Helena, die nicht so recht wusste, worauf er hinauswollte.

Der Mann lächelte. »Gewiss finden wir einen Ort, der abgeschieden genug ist, um ein wenig herumzuprobieren. Oder wir könnten auch zu mir, falls du es lieber ruhiger hättest.«

Helena starrte ihn an. »Ich bin doch keine Hure.«

Jetzt wirkte der Mann konsterniert. »Habe ich dir etwa Geld geboten?« Dann ging er, ohne eine Antwort abzuwarten.

Zweimal bekam Helena noch ähnlich geartete Angebote, indem ihr augenzwinkernd Zettel mit Adressen zugesteckt wurden. Ein Mann nutzte einen unbeobachteten

Moment, als sie von der Toilette kam, um ihr den Arm um die Mitte zu legen. »So allein?«, fragte er dicht an ihrem Ohr.

»Ich bin in Begleitung.«

»Die macht sich in der letzten Zeit aber sehr rar, möchte ich meinen.«

Damit hatte er leider recht, und Helena fand es peinlich, dass offenbar selbst völlig Fremden nicht entging, dass sie hier jetzt schon gut zwei Stunden einfach nur herumlief, trank, dann und wann tanzte, aber mit niemandem länger ins Gespräch kam.

»Wollen wir uns amüsieren?«, fragte er unverblümt. »Meine Begleiterin hat mich versetzt.«

»Ich bin nicht interessiert.«

Er drehte sie so, dass sie mit dem Rücken zur Wand stand, und stützte die Hände rechts und links von ihrem Kopf ab. »So prüde? Bist du womöglich noch Jungfrau?«

Darauf antwortete sie nicht, und er krauste die Stirn. »Eine Jungfrau hatte ich lange nicht mehr. Hatte ich überhaupt schon eine?«

Sie überließ ihn diesen Überlegungen, indem sie sich unter seinem Arm hinwegduckte und sich rasch von ihm entfernte. Es reichte ihr. Von Irene war nach wie vor nichts zu sehen, und Helena beschloss, es für diesen Abend gut sein zu lassen. Sie ging in die Eingangshalle und ließ sich von einem Bediensteten ihren Mantel bringen, band sich ihren seidenen Schal um den Hals und verließ die Villa.

Die kühle Abendluft tat gut, und tief aufatmend ging Helena langsam die Straße hinunter und hielt Ausschau nach einem Taxi. Von Charlottenburg aus war es ein ordentliches Stück zu laufen, was jedoch nicht das eigentliche Problem war. Vielmehr hatte sie nicht die leiseste Ahnung, wie der Weg nach Hause war, und sie hatte natürlich keinen Stadtplan dabei. Nachts waren die Straßen nicht mehr so voll wie tagsüber, was zwar wunderbar war, da man selbst im Dunkeln gefahrlos von einer Straßenseite zur anderen kam, jedoch schwierig wurde, wenn man ein Taxi brauchte. Sie hatte keine Ahnung, ob die U-Bahn zu dieser späten Stunde noch fuhr, immerhin war es weit nach Mitternacht. Irene hatte sie erst gegen elf abgeholt und ihr gesagt, damit seien sie noch früh dran.

Nachdem sie planlos in Straßen eingebogen war, die ihr irgendwie bekannt vorkamen, musste sie sich schließlich eingestehen, dass sie sich verlaufen hatte. Und nach wie vor war weit und breit kein Taxi zu sehen. Zur Party zurück konnte sie allerdings auch nicht, da sie jetzt schon so lange gelaufen war, ohne sich den Weg zu merken.

Ein Paar marschierte eng umschlungen durch die Straße, wobei nicht klar war, ob sie dies taten, weil sie so verliebt waren, oder weil einer von ihnen so betrunken war, dass ihn seine Beine nicht mehr so recht tragen wollten.

»Entschuldigung?« Sie trat den beiden in den Weg. »Können Sie mir sagen, wie weit es bis zur Friedrichstraße ist?«

»Friedrichstraße?«, fragte die Frau. »Da müssen Sie aber ordentlich laufen. Das hier ist Berlin-Grunewald. Wo kommen Sie denn her?«

»Ich war in Charlottenburg und habe mich verlaufen.«

»Na, da sind Sie ein ganzes Stück in die falsche Richtung gegangen. Sehen Sie nur zu, dass Sie nicht im Wald landen.«

Der Mann sagte etwas, was Helena nicht verstand. Es klang, als klebte seine Zunge am Gaumen, und er schien recht wacklig auf den Beinen. »Tut mir leid, wir müssen weiter«, sagte die Frau. »Nehmen Sie sich besser ein Taxi.«

Nach diesem hilfreichen Rat entfernte sie sich langsam, und Helena, der in diesem Moment der rettende Einfall kam, rief ihr hinterher: »Eine Frage bitte noch.«

Die Frau drehte sich mitsamt Begleiter um. »Ja?«

»Wie komme ich zur Königsallee?«

»Auf der befinden Sie sich bereits.«

Helena sah sich um, suchte nach etwas, was ihr bekannt vorkam. Sie war einmal hier gewesen und einmal daran vorbeigefahren, irgendeinen Orientierungspunkt musste es doch geben. Langsam ging sie einfach geradeaus, sah sich die Häuser auf beiden Seiten an, glaubte einmal, sie stünde vor Dominiks Villa, bemerkte dann aber, dass die Auffahrt anders war als die, an die sie sich erinnerte. Und dann endlich fand sie das richtige Haus, blieb vor dem Eingangsportal stehen und sah die Auffahrt hoch. Rechts war eine Klingel angebracht.

Darauf zu drücken wagte sie nicht, da sie befürchtete, dass schlicht und ergreifend niemand mehr wach war. Von hier aus war im Haus kein Licht zu erkennen, allerdings lag zumindest der Salon auf der rückwärtigen Seite. Mehr hatte sie von dem Haus bisher noch nicht gesehen. Unschlüssig stand sie davor, ging ein paar Schritte am Grundstück entlang, versuchte auf Zehenspitzen über die

Mauer zu spähen, auf der ein fein ziseliertes Gitter angebracht war, ging wieder zurück, nur um dann wieder unschlüssig vor dem Tor zu stehen. Vielleicht war er ja auch unterwegs, und sie weckte seine Angestellten auf.

»Muss ich mir Sorgen machen«, ertönte es plötzlich neben ihr, »wie du da stehst und mein Haus betrachtest?«

Mit einem Aufschrei war Helena zusammengefahren, sah sich um und entdeckte Dominik schließlich auf der anderen Seite des Tors im Schatten der Mauer. »Himmel, erschreck mich doch nicht so!«

Er öffnete das Tor von innen, und sie trat ein. »Welchem Umstand verdanke ich diesen, hm, ungewöhnlichen Besuch?«

»Ich wusste nicht, ob noch jemand wach ist, daher habe ich nicht geläutet.«

»Verstehe.«

»Woher wusstest du, dass ich hier bin? Hast du mich vom Fenster aus beobachtet?«

»Nein, ein Nachbar rief mich an und sagte, da schleiche eine verdächtige Person vor meinem Haus herum.«

»Du lieber Himmel!«

»Was machst du hier überhaupt um diese Zeit? Ich dachte, du wärst mit Irene unterwegs.«

»War ich auch, auf einer Party in Charlottenburg, aber ich bin früher gegangen.«

»Warum?«

»Weil es mir nicht gefallen hat. Die Frauen waren arrogant und herablassend, und die wenigen Männer, mit denen ich gesprochen habe, haben entweder mit mir getanzt oder wollten mit mir ins Bett.«

Das Licht von der Straße her war gerade noch ausreichend, damit Helena sah, dass sich Dominiks Augen leicht verengten. Ob er eifersüchtig war? »Ist jemand zudringlich geworden?«

»Nein, einer hat es versucht, hat aber schnell genug aufgegeben, ehe ich ihm wehtun musste.«

Jetzt zuckte es um Dominiks Mundwinkel. »Und dann bist du gegangen?«

»Ja. Ich wollte ein Taxi nehmen, aber offenbar fährt um diese Zeit nichts mehr. Hier zumindest nicht. Und ich wusste nicht, wie ich zur Bahn komme. Ohnehin habe ich mich verlaufen und bin auf einmal hier gelandet, und da dachte ich, zu dir ist es näher als zu mir.«

»Ich biete dir jederzeit gerne ein Bett für die Nacht.«

»Ich hatte eher darauf gehofft, dass du mich heimfährst.«

Er zögerte, schien insistieren zu wollen, nickte dann aber. »Natürlich, wenn dir das lieber ist.«

»Weißt du, ich bin noch nicht so weit, Dominik. Ich habe noch nie bei einem Mann übernachtet.« Sie fragte sich, warum sie überhaupt anfing, sich zu rechtfertigen. Es war ihr gutes Recht, nach Hause zu wollen.

Er gab ihr einen Kuss. »Warte, ich hole rasch den Schlüssel. Du kannst schon zum Wagen gehen.«

In dem Unterstand stand neben dem schwarzen Sportwagen, den Dominik meist fuhr, ein etwas größerer Wagen, ebenfalls schwarz und sehr elegant. Der kleinere Wagen war ein Buick, wie Helena mittlerweile dank Paula wusste. Die hatte eines Tages gefragt: »Holt er dich wieder im Buick ab?«

»Was ist ein Buick?«, hatte Helena gefragt.

Paula war irritiert: »Sein Wagen.«

»Der hat einen Namen?«

»Veralberst du mich?«

»Die Automarke«, half Charlotte aus. »So wie Mercedes-Benz oder Opel.«

Das hatte selbst Helena in der Provinz schon mal gehört, weil der Gärtner der Baronin eine Schwäche für Automobile hatte.

»Na komm«, sagte Dominik, der kurz darauf erschien und ihr die Tür aufschloss. »Wo war Irene eigentlich die ganze Zeit?«

»Ich weiß es nicht. Sie war auf einmal verschwunden. Vermutlich dachte sie, ich käme allein zurecht, aber offenbar merkt man mir das Landmädchen doch noch zu sehr an.«

»Mach dir nichts draus, den Umgang mit diesen Leuten lernst du auch noch.« Damit startete Dominik den Wagen und setzte auf die Auffahrt.

Helena zog ihre Uhr hervor. Schon nach drei. Sie gähnte hinter vorgehaltener Hand. »Wie hast du den Abend verbracht?«

»Ich war mit Ferdinand unterwegs und war vielleicht gute zwanzig Minuten zu Hause, als der Anruf kam. Wir haben uns also am Eingang knapp verpasst.«

Helena ärgerte sich weniger über den vertanen Abend als vielmehr darüber, dass sie ihre Kosmetik nicht hatte an den Mann – oder besser gesagt die Frau – bringen können. Im Grunde genommen war das verlorene Zeit gewesen. Die Lippenstifte, die sie jetzt noch in ihrer Tasche hatte, würde sie in der kommenden Woche lieber in Kosmetikstudios verteilen.

Als Dominik vor ihrem Haus hielt, zögerte Helena, überlegte, ob sie ihn noch hineinbitten sollte, weil es ihr irgendwie so vorkam, als benutzte sie ihn zu nachtschlafender Zeit als Taxi.

»Überlegst du gerade, ob wir uns zum Abschied küssen sollten?«

»Nein, ich überlege, ob ich dich noch kurz reinbitte, ich vermute aber, das verträgt sich nicht mit Charlottes Anwesenheit.«

»Vielleicht schläft deine Schwester ja auch.«

»Noch schlimmer. Stell dir mal vor, sie wird wach, kommt im Nachthemd um die Ecke, und dann sitzt du da.«

»Ich habe durchaus schon Frauen im Nachthemd gesehen.«

»Das glaube ich gern. Es geht mir hierbei auch eher um ihre Gefühle als um deine.«

»Wir könnten uns in dein Zimmer setzen.«

Das quittierte sie mit einem raschen Blick.

»Keine Sorge, ich springe nicht augenblicklich aus der Hose, wenn ich mich mit einer Frau in der Nähe eines Bettes befinde.«

Jetzt musste sie doch lachen. »Also gut, pass auf, unten stehen noch die Besucherstühle im ehemaligen Arbeitszimmer.«

»Klingt gemütlich.«

»Möchtest du lieber heimfahren?«

»Nein, ich bin immer offen für neue Erfahrungen.«

»Mach dich nur lustig.«

Sie stiegen aus, Helena öffnete die Tür zum Treppenhaus und führte Dominik ins Arbeitszimmer. »Das hier wird mein Schönheitssalon.« Sie wollte das Licht anknipsen, aber es tat sich nichts. Versuchsweise klickte sie mehrmals den Schalter auf und ab, doch nichts passierte. »Auch das noch.«

»Glühbirne durchgebrannt?«

»Ja.« Oder die Stromrechnung nicht bezahlt.

»Wenn du möchtest, setze ich eine neue rein.«

»Das kannst du?«

»So schwer ist das nicht.«

»Ich weiß nicht, wo Charlotte so etwas aufbewahrt.«

Dominik ging im milchigen Mondlicht durch den Raum und blieb vor der Tür in den Hof stehen.

»Den begrüne ich wieder, da können sich die Damen dann zwischen zwei Behandlungen oder danach zu einer Tasse Tee oder Kaffee nach draußen setzen, wenn das Wetter es erlaubt.«

Er drehte sich zu ihr um, und da er nun mit dem Rücken zur Tür stand, lag sein Gesicht im Schatten, und Helena konnte nicht erahnen, was er von ihrer Idee hielt. Als sie zu ihm trat, legte er den Arm um sie, zog sie an sich und küsste sie. Dann löste er sich von ihr und berührte mit der Hand ihre Wange, streichelte mit dem Daumen über ihre Haut. »Mach dir keine Umstände, ich fahre jetzt nach Hause, und wenn du möchtest, hole ich dich morgen zum Frühstück ab.«

»Das klingt wunderbar. Tut mir leid, dass ich gerade keine bessere Gastgeberin bin.«

»Das macht überhaupt nichts.« Er küsste sie ein weiteres Mal, dann brachte sie ihn zur Tür, wo sie sich mit einem letzten Kuss von ihm verabschiedete.

Charlotte schlief in der Tat schon, als Helena die Wohnung betrat, und so wurde sie nur von Estelle begrüßt, die schlaftrunken in den Flur getapst kam und sie schwanzwedelnd begrüßte. Helena ließ sich im Wohnzimmer neben Estelles Decke nieder, zog den kleinen Hund auf ihren Schoß und streichelte das weiche, warme Fell. »Ich glaube, ich habe mich ein klein wenig in ihn verliebt. Denkst du, das ist klug?«

Estelle sah sie aus dunklen, glänzenden Augen an, den Kopf leicht schiefgelegt, als wüsste sie auf diese Frage auch keine Antwort. Irgendwann schreckte Helena hoch, stöhnte auf, als sie den schmerzenden Nacken bewegte. Sie musste im Sitzen eingeschlafen sein, und ihr Kopf war auf die Seite gesackt. Irgendetwas hatte sie geweckt. Die Türklingel? Um diese Zeit? Aber auch Estelle war wach geworden, sah zur Tür und dann wieder aufmerksam zu Helena. Die nahm den kleinen Hund von ihrem Schoß, befahl »Bleib!«, was Estelle wie immer eher als Empfehlung ansah, und ging zur Tür.

Sie schlüpfte hinaus und sorgte dafür, dass Estelle ihr nicht folgte, indem sie die Wohnungstür behutsam schloss, dann ging sie die Treppe hinunter. Tatsächlich lag unten vor der Haustür ein zusammengefalteter Zettel, den jemand durch den Briefschlitz geschoben hatte. Helena hob ihn auf, roch den feinen Duft, der dem Papier entstieg.

Du warst auf einmal weg, meine Liebe. Ich hoffe, dir war

nicht langweilig? Stell dich darauf ein, demnächst gut zu tun zu haben. Anna Orlow – du kennst sie? Die bekannte Opernsängerin? – war sehr angetan von deinem Berlin Noir *und wird ihn beim nächsten Auftritt tragen. Nichts zu danken. Irene.*

JUNI 1926

»Soll ich dich nach Hause fahren?«

»Nein, alles gut.« Helena war auf dem Beifahrersitz eingenickt und streckte sich, so gut das im Wagen ging, um die Müdigkeit aus den Gliedern zu vertreiben.

»Solange du nicht wieder beim Küssen einschläfst.«

»Das hat deinen männlichen Stolz hart getroffen, ja?«

»Keine Sorge, mein Stolz steckt das weg.«

Das war vor einigen Tagen gewesen. Helena hatte schläfrig auf der Wiese in der Sonne gelegen – müde nach einer zu kurzen Nacht –, als Dominik sich über sie gebeugt und sie geküsst hatte. Auf sein ungläubiges »Bist du etwa eingeschlafen?« hin hatte sie die Lider gehoben, »Nein« gemurmelt und war wieder eingeschlummert.

»Es lag an der Wärme«, hatte sie ihm danach erklärt, »und nicht daran, dass du einschläfernd küsst.«

»Na, da bin ich ja beruhigt.«

Bei der Erinnerung daran zuckte es um Helenas Mundwinkel, und sie streckte sich ein weiteres Mal, um den letzten Rest Müdigkeit zu vertreiben.

»Wenn du lieber ins Bett möchtest …«

»Nein, jetzt fahr einfach weiter. Ich verspreche, ich

schlafe nicht wieder ein. Wir trinken gleich einen starken Kaffee.«

»Dass das auf Dauer nicht die Lösung sein kann, ist dir klar, oder?«

»Ja, aber vorläufig muss es eben so gehen.«

»Warum stellst du niemanden ein?«

»Weil ich diese Kosten momentan noch einsparen möchte, solange ich das auch allein schaffe.«

»Definiere *schaffen*.«

Helena schwieg und sah aus dem Fenster. Sie waren wieder auf der Avus unterwegs, weil sie gerne nach Potsdam wollte. Ein wenig ins Grüne, das war jetzt genau das Richtige, und der Park war so schön.

»Wann bist du heute aufgestanden?«

»Wird das jetzt ein Verhör?«

»Nein, ich bin nur interessiert.«

»Um fünf, sonst hätte ich heute nichts geschafft, ehe du mich abholst. Und jetzt lass uns damit aufhören, diese Diskussionen ermüden mich mehr als die Arbeit.«

Er zuckte nur mit den Schultern, schwieg jedoch. Und eigentlich hatte er ja auch recht, sie musste lernen zu delegieren, allein schaffte sie das einfach nicht mehr. Ihr Lippenstift kam unfassbar gut an, und die Verkäufe zogen die Creme mit, die dadurch bekannter wurde. Helena legte nur wenig Geld zurück und investierte den größten Teil in die Zutaten für die Lippenstiftproduktion und die Metallhülsen. Charlotte schimpfte regelmäßig darüber, dass sie davon lieber Schulden bezahlen sollten, aber da Helena ohnehin der Meinung war, dass die Apotheke sich nicht mehr trug, sah sie nicht ein, dass sie ihr Geld in dieses Fass ohne Boden steckte. Außer den paar Stammkunden und denen, die zufällig was mitnahmen, wenn sie wegen der Kosmetikprodukte kamen, verkauften sie so gut wie nichts. Wozu sollte man sie also am Leben halten?

Dominik fuhr von der Schnellstraße ab und verlangsamte das Tempo. Immer, wenn sie vorher so zügig unterwegs gewesen waren, kam Helena die moderate, angepasste Geschwindigkeit vor, als würden sie schleichen.

Im Park hakte sie sich bei Dominik ein, und gemeinsam spazierten sie über die sorgsam gepflegten Wege. Es war wunderschön hier, und Helena, die den Sommer immer schon geliebt hatte und es aus dem Dorf nicht anders kannte, als sich oft im Grünen aufzuhalten, merkte in solchen Momenten, dass ihr in der Stadt etwas Entscheidendes fehlte.

»Irgendwann hätte ich gerne einen großen Garten«, sagte sie. »Ein wenig verwildert mit lauschigen Winkeln.«

»Bis dahin stelle ich meinen gerne zur Verfügung.«

»Ich werde darauf zurückkommen.«

»Jederzeit.«

»Du darfst mich dann auch gerne zu einem Gartenpicknick einladen.«

»Soll das eine Anspielung sein?«

»So plump würde ich nie vorgehen.«

»Möchtest du nächstes Wochenende bei mir im Garten picknicken?«

»Wenn du mich so freundlich fragst, sage ich natürlich nicht Nein.«

Er lachte leise. »Ich habe übrigens eine wunderschöne Laube im Garten.«

»Möchtest du mich verführen?«

»In der Laube? Mitnichten. Deine erste Liebesnacht solltest du etwas komfortabler verbringen.«

Helena hob das Gesicht in die Sonne, sodass es wirken musste, als seien ihre Wangen von der Wärme so heiß.

Vor einigen Tagen hatte Irene wieder einmal ihr Erstaunen geäußert, dass Dominik bisher keine ernsthaften Anstalten gemacht hatte, mit ihr zu schlafen.

»Über ein halbes Jahr«, hatte sie gesagt. »So lange dauern seine Beziehungen in der Regel, und die verlaufen wahrhaftig nicht gerade zurückhaltend.«

»Dann ist es mit mir wohl anders.«

»Ich kann immer noch nicht glauben, dass ich mich so geirrt habe, auch wenn es mich für dich natürlich freut«, hatte Irene daraufhin geantwortet, wenngleich mit skeptischem Unterton.

»Du bist so still«, sagte Dominik in das Schweigen hinein. »Denken wir an dasselbe?«

»Sag du es mir. Ich habe gerade an Irene gedacht.«

Wieder lachte er, und Helena musste gähnen.

»Du lieber Himmel, wenn ich es nicht besser wüsste, müsste ich annehmen, ich langweilte dich zu Tode.«

»Ich habe doch gesagt, ich brauche einen Kaffee.«

»Eine Frau, die einen Kaffee braucht, um in meiner Gesellschaft nicht einzuschlafen. Wenn meine Freunde mich sehen könnten, würden sie wohl weidlich über mich spotten.«

»Die sind nur neidisch, weil keiner von ihnen die erste

Liebesnacht mit mir in Aussicht hat«, ging sie auf seinen scherzenden Ton ein.

»Habe ich die denn in Aussicht?«

»Ich finde, das Leben ist spannender, wenn es noch Geheimnisse darin gibt.«

»Ich finde das Leben auch spannend, wenn ich mich auf etwas freuen darf.«

»Ich bin mir sicher, insgeheim hast du dir die Antwort auf diese Frage längst gegeben, ebenso wie ich mir selbst auch. Warten wir also einfach ab, ob unsere Antworten dieselben sind.« Sie küsste ihn. »Und nun möchte ich einen Kaffee.«

»Geht es hier eigentlich noch ums Arbeiten?«, kommentierte Paula den Umstand, dass Charlotte wieder mit Conrad Rudorf verabredet war.

»Um was sonst?«

»Er ist doch nicht unattraktiv.«

»Und?«

»Man kann sich gewiss nett die Zeit mit ihm vertreiben.«

Charlotte verdrehte die Augen und zog Estelle, die etwas zu forsch vorangehen wollte, an der Leine zurück. Sie spazierten über den Kurfürstendamm auf dem Weg ins Café Atlantic. Seit einiger Zeit gab es einen Automaten an der Straße, der sich Informator nannte und auf Knopfdruck Auskunft über hundertachtzig Adressen gab. Das Leben präsentierte ihr eine stetig wandelnde Moderne, und Charlotte fand es überaus frustrierend, aufgrund ihrer fehlenden finanziellen Mittel im Grunde genommen nur vom Rand aus zusehen zu können. Dabei ging sie natürlich noch aus, fand immer jemanden, der ihr einen Abend lang das Vergnügen bezahlte. Aber selbst zu entscheiden, die Filmbühne Wien hier am Kurfürstendamm zu besuchen oder das ebenfalls hier gelegene Theater, wo letztes Jahr noch die großartige Revue »Das bist du« von Friedrich Holländer aufgeführt worden war – absolut undenkbar.

Helena konnte sich von Dominik einladen lassen, da reichte eine Anspielung, und schon stand er vor der Tür, bereit, ihr den Wunsch zu erfüllen. Wobei Charlotte nach wie vor nicht an tiefergehende Gefühle glauben wollte, sondern vielmehr daran, dass er sie schlicht und ergreifend ins Bett kriegen wollte. Natürlich könnte er das mit den meisten Frauen leichter haben, aber wo blieb dann der Jagderfolg? Nicht umsonst protzten Männer mit Jagdtrophäen, während das Fell, das sie einem armen Lämmchen abzogen, gerade gut genug war, um sich daraus ein Paar Handschuhe zu fertigen.

Fragte sich nur, was passierte, wenn Dominik Lichtenthal genug von Helena hatte, er war ja nicht gerade für die Langlebigkeit seiner Beziehungen bekannt. Momentan trieb er seine Außenstände bei ihnen nicht ein, aber wer konnte wissen, wie lange er noch wartete. Erlassen würde er ihnen nichts, so oft konnte Helena gar nicht mit ihm ins Bett gehen, um diese Summen abzuzahlen. Zudem gab er offenbar viel Geld für sie aus, da war es natürlich möglich, dass er Helenas Liebesdienste einfach damit verrechnete.

»Du bist ganz schön gehässig«, sagte Paula, als Charlotte ihre Gedanken laut aussprach.

»Ich bin realistisch.«

Sie setzten sich ins Café Atlantic, und Charlotte band Estelles Leine am Stuhlbein fest. »Sitz«, befahl sie, und der Hund war an diesem Tag erstaunlich folgsam.

»Wann kommt er?«

»Erst am späten Nachmittag. Wir können also noch in Ruhe einen Kaffee trinken.«

»Geht ihr aus?«

»Nein, wie gesagt, wir arbeiten. Ich möchte mit der Entwicklung meiner Salbe weiterkommen. Wenn das etwas wird, könnten wir das Sortiment Rosenberg Kosmetik um medizinische Pflegeprodukte erweitern. Ich bin mir sicher, dass es dafür einen Markt gibt.«

»Den gibt es gewiss. Und ich denke darüber hinaus, dass es wirklich das Beste wäre, wenn du den eigentlichen Apothekenbetrieb aufgibst.«

»Darüber haben wir schon so oft gesprochen, und ich werde das ganz gewiss nicht tun.« Charlotte war diese Diskussionen leid. Wenn ihre medizinische Kosmetik so gut lief wie Helenas, wäre das eine gute Einnahmequelle, um die Schulden zu bezahlen und die Apotheke unbelastet weiterzuführen. Vielleicht würde sie dann einige Bereiche modernisieren, und sie konnten mit der Kombination einer Apotheke mit medizinischer Kosmetik, ergänzt durch Helenas hochpreisige Produkte, einen schönen Gewinn erzielen.

»Hat Martin dich eigentlich wirklich angeschrieben wegen der noch offenen Rückzahlungsrate?«

»Das Thema wollte ich eigentlich heute nicht aufs Tapet bringen.«

Paula nickte nur. »Er hat es mir erzählt, und wir hatten einen heftigen Streit. Als ich ihn darum gebeten hatte, mir das Geld zu geben, konnte ich nicht ahnen, dass er dir dafür so zusetzt. Du hättest es natürlich einfacher haben können, wenn du mal mit ihm ausgegangen wärst, aber das ist ja dennoch kein Grund.«

»Paula, darüber haben wir lang und breit geredet.«

Der Kellner nahm die Bestellung auf und ging wieder. Estelle hatte ihn aus ihren Knopfaugen von unten her angesehen und mit dem Schwanz gewedelt. In der Regel verfehlte das nie seine Wirkung, einmal war ein Kellner sogar zu Aschinger gelaufen und hatte eine Bulette für sie geholt. So weit ging der Kellner hier nicht, aber er stellte Wasser in einem hübschen Schälchen vor ihr ab.

»Wo trefft ihr euch?«

»Er besucht mich in der Apotheke. Wir werden in der Fertigung einige Mischungen ausprobieren.« Charlotte trank einen Schluck Kaffee. »Hattest du mal was mit ihm?«

»Nein, warum?«

»Nur so. Du bist so vehement dahinter her, dass ich mich auf ihn einlasse, dass ich mich frage, ob er einer der Männer ist, die du schon mal vorgekostet und für gut befunden hast.«

»Also ganz so umtriebig bin ich dann doch nicht.« Paula hob die Hand und winkte einem Mann zu, der zurückwinkte und lächelte, ehe er weiterging.

»Das ist ja fast schon gelebte Satire«, bemerkte Charlotte.

»Mit dem hatte ich nichts, wir kennen uns tatsächlich

über Conrad, der Mann ist auch Arzt und übrigens ein Freund von eurem Dominik.«

»Er ist nicht *unser* Dominik. Ich nenne ihn nach wie vor Herr Lichtenthal.«

»Du bist in der Hinsicht ja auch komisch.«

Charlotte ersparte sich einen Kommentar darauf.

»Das war Rudolf Liliengrund, er ist Chirurg und hat eine eigene Praxis. Wenn das mit Conrad etwas Engeres wird«, Paula hob begütigend die Hände, »rein beruflich und freundschaftlich natürlich, dann wirst du irgendwann gewiss auch seine Freunde kennenlernen und über Leute wie Dr. Liliengrund auch in das Umfeld von Dominik Lichtenthal kommen.«

»Na, in dessen Umfeld bin ich nun in der Tat ausreichend.«

»Es lohnt sich durchaus, die Fühler auszustrecken und die richtigen Kontakte zu knüpfen. Helena stellt es sehr klug an, und falls du erfolgreich sein möchtest mit deiner medizinischen Kosmetik, wird es nicht reichen, dich nur an Helenas Erfolg zu hängen.«

»Das habe ich nicht vor.«

»Dann sieh lieber zu, dass du Leuten wie Dominik Lichtenthal nicht so ablehnend begegnest. Er kennt Apotheker, Ärzte und allerlei andere Leute, die dir gut betuchte Kundinnen vermitteln können.«

Darüber hatte Charlotte noch nicht konkret nachgedacht, aber Paula hatte natürlich recht. »Wir werden sehen.«

Als Dominik Helena am späten Nachmittag daheim absetzte, saß Charlotte wieder mit diesem Arzt in der Fertigung. Er machte einen sympathischen Eindruck, und Helena blieb einen Moment bei ihnen, fragte, wie sie vorankamen, ehe sie hinauf in die Wohnung ging. Da die Fertigung gerade belegt war und sie schon in den frühen Morgenstunden gearbeitet hatte, konnte Helena guten Gewissens früh zu Bett gehen. Vorher würde sie noch mal mit Estelle rausgehen, die sich wie verrückt über ihr Kommen freute.

»Meine Süße«, murmelte sie in das weiche Fell. »Du kommst etwas zu kurz in letzter Zeit, nicht wahr?«

Dass Estelle kein bisschen nachtragend schien, verstärkte das schlechte Gewissen nur noch. »Beim nächsten Ausflug kommst du mit, ja?« Sie kraulte die Hündin an ihrer Lieblingsstelle hinter den Ohren, dann erhob sie sich und griff nach der Leine. Schon im Auto hatte sie sich nur mit Mühe wach halten können, aber nun war die Müdigkeit bleiern. Es half jedoch alles nichts, der Hund musste raus, und sie konnte das nicht immer auf Charlotte abwälzen.

Die Runde fiel kurz aus, und unmittelbar danach ging Helena ins Bett. Sie schlief sofort ein und wachte morgens noch vor dem Klingeln des Weckers auf, fühlte sich deutlich erholter. Es war Sonntag, und Dominik hatte gefragt, ob sie mittags mit ihm essen gehe. Eigentlich hatte Helena ablehnen wollen, da sie so viel zu tun hatte, aber Dominik hatte argumentiert, dass sie doch ohnehin eine Pause machen müsse, um etwas zu essen.

Helena drehte sich auf den Rücken, starrte an die

Decke und nutzte den Moment trägen Daliegens, um über Dominik nachzudenken, daran, worauf ihre Beziehung wohl hinauslaufen würde. Einerseits war es gewiss nicht ihr Ziel, irgendwann als Geliebte eines reichen Mannes zu enden. Andererseits war sie neugierig, und insgeheim hatte sie längst beschlossen, dass sie ihre Unschuld an ihn und sonst niemanden verlieren wollte. Nur wollte sie ihn dann so weit haben, dass er sie danach nicht fallen ließ. Wobei sie sich das derzeit auch gar nicht vorstellen konnte, denn er war sehr aufmerksam, und sie hatte den Eindruck, dass er sie wirklich mochte. Aber was kam danach? Eine Ehe? Nach dem Vorbild, das ihre Mutter ihr bot? Oder die Baronin, die erst durch den Tod ihres Mannes sozusagen erlöst worden war? Charlotte hatte ihr erklärt, dass sie im Fall einer Heirat praktisch das Eigentum ihres Mannes werde, der sogar über ihren Besitz verfügen und entscheiden dürfe, ob sie arbeitete. Helena genoss die Freiheit, die sie hier hatte, und sie war sich nicht sicher, ob sie diese für einen Mann aufgeben wollte. Sollte sie künftig Dominik fragen müssen, ob sie ausgehen durfte?

Helena beschloss, diese Gedanken beiseitezuschieben. Derzeit stand weder die Frage nach einer Ehe im Raum noch schien Dominik gewillt, sie allzu bald zu verlassen. Sie schob die Decke zurück und stand auf. Im Flur wartete Estelle, und Helena ging in die Knie, um sie zu streicheln.

»Na, du Frühaufsteherin? Frühstücken wir gleich zusammen, und dann geht's nach draußen?«

Estelle neigte den Kopf, und Helena nahm das als bejahendes Nicken. Sie war davon überzeugt, dass der Hund jedes Wort verstand, auch wenn Paula ihr sagte, dass das Unsinn sei.

»Sie kann zu Kommandos erzogen werden, und sie reagiert auf Signale, die du unbewusst sendest, auf den Tonfall deiner Stimme, auf Körpersprache. Aber sie sitzt gewiss nicht da und versteht jedes Wort.«

Nach dem Frühstück und einer morgendlichen Runde mit dem Hund saß Helena in der Fertigung und stellte Lippenstift her. Das war eine Tätigkeit, der sie sich morgens als Erstes widmete, denn die Zusammensetzung war diffizil und musste genauestens eingehalten werden, damit der Stift die richtige Festigkeit hatte, gleichzeitig jedoch gut auftrug, nicht zu sehr glänzte, aber auch nicht zu pudrig wirkte. Damit war sie bis mittags beschäftigt und ging noch rasch eine Runde mit Estelle, ehe Dominik sie abholte. Während sie den Hund durch die Straßen führte, prüfte sie noch einmal ihren Zeitplan. Nach dem Essen musste sie Creme anfertigen, außerdem die Bestellung für neue Lippenstifthülsen und Tiegel schreiben, damit diese am nächsten Tag in die Post konnte. Abends wollte sie an der Zusammensetzung ihres Körperöls arbeiten, und dann … Lautes Gezeter riss sie aus ihren Gedanken.

»Pass doch auf mit dem Köter!«, rief eine Frau, der Estelle vor die Füße gelaufen war, und noch ehe Helena reagieren konnte, trat die Frau nach dem Hund, was nur deshalb danebenging, weil Estelle schon wieder weiterstrebte.

Helena ging an der Frau vorbei und trat ihr dabei wie unabsichtlich kräftig mit dem Absatz auf die Zehen. Die

Frau schrie auf und versetzte ihr einen Stoß, wodurch sie leicht taumelte und einen älteren Mann anrempelte.

»Na, also wirklich!«, sagte dieser.

Rasch lief Helena weiter, sah sich noch einmal kurz zu der Frau um, die noch ein wenig geiferte, ihr aber nicht folgte. »Du liebe Güte«, murmelte sie.

Als sie daheim ankam, stand Dominik an seinen Buick gelehnt da und rauchte. »Wer hat dich denn geärgert?«, begrüßte er sie.

»Eine Frau, die Estelle treten wollte. Ich hoffe, ihr tun die Zehen immer noch weh.«

Ein Grinsen zupfte an Dominiks Mundwinkeln. »Wenigstens muss man sich bei dir nie Sorgen machen, dass du dich nicht zu wehren weißt.«

»Ärgere mich also besser nie.«

»Würde mir im Traum nicht einfallen.«

Helena brachte Estelle in die Wohnung, wurde mit einem Augenverdrehen Charlottes verabschiedet, als sie ankündigte, mit Dominik essen zu gehen, und verließ das Haus wieder. Sie fuhren zu einem Restaurant mit Blick auf den Dom, und nachdem sie die Karte studiert und bestellt hatten, schob Dominik Helena eine Mappe zu. Sie klappte sie auf und las den Lebenslauf einer offensichtlich noch sehr jungen Frau.

»Wieso gibst du mir das?«

»Sie ist die Tochter eines Mitarbeiters, hat bis vor kurzem in einer Apotheke als Assistentin gearbeitet. Die Apotheke wurde verkauft, und der neue Eigentümer hat seine eigenen Mitarbeiter mitgebracht. Also hat ihr Vater mir ihre Bewerbung gegeben, für mein Unternehmen ist sie aber nicht ausreichend qualifiziert, sie könnte höchstens als Kontoristin arbeiten, das wäre allerdings eine Verschwendung, da sie gut ausgebildet wurde. Also habe ich sie gefragt, ob ich ihren Lebenslauf an dich weiterreichen darf, da du ja gewiss auf lange Sicht Mitarbeiter brauchst.«

Helena wollte widersprechen, aber die Vorstellung, die Arbeit delegieren zu können, war reizvoll. »Ich habe gar keine Vorstellung, was für ein Gehalt ich da zahlen muss. Und ob ich es bezahlen kann.«

»Da werdet ihr euch gewiss einig. Wenn du Interesse hast, schreib sie an. Oder gib mir das Schreiben mit, und ich leite es weiter.«

»Das mache ich schon selbst.« Helena klappte die Mappe zu. »Danke«, fügte sie wie einen nachträglichen Einfall hinzu.

»Ich hoffe, du denkst nicht, ich wollte mich einmischen.«

»Nein, schon gut. Aber wenn sie mir im Gespräch nicht gefällt, möchte ich ihr absagen können, ohne ein schlechtes Gewissen zu haben.«

»Mir gegenüber musst du gewiss kein schlechtes Gewissen haben für eine Geschäftsentscheidung. Ich selbst habe ihr eine Absage erteilt. Du kannst ja ansonsten immer noch inserieren.«

Helena sah auf die Uhr.

»Hast du noch einen Termin?« Dominik schien nie etwas zu entgehen.

»Nein, aber ich muss noch Etiketten kleben.«

Er antwortete nicht, hob nur kaum merklich die Brauen.

»Fühlst du dich zurückgesetzt?«

»Von Etiketten? Nein, so tief bin ich noch nicht gesunken.«

Sie lachte, wollte nach seiner Hand greifen und hätte dabei dem Kellner, der sich gerade genähert hatte, fast einen Teller aus der Hand geschlagen. »Du lieber Himmel! Entschuldigen Sie bitte.«

»Aber nicht doch, meine Dame.«

»Wenigstens wäre das Malheur dieses Mal in deinem Schoß gelandet und nicht in meinem«, sagte Dominik.

»Charlotte!« Helena stürmte in die Apotheke, wo ihre Schwester gerade im Gespräch mit einer älteren Dame war und sich unwirsch zu ihr umdrehte.

»Gedulde dich bitte noch einen Moment.« Sie wandte sich wieder der Frau zu und setzte ihre Erklärung zu einem Medikament fort, während Helena ungeduldig ihre Tiegel geraderückte, sodass sie alle mit dem Logo nach vorne zeigten. Auf das Logo war sie sehr stolz, und sowohl Dominik als auch Irene hatten es als gelungen bezeichnet. Da sie die Abkürzung HR vermeiden wollte – »Handle dir bloß keinen Rechtsstreit mit Helena Rubinstein ein!« –, hatte sie sich für einen schlichten Schriftzug entschieden.

Rosenberg
Berlin

Falls Charlotte mit ihrer medizinischen Kosmetik mit an Bord kam, war es ohnehin praktischer, wenn der Firmenname nur aus ihrem Nachnamen bestand. Anfangs hatte Helena alle möglichen Schnörkel ausprobiert, hatte kleine Grafiken dazu gemalt und war schließlich nach mehreren Streifzügen durch die Kaufhäuser dazu übergegangen, dass sich eine klare Schrift am besten einprägte.

»Was gibt es denn?«, fragte Charlotte, nachdem die Kundin gegangen war.

»Ich habe gerade von zwei Kosmetikstudios die Zusage bekommen, meinen Lippenstift ins Sortiment aufzunehmen. Stell dir das vor! Die haben gut betuchte Kundinnen.«

»Wunderbar! Dann kommt ja sicher auch mehr Geld rein.«

»Das hoffe ich doch. Vor allem, da ja heute eine Frau zum Vorstellungsgespräch kommt.«

»Wie bitte?«

»Ich hatte dir doch erzählt, dass ich jemanden einstellen möchte.«

»Und ich habe darauf geantwortet, dass das eine unnötige Ausgabe ist, die wir uns nicht leisten können.«

»Ach, weißt du, ich kann sie mir schon leisten.«

Charlotte verengte die Augen. »Ach, ist das so? Wir führen das hier nicht mehr zusammen?«

»Doch, natürlich. Aber du hast auch klargemacht, dass du dich lieber auf die Apotheke beschränkst, und derzeit mache ich in meinem Kosmetikbereich alles allein.«

»Ich übernehme immerhin Verkauf und Buchhaltung.«

»Das stimmt, ich schließe dich ja auch nicht aus, aber

die Assistentin wird von dem Anteil bezahlt, den ich mit der Kosmetik einnehme. Ich schaffe das nicht mehr allein. Und du hast bereits gesagt, dass du mir nicht hilfst.«

»Ich habe gesagt, dass ich das neben der Apotheke nicht schaffe.«

»Daher stelle ich ja auch jemanden ein.« Helena fand, dass sich diese Diskussion im Kreis drehte, und spürte bereits den in letzter Zeit so vertrauten Überdruss. »Ich möchte ein richtiges Unternehmen aufbauen, erst hier in Berlin und später darüber hinaus.«

Charlotte versuchte gar nicht erst, so zu tun, als hielte sie dieses Vorhaben für umsetzbar. Sie warf Helena wieder diesen Blick zu, den Helena nicht anders als provozierend nennen konnte. Aber heute wollte sie nicht darauf eingehen, dafür freute sie sich zu sehr über die Zusage der Kosmetikstudios.

Eine Stunde später saß Helena in der Fertigung der Bewerberin gegenüber. Sie hatten am Tisch Platz genommen, und Helena ging es dabei weniger um die Fähigkeiten der Frau – anhand des Lebenslaufs war ihr klar, dass sie es hinbekommen würde, Lippenstift und Creme in Röhrchen und Tiegel zu füllen –, sondern, ob sie überhaupt mit ihr arbeiten wollte. Die Frau war sichtlich nervös, was Helena erstaunte und für sie die Frage aufwarf, wie sie wohl mittlerweile wahrgenommen wurde. Sie entwarf Kosmetik, war mit Irene Danelius befreundet, ging mit Dominik Lichtenthal aus – vermutlich war die Außenwahrnehmung gänzlich anders, als wie sie sich selbst sah. Interessant, dachte sie.

Sie erklärte der jungen Frau, Ida Wagner, was ihre Aufgaben sein würden. Die Behältnisse für die Creme und die Lippenstifte mussten mit Alkohol gereinigt werden, damit die Produkte nicht verunreinigt wurden und eine Zeit lang haltbar blieben. Danach wurde eine genau bemessene Menge eingefüllt. Der Lippenstift härtete in den Röhrchen aus, da musste also exakt auf die richtige Menge geachtet werden. Wenn der Lippenstift erst fest war, war es zu spät, um noch etwas nachzufüllen.

»Ich habe Lippenstift inzwischen in vier Farbnuancen, wobei eine davon derzeit sehr gefragt ist.« Helena hielt einen Lippenstift hoch mit der Farbe, auf die sie so stolz war. *Berlin Noir*. Sie kam mit der Lieferung an die Salons kaum noch nach, und Irene hatte ihr versprochen, mit einigen Freundinnen in die Kaufhäuser zu gehen und zu fragen, ob man die neue Modefarbe von Rosenberg Kosmetik im Sortiment habe.

Da Helena an Ida Wagners Befähigung keinen Zweifel hegte und sie ihr ausreichend sympathisch war, um den ganzen Tag an ihrer Seite zu arbeiten, legte sie ihr den Arbeitsvertrag vor. An diesem Punkt hatte ihr Dominik geholfen, indem er den Vertrag seinem Freund und Hausjuristen vorgelegt hatte, damit dieser an den Formulierungen schliff. Charlottes einziger Kommentar war gewesen: »Und was wollte er als Gegenleistung?«

Ida Wagner hatte ein interessantes Gesicht, fand Helena. Blasse Haut mit einigen Sommersprossen um die Nase und kupferrotes, leicht gelocktes Haar, dazu grüne Augen. Ihre Brauen hatten dieselbe Farbe wie das Haar, waren fein gezeichnet, und Helena konnte nicht ausmachen, ob sie von Natur aus so waren oder nur gut gezupft. Ihre Wimpern waren dunkel, und geschminkt sah sie gewiss spektakulär aus. Helena nahm sich vor, sie im Schönheitssalon einzusetzen, sobald dieser eröffnet war. Es konnte ja nicht schaden, wenn die Angestellten ein Aushängeschild für die hauseigene Kosmetik waren.

Nachdem das erledigt war, ging sie gut gelaunt an die Arbeit. Ab kommender Woche würde sie nicht mehr alleine sein, und dann würde sie auch das Angebot aufstocken. Sie plante eine komplette Pflegeserie mit selbst gesiedeten Seifen und Pflegeöl, mit denen sie ihre Creme ergänzte. Auch Lippenstift wollte sie in zwei weiteren Nuancen anbieten. Sie unterbrach die Arbeit nur kurz, um Dominik anzurufen und ihm zu erzählen, dass das Vorstellungsgespräch zu ihrer Zufriedenheit verlaufen war.

Am frühen Abend widmete sie sich den Zeitschriften und Broschüren über Kosmetik. Sie betrachtete Kosmetik als eine eigene Art der Kunst, die sich seit der Antike in immer neuen Ausprägungen formte. Frauen hatten sich zu allen Zeiten geschminkt, auch wenn immer mal wieder bestimmte Arten des Schminkens als anrüchig erklärt worden waren, aber letzten Endes setzten auch die sich durch. Sie las faszinierende Biographien, las über Max Factor, über Elizabeth Arden und Helena Rubinstein. Gut gefiel ihr auch die Geschichte von T.L. Williams, der seiner Schwester helfen wollte, den Mann zu verführen, in den sie verliebt war, und extra dafür eine Mischung aus Vaseline und Kohlestaub entwickelte, die ihre Wimpern dichter und voller erscheinen ließ. Ob die Verführung geglückt war, war nicht überliefert, aber aus dem Namen

Mabel und der Vaseline war Maybelline Mascara geworden. Viele Produkte hatten sich über den Postversand verbreitet, etwas, was Helena auch plante. Aber bis dahin musste sie in Berlin noch bekannter werden, und da war sie zumindest auf einem guten Weg.

Da sie am nächsten Morgen früh rausmusste, hatte Charlotte eigentlich keine Lust gehabt, überhaupt auszugehen, aber sie hatte sich von Paula überreden lassen. Nun saßen sie in einer düsteren Kaschemme, während ihnen ein Mann gerade die fragwürdige Wirksamkeit seines Produkts erläuterte.

»Die Wahrnehmung wird unglaublich intensiv, wenn man es durch die Nase zieht«, erklärte der Mann, der das weiße Pulver in einer feinen Linie zusammengeschoben hatte und der Frau neben sich einen zusammengerollten Geldschein reichte.

Charlotte, die um die Wirkung dieser Substanzen wusste, konnte auf diese »intensive Wahrnehmung« gut und gerne verzichten. Selbst Paula, die nun wirklich für alles offen war, wirkte skeptisch.

Die Frau, mit der sie am Tisch saßen, war eine lose Bekanntschaft von Paula – Wilma Irgendwas –, und die wiederum kannte diesen Mann, der sich nur mit Heinz vorgestellt hatte. Er versprach ihnen einen Hochgenuss, und Wilma war sofort begeistert gewesen. Jetzt saß sie da, leicht vorgebeugt, und folgte genau seiner Anweisung. Mit einem Zug atmete sie das Zeug ein, dann zuckte sie hoch.

»Scheiße, tut das weh!« Ihre Augen tränten, und sie blinzelte heftig, hielt sich eine Hand an die Nase.

Charlotte war das alles nicht geheuer, weder diese seltsame Bar, in die Wilma sie geschleppt hatte – »das ist mal was *ganz* anderes« –, noch diese Leute hier. Paula schien es ähnlich zu gehen.

»Oh, das ist …« Wilma blinzelte immer noch heftig, dann hob sie vorsichtig die Lider, sah sich um. »Das ist einfach unbeschreiblich.« Ihre Augen waren glasig, die Pupillen geweitet.

»Nun ihr zwei?« Heinz schien im Begriff, eine weitere Pulverlinie vorzubereiten.

»Nein danke«, antwortete Charlotte, und auch Paula schüttelte den Kopf.

»Jetzt seid nicht so feige.« Wilma schien nicht gewillt, diese Erfahrung allein zu machen.

»Ich nenne es nicht Feigheit, sondern Vernunft.«

»Das ist echt gutes Zeug«, sagte der Mann. »Na los, ihr könnt es ja bei diesem einen Mal belassen.«

Charlotte schüttelte entschieden den Kopf, während Paula einen Moment zu zaudern schien. Offenbar bedurfte es eines kräftigen Tritts gegen den Knöchel, um sie wieder zur Vernunft zu bringen. Heinz jedoch hatte ihre schwankende Entschlossenheit bereits bemerkt und wandte sich von Charlotte ab und Paula zu.

»Warum sind Sie denn so versessen darauf, das teure Zeug kostenlos unter die Leute zu bringen?« Charlotte taxierte ihn. »Ich meine, das bekommt man doch nicht hinterhergeworfen.«

»Ich bin spendabel.«

»Und die Gegenleistung?«

Sein Mund verzog sich zu einem Grinsen. Er sah auf

eine heruntergekommene Art gut aus, und Charlotte spürte, dass Paula dafür nicht unempfänglich war. So weit, sich auf dieses gefährliche Spiel einzulassen, ging aber offenbar nicht einmal sie. Dafür hing Wilma nun halb auf seinem Schoß, und Charlotte verkniff sich einen Blick darauf, was ihre Hand gerade tat.

»Nicht so hastig, Süße.« Heinz schob sie von sich. »Wir finden gleich bestimmt eine ruhige Ecke.«

»Tun Sie sich keinen Zwang an.« Charlotte lehnte sich zurück, griff nach ihrem Glas und trank einen Schluck, dann erhob sie sich und ging tanzen, wobei sie Paula an der Hand mit sich zog. Lange würde sie in diesem Schuppen gewiss nicht bleiben. Ein wenig verrucht mochte sie, aber das hier war einfach nur übel, wenngleich die Klientel erstaunlich betucht schien. Zwei Frauen hatten sich die Kleider von den Schultern bis auf die Hüften geschoben und tanzten selbstvergessen mal mit dem einen, mal mit dem anderen Mann. Auf der Bühne sang eine Frau zotige Lieder, während neben ihr halbnackte Frauen im Takt der Musik tanzten.

»Sollen wir uns gleich mal auf den Weg machen?«, fragte Paula. »Ich glaube, ich möchte hier bei keinem mein Glück versuchen. Die lassen sich gewiss nicht mit ein paar Tänzen oder einem Kuss abspeisen.«

»Lassen wir Wilma hier?«

»Sie war ja eigentlich allein unterwegs, aber so, wie die jetzt drauf ist, würde ich sie wohl lieber mitnehmen.«

»Wo ist sie?« Am Tisch saß nur noch der Mann.

»Keine Ahnung.« Paula ließ sich auf ihrem Stuhl nieder und trank ihr Glas in einem Zug leer, während Charlotte an ihrem nur einmal kurz nippte. Heinz beobachtete sie, wirkte amüsiert.

»Und womit vertreiben wir uns nun die Zeit, hm?«

»Nicht miteinander«, antwortete Charlotte.

»So ablehnend?« Heinz sah erst sie an und dann, deutlich länger, Paula. Aber obwohl Paula ihn offensichtlich anziehend fand – dafür sprach die Art, wie sie seinen Blick erwiderte –, blieb sie auf Distanz. Charlotte gab Wilma noch fünf Minuten, dann würden sie ohne sie gehen. Sie sah sich suchend um.

»Suchen Sie Ihre Begleiterin?«, gab sich der Mann hilfsbereit. »Die ist gerade mit einem Herrn in eines der Separees verschwunden.«

»Ach was?« Paula blinzelte, wirkte ein wenig beduselt. »Das passt doch gar nicht zu ihr.«

»Wie gesagt, es erweitert das Bewusstsein ungemein.« Wieder dieses Lächeln, während er Paula beobachtete. »Und Sie, hm? Sind Sie auch an etwas Abgeschiedenheit interessiert?«

»Gewiss nicht.« Charlotte wartete Paulas Antwort gar nicht erst ab, sondern erhob sich. Deutlich langsamer tat Paula es ihr nach, schwankte und musste sich an ihr festhalten, um nicht den Halt zu verlieren.

»Sie wollen doch nicht schon gehen? Ihre Freundin kann sich ja kaum auf den Beinen halten.«

»Das geht schon.«

Paula wirkte benommen und hing mehr in Charlottes Armen, als dass sie selbst stand. »Mir ist nicht gut«, nuschelte sie. Es war schwer, sie durch die Menschen zum Ausgang zu bringen, da Paulas Beine immer wieder unter ihr wegknickten und Charlotte mehrmals fast den Halt verlor.

»Da hat wohl jemand zu viel über den Durst getrunken«, rief einer.

»Na, allet schick?«, fragte ein anderer, während sie an ihm vorbeiwankten.

Als sie mit Paula gegen ein Paar taumelte, bekam Charlotte einen rüden Stoß gegen den Rücken. »Hat euch wer innen Deez jeschissen? Blöde Weiber!«

Dann war auf einmal wieder Wilmas Bekannter neben ihnen. »Bleibt doch noch. Deine Freundin kann kaum stehen. Ich kann sie später im Wagen heimfahren.«

»Kein Bedarf, danke.«

Sie schafften es bis zur Tür, als Heinz Charlottes Arm mit festem Griff umfasste. »Ich bin mir sicher, deine Freundin sieht das anders, hm?« Er umfasste Paulas Kinn, hob ihren Kopf, sodass sie ihn aus ihren verhangen wirkenden Augen ansehen konnte.

Charlotte entwand ihm ihren Arm, wobei sie Paula nicht gleichzeitig halten konnte. Heinz fing sie auf und führte sie zu einem Platz.

»Lassen Sie uns einfach gehen. Ich besorge ein Taxi.«

Lächelnd sah der Mann zu ihr auf. »Dann nur zu, besorgen Sie eins. Um Ihre Freundin kümmere ich mich. Sie werden sehen, morgen früh werden Sie sie daheim antreffen.«

Und was vorher mit ihr geschah, konnte Charlotte sich lebhaft vorstellen. Sie sah sich Hilfe suchend um, aber niemand nahm Notiz von ihr, und die, die den Disput bemerkten, waren sichtlich nicht interessiert. Was sollte sie tun? Ein Telefon suchen und Martin anrufen? Nein, das würde Paula ihr nie verzeihen, denn dann wäre ab sofort Schluss mit der Freiheit und dem Ausgehen. Ihre Mutter war zwar nicht übermäßig streng, ahnte aber auch nicht, dass das abendliche Vergnügen nicht gar so harmlos war, wie sie vorgaben.

Heinz lächelte siegessicher, und in der Tat hatte Charlotte keine Ahnung, was sie jetzt tun sollte. Sie ging zur Bar, fragte, ob es ein Telefon gab. Der Mann nickte zu einem Gerät in der Ecke hinter dem Tresen und nannte ihr den horrenden Preis. Da sie keine andere Möglichkeit sah, zahlte Charlotte, nahm den klebrigen Hörer ab und ließ sich mit Conrad Rudorf verbinden. Der war jedoch offenkundig nicht zu Hause. Rasch warf Charlotte einen Blick zu Paula, die nun an den Mann gelehnt dasaß. Wo dieser seine Hände hatte, konnte sie nicht erkennen, ahnte es jedoch. Da ihr in ihrer Verzweiflung niemand anderes einfiel, rief sie daheim bei Helena an – nachdem ihr noch einmal Geld für das weitere Gespräch abgeknöpft wurde.

»Sprich langsamer, ich verstehe kein Wort«, sagte Helena.

»Ich sitze hier in irgend so einer Spelunke, Paula ist seltsam benommen, und hier ist ein Kerl, der uns nicht fortlässt.«

»Du liebe Güte!«

»Kannst du zu den Nachbarn laufen und Frau Raschke darum bitten, dass sie ihre beiden Söhne schickt? Ich weiß nicht, was ich sonst tun soll.«

»Gib mir die Adresse, ich kümmere mich darum.«

Charlotte war den Tränen nahe, und ihr brach mehrmals die Stimme, als sie die Adresse diktierte. Dann hängte sie auf und ging langsam zu dem Tisch, an dem Paula saß. »Nehmen Sie die Hände von ihr!«, sagte sie und drängte sich zwischen den Mann und ihre Freundin.

»Angst, dass du zu kurz kommst?« Wieder dieses Grinsen. »Ich kann einen meiner Freunde bitten, sich um dich zu kümmern, viele mögen spröde Frauen, ich mag sie lieber weich und anschmiegsam.« Daraufhin versetzte er Charlotte einen Stoß, der sie rückwärtstaumeln ließ, und zog Paula wieder an sich.

Ihr erster Impuls war, sich auf ihn zu stürzen, aber dabei zöge sie gewiss den Kürzeren, außerdem wollte sie nicht die Aufmerksamkeit seiner Freunde – so diese denn überhaupt existierten – auf sich ziehen. Noch einmal sah sie sich Hilfe suchend um, aber niemand interessierte sich für sie. Wilma blieb spurlos verschwunden. Mit einem Blick auf Paula ging Charlotte langsam zur Tür, wollte bereit sein, wenn die beiden Raschke-Söhne kamen. Sie waren in Charlottes Alter, und sie konnte sich auf ihr Stillschweigen verlassen, denn Charlotte hatte so einiges mitbekommen, von dem sie nicht wollten, dass ihre strenge Mutter es erfuhr. Nun war es an der Zeit, auch mal ihr einen Gefallen zu tun.

Paula lag in den Armen des Mannes und sein Mund auf ihrem. Konnte man es wirklich genießen? Das war doch kein Kuss, er bearbeitete ihren Mund mit seiner Zunge, mehr nicht. Charlotte schüttelte es. Das Kleid ihrer Freundin war im Rücken geöffnet und weit genug über die linke Schulter gezogen, sodass ihr Brustansatz sichtbar wurde. Charlotte sah unruhig zur Tür, schwankte zwischen dem Verlangen, dazwischenzugehen und Paula von dem Mann wegzuzerren, und der Gewissheit, sie beide damit in noch größere Schwierigkeiten zu bringen. Es war wichtig, dass wenigstens eine von ihnen handlungsfähig blieb. Wo um alles in der Welt war Wilma nur abgeblieben? Erneut suchte Charlotte mit Blicken den Raum ab.

Und dann, endlich, betrat eine vertraute Gestalt den Raum – wenngleich nicht jene, die sie erwartet hatte. Dominik Lichtenthal war in Begleitung zweier Typen, die so wenig zu ihm passten, dass Charlotte im ersten Moment glaubte, sie folgten ihm nur, um sich auf ihn zu stürzen und ihn auszurauben. Er jedoch nickte ihnen zu, dann traf sein Blick den von Charlotte, und diese entschied, dass sie gar nicht hinterfragen wollte, was ihn hierhertrieb. Er konnte helfen, allein das zählte, und da war ihr gleich, wie wenig sie ihn mochte oder wie fragwürdig seine Begleitung war. Der einzige Gedanke, der sie kurz innehalten ließ, war der, dass er womöglich in aller Heimlichkeit vom selben Schlag war wie der Mann, der Paula gerade das Kleid weiter auszog.

»Helena sagte, Sie stecken in Schwierigkeiten?«

Erleichtert stieß Charlotte die Luft aus. »Nicht ich.« Zu ihrem Entsetzen brach ihr die Stimme, als lauerten die Tränen schon die ganze Zeit dahinter und nutzten den Moment, um endlich hervorzubrechen. »Meine Freundin Paula.« Sie zeigte mit einem zitternden Finger zu dem Tisch, an dem sie saß.

Dominik Lichtenthal wandte sich ab und ging auf

den Tisch zu, umfasste Paulas Arm mit dem Griff des Besitzenden, und Heinz sah auf. »Die Dame gehört zu mir«, sagte er und zog Paula hoch, ehe der Kerl reagieren konnte.

»Da kann ja jeder kommen«, sagte Heinz nun, machte aber keine Anstalten aufzustehen, als Dominik Lichtenthals Begleiter sich hinter diesem aufbauten.

Dominik Lichtenthal legte sich Paulas Arm um den Nacken und umfasste mit der anderen Hand ihre Taille, dann führte er sie aus der Bar. Charlotte folgte ihm, begann draußen trotz der milden Temperaturen so sehr zu zittern, dass ihr die Zähne aufeinanderschlugen. Dominik Lichtenthal gab den beiden Männern Geld und einem weiteren, der bei seinem Wagen stand.

»Das waren gar nicht Ihre Freunde?«, war alles, was Charlotte zu sagen einfiel.

Er sah auf. »Die beiden? Nein, die lungerten hier herum und waren bereit, gegen Bezahlung so zu tun, als wären sie es.« Er bugsierte Paula auf den Rücksitz. »Setzen Sie sich am besten neben sie, dann können Sie sie halten.«

Zögernd stieg Charlotte in den Wagen. Sie war bisher allenfalls Taxi gefahren. Als sie sich in den Sitz zurücksinken ließ, fiel die Anspannung von ihr ab, obwohl sie nach wie vor heftig zitterte.

»Es geht mich ja nichts an, aber warum um alles in der Welt suchen Sie eine solche Spelunke auf und lassen sich dann noch von so einem Kerl betrunken machen?«

»Paula ist nicht betrunken. Ich weiß nicht, warum sie auf einmal so weggetreten ist.«

Dominik Lichtenthal lenkte den Wagen auf die Straße. »Verstehe.«

Da Charlotte nicht weiter darüber sprechen wollte, schwieg sie und beschränkte sich darauf, ihm Paulas Adresse zu nennen. Sie kramte den Schlüssel aus Paulas Täschchen, ehe sie sich daranmachte, deren Kleid wieder in Ordnung zu bringen und im Rücken zu schließen. Besser, ihre Freundin erfuhr nicht, wie weit sie bereits entblößt gewesen war, als Dominik sie vom Stuhl gehoben hatte. Ihm war der Anblick einer Frauenbrust gewiss nicht fremd, und er hatte weder gestarrt noch mit irgendeiner Geste zu verstehen gegeben, dass er diesen Umstand überhaupt bemerkte, im Gegensatz zu seinen Begleitern, die unverhohlen geglotzt hatten.

»Soll ich Ihnen helfen?«, fragte er, nachdem er den Wagen vor der Schneiderei geparkt hatte.

»Nein, besser nicht. Ich bringe sie hinein. Die Anwesenheit eines Mannes ließe sich Paulas Mutter gegenüber nur schwer erklären. Ich hoffe, wir schaffen es hinein, ohne dass sie wach wird. Wenn Sie nur bitte auf mich warten?«

»Gewiss.«

Es kostete Charlotte einige Mühe, Paula aus dem Auto zu befördern und zur Tür zu schleppen. Dann schloss sie auf und brachte ihre Freundin hinein. »Jetzt hilf doch wenigstens ein bisschen mit«, schimpfte sie, obwohl sie wusste, dass Paula dies schlechterdings nicht konnte.

Als sie auf der Treppe standen, erschien oben eine Gestalt mit einer Lampe in der Hand. Es war jedoch nicht Paulas Mutter, sondern ihre Schwester.

»Ach du liebe Güte, die ist ja total betrunken«, flüsterte sie.

»Nein, ich glaube, irgendwer hat ihr etwas gegeben, ohne dass sie es gemerkt hat.«

Paulas Schwester stieß einen Laut des Schreckens aus und half ihr die Treppe hoch und in das Zimmer, das sich die Schwestern teilten. »Geh nur, ich mach das, ehe Mutter wach wird und fragt, was du mitten in der Nacht hier zu tun hast. Ich hoffe, morgen ist sie wieder die Alte.«

Das hoffte Charlotte auch. Sie lief rasch die Treppe hinunter und verließ das Haus, nicht ohne abzuschließen und den Schlüssel einzustecken. Den würde sie Paula am kommenden Tag bringen. Am Auto angelangt stand sie kurz vor der Frage, ob sie vorne oder hinten einsteigen sollte. Vorne wäre geradezu anrüchig vertraut, aber hinten würde es wirken, als sähe sie in Dominik Lichtenthal ihren Chauffeur. Ach, was soll's, dachte sie und zog die Tür zum Beifahrersitz auf.

Dominik Lichtenthal seinerseits kommentierte das nicht, sondern startete schweigend den Wagen und fuhr sie nach Hause. Warum hatte Helena ausgerechnet ihn angerufen und nicht einfach die Brüder geschickt? Charlotte schlang sich die Arme um den Oberkörper und sah hinaus, während der Wagen durch die Straßen glitt. Als sie daheim angekommen war, bedankte sie sich und lief eilig zum Haus. Helena saß im Salon auf dem Boden vor dem Sofa und hatte Estelle im Schoß. Beim Blick auf den Tisch erkannte Charlotte nun auch den Grund dafür, warum es Dominik war, den sie geschickt hatte. Es standen zwei Gläser dort, das eine noch halb gefüllt.

»Habe ich euch bei irgendetwas gestört?«, fragte sie bissiger, als angemessen war.

Helena sah zu ihr auf. »Wenn dem so gewesen wäre, wäre ich nicht ans Telefon gegangen.«

JULI 1926

Die Zusammenarbeit mit Ida Wagner klappte hervorragend, sie war anstellig, und die Erfahrungen, die sie in ihrer Arbeit als Assistenz eines Apothekers gesammelt hatte, kamen ihr hier zugute. Sie und Helena arbeiteten Hand in Hand und konnten mit geringerem Zeitaufwand deutlich größere Mengen herstellen, als es Helena in Eigenarbeit je gelungen war. Morgens fingen sie in aller Frühe an, und wenn Ida Wagner ihre Arbeit abends beendete, widmete Helena sich den Versuchen, neue Ideen umzusetzen, ohne dass ihr der Zeitdruck im Nacken saß.

Sie hatte ein Duftöl hergestellt, das aus Mandelöl und Lavendel bestand, sowie ein weiteres mit Rosenöl. Sie hatte es mit blumigen Duftnoten versucht, aber die waren ihr zu stark und aufdringlich. Ihre Düfte sollten mit ihrer Kosmetik ein harmonierendes Ganzes ergeben. Auffällige Lippenstifte, dunkel bemalte Augen – dazu gehörte ein dezenter Duft, der die Trägerin umspielte und sich nicht in den Vordergrund drängte, sodass alles andere dahinter verschwand.

An diesem Abend konnte sie nicht gar zu lange arbeiten, da sie bei Dominik eingeladen war, und der Anlass verlangte, dass sie sich sorgfältig ihrer Garderobe widmete. Sie würde kein abgeändertes Kleid von Charlotte tragen oder eines von jenen abgelegten, die Paula von Kundinnen kaufte, umarbeitete und weiterverkaufte. Stattdessen hatte sie sich im KaDeWe ein Kleid gegönnt, das ihr Geldbeutel eigentlich nicht erlaubte, aber das war es ihr in dem Fall wert.

Sie und Dominik hatten festgestellt, dass ihre Geburtstage nur wenige Tage auseinanderlagen. Helena war vierundzwanzig geworden, Dominik wurde an diesem Tag dreißig. Sie hatte ihn darum gegeben, ihr kein kostspieliges Geschenk zu machen, denn ihre Mittel erlaubten ihr dergleichen nicht. Dominik hatte zwar beteuert, dass er das nie erwarten würde, sich ihrem Wunsch aber doch gefügt. Er hatte sie zum Abendessen eingeladen und ihr ein Parfüm geschenkt, Chanel N° 5. Helena liebte diesen Duft vom ersten Moment an, fand ihn unglaublich inspirierend und hatte Stunden damit verbracht, einzelne Duftnoten herauszuriechen.

An diesem Abend fand seine Geburtstagsparty statt, und Helena schwankte zwischen Freude und einer übelkeitserregenden Furcht. Wenigstens war Irene auch dort, wobei das nichts heißen mochte, wenn sie an ihre letzte Feier mit ihr dachte. Irene schien auf dem Standpunkt zu stehen, dass auf Partys nur dem geholfen war, der sich selbst zu helfen wusste. Es galt, sich zu amüsieren, und diesem Grundsatz ergab sie sich mit aller Hingabe. Aber Dominik würde doch gewiss nicht zulassen, dass Helena inmitten all dieser Menschen allein herumstand und nicht wusste, wie sie damit umgehen sollte? Oder dachte er, dass sie inzwischen großstädtisch genug war?

Am Vortag hatte sie ihr Geschenk für ihn in den Briefkasten geworfen, ein Brief auf dem teuren Büttenpapier, das im Salon lag. Sie hatte ihm einen kompletten Tag geschenkt, über den er mit ihr verfügen durfte und an dem sie bezahlen würde. Ein Lippenstiftkussmund schloss den Brief ab, den sie dezent mit Parfüm bestäubt hatte. Noch vor dem Frühstück hatte Dominik angerufen und sich bedankt.

»Ich hoffe«, hatte er hinzugefügt, »dass du den Postweg nicht aus dem Grund gewählt hast, weil du mich heute Abend versetzen willst?«

»Das fiele mir im Traum nicht ein.«

»Dann bis heute Abend.«

Er hatte angeboten, sie abzuholen, aber da das seine Feier war, wollte Helena das nicht und hatte stattdessen Irene gefragt. Andernfalls hätte sie ein Taxi genommen. Der wahre Grund, warum sie ihm den Brief per Post geschickt hatte, war der gewesen, dass es gewiss einen Gabentisch geben würde, auf dem sich kostspielige Geschenke häuften. Da wollte sie nicht nur einen Briefumschlag ablegen. So konnte nun jeder wissen, dass er ihr Geschenk schon erhalten hatte.

»Soll ich dich heute Nacht wieder nach Hause bringen«, hatte Irene gefragt, »oder schenkst du ihm die Nacht der Nächte?«

»Du darfst mich gerne fahren.«

»Armer Dominik«, hatte sie gespöttelt.

Ob seine Schwester kam? Und wer wohl seine Gäste

waren? Wahrscheinlich allesamt aus seinen Kreisen sowie aus der Film- und Theaterwelt. Allein bei dem Gedanken daran schob sich die Übelkeit durch ihren Magen. Sie atmete tief durch. Es kam gar nicht in Frage, sich jetzt verrückt zu machen. Sie würde das schon irgendwie schaffen.

Der Schönheitssalon nahm langsam Gestalt an. Über Irene hatte sie vier Schminktische bekommen, die in einem Theater ausrangiert worden waren. Die Nachbarsjungen hatten die Tische geschmirgelt, weiß gekalkt und poliert. Stühle hatte Helena ebenfalls gebraucht aus einer Haushaltsauflösung bekommen, die hatten die Nachbarsjungen abgeholt, die verschossenen Bezüge abgenommen und mit Paulas Hilfe mit Samt bezogen, zwei lavendel- und zwei rosenfarben. Die Holzdielen glänzten honigfarben im Sonnenlicht, das durch die Fenster in den Raum fiel. Außerdem hatte Helena den Hof aufgeräumt. Estelle hatte einen hübschen, neuen Korb bekommen, der seinen festen Platz in einer Ecke des Salons hatte und von dem aus sie schnell draußen war, wenn Helena sie in den Hof ließ. Alles in allem war sie gut vorangekommen. Der einzige Kampf blieb die Fertigung, da war Charlotte nicht bereit zu verzichten.

»Weißt du, was für eine Arbeit das ist, Papas Zimmer komplett auszuräumen? Außerdem muss man da so viel neu einrichten, das funktioniert einfach nicht und ist viel zu teuer.«

Also teilten sie sich den Fertigungsraum, wenngleich Helena mittlerweile den meisten Platz benötigte. Immerhin hatten sie an einem Wochenende die Schränke im Zimmer ihres Vaters geleert und die Kleidung der Heilsarmee gespendet. Persönliche Gegenstände, von denen Charlotte sich nicht trennen wollte oder die noch einen gewissen Wert besaßen, hatten sie in eine Kiste gepackt. Seither hatte sich in dem Raum jedoch nichts getan.

Helena sah auf die Uhr. Um neun sollte sie da sein, es blieben ihr also noch zwei Stunden, ehe Irene sie abholte. Sie schloss den Flakon mit dem Öl, das sie gerade gemischt hatte, und räumte noch ein wenig auf, dann ging sie hinauf in die Wohnung, um ein Bad zu nehmen, in der Hoffnung, dass die langsam zunehmende Nervosität nachließ.

»Ich kann nicht glauben, dass ich nicht mitbekommen habe, wie Dominik Lichtenthal mich gerettet hat«, hatte Paula geklagt, als Charlotte sie am Tag nach jener schrecklichen Nacht besucht hatte. »Und seine Worte waren wirklich ›die Dame gehört zu mir‹?«

»Dir ist schon klar, dass er das nur gesagt hat, damit der Kerl dich loslässt?«

Trotz ihrer Kopfschmerzen war Paula für die Dramatik der Nacht nicht unempfänglich, aber sie hatte ja auch nicht mitbekommen, wie ernst es gewesen und wie knapp sie dem Mann entkommen war. Wer konnte schon wissen, ob er es bei Gefummel belassen oder sie nicht irgendwann ins Separee geschleift hätte.

»Trotzdem.« Paula hatte ihre Kopfschmerzen mit schwarzem Kaffee zu bekämpfen versucht. Und ihrer Schwärmerei für Dominik Lichtenthal wurde dadurch nicht gerade ein Dämpfer versetzt.

»Du weißt, dass er nach wie vor mit Helena ausgeht und es nicht danach aussieht, als sei sie ihm über?«

Es half nichts, in dieser Hinsicht war Paula, die sonst so vernünftig und pragmatisch war, wie ein Backfisch. Immerhin schwärmte sie nur aus der Ferne für ihn und machte keine Versuche, ihn Helena auszuspannen. Diese Art von Ärger hätte Charlotte gerade noch gefehlt.

Jetzt stand Paula bei ihr in der Apotheke, während Charlotte gerade die Kasse schloss. »Ich könnte Estelle zu uns bringen, dann können wir heute Abend raus«, schlug sie vor.

»Mir ist heute nicht so recht danach. Übrigens habe ich Wilma letztens getroffen, die war ziemlich sauer, als wir einfach weg waren.«

»Du sagtest doch, sie war nicht zu finden.«

»War sie ja auch nicht. Sie meinte, sie wäre im Separee gewesen mit so einem Typen, der ihr den falschen Namen genannt hat. Als sie ihn besuchen wollte, wohnte er wohl gar nicht an der Adresse, die er ihr gegeben hatte, zumindest war da niemand mit diesem Namen. Jetzt ist sie wütend und fühlt sich ausgenutzt.«

»Wie weit ist sie mit ihm denn gegangen?«

»Danach habe ich nicht gefragt.«

Paula lehnte mit dem Rücken an die Theke, über die Helenas Produkte verkauft wurden. »Wie bedauerlich, dass wir Helena heute Abend nicht begleiten können. Die Party wird gewiss großartig.«

Charlotte für ihren Teil konnte darauf gut und gerne verzichten.

»Was machst du heute Abend denn noch?«

»Ich dachte mir, ich rufe vielleicht Conrad an und arbeite noch ein wenig. Die Fertigung ist ja heute Abend frei, dann komme ich mir nicht mit Helena in die Quere.«

»Ach, verstehe. Dann wollt ihr vermutlich ohnehin lieber allein sein?«

»Du kannst gerne bleiben, wenn du möchtest. Wir planen keinen romantischen Abend.«

»Nein, lass nur, besonders unterhaltsam klingt das alles nicht. Ich fragte Fanny, ob sie nicht ausgehen möchte.«

»Tu das.« Charlotte schloss das Geld in eine Kassette und machte Anstalten, die Apotheke zu verlassen. »Kommst du noch mit hoch?«

»Damit ich mir Helena in einer zweifellos atemberaubenden Robe ansehe und mir vorstelle, wie sie darin an Dominiks Seite feiert? Nein, ich glaube, das halte ich heute nicht aus.«

»Das Kleid ist wirklich sehr schön.«

»Sage ich doch. Wir sehen uns morgen, ja? Bleibt es beim gemeinsamen Mittagessen?«

Charlotte nickte, und sie verabschiedeten sich voneinander. In der Wohnung empfing Estelle sie mit einer Begeisterung, als hätten sie sich nicht erst drei Stunden zuvor unten gesehen. Helena war noch im Bad, und in der Küche stapelte sich das Geschirr vom Mittagessen. Eigentlich wäre es Helenas Aufgabe gewesen, das aufzuräumen, aber angesichts dessen, dass ihre Schwester ohnehin schon den ganzen Tag so blass und nervös war, wollte Charlotte nicht kleinlich sein. Sie ging ins Wohnzimmer und rief Conrad an, der sofort einwilligte, sie an diesem Abend zu besuchen.

Helena ging an der offenen Wohnzimmertür vorbei, in einen alten Morgenmantel gehüllt und mit einem Handtuchturban um den Kopf. Charlotte lehnte sich im Sofa zurück und schloss einen Moment lang die Augen. Kopfschmerzen kündigten sich an. Vielleicht brachte ein wenig Ruhe Linderung, ansonsten würde sie etwas einnehmen. Sie musste eingeschlafen sein, denn als sie die Augen wieder aufschlug, fühlte sie sich etwas erholter, und Helena stand fertig angezogen vor ihr. Sie war in der Tat hinreißend.

»Sehr hübsch«, kommentierte sie.

Das Kleid war traumhaft, golddurchwirktes Grün, dazu ein goldenes, schmales Band in dem dunklen Haar und lange Handschuhe in demselben satten Goldton. Eine mehrreihige Perlenkette sowie feine Perlenstecker vervollständigten das Ensemble.

»Findest du nicht, es ist etwas zu kurz?«

»Nein, es ist genau richtig. Nicht zu lang, um bieder zu wirken, aber auch nicht so kurz, dass man dich für Dominik Lichtenthals frivole Geliebte hält.«

Helena nickte, sah an sich hinab, als müsste sie den Wahrheitsgehalt der Aussage noch einmal überprüfen. Als die Türglocke anschlug, zuckte sie zusammen. »Das ist Irene.«

»Na, dann los.«

»Bis später.«

»Wenn du zurück bist, schlafe ich vermutlich längst.« Helena lief zur Tür, als Charlotte sie noch einmal zurückrief. »Du hast dein Täschchen vergessen.«

Rasch nahm Helena es von der Kommode, verabschiedete sich ein weiteres Mal und war zur Tür raus, nachdem sie ein paarmal vergeblich »Bleib« gesagt hatte und Charlotte sich schließlich erbarmte und Estelle zu sich rief.

»Gib dich vollkommen unbeeindruckt«, riet Irene noch ein weiteres Mal, als sie das Auto verließen und auf das Haus zugingen.

»Wir sind etwas spät dran.« Irene, die sonst immer so rasant fuhr, war recht gemütlich gefahren, davon abgesehen, dass sie sich beim Abholen auch schon verspätet hatte.

»Wir sind genau richtig. Sei bloß nie die Erste auf einer Party, sonst kommt noch jemand auf die Idee, du hättest nichts anderes zu tun gehabt und seist froh, überhaupt mal eingeladen zu werden.«

Mehrere Fahrzeuge fuhren vor, denen elegant gekleidete Damen und Herren entstiegen. Irene trug ein atemberaubendes dunkelrotes Kleid, aber ohnehin war sie immer ein Blickfang, denn wohin sie kam, erkannte man sie. Sie hakte sich bei Helena ein. »Es war übrigens sehr klug von dir, dein Geschenk mit der Post zu schicken. Gerade das, was du schenkst, sollte man nicht mit den anderen vergleichen können. Das verstärkt deine Aura des Geheimnisvollen.«

»Aura des Geheimnisvollen?«

»Gewiss. Oder glaubst du, man fragt sich nicht, wer die Frau ist, die sich schon so lange an Dominiks Seite hält und mit der ich mich hier und dort mal blicken lasse?« Sie zwinkerte ihr zu.

Dominik empfing sie in der Halle, und Irene überließ

sie ihm bereitwillig, um sich umgehend im großen Salon, aus dem mitreißende Musik erklang, ins Getümmel zu stürzen. Unterwegs legte sie ihr Geschenk beiläufig auf dem dafür aufgestellten Tisch ab. Dominik schob Helena den Arm um die Taille, sodass seine Hand leicht auf ihrer Hüfte ruhte. Er gab ihr einen Kuss auf die Schläfe und führte sie mit sich in den kleineren Salon, den Helena bisher noch nicht gesehen hatte.

»Du siehst umwerfend aus«, sagte er, führte sie zum Büfett und drückte ihr ein Glas in die Hand.

»Willst du mich gleich zu Anfang beschwipst machen?«

»Das würde mir im Traum nicht einfallen. Und wo wir gerade bei Träumen sind, ich befürchte, ich darf nicht darauf hoffen, dass ich dir dieses Kleid heute Nacht ausziehen darf?«

»Ich befürchte nicht, nein. Aber ich erlaube dir gerne, es dir vorzustellen.«

»Du denkst, ohne deine Erlaubnis würde ich das nicht tun?«

»Jetzt darfst du dir aber vorstellen, dass ich mir ebenfalls vorstelle, du würdest es tun.« Sie lächelte ihn keck über den Rand des Glases hinweg an.

»Wie pikant.« Er sah an ihrem Kleid hinab. »Was trägst du darunter?«

Prompt schaffte er es wieder, dass ihre Wangen heiß wurden. Sie hob das Glas an die Lippen, wollte ihm antworten, dass ihn das nichts anginge, aber das würde sich vermutlich prüde und altjüngferlich anhören. »Stell dir das Aufregendste vor, und es ist nur die halbe Wahrheit.«

»Farbe?«

»Schwarz.« Entschieden stellte sie das Glas wieder ab. »So, und nun genug der Schlüpfrigkeiten. Tanzen wir?«

»Aber unbedingt!« Er führte sie in den großen Salon. »Ich habe mir übrigens schon Gedanken gemacht, wie wir den gemeinsamen Tag verbringen, den du mir geschenkt hast.«

»Ich hoffe, es hat nichts mit meiner Wäsche zu tun.«

»Die wirst du nicht benötigen.«

Sie sah ihn aus leicht verengten Augen an.

»Besitzt du einen Badeanzug?«

»Ja.« Aber dieses altbackene Teil würde sie hier gewiss nicht tragen. Daheim hatte er sehr modern gewirkt, aber nachdem sie die Modelle im KaDeWe gesehen hatte, fand sie ihn nur noch hoffnungslos provinziell.

»Wir fahren an den Wannsee und gehen schwimmen. Du kannst doch schwimmen?«

»Ja, ganz gut.«

»Wunderbar! Ich sage Frau Birkholz, sie soll ein Picknick vorbereiten, und …«

»Schon vergessen, dass das *meine* Einladung ist? Ich bereite das Picknick vor.« Und einen Badeanzug musste sie auch kaufen. Hoffentlich sprengte das nicht ihren finanziellen Rahmen. Na, sei's drum, den würde sie ja gewiss öfter tragen, das war es also wert.

Auf dem Weg zum Salon stellte Dominik sie einigen Freunden vor, und sie erntete bewundernde Blicke. Ihre anfängliche Nervosität war gänzlich gewichen, inzwischen fühlte sie sich regelrecht beschwingt. Nach zwei Tänzen wurde Dominik von seinem Freund Ferdinand Abendroth abgelöst, es war ein steter Wechsel von Tanzpartnern, und Helena, die gar nicht genug bekommen konnte, blieb auf der Tanzfläche, bis sie vollkommen außer Atem war. Als sie diese verließ, stand sie einen Moment ein wenig verloren da, sah sich um, entdeckte Dominik im Gespräch mit einem jungen Paar. Da sie nicht wie eine Klette an ihm hängen wollte, zögerte Helena, zu ihm zu gehen. Hier herumstehen wollte sie jedoch auch nicht, das würde vermutlich wirken, als wüsste sie inmitten all der sich amüsierenden Menschen nichts Rechtes mit sich anzufangen.

Dominik ließ seinen Blick über die Tanzfläche gleiten, traf den Helenas, winkte ihr zu, wechselte noch rasch einige Worte mit dem Paar, das nun auch in ihre Richtung blickte, und kam zu ihr. »Tanz gefällig?«

»Hör bloß auf.« Sie war immer noch außer Atem.

»Magst du etwas essen oder trinken?«

»Lieber etwas essen.« Dafür war sie an diesem Tag viel zu aufgeregt gewesen.

Das Büfett war auf langen Tischen aufgebaut, hinter denen livrierte Diener standen. Bei so vielen Köstlichkeiten fiel die Wahl schwer, und Helena probierte sich einfach durch Pikantes, Herzhaftes und schließlich Süßes. Die Erdbeeren mit frischer Sahne waren himmlisch, und genießerisch schloss sie die Augen.

»Möchtest du ein wenig in den Garten?«, fragte Dominik.

»Sehr gern.« Sie war so satt, dass an Tanzen gerade ohnehin nicht zu denken war. »Sag mal, ist deine Schwester auch hier?«

»Ja, mit ihrem Mann.«

»Dachte ich mir doch, dass ich sie gerade gesehen habe.«

»Ich habe ihr gesagt, wenn sie sich dir gegenüber danebenbenimmt, werfe ich sie raus, egal, wie peinlich das vor all den Leuten ist.«

Veranda und Bäume waren mit Lampions geschmückt, und etliche Gäste waren auf dieselbe Idee gekommen. Als sie langsam über die Wege spazierten, hörte Helena ein leises Stöhnen, hielt inne und krauste die Stirn.

»Lass uns hier entlanggehen«, sagte Dominik. »Ich habe sämtliche Räume, in denen nicht gefeiert wird, absperren lassen, und die Treppe bewacht einer der gemieteten Kellner. Also verlegen einige wohl gerade ihre etwas, hm, privatere Feier in den Garten.«

»Verstehe.«

»Komm.« Dominik führte sie zu einer Laube, wo er sie an sich zog und küsste. »Das möchte ich tun, seit du das Haus betreten hast.«

Sie legte ihm die Arme um den Hals, schloss die Augen und genoss den Kuss, schmiegte sich an Dominik, spürte, wie seine Hände sacht über ihren Rücken glitten, über ihre Hüften, und während ein Arm sie umschlang, glitt seine andere Hand zu ihrem Nacken. Seine Finger berührten ihren Haaransatz, streichelten die zarte Haut unter ihrem Ohr, ihren Hals, ihr Schlüsselbein, fuhren am Rand des Kleides entlang. Durch die feine Seide spürte sie jede Berührung, als seine Hand sich behutsam in bisher verbotene Gefilde vorwagte. Ob er bemerkte, wie wild ihr Herz schlug? Ihr rascher Atem indes konnte ihm nicht entgehen.

»Bitte bleib über Nacht«, flüsterte er an ihren Lippen.

Sie antwortete nicht, ließ zu, dass er sie wieder küsste, war aber nicht mehr so recht bei der Sache. Würde er die Geduld mit ihr verlieren, wenn sie ihn wieder zurückwies? Würde er gar mit ihr brechen und sich eine Frau suchen, die sich leichter erobern ließ?

»Aber vielleicht«, er schaffte das Kunststück, ihren Mund mit dem seinen zu liebkosen, während er sprach, »ist heute tatsächlich nicht der richtige Zeitpunkt.«

Hatte er ihr Zögern gespürt und ihr die Entscheidung abgenommen? »So ist es wohl«, murmelte sie und fuhr fort, ihn zu küssen.

»Wir können uns mit gutem Gewissen ins Wochenende verabschieden.« Helena zog den weißen Kittel aus, den sie seit neuestem trug, wenn sie ihre Kosmetik herstellte – sehr zur Belustigung ihrer Schwester.

Ida Wagner hatte sich eine Schürze umgebunden, um ihre Kleidung zu schützen, falls ihr wieder ein Malheur passierte und ihr der Lippenstift aus der Hand fiel. Jetzt löste sie die Schleife in ihrem Rücken und streckte sich nach dem langen Sitzen auf dem hohen Hocker. »Was ist mit dem Öl?«

»Da habe ich kleine Flakons abgefüllt, die gehen Montag als Proben an einige Hotels und Friseursalons.«

Nachdem Ida gegangen war und Helena aufgeräumt

hatte, holte sie Estelle aus dem Nebenraum, befestigte die Leine an ihrem Halsband und machte einen Spaziergang. Den restlichen Abend verbrachte sie damit, aus verschiedenen Ingredienzen Mascara anzurühren und es testweise aufzutragen. Das Ergebnis ließ sich nur schwer entfernen, und so rieb Helena zunehmend panisch an ihrem Gesicht herum, bis ihre Wangen krebsrot waren und ihre Augen immer noch schwarz umschattet wie die einer Eule. So konnte sie doch am kommenden Tag nicht mit Dominik an den Wannsee fahren!

»Soll das ein neuer Modetrend werden?«, fragte Charlotte, die ihr im Flur über den Weg lief.

Helena ignorierte sie und ging hinunter, um Vaseline zu holen, die sie großzügig auf der Haut auftrug und mit einem weißen Tuch abnahm. Das Tuch hatte sich dunkelgrau verfärbt, hoffentlich war das ein Zeichen für den Erfolg der Maßnahme. Sie traute sich kaum, in den Spiegel zu schauen, aber als sie es schließlich tat, atmete sie auf. Zumindest so lange, bis sie bemerkte, dass die Rötung sich dort, wo sie die Vaseline aufgetragen hatte, verstärkte. Sie wusch sich das Gesicht, trug Creme auf und hoffte, dass sie am kommenden Tag nicht mehr ganz so schrecklich aussah.

Morgens stand sie in aller Frühe auf, atmete tief durch, ehe sie in den Spiegel blickte. Alles bestens. »Gott sei Dank«, murmelte sie und ging in die Küche, wo sie rasch frühstückte, ehe sie damit begann, Brot zu schneiden und zu belegen.

»Guten Morgen.« Charlotte erschien in der Küchentür. »Was machst du?«

»Dominiks Geburtstagsgeschenk vorbereiten.«

»Er hat sich Stullen gewünscht?«

»Das wird ein Picknick. Ich habe dir doch gesagt, dass wir an den Wannsee fahren.«

»Sieht sehr abwechslungsreich aus.«

»Ich bin ja noch lange nicht fertig. Kannst du bitte die Eier ins Wasser geben? Die liegen da schon.«

Seufzend kam Charlotte der Bitte nach, nahm den Deckel vom Kochtopf und legte die Eier einzeln mit einem Löffel in das kochende Wasser, dann bereitete sie sich Frühstück zu. »Wo ist die Wurst?«

»Ich konnte ja schlecht nur Käsebrote einpacken.«

»Das ist doch wohl nicht dein Ernst.«

Helena schob den Korb mit dem Fuß hinter sich, als bestünde die Gefahr, Charlotte könnte darauf zustürzen und ihn plündern. Dann rührte sie Teig an.

»Und die Würstchen?«

»Seit wann isst du die zum Frühstück?«

»Wo sind sie?«

»Im Korb.«

Charlotte verdrehte entnervt die Augen. »Und was machst du da?«

»Süße Pfannkuchen. Eierkuchen, wie ihr sagt.«

»Aus diesem Teig wird alles, aber kein Eierkuchen.«

Er war in der Tat etwas wässrig, und darin schwammen Klümpchen. »Ich habe den nach einem Rezept meiner Mutter gemacht.«

»Entweder hast du das falsch in Erinnerung, oder deine Mutter kocht und backt so miserabel wie du.« Charlotte schob sie beiseite. »Warum bietest du eigentlich immer so etwas an, wenn du das nicht kannst?«

Helena überließ ihr den Schneebesen und packte die Brote ein. Als die Eier fertig waren, schreckte sie sie mit kaltem Wasser ab, ehe sie sie ebenfalls in den Korb legte. Schließlich folgten die Pfannkuchen sowie Erdbeeren und Himbeeren. Dann ging sie, um sich umzuziehen. Der Badeanzug war wirklich famos, und er saß wie angegossen. Sie hatte sich für Schwarz-Weiß entschieden, und beim Blick in den Spiegel überlegte sie, ob er nicht doch etwas zu gewagt aussah.

»Sehr gut«, kommentierte Charlotte, die im Vorbeigehen einen Blick in ihr Zimmer warf. »Ich hatte schon befürchtet, du kämst in einem Badekleid aus der Kaiserzeit daher.«

Helena schnitt ihr eine Grimasse. Sie zog sich ein helles Sommerkleid an, setzte einen passenden Hut auf und überprüfte, dass sie alles, was sie brauchte, eingepackt hatte. Dann stellte sie die Tasche in den Flur neben den Korb und sah auf die Uhr. Estelle stand schwanzwedelnd neben der Tür und sah aus dunklen Augen zu ihr auf.

»Du kannst heute leider nicht mit, aber Charlotte geht bestimmt ganz lange mit dir spazieren.« Helena ging auf die Knie und streichelte die Hündin, kraulte sie unter der Schnauze und hinter den Ohren. »Auch wenn ich gerade ganz schwach werde unter diesem Blick, bleibt die Antwort leider Nein.« Sie herzte den kleinen Hund und fuhr zusammen, als direkt über ihr die Türklingel schellte. »Charlotte! Passt du bitte auf Estelle auf!«

Ihre Schwester kam in den Flur, hockte sich hin und nahm Estelles Halsband. »Sie hat heute keine Zeit für dich, Süße.«

»Sag das doch nicht in so einem Ton.« Helena streichelte Estelles Ohren, dann nahm sie Tasche und Korb, um die Wohnung zu verlassen.

Dominik stand an seinen Buick gelehnt und rauchte. »Guten Morgen.« Er nahm ihr den Korb ab, stellte ihn ins Auto und platzierte die Tasche daneben. Dann öffnete er ihr formvollendet die Tür zur Beifahrerseite, ehe er selbst hinter dem Steuer Platz nahm. Er war gerade im Begriff, auf die Straße zu setzen, als ein Radfahrer über den Bürgersteig gefahren kam und in rasantem Tempo vor ihnen einscherte. Dominik trat heftig auf die Bremse und hupte, woraufhin der Radfahrer eine obszöne Geste in seine Richtung machte und seinen Weg fortsetzte.

»Idiot!«

Helena legte Dominik die Hand auf den Arm. »Davon wirst du dir aber nicht die Laune verderben lassen?«

»Bei der Aussicht darauf, dich im Badeanzug zu sehen, verdirbt mir so schnell nichts die Laune.«

»Das höre ich gern. Du wirst es nicht bereuen.«

Dominik fädelte sich in den Verkehr ein und ließ sich während der Fahrt erzählen, wie ihre Duftöl-Produktion und die Zusammenarbeit mit Ida Wagner lief. Er fuhr zügig über die Avus bis nach Berlin-Nikolassee. Die Großstadt ließ einen fast vergessen, wie idyllisch so ein Sommertag sein konnte. Während das Leben in den Adern der Stadt pulsierte, bekam man hier draußen das Gefühl, tief Luft holen zu können und sich einfach mit dem Tag treiben zu lassen. Helena hatte sich erstaunlich schnell in den Rhythmus der Metropole gefunden und diesen verinnerlicht. Ständig in Eile, ständig wie unter Strom.

Am Strandbad Wannsee parkte Dominik den Wagen. Er reichte Helena den Korb und trug seine eigene Tasche sowie Helenas.

»Ich hätte gedacht, dass es viel voller ist«, sagte sie.

»Das wird noch, warte ab. Wir sind früh dran.«

Der Wannsee war eine Bucht der Havel, und das Strandbad lag am nördlichen Abschnitt des Ostufers. Somit war es nicht Teil des Stadtteils Wannsee, sondern gehörte zu Nikolaussee. Um nicht vollkommen ahnungslos zu sein, hatte Helena am Vorabend in ihrem Reiseführer alles nachgelesen. Sie blieb einen Augenblick stehen und sah hinab auf den See, auf dem glitzernd das Sonnenlicht tanzte. Ein weißer Sandstrand führte zum Wasser, das in sanften Wellen darauf schwappte.

»Möchtest du einen Strandkorb oder lieber etwas abseits auf eine Decke?«

»Ich war noch nie an einem richtigen Strand, also gerne den Korb, wenn dir das recht ist?«

»Deshalb habe ich gefragt.«

Sie stiegen die Treppe hinab an den Strand, und Helena zog ihre Sandalen aus, um den feinen Sand unter den bloßen Füßen zu spüren, oben war er bereits sonnenwarm und darunter kühl. Sie schob die Zehen bei jedem Schritt hinein und wäre am liebsten sofort zum Wasser gelaufen, weil sie wissen wollte, wie es war, die Füße in den nassen Sand zu graben, während das Wasser darüber schwappte.

Nachdem sie einen Strandkorb ausgesucht und Dominik die Gebühr bezahlt hatte, legten sie ihre Taschen ab und stellten den Korb daneben. »Willst du erst essen?«, fragte Helena.

»So, wie du zum Wasser siehst, möchtest du garantiert, dass ich Nein sage.«

»Es ist dein Geburtstagsgeschenk, du darfst entscheiden.«

Er zwinkerte ihr zu. »Lass uns schwimmen gehen.«

»Prächtig!« Sie nahm den Hut ab und legte ihn in den Strandkorb, dann drehte sie sich mit dem Rücken zu Dominik. »Öffnest du mir bitte das Kleid?«

»Du ahnst nicht, wie lange ich schon auf diesen Satz warte.«

»Ich lasse eben bei deinem Geburtstagsgeschenk keine Wünsche offen.«

»Ist das so?«

Sie schob das Kleid über die Schultern und ließ es zu Boden fallen, dann drehte sie sich vor Dominik, damit dieser ihren Badeanzug von allen Seiten bewundern konnte. »Und? Erwartungen erfüllt?«

»Mehr als das.«

Während er sich auskleidete, stopfte Helena ihr Haar unter die Badekappe und zog den Riemen unter dem Kinn entlang, um ihn auf der anderen Seite zu befestigen, dann ging sie mit Dominik zum Wasser. Der nasse Sand fühlte sich interessant an. Wenn das Wasser darauf schwappte, seidenweich, und sobald es sich zurückzog, so fest, dass man die Zehen hineinbohren musste. Die Wellen waren trügerisch warm, aber sobald Helena knöcheltief im Wasser stand, fand sie es doch ganz schön kalt. Dominik war zügig ins Wasser gelaufen und warf sich hinein, tauchte unter, kam wieder hoch und strich sich die Haare aus der Stirn.

»Wo bleibst du denn?«

»Ich muss mich erst einmal daran gewöhnen.« Bisher war sie nur im Weiher geschwommen, der zum Schloss der Baronin gehörte, und irgendwie hatte sie das Wasser dort nicht so eisig in Erinnerung. Eine Gänsehaut überzog ihren Körper, als sie bis Mitte der Waden im Wasser stand. Sie beugte sich vor, spritzte vorsichtig Wasser auf ihre Knie und wagte auch bibbernd ein paar Spritzer auf die Oberschenkel.

Dominik lachte. »Schwimmen wir heute noch?«

»Ich bin ja schon dabei.«

Er schwamm zu ihr zurück. »Soll ich dir helfen, dich schneller daran zu gewöhnen?«

Argwöhnisch wich sie einen Schritt zurück. »Untersteh dich.«

Er jedoch erhob sich aus dem Wasser, grinste, und noch ehe Helena sich umdrehen und fröstelnd ans Ufer laufen konnte, hatte er sie eingeholt und umschlang ihren Körper. »Lass das, du bist schauderhaft kalt!«

Lachend hob er sie hoch und trug sie mit sich. Eine Gruppe junger Männer und Frauen schickte lachend anfeuernde Rufe hinterher.

»Tu das nicht, Dominik! Ich warne dich, ich …« Ihre Stimme erstarb in einem Kieksen, als er sie ins Wasser warf. Himmel, war das kalt! Sie kam prustend hoch, strich sich das Wasser aus den Augen. Schon hatte Dominik sie wieder umschlungen und zog sie mit sich. Dieser Schuft!

»Na, war das so schlimm?«

»Ich warte mit meiner Rache, bis du dich in Sicherheit wiegst.«

Er schwamm einige Züge, drehte sich zu ihr um und wartete, bis sie ihn eingeholt hatte. Jetzt, da Helena sich an das Wasser gewöhnt hatte, war es herrlich. Sie ließ sich auf dem Rücken treiben, während Dominik langsam neben ihr herschwamm. Dann drehte sie sich um, schwamm, und er tauchte zwischen ihren Beinen hinweg, kam mit ihr auf seinen Schultern hoch und warf sie hintenüber wieder ins Wasser. Schnaufend tauchte sie auf, lachte und hustete, weil sie sich dabei verschluckte. »Du bist ein Flegel!«

Einige junge Frauen alberten wenige Meter von ihnen entfernt auf einer Luftmatratze herum, ein korpulenter Mann schwamm vorbei, während eine Frau auf seinem Rücken saß, eine Familie mit drei Kindern näherte sich, wobei der Vater rückwärtsschwamm und etwas sagte, was offenbar an den Nachzügler gerichtet war, der sich abmühte, das Tempo aber dennoch nicht halten konnte. Langsam wurde es voll, und so schwammen Helena und Dominik weiter hinaus.

Irgendwann drehten sie sich zueinander, ließen sich mit dem Wasser treiben, sodass ihre Körper sich dann und wann berührten. Schließlich beließen sie es nicht mehr bei zufälligen Begegnungen, sondern küssten sich. Helena legte ihm die Arme um den Nacken und die Beine um die Hüften, küsste ihn, während ihr Körper auf seinen Händen ruhte. Ganz leicht drückte sie das Becken an seines, bewegte sich, ohne sich aus dem Kuss zu lösen, spürte, wie er reagierte, wie sich der Druck veränderte und sein Atem schneller ging.

Eine Weile trieb sie das Spiel weiter, dann löste sie sich abrupt von ihm und drückte ihn unter Wasser, warf sich herum und schwamm rasch los. Allerdings war er offenbar ein deutlich geübterer Schwimmer als sie, denn er war schnell wieder neben ihr, umschlang ihre Hüften, und sie konnte gerade noch »Dominik, nicht, ich …« hervorstoßen, als er »Hol lieber tief Luft« sagte und sie kurz unter Wasser drückte.

Sie kam spuckend hoch, wischte sich das Wasser aus den Augen. »Ich habe Wasser in die Nase bekommen.«

»Ich habe doch gesagt, hol vorher Luft.«

Eine ganze Weile trieben sie eng umschlungen, küssten sich, wobei es Dominik war, der sie beide mit trägen Schwimmbewegungen über Wasser hielt.

»Möchtest du jetzt etwas essen?«, fragte sie dicht an seinem Mund.

»Es gibt so einiges, das ich gerade tun möchte, aber nichts davon eignet sich für den Strand, also ja, lass uns essen.«

Sie lächelte, ließ ihn los und schwamm in Richtung Strand. Mittlerweile war es voll geworden, jeder Strandkorb war belegt, und wer keinen mehr abbekommen hatte, lag auf einem Handtuch unter einem aufgespannten Sonnenschirm. Oberhalb des Strandes flanierten Badegäste, und auch das Strandcafé schien gut gefüllt. Als Helena kurz darauf in ihr Handtuch gewickelt im Strandkorb saß und Dominik die Decke für das Picknick ausbreitete, fühlte sie sich angenehm träge. Sie cremte sich das Gesicht ein, damit die Haut nach dem Bad in der Sonne nicht spannte, und setzte sich ihren Sonnenhut wieder auf, dann kniete sie sich zu Dominik auf die Decke und öffnete den Korb.

»Was hast du zu trinken mitgebracht?«

Helena hielt inne, spürte, wie ihr das Blut heiß ins Gesicht stieg. Wie um alles in der Welt konnte man einen Picknickkorb packen und vergessen, etwas zu trinken hineinzutun? Mit einem Grinsen griff Dominik nach seiner Geldbörse. »Kaffee für den Anfang? Das passt doch zu einem späten zweiten Frühstück, nicht wahr?«

Während er fort war, packte Helena weiter aus und hoffte, sonst nichts Wichtiges vergessen zu haben. Kurz darauf kam Dominik mit dem Kaffee zurück, setzte sich zu ihr, und sie reichte ihm einen Teller.

Eine Frau, die Helena bekannt vorkam, ging an ihnen vorbei, hielt dann inne und drehte sich um. »Dominik.« Sie hatte eine angenehme dunkle Stimme. »Wie geht es dir, mein Lieber?«

»Victoria, lange nicht gesehen.« Dominik beschattete die Augen mit der Hand, lächelte auf eine Art, die Helena argwöhnen ließ, dass es sich hier nicht um eine Frau handelte, die er lediglich aus der Ferne kannte.

Die Frau drehte sich zu Helena. »Und Sie sind die neue Dame an seiner Seite, von der jeder spricht? Irene ist ja voll des Lobes.«

Und da ging es Helena auf. Victoria Rubin, die Schwester von Alexander Rubin, nahezu ebenso erfolgreich als Schauspielerin wie er. Helena richtete sich auf. »Ich bewundere Ihre Filme sehr!«

»Das höre ich gern.« Die Frau lächelte Dominik an. »Es tut mir leid, dass ich deine Feier verpasst habe, ich hatte noch einen Drehtermin in Paris.«

»Davon habe ich gehört.«

»Wir sehen uns demnächst mal wieder, ja?«

»Sehr gern.«

Die Frau ging weiter, und Helena starrte ihr hinterher. »Du hast mir gar nicht erzählt, dass du sie kennst.«

Er zuckte nur mit den Schultern. »Über Irene lernt man so manche Leute aus der Branche kennen.«

»Ihr wirktet sehr, hm, vertraut.«

»Findest du?« Er nahm ein Brot, das Helena mit Käse und Kresse belegt hatte. »Da war aber nie etwas zwischen uns. Sie ist seit Jahren glücklich verheiratet. Ich bin etwas weniger umtriebig, als du offenbar annimmst.«

»Man hört eben das eine oder andere.«

Nach dem Essen saßen sie eine Weile nur da, Helena im Strandkorb, Dominik im Sand davor, mit dem Rücken an den Korb neben ihre Beine gelehnt, während Helenas Hand auf seiner Schulter ruhte. Irgendwann schlief Helena ein und wurde wach, als kalte Wasserspritzer sie trafen. Sie öffnete die Augen und sah sich einem kleinen Jungen gegenüber, der sie frech angrinste, die Wasserpistole auf Dominik richtete und diesen mit einem Wasserstrahl aus seinem trägen Halbdämmer riss. Er fuhr hoch, aber ehe er etwas sagen konnte, hatte der Junge sich bereits umgedreht und war weggelaufen.

»Das könnte mein Neffe sein, dem fallen solche Streiche auch immer ein.« Dominik stand auf. »Komm, lass uns schwimmen gehen.«

Dieses Mal blieben sie lange im Wasser, und als sie zurückkamen, stellten sie fest, dass jemand die Himbeeren aus dem Korb geklaut hatte. »Na, immerhin hat der Dieb uns die Erdbeeren gelassen«, sagte Dominik.

Sie setzten sich in den Strandkorb, aßen die Beeren und genossen es, danach einfach nur dem Treiben um sich herum zu lauschen und aufs Wasser zu blicken. Helena lehnte mit dem Rücken an Dominik, hatte ihre Finger mit seinen verschränkt und dachte, dass Tage wie dieser dazu geschaffen waren, damit das Leben sich vollkommen anfühlte.

»Kommst du noch mit zu mir?«, fragte Dominik. »Wir könnten den Abend im Garten ausklingen lassen. Frau Birkholz kann etwas Leichtes zu essen servieren.«

»Das klingt wunderbar.«

»Dann komm.«

Sie packten zusammen, zogen sich an, wobei sich Helena nach kurzem Zögern entschied, sich nicht in den Kabinen umzukleiden, sondern einfach das Kleid über den mittlerweile trockenen Badeanzug zu streifen. Als sie im Auto saßen, fielen ihr die Augen zu, und sie wurde erst wach, als sie das Knirschen hörte, mit dem Dominik über seine kiesbestreute Einfahrt fuhr.

»Um wieder aufs ernsthafte Arbeiten zu kommen«, sagte Charlotte. »Ich dachte mir, wir versuchen es noch einmal mit der Zusammenstellung der Ingredienzen vom letzten Mal, nur mit etwas mehr Wollwachs, damit es cremiger wird und nicht mehr diese ölige Konsistenz hat.«

»Also gut, beginnen wir wieder mit der ernsthaften Arbeit.« Conrad rückte seine Brille zurecht.

Bei seinem letzten Besuch hatten sie sich – Charlotte konnte sich einfach nicht erklären, wie das passiert war – geküsst. Und das war so überraschend gut gewesen, dass

Charlotte danach sehr sinnliche Träume gehabt hatte. Das Telefonat, mit dem sie ihn zum Arbeitstreffen bat – Charlotte hatte den Anschluss letzten Endes doch nicht abgemeldet –, war dann jedoch von so viel Befangenheit gewesen, dass es schon peinlich war. Als würde eine Stimme im Hintergrund höhnisch *»Arbeitstreffen!«* rufen.

»Ich finde«, sagte Conrad, nachdem sie ihn eingelassen hatte, »wir sollten gar nicht erst zulassen, dass es zwischen uns zu verlegenen Schweigepausen kommt.« Und die verhinderten sie, indem sie sich gleich noch einmal küssten, lange und ausgiebig. »*Arbeitstreffen*!«, rief die Stimme in Charlotte in fast schon triumphierendem Hohn.

Charlotte strich sich ordnend über ihr Kleid und holte den großen Porzellantiegel, in dem sie bereits eine Salbenmischung vorbereitet hatte, mit der zu Rötungen neigende Haut beruhigt werden sollte. Charlotte war von der Wirksamkeit bisher allerdings noch nicht überzeugt, und sie würde gewiss nichts auf den Markt bringen, das nicht ganz und gar den Ansprüchen entsprach, die sie an sich selbst stellte.

Medizinische Schönheitskosmetik, hatte Conrad ihr erklärt, war durchaus gefragt. Die Frauen setzten mehr und mehr darauf, machten sich daran, kleine Makel nicht nur zu kaschieren, wie Helenas Make-up es versprach, sondern auch zu beheben. Conrad hatte ihr die Geschichte eines Chirurgen in Berlin erzählt, der vor etwas weniger als dreißig Jahren seinen Posten an der Universitätspoliklinik verloren hatte, weil er einem Jungen die Segelohren angelegt hatte, was laut seinem Vorgesetzten keine medizinisch notwendige Operation gewesen sei. Daraufhin ließ er sich als Chirurg nieder und führte Schönheitsoperationen durch, wodurch ein ganz neues Feld in der Schönheitsbehandlung eröffnet wurde. »Zwar gab es bisher schon ähnliche Operationen«, erklärte Conrad, »aber die waren dazu gedacht, Verstümmelungen zu beheben. Es gab in Italien seinerzeit einen Arzt, der durch die Syphilis entstellte Nasen wiederherstellte, und noch weiter in der Vergangenheit gab es das Verfahren in Asien bereits, da wurden Dieben und Ehebrechern die Nasen abgeschnitten und durch fähige Chirurgen später nachgebildet. Was heute allerdings neu ist, ist, dass es nicht mehr um Vervollständigen oder Reparieren geht, sondern um Schönheit. Ich habe Patientinnen, die mich darum ersuchen, unschöne Flecken zu entfernen, die Haut an bestimmten Stellen zu straffen.«

Sie lebten in einer Gesellschaft, in der es gerade für Frauen wichtig war, jung, agil und schön zu sein. Dem galt es, Rechnung zu tragen. Um schlank zu bleiben, griffen Frauen und junge Mädchen bereits zu allem Möglichen, das wusste Charlotte, denn sie bekam es im Apothekenbetrieb ja mit, was verlangt wurde. Pillen, die Gewichtsverlust versprachen, sowie spezielle Diätprodukte, die als appetithemmend galten. Sogar die Modedroge Kokain wurde aus diesem Grund konsumiert.

Da man trotz aller guten Vorsätze mit dem Küssen nicht aufhören mochte, wenn es sich doch gerade so gut anfühlte, schlug Charlotte vor, dass sie sich auf einem Spaziergang weiter unterhalten könnten. Estelle musste ohnehin raus, und so gingen sie plaudernd die Friedrichstraße entlang. An der Stelle, wo die Straße den eleganten, breiten Boulevard Unter den Linden kreuzte, herrschte reges Leben. Hier standen sie eine Weile und überlegten, ob sie im Victoria Café einkehrten oder im Café Bauer, entschieden sich dann für Ersteres.

Estelle legte sich brav unter den Tisch, blickte den Kellner von unten her an, und wie immer betörte dieser Hundeblick, sodass kurz darauf unaufgefordert ein Schälchen Wasser bei ihr stand.

»Gehört sie eigentlich dir oder deiner Schwester?«

»Helena, wobei wir das gar nicht immer so trennen. Wer zu Hause ist, kümmert sich um sie. Und wir sprechen uns so ab, dass stets jemand bei ihr ist.«

»Wie bei einem Kind.«

Charlotte musste lachen. »Ja, so ungefähr ist das wohl.«

»Und deine Schwester ist heute den ganzen Tag mit Dominik Lichtenthal am Wannsee?«

»Ja, das ist sein Geburtstagsgeschenk.«

»Verstehe. Nicht die schlechteste Art, einen Tag wie diesen zu verbringen.«

Wenn es denn dabei blieb. Aber ein bisschen Restvernunft durfte Charlotte ihrer Schwester gewiss zutrauen.

»Es ist wirklich schön hier«, sagte Helena, nachdem das Abendessen abgetragen worden war und sie mit einem Glas in der Hand in dem bequemen Korbstuhl auf der Terrasse saß und in den Garten sah, in dem das rötlich goldene Licht der Sonne lange Schatten schuf.

Dominik zündete sich eine Zigarette an und stieß mit einem langen Atemzug den Rauch aus. »Meine Mutter hat den Garten angelegt, sie war eine begeisterte Gärtnerin.«

»Meine Mutter liebt Gärten, aber sie mag keine Gartenarbeit. Wir hatten neben unserem Häuschen einen winzigen Gemüsegarten, doch der wucherte wie wild, weil sie einfach kein Händchen dafür hatte.«

»Hat deine Mutter dich hier schon einmal besucht?«

»Nein, sie kann sich die Reise nicht leisten, und ich kann es mir auch gerade nicht leisten, zu ihr zu reisen. Vielleicht fahre ich über Weihnachten hin.«

Dominik nickte, rauchte die Zigarette auf und drückte sie schließlich aus. Eine Weile sahen sie schweigend in den Garten, während der Himmel sich langsam entfärbte, das flammende Rot einem bleiernen Grau wich. Dann drehte Dominik sich zu Helena, griff nach ihrer Hand, spielte mit ihren Fingern. »Bleib heute Nacht bei mir«, bat er.

Helenas Herz begann wie wild zu schlagen. Wieder zögerte sie, und dieses Mal nahm Dominik ihr die Antwort nicht ab. Aber vielleicht war dies ja der richtige Moment. Auf jeden Fall war er der richtige Mann. Sie öffnete die Lippen, ohne ein Wort darüber zu bringen, nickte nur, was ihm Antwort genug war. Er stand auf, zog sie mit sich hoch und küsste sie, dann gingen sie ins Haus durch den Salon zur Treppe. Helena schlug das Herz so schnell, dass ihr das Atmen schwerfiel, und Dominik hielt nach ein paar Treppenstufen inne, drehte sich zu ihr um.

»Du musst keine Angst haben.«

»Ich …« Ihr versagte die Stimme. »Ich habe keine Angst.«

Der Griff seiner Finger war warm und fest, und während sie Stufe um Stufe nahm, beruhigte sich ihr Atem langsam wieder. Sie betraten sein Zimmer, und Helena sah sich um, erkannte in dem Raum eine Liebe zur Seefahrt und zu fernen Ländern. Es war ein schönes Zimmer, in dem die Farben von dunklem Holz und Bronze dominierten. Sie drehte sich zu Dominik um, der die Tür verschloss und wieder den Arm um Helenas Taille legte.

»Du wirst mich danach nicht fallen lassen, nicht wahr?«

Er wirkte aufrichtig erstaunt. »Warum sollte ich das tun?«

»Weil sie alle sagen, dass ihr Männer das tut, wenn ihr bekommen habt, was ihr wolltet.«

»Dafür hältst du mich?«

»Nein, aber das würde vermutlich jede Frau von ihrem Liebhaber sagen.«

»Mach dir keine Sorgen.«

Helena strich ihm mit der Hand über die Wange, dann küssten sie sich, küssten sich, während Dominik ihr das Kleid abstreifte und sie im Badeanzug zum Bett trug. Er war geduldig und zurückhaltend, beschränkte sich zunächst darauf, sie zu küssen und zu liebkosen, wagte sich langsam weiter vor, bis sie sich schließlich an ihn drängte. Dann zog er erst sich selbst aus, ehe er Helena den Badeanzug langsam über die Schultern schob.

Im Nachhinein hatte Helena recht gemischte Gefühle. Einerseits war es wunderbar, fast schon berauschend gewesen, dann jedoch, als Dominik in sie gedrungen war, hatte es so wehgetan, dass sie ihn darum bat, für einen Moment aufzuhören. Und obwohl er gewartet hatte, bis sie wieder bereit war, obwohl er so behutsam gewesen war, hatte es bei jedem Stoß geschmerzt, so sehr, dass Helena sich gewünscht hatte, es möge einfach schnell vorbei sein. Und nun lag sie an seiner Brust, lauschte seinem Herzschlag, der jetzt wieder ruhiger ging, und fragte sich, ob es wirklich nicht mehr war als das oder ob mit ihr etwas nicht stimmte. Sie dachte an Irenes Worte. *Leider war es viel zu gut.* Also stimmte etwas mit ihr, Helena, nicht. Oder aber es war mit anderen Männern noch schmerzhafter.

Dominik streichelte mit den Fingerspitzen ihr Rückgrat, fuhr sacht daran auf und ab. Dann drehte er sie auf den Rücken, küsste sie und begann erneut mit dem Liebesspiel, liebte sie mit Küssen und Zärtlichkeiten, bis das Verlangen tief in ihr in einer Welle im Bauch aufstob, in seinem Rieseln verklang und erneut aufwallte, ehe es sacht abebbte und Helena atemlos zurückließ. Dann zog er sie wieder an sich, hielt sie eng umschlungen, während ihr Kopf auf seiner Schulter ruhte und eine satte Trägheit von ihr Besitz ergriff.

Dominik liebte sie noch zwei Mal in dieser Nacht, und zum Schluss hin fand Helena es sogar recht angenehm und dachte, dass sie vielleicht doch Gefallen daran finden könnte. Über diesen Gedanken schlief sie ein und wachte erst auf, als Dominik sich neben ihr rührte. Anfangs war sie verwirrt und einen Moment orientierungslos, ehe sie wieder wusste, wo sie war. In Dominiks Bett. Unbekleidet und nicht mehr unschuldig. Sie rieb sich die Stirn, fragte sich, ob jetzt der große Moment des Bedauerns kam.

»Bereust du es?«, kam es dann auch prompt von Dominiks Seite des Bettes.

»Das kommt darauf an, was für ein Frühstück du mir vorsetzt.«

Er lachte, und das Bettzeug raschelte, als er sich aufrichtete. Helena tastete am Bettende nach ihrem Badeanzug, da sie nicht nackt im Zimmer herumlaufen mochte, das konnte sie trotz all der geteilten Intimität noch nicht. Sie fand den Badeanzug nicht, dafür aber Dominiks Hemd, das sie sich nun überzog und zuknöpfte.

»Wo ist dein Bad?«

»Dort durch die Tür.«

Die Baronin hatte auch ihr eigenes Bad gehabt, das man durch das Ankleidezimmer erreichte, das war aber nicht so modern wie das, das Helena gerade betrat. Allein die Badewanne war ein Traum. Seufzend fuhr sie mit den Fingerspitzen über die bronzeglänzenden Armaturen und wünschte, sie könnte ein ausgiebiges Bad nehmen. Das war etwas ganz anderes als ihre Zinkwanne zu Hause.

Helena ging zur Toilette und hoffte, man würde die Spülung nicht im Zimmer hören. Dann wusch sie sich die Hände, spülte den Mund mit Zahnpasta aus, spritzte sich Wasser ins Gesicht und fuhr mit feuchten Fingern durch ihr Haar. Als sie ins Zimmer zurückkehrte, war Dominik nicht da, und sie ging ans Fenster, schob den Vorhang ein Stück weit zur Seite, sah hinaus in den morgendlichen Garten. Wie viel Uhr es wohl sein mochte? Suchend schaute sie sich um, entdeckte Dominiks Armbanduhr auf dem Nachtschrank. Neun Uhr.

An der Wand neben der Tür zum Bad hing ein hoher Spiegel, und Helena stellte sich davor, sah sich an und fragte sich, ob man es ihr ansah. Sie berührte ihre Lippen, ihre Wangen, verengte kritisch die Augen. Versunken in die forschende Betrachtung ihres Spiegelbilds fuhr sie zusammen, als die Tür geöffnet wurde und Dominik eintrat. Er trug einen Morgenmantel und war barfuß.

»Ich habe gerade das Frühstück in Auftrag gegeben und gesagt, es solle im Garten serviert werden. Ist dir das recht?«

»Das ist wunderbar.«

Er zog sie an sich, küsste sie, dann trug er sie zum Bett, legte sie vorsichtig ab und beugte sich über sie.

»Wird der Kaffee nicht kalt?«, fragte sie, zunehmend atemloser, als sich Dominiks Hand suchend unter dem Hemd bewegte.

»Dafür gibt es Wärmehüllen.« Er küsste sie, und jeder Gedanke an das Frühstück erstarb.

Als Helena sich später erhob, um zu duschen, hatte sie immer noch wacklige Knie. Das war wunderbar gewesen, viel besser als in der Nacht zuvor. Sie zog wieder das Hemd über und drehte sich noch einmal zu Dominik um, küsste ihn.

»Kannst du bitte meine Tasche holen? Ich habe Wäsche zum Wechseln darin, weil ich ja eigentlich dachte, ich ziehe mich im Strandbad um.«

»Nicht, weil du das hier geplant hast?«

»In dem Fall hätte ich eine komplette Garderobe eingepackt und müsste nicht das Kleid vom Vortag tragen. Nein, ich war vollkommen arglos.«

»Du musst nicht das Kleid von gestern tragen, meine Schwester hat genug Kleider hier.«

»Ich kann mich doch nicht einfach an ihren Sachen bedienen.«

»Doch, kannst du.«

»Aber das wäre ihr bestimmt nicht recht.«

»Ich wüsste nicht, wie sie Kenntnis davon erlangen sollte. Sie würde es vermutlich nicht einmal merken, wenn du es behältst, weil sie ständig neuen Kram mitbringt. Ihr habt eine ähnliche Statur, sie ist ein klein wenig größer, aber da ihre Kleider so kurz sind, wie es gerade noch anständig ist, dürfte das dennoch passen.«

Er zog seinen Morgenmantel über und verließ das Zimmer, während Helena schon einmal ins Bad ging, nach Handtüchern suchte und in dem hohen, schmalen Schrank fündig wurde.

Dominik kehrte mit ihrer Tasche zurück und einem schicken cremegelben Sommerkleid. »Brauchst du Hilfe? Ich könnte dir den Rücken einseifen.«

»Ganz gewiss nicht.«

»Es macht aber gemeinsam mehr Spaß.«

»Das mag sein, aber ich finde, das Leben ist so reizlos, wenn man nichts mehr seiner Phantasie überlassen kann.«

»Gemeinsam geht es zudem schneller.«

Sie schob ihn aus dem Bad und verschloss die Tür. Unter der Dusche ließ sie das warme Wasser – der Boiler erhitzte es hier so viel schneller als zu Hause – auf den Körper prasseln, genoss es mit geschlossenen Augen, ehe sie damit begann, sich einzuseifen und ihr Haar zu waschen. Danach stellte sie das Wasser ab und wickelte sich in das flauschig weiche Handtuch. Was das für ein Gefühl sein musste, diesen Luxus Tag für Tag zu genießen!

Das Kleid saß gut, und die Farbe stand ihr. Man merkte, dass Dominiks Schwester nicht sparen musste beim Kleiderkauf. Helena brachte ihr Haar in Form, dann verließ sie das Bad. Dominik war bereits angekleidet, sein Haar noch feucht.

»Von wegen gemeinsam geht es schneller, ja? Wie viele Bäder hast du?«

»Hier oben? Noch eines.« Er legte ihr den Arm um die Taille, gab ihr einen Kuss auf die Schläfe. »Verbringst du diese Nacht wieder bei mir?«

»Du denkst bereits an die Fortsetzung?«

»Ich würde am liebsten das Frühstück ins Zimmer holen und direkt weitermachen.«

»Du bist unersättlich.«

»Unersättlich? Das war das erste Mal nach fast zehn Monaten geduldigen Wartens.«

Sie musste lachen.

Es war herrlich, im Garten zu frühstücken, dem morgendlichen Vogelgezwitscher zu lauschen, den Duft von taufeuchtem Gras zu atmen. Frau Birkholz war überaus freundlich, und Helenas heimliche Befürchtung, sie werde ihr kühl begegnen, weil sie so frivol war, im Bett des Hausherrn zu nächtigen, hatte sich nicht erfüllt. So ausgiebig hatte sie nicht mehr gefrühstückt, seit die Baronin zu Ehren ihres einundzwanzigsten Geburtstages in der Gesindeküche groß hatte auftischen lassen.

Später fuhr Dominik sie nach Hause und verabredete mit ihr, dass er sie zum Abendessen abholen werde. Sie stieg mit ihrem Korb und ihrer Tasche aus, winkte ihm noch einmal zu und ging ins Haus. In der Wohnung begrüßten sie eine Estelle, die vor Freude geradezu aus dem Häuschen geriet, und eine übelgelaunte Charlotte.

»Sag mal, wo warst du? Das nennst du einen Ausflug an den Wannsee?«

»Ich bin danach noch mit zu Dominik gefahren, zum, ähm, Abendessen im Garten.« Helena senkte den Kopf, herzte Estelle, während ihr die Wärme langsam den Hals hochkroch.

Als sie aufblickte, starrte Charlotte sie an. »Helena, bitte sag mir, dass du nicht ernsthaft so unfassbar dämlich gewesen bist! Ausgerechnet mit ihm!«

Helena antwortete nicht. »Warst du heute schon mit Estelle draußen?«, fragte sie schließlich.

»Nein.«

»Dann mache ich das jetzt.« Sie griff nach der Leine und befestigte sie am Halsband.

»Was ist das eigentlich für ein Kleid, das du da trägst? Hat er daheim eine komplette Damengarderobe, mit der er seine Bettgeschichten am Morgen danach ausstattet?«

Helena verließ die Wohnung und zog die Tür unsanft hinter sich zu.

SEPTEMBER 1926

Helena hatte Dominik für den Abend abgesagt, da sie unbedingt schlafen musste. Sie arbeitete den ganzen Tag, begann damit, noch ehe Ida Wagner erschien, und da sie seit gut zwei Monaten mehrmals die Woche bei Dominik schlief – oder vielmehr nicht schlief –, war sie so müde, dass ihr oftmals nachmittags, wenn sie auf dem Sofa im Wohnzimmer saß und sich einen Moment ausruhte, die Augen zufielen. Irgendwie schaffte Dominik das Kunststück, morgens ausgeruht und vital zu wirken, während sie sich mit bleischweren Gliedern erhob und zum Frühstück schleppte, wo sie sich von einer Tasse Kaffee zur nächsten gähnte.

»Meine Güte, der fordert dich ja ganz schön«, hatte Irene gespöttelt, als sie sich einen Nachmittag zum Kaffee getroffen hatten. »Fast beneide ich dich.«

Helena fand den Zustand beständiger Erschöpfung nicht gerade beneidenswert. Und ausgerechnet jetzt war so viel zu tun. Ihr Schönheitsöl fand großen Anklang, und sie kam kaum mit der Produktion hinterher, sodass sie mittlerweile überlegte, noch eine Kraft einzustellen. Aber dann blieb nicht genug übrig, um die laufenden Kosten zu decken. Und Helena musste ja auch die Apotheke mittragen, diesen Klotz am Bein. Die laufenden Schulden aus dem Erbe ihres Vaters wurden kaum geringer, weil sie bisher ständig anfallende Zinsen abzahlten und Charlotte weitere laufende Kosten hatte.

Charlotte übernahm die komplette Buchhaltung, auch die für den Kosmetikbereich, sodass es übersichtlich war und Helena sich problemlos ausrechnen konnte, dass für eine weitere Angestellte kein Geld da war. Andererseits könnten sie die Produktion hochfahren und würden auf diese Weise mehr verdienen. Dann rechnete sich das wiederum. Aber sie wollte ja auch nicht immer so leben, dass ihr gesamtes Geld für neue Ware und laufende Kosten draufging, sondern endlich anfangen zu sparen, Geld zu haben für Kleider und Dinge, die über den nötigsten Bedarf hinausgingen. Insgeheim träumte sie sogar davon, irgendwann ein Auto zu besitzen. Momentan war jeder Pfennig verplant, und Ausgaben außer der Reihe musste sie woanders abziehen.

Sie hatte weitere Farbnuancen für ihren Lippenstift entwickelt, den sie nun in acht Tönen anbot. Nach wie vor lief *Berlin Noir* am besten. Aber Material war teuer, hochwertige Lippenstifthülsen, hübsche Flaschen für das Öl, feine Döschen, in denen sie Puder und Make-up verkaufen wollte. Und dann die ganzen Rohstoffe, die sie brauchte.

»Meine Güte, siehst du fertig aus«, sagte Paula, die an ihrem Küchentisch eine Tasse Tee mit Charlotte trank.

Helena antwortete nicht, sondern schenkte sich lediglich eine Tasse Kaffee ein, den sie stark süßte.

»Seit wann trinkst du Kaffee mit Zucker?«, fragte Paula.

»Seit drei Wochen oder so. Mir wird übel, wenn er zu bitter ist, aber darauf verzichten kann ich auch nicht.«

»Dir wird übel von Kaffee?«, fragte Paula. »Hat Dominik Lichtenthal dir einen Braten in die Röhre geschoben, oder was?«

»Was redest du da für einen Unsinn?« Helena setzte die Tasse an die Lippen, wollte überspielen, dass ihr die Worte einen Heidenschreck eingejagt hatten, eine Angst, die in einer heißen, übelkeitserregenden Welle in ihr aufschwappte. Das konnte doch nicht sein, oder? Viele Frauen taten es, ohne schwanger zu werden. Wenn das so schnell ginge, wäre Irene doch längst schwanger geworden.

Charlotte starrte sie einfach nur an, sagte gar nichts, war aber ganz blass geworden. »Du hast seit Wochen nicht mehr geblutet, oder?«

Das ging nun wirklich zu weit! »Das kannst du doch überhaupt nicht wissen!« Tatsächlich hatte Helena gar nicht so recht darauf geachtet, ob ihr Monat gekommen war oder nicht, zu angefüllt waren die Tage gewesen mit Arbeit. Ein paarmal hatte sie geglaubt, dass die Blutung einsetzte, als es in ihrem Bauch gezogen hatte, einmal sogar, während sie mit Dominik im Bett lag und sie sich die ganze Zeit nicht auf die Toilette getraut hatte, aus Angst, dass auf dem Laken ein roter Fleck zu sehen sein würde, sobald sie sich erhob.

»Und ob ich das wissen kann, wir wechseln uns mit der Wäsche ab, schon vergessen? Und wir sind monatlich fast immer zeitgleich dran.«

»Hast du überhaupt schon mal geblutet, seit du mit Dominik Lichtenthal schläfst?«, fragte Paula

»Woher weißt du überhaupt davon?«

»Na, woher wohl?«

Helena warf ihrer Schwester einen giftigen Blick zu, aber die zuckte nur mit den Schultern. Es war ja auch egal, denn wenn Paula recht hatte, dann hatte Helena jetzt ganz andere Sorgen. Das letzte Mal war kurz vor ihrer ersten Liebesnacht gewesen, daran erinnerte sie sich noch, weil sie besorgt gewesen war wegen ihres Ausflugs an den Wannsee. Das hatte jedoch fast punktgenau geklappt.

»Das darf doch jetzt nicht wahr sein!« Charlotte stellte ihre Tasse scheppernd auf die Untertasse. »Spinnst du, oder was?«

»Bisher ist das doch bloß eine Vermutung«, verteidigte Helena sich.

»Aber eine überaus naheliegende! Verdammt noch mal, das hat uns gerade noch gefehlt.«

»Uns? Was hast du denn damit zu tun?«

»Na, was denkst du denn, wie sich das auf die Geschäfte auswirkt, wenn eine von uns hier eine ledige Mutter ist? Man beobachtet alleinstehende Frauen doch oh nehin mit Argusaugen und duldet unseren Lebenswandel nur, wenn wir die Konsequenzen nicht für jeden sichtbar vor uns hertragen!«

»Jetzt hör auf«, sagte Paula. »Das macht es auch nicht besser.«

Helena sah an den beiden vorbei aus dem Fenster, hörte den Lärm der Straße, während alles in ihr wie gelähmt schien vor Entsetzen.

»Hast du dir denn keine Gedanken darum gemacht, eine Empfängnis zu verhindern?«, fragte Paula.

»Na, ganz offensichtlich nicht«, ätzte Charlotte.

Wie denn? Helena hatte überhaupt keine Ahnung, wie man dergleichen verhindern konnte, hatte kaum darüber nachgedacht. In den Momenten, wenn sie sich atemlos unter Dominiks Küssen und Zärtlichkeiten wand, war jede warnende Stimme in Lust erstickt worden. Und danach, wenn sie in seinen Armen lag und ihr ganzer Körper von dieser warmen, katzengleichen Geschmeidigkeit war, hatte sie alle Bedenken beiseitegeschoben, hatte gedacht, dass es schon gut gehen würde, das tat es bei so vielen anderen ja auch ... Sie wollte vor Paula und Charlotte nicht eingestehen, dass sie eigentlich nur wenig Ahnung von der Sache hatte. Bei ihrer ersten Blutung hatte ihre Mutter ihr mit beinahe verschämt wirkender Miene erklärt, wie sie das nun monatlich handhaben müsse, und ihr gesagt, dass bei verheirateten Frauen das Ausbleiben der Blutung ein Zeichen für eine Schwangerschaft sei. Danach war das Thema nicht wieder zur Sprache gekommen.

»Hör zu«, sagte Paula nun, »noch ist ja nicht alles zu spät. Du musst das Kind nicht bekommen, und Dominik Lichtenthal hat nun wahrhaftig Geld genug, damit du zu einem richtigen Arzt gehen kannst und nicht zu einer Kurpfuscherin.«

Über Helenas Arme kroch Gänsehaut, und sie rieb sich fahrig mit zitternden Fingern über die Oberarme.

»Das wird in der Tat das Beste sein«, sagte Charlotte. »Vielleicht kennt Dominik sogar einen Arzt. Gut möglich, dass du nicht sein erstes Malheur in dieser Art bist.«

»Man könnte auch Conrad fragen, ob er einen Kollegen empfehlen kann«, schlug Paula vor.

»Den würde ich da lieber erst einmal heraushalten, es muss ja nicht gleich jeder erfahren.«

»Er ist ja wohl, wie jeder andere, an die Schweigepflicht gebunden.«

Die Diskussion rauschte an Helena vorbei, während ihre Gedanken wild herumwirbelten und sich in keine Ordnung bringen ließen, beständig um das Wort »schwanger« kreisten. Ihr wurde übel, und sie drehte sich um, stürzte aus der Küche, stand danach würgend über dem Klosett, spuckte aber nur sauren Speichel aus. Ihr Blick verschwamm, und sie sank auf den kühlen Boden, während ihr die Tränen über die Wangen rannen und auf die im Schoß zusammengeballten Hände tropften.

Estelle kam in das Badezimmer getappt, und Helena zog den kleinen Hund an sich, lehnte mit dem Rücken an der Zinkwanne und barg das Gesicht in dem Fell. Es hatte etwas Tröstliches, diesen kleinen, warmen Körper zu spüren, der sich so vertrauensvoll an sie schmiegte. Ihr Problem löste das jedoch mitnichten. Aber auch die Vorstellung einer Abtreibung jagte ihr eine Heidenangst ein. Ein Mädchen im Dorf hatte das machen lassen, und man erzählte sich, sie sei danach nicht dieselbe gewesen. Lenchen Schott hatte erzählt, dass man dem Mädchen Stoff zwischen die Zähne geklemmt habe, damit die Schmerzschreie nicht bis nach draußen drangen.

»Komm, steh auf.« Charlotte stand in der Badezimmertür. »Hier heulend im Bad zu sitzen, ist keine Lösung.«

»Lass mich doch einfach in Ruhe.«

»Du kannst ruhig ein bisschen mitfühlender sein«, kam es von Paula, die Charlotte nun zur Seite schob und vor Helena in die Hocke ging. »Geh erst einmal zu einem Arzt. Vielleicht ist das ja auch alles falscher Alarm.« Ihre Stimme klang indes nicht so, als hielte sie diese Möglichkeit für wahrscheinlich.

»Wie wäre es, wenn ihr endlich mal entscheidet, ob ihr zusammen oder getrennt leben wollt?«

Arianas Chauffeur stellte zwei Koffer in die Eingangshalle und zog sich wieder zurück. »Gerade darum geht es ja. Erich! Marianne! Seid lieb, ja?«

Die beiden Rangen waren schon auf halbem Weg in die Küche, wo die Köchin stets Leckereien für sie hatte. Seufzend sah Dominik ihnen nach. Bisher hatte es sich so günstig gefügt, dass seine Schwester ihn in den letzten beiden Monaten nur sporadisch für einen Nachmittag besucht hatte, aber nie über Nacht blieb. Für diesen Abend hatte Helena ihm zwar abgesagt, aber Ariana hatte sich schon einmal über zwei Wochen hier einquartiert, ehe ihr Mann Erbarmen mit Dominik gezeigt und sie mit einem Blumenstrauß in den Händen abgeholt hatte.

»Was meinst du mit ›darum geht es ja‹?«, fragte er.

»Wir machen eine gemeinsame Reise nach Paris und wollen so wieder zueinanderfinden.«

Dominik ahnte Böses, dennoch gab er erst einmal den Ahnungslosen in der Hoffnung, dass nicht sein konnte, was nicht sein durfte. »Und warum bist du dann hier bei mir? Willst du ihn vorher ein wenig auf Distanz bringen, damit er später umso leidenschaftlicher ist?«

»Spar dir die Unanständigkeiten, ja? Ich kann die Kinder wohl schlecht allein zu Hause lassen.«

»Nein, Ariana, auf gar keinen Fall!«

»Unser Zug geht in einer Stunde, ich habe keine Zeit zu diskutieren.«

»Du kannst nicht einfach deine Kinder bei mir abladen!«

»Hier ist Platz genug, oder?«

»Darum geht es doch überhaupt nicht.«

»Bis bald, Dominik, wir sind in drei Wochen wieder hier.«

»Drei Wochen?«

Sie drehte sich um und war zur Tür hinaus.

»Ariana! Komm sofort zurück!« Er eilte ihr nach, konnte sie aber unmöglich aufhalten, ohne eine öffentliche Szene zu machen. »Wage es nicht, in diesen Wagen zu steigen!«

Dem Chauffeur war sichtlich unwohl, als er ihr die Tür öffnete und diese hinter ihr schloss. Dann stieg er eilig hinter das Steuer. Dominik lief auf die Straße, öffnete die Tür, als der Chauffeur gerade die Zündung bediente.

»Du packst augenblicklich deine Brut wieder ein!«

»Also wirklich, Dominik!« Sie zog an der Tür, und da die Sache in ein sehr unschönes Gerangel ausartete, gab Dominik nach, belegte seine Schwester mit wenig schmeichelhaften Worten, während sie die Tür zuzog und der Wagen losfuhr.

Mit finsterer Miene ging er ins Haus zurück, wo ihn Frau Birkholz erwartete. »Ich habe die Koffer der beiden kleinen Herrschaften in das Kinderzimmer gebracht.«

»Ja, schon recht«, antwortete er barsch.

Erich kam in die Halle. »Ich habe Mama gesagt, dass du uns nicht hier haben möchtest, Onkel Dominik, aber sie hat nicht auf mich gehört.«

Dominik seufzte, als ein unwillkommener Anflug von schlechtem Gewissen in ihm aufstieg. »Ist schon gut. Benehmt euch einfach, ja?« Frau Birkholz würde wohl nun tagsüber als Kindermädchen herhalten müssen, gerade Marianne konnte man nicht den ganzen Tag sich selbst überlassen. Er fuhr seinem Neffen im Vorbeigehen übers Haar und ging die Treppe hoch, um sich umzukleiden. Wenn Helena keine Zeit für ihn hatte, würde er sich mit seinen Freunden treffen, die kamen in letzter Zeit ohnehin zu kurz.

Der Arzt hatte ihr gewiss keinen Augenblick lang geglaubt, dass sie verheiratet war, denn ihr Entsetzen, als er die Vermutung Gewissheit werden ließ, konnte sie nicht verbergen. Mehrere Tage hatte sie gezögert, hatte darauf gehofft, dass ihre Blutung doch einsetzte, hatte Angst gehabt. Mehrmals hatte Dominik sich mit ihr verabreden wollen, und immer hatte sie ihm abgesagt, Gründe vorgeschoben, warum sie ihn nicht treffen könne. Nachdem sie nun diese von viel Scham begleitete Untersuchung hinter sich gebracht hatte, stand sie auf der Straße und fühlte sich erbärmlich. Weil sie nicht wusste, was sie tun sollte, rief sie von einem öffentlichen Münzfernsprecher Irene an, konnte aber kein Wort artikulieren, als diese ans Telefon ging, weil ihr die Stimme brach.

»Wo bist du? Ich hole dich ab.«

Helena nannte die Adresse und wartete eine halbe Stunde, während sie sich immer wieder die Tränen abwischte, bis ihre Augenlider sich ganz wund anfühlten. Passanten sahen sie an, mal neugierig, mal mitleidig, während jeder vermutlich insgeheim froh war, dass sein eigenes Leben nicht gerade in einer Katastrophe zerbarst, die ihn weinend am Straßenrand stehen ließ.

»Grundgütiger, du siehst ja furchtbar aus«, begrüßte Irene sie, als sie einstieg.

Helena antwortete nicht, sondern putzte sich die Nase.

»Wenn Dominik dich verlassen hätte, hättest du mich vermutlich von daheim angerufen. Da die Sache aber so schlimm ist, dass du nicht einmal nach Hause gehen konntest, ohne sofort mit jemandem zu sprechen, vermute ich mal, dass dir soeben bestätigt wurde, schwanger zu sein.«

Anstelle einer Antwort schluchzte Helena wieder auf.

Irene stieß den Atem in einem langen Seufzer aus. »Ach, du dummes Mädchen«, tadelte sie sanft. »Hast du denn nicht aufgepasst? So etwas darfst du nie allein einem Mann überlassen.«

»Ich wusste doch nicht, wie.«

»Deine Schwester ist Apothekerin. Warum hast du sie nicht gefragt? Warum hast du *mich* nicht gefragt? Und normalerweise passt Dominik auf, hat er das bei dir nicht?«

Helena wusste es nicht, wusste ja nicht einmal, wie er hätte aufpassen sollen, aber sie schämte sich für diese Unwissenheit und Naivität so sehr, dass sie nur mit den Schultern zuckte.

»Hilft jetzt ja alles nichts. Ich nehme an, er weiß es noch nicht?«

»Nein.«

»Wann wirst du es ihm sagen? Ich würde nicht zu lange warten.«

»Ich weiß, ich bringe es am besten rasch hinter mich. Kannst du mich ins Werk fahren?«

»Was habe ich dir zu dem Thema gesagt? Besuche ihn nie bei der Arbeit, wenn nicht gerade ein absoluter Notfall eingetreten ist.«

»Ist das hier nicht Notfall genug?«

»Bist du heute Abend schwangerer als jetzt?«

»Natürlich nicht.«

»Dann ist es auch kein Notfall.«

Helena schwieg und sah auf ihre Hände, die das mittlerweile vollkommen durchfeuchtete Taschentuch zerknüllten.

»Wir gehen jetzt erst einmal essen. Das klappt doch, oder kotzt du jetzt bei jeder Mahlzeit?«

»Nein.« Helena antwortete unwirscher als beabsichtigt.

»Also gut, dann gehen wir essen, du trinkst richtig starken Kaffee danach. Dann fährst du heim, rufst Dominik an ...«

»Im Werk?«

»Ja, das kannst du ruhig, sonst verplant er den Abend

womöglich anderweitig. Sieh nur zu, dass du dich an seinem Vorzimmerdrachen vorbeilavierst, das wird nicht einfach. Und dann richtest du dich ein bisschen her, damit du nicht wie ein Häufchen Elend vor ihm stehst. Immerhin trägt er einen Gutteil Schuld an der Sache.«

Helena hätte nicht gedacht, dass sie an diesem Tag überhaupt etwas herunterbringen würde, aber dann aß sie doch eine Pastete, trank zwei Tassen Kaffee und fühlte sich danach ein bisschen besser. Irene erklärte ihr, dass eine Abtreibung nicht so schlimm sei, wie man gemeinhin behauptete, wenn der Arzt fähig war, aber auch nicht gerade ein Spaziergang. »Dominik wird dir gewiss einen hervorragenden Arzt bezahlen«, beruhigte sie sie.

»Und wenn er nun furchtbar wütend wird?«

»Dann soll er künftig seine Hosen anbehalten! Du hast dich ja wohl nicht allein geschwängert.«

»Vielleicht dachte er, ich passe irgendwie auf, und denkt jetzt, ich hätte ihm ein Kind untergeschoben.«

»Ich denke doch, dass nicht gerade du die treibende Kraft dahinter warst, miteinander ins Bett zu gehen, nicht wahr?«

Helena nickte nur und trank eine weitere Tasse Kaffee. Danach brachte Irene sie nach Hause, sprach ihr noch einmal Mut zu und winkte ihr vom Auto aus zu, ehe sie losfuhr. Glücklicherweise war Charlotte nicht da, offenbar ging sie gerade mit Estelle eine mittägliche Runde. Mit heftig klopfendem Herzen ließ sich Helena vor dem Sekretär nieder, nahm den Telefonhörer ab und ließ sich mit dem Pharmaziewerk Lichtenthal verbinden. Eine unterkühlte Frauenstimme meldete sich.

»Vorzimmer Dominik Lichtenthal, Waltraud Schönhuber am Apparat. Sie wünschen bitte?«

»Hier spricht Helena Rosenberg. Ich möchte bitte mit Herrn Lichtenthal sprechen.«

»Herr *Doktor* Lichtenthal ist in einer Besprechung.«

So eine Hexe. Gewiss hörte sie, wie unsicher und zittrig Helenas Stimme klang, und dachte sich, auf jemanden, der am Boden lag, konnte man ja getrost noch einmal eintreten. »Wann ist er denn wieder zu erreichen?«

»Das kann ich Ihnen nicht sagen.«

»Können Sie ihm ausrichten, er möchte mich bitte zurückrufen?«

»Ihr Name?«

Helena nannte ihn ihr ein weiteres Mal.

»Worum geht es?«

»Das ist privat.«

Das darauf folgende Schweigen war reine Missbilligung. »Ich sage ihm Bescheid. Einen schönen Tag noch«, kam es schließlich, ehe die Frau auflegte.

Die ganze Zeit über war Helena unkonzentriert, lief im Wohnzimmer hin und her, brach einmal sogar in Tränen aus, weil es so lange dauerte und sie dachte, dass Dominik sie gewiss nicht zurückrufen wollte, sie sich aber auch nicht traute, ihn noch einmal anzurufen. Sie lenkte sich mit einem Artikel in der *Dame* ab, in dem es um Mode und Kosmetik ging. Als das Telefon schließlich schrillte, schrak sie zusammen und lief dann so schnell zum Telefon, dass sie sich das Knie am Tisch anstieß. Rasch hob sie ab und tat einen tiefen Atemzug, als sie Dominiks Stimme hörte.

»Guten Tag, Helena. Frau Schönhuber sagte, du bittest um Rückruf?«

»Ja, ganz recht.« Sie räusperte sich. »Können wir uns treffen?«

»Natürlich. An wann dachtest du?«

Er machte auf Helena einen etwas unterkühlten Eindruck, und ihr sank der Mut. Hatte sie ihn verschreckt mit ihrer Ablehnung in den letzten Tagen? Hatte er womöglich bereits eine neue Geliebte? Bei dem Gedanken wurde ihr ganz flau im Magen, und sie presste die Faust dagegen, schloss einen Moment lang die Augen.

»Helena?«

»Passt es dir heute Abend? Bei dir?«

»Ja, gewiss. Um sechs Uhr?«

»Ist gut.« Sie wollte etwas sagen, was die Normalität zwischen ihnen wiederherstellte.

»Soll ich dich abholen?«

Bloß nicht! Eine solche Nachricht konnte man unmöglich bei einer Autofahrt überbringen, und sie wusste aber auch, dass sie nicht die ganze Fahrt über neben ihm sitzen und so tun konnte, als wäre alles wie immer.

»Helena? Bist du noch dran?«

»Das brauchst du nicht, ich komme mit dem Taxi.«

Kurzes Schweigen. »Wie du meinst.«

Er klang so distanziert, daher versuchte Helena sich an einem fröhlicheren Tonfall, wollte, dass es war wie immer, wenn sie sich verabredeten. »Lass das Abendessen doch im Garten servieren.«

»Es hat abends derzeit fünfzehn Grad.«

»Ach so, stimmt, es ist ja bereits Herbst.«

»Ist wirklich alles in Ordnung?«

»Ja, natürlich, ich ...« Sie atmete tief durch, drückte die Fingerspitzen gegen die Nasenwurzel. »Ich bin dann um sieben bei dir.«

»Nicht um sechs?«

»Bist du denn da schon zu Hause?«

»Nachdem ich dich für sechs Uhr eingeladen habe, kannst du davon ausgehen.«

»Ach ja, ist gut.«

»Helena, ich fange an, mir Sorgen zu machen.«

»Das musst du nicht, mir geht es blendend.« Und genau in diesem Augenblick kamen ihr die Tränen und schluckten die letzte Silbe. »Bis später«, presste sie hervor und legte auf.

Den Nachmittag verbrachte Helena damit, mit Estelle einen ausgiebigen Spaziergang zu machen, und ging so lange durch die Straßen, dass sie schließlich, als sie wieder zu Hause war, nur noch eine Stunde Zeit hatte, sich umzukleiden. Sie tat das mit der üblichen Sorgfalt, schminkte sich, steckte eine zum Kleid passende Spange ins Haar. Als sie mit ihrem Aussehen endlich zufrieden war, verließ sie ihr Zimmer.

»Du warst heute gar nicht in der Fertigung«, sagte Charlotte. »Ich hätte erwartet, dass du dich da wenigstens nach dem Arztbesuch mal blicken lässt.«

»Ich habe Fräulein Wagner gestern gesagt, dass sie heute allein ist.« Helena hatte bis in die Nacht vorgearbeitet und nur drei Stunden geschlafen. Es wunderte sie, dass die Erschöpfung sie noch nicht in die Knie zwang.

»Fährst du jetzt zu ihm?«

Sie nickte.

»Na, dann viel Glück. Gewiss wird er entzückt sein.«

Helena antwortete nicht, ihr war ohnehin schon flau im Magen, auch ohne diese Häme. Sie hockte sich zu Estelle, streichelte sie, schöpfte Trost aus der vertrauensvollen Nähe. Dann erhob sie sich. »Passt du bitte auf, dass sie nicht rausläuft?«

Charlotte lockte Estelle zu sich und hielt sie fest, damit Helena die Wohnung verlassen konnte. Auf der Straße hielt sie ein Taxi an, und die ganze Fahrt über flatterte es in ihrem Magen, als hätte jemand einen Hummelschwarm freigesetzt, der an den Wänden entlangschwirrte und übelkeitserregend aufflatterte. Vor Dominiks Villa atmete sie tief durch, bezahlte für die Fahrt und stieg aus.

Dominik selbst öffnete ihr die Tür und nahm ihr den Mantel ab. »Ich habe im Esszimmer ein leichtes Abendessen auftragen lassen. Ich hoffe, das ist dir recht?«

»Gewiss.«

Im Esszimmer ließ sie sich von Dominik ein Glas zwischen die klammen Finger drücken, hielt es aber nur fest, ohne es an die Lippen zu führen.

»Wie geht es dir?«, fragte sie.

»Diese Unterhaltung möchtest du jetzt führen?«

Sie schwieg, dann schüttelte sie den Kopf, stellte das Glas ab. »Ich …« Alles drehte sich wie ein Karussell an Worten, in dem es ihr nicht gelang, die richtigen zu greifen.

»Sag jetzt endlich, was los ist.« Es war Dominik anzuhören, wie sehr er mit sich rang, sich nicht anhören zu lassen, dass sie seine Geduld offenbar arg strapazierte.

Sie umfasste die Stuhllehne, schloss einen Moment lang die Augen, spürte, wie eine Träne zwischen den Lidern hervorquoll. Und dann Dominiks leise Stimme. »Ich glaube, ich verstehe.«

Es dauerte einen Moment, ehe sie die Antwort formulieren konnte. »Wirklich?« Sie wischte sich mit dem Handrücken die Tränen von den Wangen und sah ihn an.

»Wie weit bist du?«

»Das weiß ich nicht. Der Arzt sagte, vermutlich Ende zweiter Monat oder Anfang dritter.« Ihre Fingerknöchel traten weiß hervor, so fest umklammerte sie die Stuhllehne, und sie zwang sich dazu, die Finger zu lösen. »Du gibst mir doch das Geld für einen Arzt, ja? Ich kann mir allenfalls eine Pfuscherin leisten.«

Dominik goss sich nun selbst etwas zu trinken ein, sah sie an, während er einen Schluck nahm. »Ist dir bewusst, dass eine Abtreibung unter Umständen Folgen haben kann, die dein restliches Leben beeinflussen? Abgesehen von Dingen wie einer perforierten Gebärmutter, Infektionen und damit einhergehendem hohem Fieber kann es auch sein, dass du zeit deines Lebens keine Kinder mehr kriegen kannst.«

Wieder quollen Tränen auf, trübten ihr die Sicht. »Was soll ich denn sonst machen? Ich kann doch nicht als ledige Mutter leben.«

»Setz dich erst einmal hin und iss.«

»Essen soll ich? Ich bin schwanger! Geht das vom Essen irgendwie weg?« Ihre Stimme kippte fast.

»Vielleicht beruhigst …«

»Wenn du mir jetzt ernsthaft sagst, ich solle mich beruhigen, werfe ich mit allem, was auf dem Tisch steht, nach dir!« Dieser Wutausbruch tat so gut, dass Helena ernsthaft versucht war, ihren Worten Taten folgen zu lassen.

»Schon gut.« Begütigend hob Dominik die Hände. »Du musst keine ledige Mutter sein. Wir heiraten einfach.«

Sie starrte ihn an. War er jetzt komplett übergeschnappt? »Hältst du das für den richtigen Moment, um blöde Witze zu machen?« Sie hielt den Teller bereits in den Händen.

Dominik kam zu ihr, und er wirkte so gelassen, dass sie sich fragte, was für ein Spiel hier gerade gespielt wurde. Wie konnte er so ruhig bleiben? »Ich mache keine Witze. Du bist schwanger, möchtest keine ledige Mutter sein, und da wir doch ganz gut zusammenpassen, wäre das die nächstliegende Lösung. Oder möchtest du wirklich lieber abtreiben mitsamt allen Gefahren und möglichen Komplikationen?« Vorsichtig nahm er ihr den Teller aus der Hand und stellte ihn zurück auf den Tisch.

Jetzt machte Helena nicht mehr den Versuch, die Tränen zurückzuhalten. »Das ist vermutlich der schrecklichste Heiratsantrag, der je gemacht wurde.«

Dominik legte die Arme um sie, zog sie an sich, und nach kurzem Sträuben gab sie nach, lehnte den Kopf an seine Schulter. »Wir tragen das gemeinsam, ja?«

»Das glaube ich dir erst, wenn du auch nur noch gezuckerten Kaffee trinken kannst«, brachte sie zwischen zwei Schluchzern hervor. Schließlich löste sie sich aus seinen

Armen, nahm ihr Täschchen, das sie auf dem Tisch abgelegt hatte, und kramte ein Taschentuch hervor.

Dominik küsste sie auf den Mund. »Sollen wir jetzt etwas essen? Und dann gehst du schlafen?«

»Ich muss morgen früh arbeiten.«

»Morgen ist Sonnabend, da öffnest du erst später. Außerdem ist Ida Wagner ja auch noch da.«

Helena rieb sich die brennenden Augen. Sie war ganz durcheinander. »Ich bin heute aber nicht in Stimmung, Dominik.«

»Ich dachte tatsächlich an Schlafen, sonst nichts. Du siehst aus, als könntest du es brauchen.«

Sie setzten sich an den Tisch, aber Helena brachte kaum etwas herunter. Jetzt, da die Anspannung von ihr abgefallen war, wollte sie in der Tat nichts als schlafen. Nach dem Essen begleitete Dominik sie in sein Zimmer, und nachdem sie sich gewaschen hatte, zog sie sich aus und ging im Unterkleid ins Bett. Dominik setzte sich zu ihr an den Bettrand, glitt mit der Hand unter die Decke, legte sie auf ihren noch flachen Bauch.

»Wir heiraten, ehe man es sieht«, versprach er. »Morgen leite ich alles in die Wege, in spätestens vier Wochen ist es dann so weit.«

Das alles war so unwirklich, dass Helena es nicht so richtig fassen konnte. Sie schloss die Augen und schlief fast augenblicklich ein. Als sie die Augen wieder öffnete, fühlte sie sich so ausgeruht wie lange nicht mehr. Der Schlaf war tief und traumlos gewesen, und vor allem hatte sie kein laut scheppernder Wecker aus dem Schlaf gerissen. Helena blinzelte in jenen Moment, der dem unmittelbaren Erwachen folgte, wenn man noch ganz gefangen war in der wohligen Schwere der Glieder. Und dann setzte die Erinnerung ein. Die Schwangerschaft. Dieser seltsame Heiratsantrag, der beiläufig, wie eine geschäftliche Vereinbarung vorgetragen worden war. Sie hatte gar nicht gemerkt, dass Dominik überhaupt schlafen gekommen war, was er aber getan haben musste, denn seine Seite des Bettes sah benutzt aus.

Helena drehte sich auf den Rücken und streckte sich. Im nächsten Moment fuhr sie zusammen, da sie die kleine Gestalt auf dem Bett bemerkte. Sie richtete sich auf und strich sich das Haar aus der Stirn. Ein Mädchen saß am Fußende, die langen blonden Locken ordentlich frisiert, der Mund verschmiert in einem Rot, das verdächtig nach jenem Lippenstift aussah, den Helena letztes Mal hier vergessen hatte.

»Guten Morgen«, sagte das Mädchen ernst.

»Guten Morgen.«

»Warum schläfst du in Onkel Dominiks Bett?«

»Hm …, weil ich müde war.« Hatte sich etwa seine Schwester hier einquartiert? Das hätte Helena nun gerade noch gefehlt.

»Onkel Dominik hat das eigentlich verboten. Er sagt immer, wenn wir in seinem Zimmer spielen und sein Bett durcheinanderbringen, setzt es was.«

»Ich habe ihn vorher gefragt.«

Das Mädchen stützte das Kinn in eine Hand. »Onkel Dominik ist ein bisschen böse darüber, dass wir hier sind.«

»Das kann ich mir nicht vorstellen.«

»Doch, er hat ganz arg mit Mama geschimpft, als sie uns hergebracht hat. Sie ist mit Papa im Urlaub. Erich hat gesagt, wir sollen einfach leise sein, dann merkt Onkel Dominik gar nicht, dass wir da sind.«

Das waren ja großartige Voraussetzungen, um ein Kind in diesem Haushalt zu gebären.

»Was machst du denn hier?«, kam es auch gleich wie zum Beweis von der Tür her. »Habe ich nicht gesagt, ihr sollt im Kinderzimmer bleiben?«

Das Mädchen rutschte aufgeschreckt vom Bett.

»Lass sie doch«, sagte Helena. »Wir haben uns gerade sehr nett unterhalten.«

»Warum siehst du aus wie ein Clown?«, fragte Dominik.

Die Unterlippe des Mädchens zitterte, und Helena schob die Decke zurück, um sich aufzusetzen. »Mach dir nichts draus«, sagte sie zu dem Mädchen. »Männer erkennen eine Prinzessin eben nicht sofort. Magst du den Lippenstift, ja?«

Das Mädchen nickte.

»Dann behalte ihn ruhig.« Helena strich der Kleinen durch die zarten Locken.

»Was sagt man?«, kam es von Dominik, als das Mädchen sich anschickte, den Raum zu verlassen.

Die Kleine drehte sich zu Helena um. »Danke.«

»Gerne, Liebes.« Helena wandte sich an Dominik. »Warum bist du so garstig zu ihr?«

»Sie macht nur Unfug von früh bis spät.«

»Sie ist noch klein.«

»Und ungezogen.«

»Deine Schwester ist nicht hier?«

»Nein, sie hat ihre Bagage hier abgeladen und ist in den Urlaub gefahren.«

»Magst du keine Kinder?«

Offenbar witterte er eine Fangfrage und schien auf der Hut. »Doch, durchaus.«

»Dann sei doch etwas netter zu ihr. Ich glaube, sie hat Angst vor dir.«

»Sie hat vor niemandem Angst. Außerdem bin ich doch kein Kinderschreck.«

Helena erhob sich und bemerkte Dominiks Blicke, mit denen er ihr durchscheinendes Unterkleid betrachtete. Sie ging an ihm vorbei ins Bad, und als sie zurückkam, stand er immer noch im Zimmer, hatte jedoch die Tür geschlossen. Jetzt kam er zu ihr, legte ihr die Arme um die Hüfte und hob sie hoch.

»Meine ganze nächtliche Erholung ist dahin, wenn du mich jetzt wieder erschöpfst«, sagte sie zwischen zwei Küssen.

»Du darfst heute schlafen, so lange du willst. Ida Wagner kann sicher schon einmal ohne dich anfangen.«

»Hast du abgeschlossen?«, fragte sie atemlos, als er sich bereits daranmachte, sie auszuziehen.

»Ja, keine Sorge.«

Nachdem sie sich geliebt hatten, schlief Helena nicht, sondern stand auf und nahm ein Bad, wobei sie sich Dominiks Bitten gegenüber taub stellte und ihm die Badezimmertür vor der Nase schloss. Sie versank im samtigen Wasser, in das sie ihre eigene Duftessenz geträufelt hatte, von der seit einem Monat ein Fläschchen hier stand.

Herrlich war das. Sie schloss die Augen und genoss es, einfach nur dazuliegen, umhüllt von Wärme.

Als sie später in den Korridor trat, um ins Esszimmer zu gehen, begegnete ihr Dominiks Neffe, ein hochgewachsener Junge, blond wie seine Schwester.

»Guten Morgen, Fräulein«, sagte er höflich.

»Guten Morgen.« Sie lächelte ihn an, und er lächelte zurück. »Bist du auch auf dem Weg zum Frühstück?«

»Nein, ich suche meine Schwester.«

Er begleitete sie die Treppe hinunter und verabschiedete sich an der Tür zum Esszimmer von ihr. Dominik hatte sich bereits Kaffee eingeschenkt und senkte jetzt die Zeitung. »Ah, da bist du ja.«

»Ich habe gerade deinen Neffen gesehen.«

»Tatsächlich? Eigentlich sollte er im Zimmer sitzen und lernen.«

»Er sucht seine Schwester.«

»Stromert sie wieder durchs Haus?«

»Lass sie doch.« Als sie eine Bewegung am Fenster ausmachte, lächelte sie und hob die Hand, um dem kleinen Mädchen zuzuwinken. »Sie ist im Garten.«

Dominik sah nun ebenfalls zum Fenster, winkte seiner Nichte und wandte sich wieder Helena zu. »Setz dich doch bitte.«

Er reichte ihr den Brotkorb und schenkte Kaffee ein. Die Situation war unwirklich. Sie hatten in letzter Zeit oft miteinander gefrühstückt, aber dieses Mal hing ein seltsam geartetes Schweigen darüber, eines, das angefüllt war mit Fragen und Ungewissheit. Helena wusste damit nicht umzugehen.

»Sind wir jetzt verlobt?«, fragte sie schließlich.

»Ja, so könnte man es nennen, wenn man einander die Ehe versprochen hat, nicht wahr?«

Sie nickte nur.

»Du bekommst noch einen Ring von mir, ich war nur schlechterdings auf die Situation nicht vorbereitet.«

»Das ist nicht so wichtig.«

»Doch, das ist es, es soll ja nicht wirken wie eine Verlegenheitslösung.«

»Das wird ohnehin jeder ahnen, wenn das Kind nach sechs Monaten auf die Welt kommt.«

»Ich würde keine Ehe anbieten, wenn ich mir nicht vorstellen könnte, mit der entsprechenden Frau den Rest meines Lebens zu verbringen. Und letzten Endes fragt irgendwann kein Mensch mehr danach, wie lange nach unserer Eheschließung das Kind geboren wurde.«

Wie nüchtern er das alles abhandelte. Helena hatte nicht so recht gewusst, ob sie überhaupt heiraten wollte, aber wenn, dann hatte der Heiratsantrag in ihrer Vorstellung anders ausgesehen. Andererseits sollte es daran nun nicht scheitern, dachte sie. Es war ja nicht so, dass sie sich ein Leben mit Dominik nicht vorstellen konnte, ganz im Gegenteil. Es wäre gewiss schön, hier zu wohnen und jede Nacht in seinem Bett zu verbringen, ohne zu befürchten, als liederlich zu gelten.

Nach dem Frühstück fuhr er sie heim, wo eine ungeduldige Charlotte sie erwartete. »Und? Ich nehme an, wenn du über Nacht geblieben bist, dann habt ihr eine Lösung gefunden?«

»Ja. Wir werden heiraten.«

»Wie bitte?«

»Eine Abtreibung ist zu gefährlich, und Dominik hat mir die Ehe angeboten.«

»Und du hast dem zugestimmt?«

»Ja.«

»Hast du vollkommen den Verstand verloren? Ihm untersteht Nutznießung und Verwaltung deines gesamten in die Ehe eingebrachten Vermögens, ebenso jenes, das du während der Ehe erwirbst.«

»Aber Dominik hat gesagt …«

»Dominik hat gesagt«, äffte Charlotte sie nach. »Kannst du nicht selbst denken?«

»Und wenn ich ihn nun heiraten möchte?«

»Ich kann das einfach nicht fassen! Stell dir vor, er verwaltet dein Vermögen und darf darüber entscheiden, was du damit tust. Wir sind nach wie vor hoch verschuldet, wobei du dir da ja keine Sorgen mehr machen musst, ich stehe allerdings mit der ganzen Last allein da, wenn er dir nicht erlaubt, deinen Anteil des Geldes wieder zu investieren.«

»Das würde er nicht tun.«

»Was weißt du schon, was er tun würde.«

»Jedenfalls treibt er nach wie vor keine Schulden ein, und das, obwohl du laufend neue machst, auch bei ihm.«

»Wenn die Apotheke wieder läuft …«

»Ja, fragt sich nur, wann das sein wird. Du hörst doch auch nicht auf mich, wenn ich dir rate, den Apothekenbetrieb aufzugeben. Und wenn ich nun ebenfalls meine eigene Entscheidung treffe, regt es dich auf.«

»Dann mach doch, was du willst. Aber beklag dich am

Ende nicht, wenn du nur noch für Dominik Lichtenthal arbeitest.«

Helena schwieg und ging ins Wohnzimmer, nahm den Telefonhörer ab, um ihre Mutter anzurufen.

OKTOBER 1926

»Dominik, ganz ehrlich, das ist sogar für deine Verhältnisse echt ein starkes Stück.« Andreas Braun legte den Füllfederhalter beiseite und drehte das Schreiben so, dass Dominik es lesen konnte.

»Du sollst es lediglich formaljuristisch korrekt aufsetzen und nicht moralisch bewerten.«

»Als dein Jurist tue ich das, als dein Freund äußere ich Skepsis, ob du deine Ehe wirklich so beginnen möchtest.«

»Das sind Geschäftsentscheidungen, die nichts mit unserem Privatleben zu tun haben.«

»Das glaubst du doch wohl selbst nicht.« Andreas schraubte den Füllfederhalter zu, nachdem Dominik unterzeichnet hatte. »Aber sei's drum, es ist deine Entscheidung. Ist die Familie deiner Zukünftigen schon eingetroffen?«

»Sie hat nur noch ihre Mutter, die kommt heute an. Ich bringe sie im Adlon unter.«

»Ach was?«

»Helena sagt, sie möchte nicht in dem Haus in der Friedrichstraße wohnen, weil damit wohl zu viele schlechte Erinnerungen verknüpft sind. Und ich kann meine künftige Schwiegermutter wohl mitnichten in irgendeiner Absteige unterbringen. Ich hätte sie in meinem Haus einquartiert, aber nachdem meine Schwestern mit ihren Familien eingetroffen sind, habe ich kein freies Gästezimmer mehr.«

»Was ist eigentlich mit Ariana? Ist die mittlerweile zurück?«

»Die kommt heute.« Dominik erhob sich und sah auf die Uhr. »Genauer gesagt müsste sie schon da sein. Ich hoffe, die Koffer der Kinder sind gepackt.«

»Da konntest du ja schon ein bisschen das Vatersein üben.«

Dominik quittierte das mit einem schrägen Blick, dann verabschiedete er sich von ihm und verließ das Büro. Es war noch einiges zu erledigen, wobei seine älteste Schwester Emmi die Organisation übernommen hatte, kaum dass sie wusste, er würde heiraten. Sie hatte die vier Kinder bei ihrem Mann gelassen und war augenblicklich aus Karlsruhe angereist, um mit Frau Birkholz zusammen alles zu planen.

»Ich frage lieber nicht, warum diese Eile«, hatte sie gesagt. »Immerhin läufst du in den Hafen der Ehe ein, das ist mehr, als ich zu hoffen gewagt habe.«

Helena hatte ihm alles überlassen, sich aber geweigert, das Brautkleid auch von ihm bezahlen zu lassen. »Wenigstens darum will ich mich selbst kümmern.«

Als Dominik nach Hause kam, fand er dort bereits eine aufgebrachte Ariana vor, die mit ihrem Ehemann und den beiden anderen Schwestern im Wohnzimmer saß. »Na, du kommst mir gerade recht!«

»Ariana«, sagte ihr Mann. »Bitte mach jetzt keine Szene.«

»Ich komme von meiner Reise zurück, finde hier ein volles Haus vor und erfahre dann, dass du heiraten wirst? In einer Woche? Bist du von Sinnen?«

»Dir auch einen guten Tag«, antwortete Dominik und ging zum Servierwagen, um sich etwas zu trinken einzuschenken.

»Hast du irgendeine deiner Huren geschwängert und machst sie jetzt zur Hausherrin in unserem Elternhaus?«

»Ariana, das reicht jetzt«, kam es von Emmi.

»Ganz recht.« Auch Finja, seine zweitälteste Schwester, schüttelte den Kopf. »Du musst dich hier nicht so gebärden.«

»Ach, ihr findet es richtig, dass ich von der Eheschließung meines Bruders eine Woche vorher erfahre?«

»Du warst ja nicht hier«, antwortete Dominik. »Du hast deine Kinder ungefragt abgeliefert und bist sofort wieder gegangen.«

»Ich dachte, das wäre abgesprochen gewesen«, mischte sich Arianas Ehemann ein.

»Keineswegs.«

Ariana verdrehte die Augen, was sie stets tat, wenn sie im Unrecht war, aber jeden spüren lassen wollte, dass dieser Umstand sie allenfalls langweilte. »War das die Frau, die Marianne morgens in deinem Bett vorgefunden hat?«

»Wie bitte?« Jetzt war es an Emmi und Finja, Dominik konsterniert anzuschauen, und auch Arianas Ehemann wirkte nun nicht mehr ganz so gelassen.

»Das war ganz und gar harmlos. Es ging ihr nicht gut, und sie hat sich hingelegt. Im Übrigen habe ich den Kindern verboten, mein Zimmer zu betreten.«

»Hat sie hier öfter übernachtet, als ich fort war?« Ariana konnte keine Ruhe geben.

»Das geht dich überhaupt nichts an.«

»Nun, zumindest, seit ich hier bin, hat sie das nicht«, sagte Emmi. »Sie ist ganz reizend, ich habe sie kennengelernt, als sie zum Mittagessen hier war.«

»Und ich habe sie kennengelernt, als sie sich von Dominik im Wohnzimmer vor den Augen meiner Kinder hat befummeln lassen.«

»Ich habe sie geküsst, als deine Kinder hereingeplatzt sind, weil du mal wieder uneingeladen aufgetaucht bist. So herum wird ein Schuh daraus.« Dominik wurde das langsam zu dumm. »Im Übrigen ist es mir gleich, ob es dir passt oder nicht. Ich sage dir allerdings direkt, dass du hier nicht willkommen bist, wenn du meiner Ehefrau den Respekt verweigerst.«

»Eine Ehefrau, von der du nicht einmal weißt, unter wie vielen Männern sie schon gelegen hat. Schließlich ist allen klar, unter welch halbseidenem Gesindel du dir deine Liebesgespielinnen aussuchst. Findest du die Vorstellung erbaulich, wenn du dich auf der Hochzeit fragen musst, welche deiner männlichen Gäste deine Ehefrau bereits beschlafen haben?«

»Ich denke, wir gehen dann jetzt.« Arianas Ehemann stand auf. »Danke, dass du dich um unsere Kinder gekümmert hast.« Der Blick, den er seiner Frau zuwarf, sagte indes, dass dazu das letzte Wort noch nicht gesprochen war. Er legte die Hand um ihren Ellbogen und verließ mit ihr den Raum.

Die Kinder kamen noch einmal ins Wohnzimmer, um sich von Dominik zu verabschieden. »Danke, dass wir hierbleiben durften«, sagte sie artig, was ihnen zweifellos von ihrem Vater aufgetragen worden war.

»So, jetzt, da Ruhe eingekehrt ist«, sagte Emmi, »können wir noch einige organisatorische Dinge besprechen.«

»Ich muss nachher los, meine künftige Schwiegermutter kennenlernen.«

»Unser Dominik als angehender Schwiegersohn«, sagte Finja und wirkte dabei sogar ein klein wenig schadenfroh. »Bei der ersten Begegnung mit der Mutter deiner geschwängerten Geliebten wäre ich ja gerne dabei.«

»Ach, die Berliner Luft.« Frieda Rosenberg tat einen tiefen Atemzug. »Ein klein wenig hat mir das hier wohl doch gefehlt.« Nach einer überschwänglichen Umarmung war sie mit Helena aus dem Anhalter Bahnhof getreten und stand nun auf dem Askanischen Platz. Jetzt drehte sie sich zu Helena um und umfasste ihr Gesicht. »Lass dich ansehen. Prächtig schaust du aus!«

Helena lächelte. »Mir geht es auch gut, ich bin nicht mehr ständig müde.«

»Ach, das kenne ich aus der Anfangszeit mit dir damals auch. Übel ist dir nicht?«

»Nein, glücklicherweise nicht.«

Ihre Mutter lächelte und hakte sich bei ihr ein. »Wo ist denn dein Galan? Ich dachte, er holt uns ab.«

»Er wird gewiss gleich hier sein.« Helena fand einen

Platz, wo Dominik gut halten konnte, und wies den Gepäckträger an, den Koffer ihrer Mutter hier abzustellen, ehe sie ihm Geld in die Hand drückte. »Er hatte angeboten, mich zu fahren, aber ich wollte dich gerne allein begrüßen, wir haben uns so lange nicht gesehen.«

»Nachdem du ja nicht einmal über Weihnachten gekommen bist …«

»Ich hatte dir doch erklärt, dass ich kein Geld für die Reise hatte. Dieses Jahr klappt es gewiss, dann kommst du einfach zu uns, ja?«

»Dann sieht man es bestimmt auch schon.« Ihre Mutter betrachtete sie kritisch. »Kaum eine Wölbung, du wirst dich gut machen im Brautkleid.«

»Na ja, ein bisschen ist da schon, ich verstecke es nur gut.« Anfangs war ihre Mutter nicht so voller Vorfreude auf das Kind gewesen. Am Telefon hatte sie geradezu entsetzt reagiert, als sie erfuhr, dass Helena so überstürzt heiratete, und sofort gefragt, von wem sie sich ein Kind hatte anhängen lassen. Der Umstand, dass sie Dominik heiraten würde, hatte ihre Mutter jedoch augenblicklich versöhnt. »Du hast dir den Lichtenthal-Erben geangelt?« Na ja, fragte sich, wer hier wen geangelt hatte, dachte Helena.

»Ist er das?« Ihre Mutter hatte den Wagen erspäht, der näher kam und langsamer wurde.

»Ja, das ist Dominik.« Helena winkte ihm zu, und er stieg aus, gab ihr einen keuschen Kuss auf die Wange, ehe er ihre Mutter begrüßte. Offenbar konnte auch sie sich Dominiks starker Wirkung auf Frauen nicht entziehen, denn sie wirkte entzückt.

»Möchtest du vorne sitzen, Mama?«, fragte Helena.

»Nein, mir gefällt es hinten gut. Ich wollte immer schon mal wissen, wie es ist, sich chauffieren zu lassen.«

»Sollen wir eine Rundfahrt machen?«, fragte Dominik. »Oder möchten Sie erst ins Hotel und sich frisch machen?«

»Nicht so förmlich, mein Lieber. Nachdem du meine Tochter geschwängert hast, können wir gerne zum Du übergehen.«

Helenas Gesicht wurde heiß. »Mama!«

Dominik grinste. »Sehr gerne.«

»Ich würde mich in der Tat gerne erst einmal ein wenig ausruhen, die Fahrt war anstrengend.«

»Dann also zuerst ins Hotel. Ich entschuldige mich noch einmal dafür, dass ich keinen Platz in meinem Haus anbieten konnte.«

»Ach was, ich war noch nie in einem Hotel, das wird so aufregend!«

Zu Helenas Belustigung verfiel ihre Mutter in den Berliner Zungenschlag, während sie auf der Fahrt mit Dominik plauderte. Helena war erleichtert, dass sich das Gespräch ausschließlich um das Leben in der Großstadt drehte, bis ihre Mutter irgendwann anmerkte, dass diese Stadt wohl jeden, der in ihr lebte, in sich einsog und ihn ganz und gar ausfüllte.

»Helena war so ein anständiges Mädchen, als sie fortgegangen ist.«

»Oh, sie war auch hier die ganze Zeit sehr anständig«, antwortete Dominik.

»Ganz anständig hat sie sich ein uneheliches Kind machen lassen«, spöttelte ihre Mutter.

»Ich musste lange darauf warten, das tun zu dürfen, und im Übrigen haben wir erst vor drei Monaten …«

»Ja, ist gut«, fiel Helena ihm ins Wort. »Können wir das Thema wechseln?«

Dominik bog in die Friedrichstraße ein, und Helena drehte sich zu ihrer Mutter um, bemerkte, wie diese sich vorneigte, als sie an der Apotheke vorbeifuhren. An dem Zucken, das über ihr Gesicht huschte, erkannte Helena, dass die Verletzung immer noch tief saß. Dabei war es um ihren Vater, nach allem, was sie so hörte, wohl gewiss nicht schade gewesen. Lieber ohne Ehemann als mit so einem. Als sie auf die Straße Unter den Linden einbogen, entspannte Frieda Rosenberg sich und lächelte sogar.

»Wie lebendig alles ist! Berlin war immer schon voller Leben, aber es hat sich doch einiges verändert.«

»Nach dem Krieg sind wir alle wohl vergnügungssüchtiger geworden«, antwortete Dominik.

»Bist du noch eingezogen worden?«

»Ja, aber der Krieg war vorbei, ehe ich an die Front musste. Mir kam zugute, dass ich der einzige Erbe eines Unternehmens war, das durch die Produktion von Medikamenten als kriegswichtig galt.«

»Ein Glück.«

»Ja, auch wenn ich das damals nicht so empfunden habe. Fast alle meine Freunde haben den Marschbefehl bekommen, ich kam mir wie ein Drückeberger vor.«

»Sind sie alle zurückgekehrt?«

»Nein.«

Helena hatte mit Dominik nie über den Krieg gesprochen. In diesem Leben, das so wild und verführerisch mit allem lockte, war der Gedanke an Tod und Zerstörung einfach zu weit weg gewesen. Jetzt musterte Helena Dominiks Profil und fragte sich, wie gut sie ihn eigentlich kannte. Sie wusste vermutlich recht wenig von dem, was ihn bewegte, während er in ihr gewiss lesen konnte wie in einem offenen Buch. Helena nahm sich vor, das zu ändern.

»So, da wären wir.« Dominik parkte den Wagen vor dem Hotel, das sich in all seiner Pracht im Licht der Herbstsonne präsentierte. Sie stiegen aus, und Dominik holte den Koffer aus dem Wagen. Ein Page eilte herbei und lud das Gepäck auf ein Gestell.

»Guten Tag, die Herrschaften.«

Sie brachten Frieda Rosenberg in das Foyer, und Helena konnte – wie stets – nicht verbergen, wie beeindruckt sie war. Ihrer Mutter ging es ähnlich, und so wandten beide die Köpfe, sahen sich staunend um, während sie mit Dominik zur Rezeption gingen.

»Ich lege mich erst einmal ein wenig hin«, sagte Frieda Rosenberg und gab Helena einen Kuss auf die Wange. »Sehen wir uns zum Abendessen? Dann können wir uns in Ruhe unterhalten.«

»Ich komme um sechs«, antwortete Helena.

Ihre Mutter drückte Dominiks Hand. »Und wir sehen uns morgen?«

»Direkt zum Frühstück?«

»Das wäre reizend.«

»Sehr gerne.«

»So, dann lasse ich euch mal allein. Bis später, mein Liebes.« Sie legte Helena die Hand an die Wange und ging mit dem Pagen in Richtung der Aufzüge.

Dominik reichte Helena formvollendet den Arm. »Und was machen wir zwei nun, hm?«

»Du darfst mich zum Kaffee einladen.«

»Und nach welcher Lokalität steht der Dame der Sinn?«

»Café Atlantic?«

»Wie du wünschst.« Sie gingen zum Wagen, und Dominik öffnete ihr die Beifahrertür. »Denkst du daran, dass ihr morgen Abend zum Familienessen zu uns kommt?«

Helena hatte es verdrängt. »Sind jetzt alle deine Schwestern da?«

»Ja, Finja ist gestern gekommen, Ariana heute.«

Helena stöhnte leise auf und lehnte den Kopf mit geschlossenen Augen an den Sitz.

»Mit Emmi bist du doch gut zurechtgekommen. Und Finja ist genau wie sie. Ariana bekommt für ihr Benehmen noch strikte Anweisungen.«

Wenn es denn half. »Und sie werden meine Mutter nicht von oben herab behandeln?«

»Nein. Ich glaube allerdings auch nicht, dass deine Mutter sich das bieten lassen würde, sie ist letzten Endes doch ein Berliner Kind.« Er startete den Wagen. »Ich bin froh, wenn wir nach dem ganzen Rummel ein paar Tage für uns allein haben.«

»Du meintest, du bist froh, wenn du wieder mit mir ins Bett kannst.«

»Ich wollte es etwas romantischer klingen lassen.«

Sie würden für zwei Wochen wegfahren, wobei es Dominik einiges an Überredungskunst gekostet hatte, da Helena sich keine zwei Wochen Arbeitsausfall leisten konnte. Zwei Wochen nicht liefern zu können, wäre das Ende für ihr Unternehmen. Dominik hatte schließlich die Idee gehabt, einen seiner Chemiker abzustellen, der alles nach ihren Rezepturen anfertigte. Damit Helena sichergehen konnte, dass alles so lief, wie sie das wollte, arbeitete der Mann bereits jetzt schon bei ihr. Dann konnte sie sich auch gleich in Ruhe den Hochzeitsvorbereitungen widmen und Zeit mit ihrer Mutter verbringen. Und so langsam freute sie sich auf die Reise nach Südfrankreich. Sie war noch nie verreist.

Charlotte konnte kaum erwarten, dass sich der Rummel um Helenas Hochzeit endlich legte. Abgesehen davon, dass sie sich Dominik Lichtenthal keineswegs als Schwager wünschte, ging das Ganze zumindest mit der Hoffnung einher, dass sich ihre Probleme damit auch lösten. Vielleicht konnte sie mit ihm irgendeine Übereinkunft treffen, wie sie ihre Schulden am besten abzahlte – die überdies damit halbiert wären, denn Helenas Anteil würde er wohl mitnichten eintreiben. Helena wäre dann gewiss anständig genug, von ihren Gewinnen weiterhin einen Teil der Schulden abzuzahlen, sodass irgendwann Land in Sicht wäre.

»Ich bin schon so gespannt auf die Feier bei Dominik Lichtenthal«, sagte Paula, als sie abends um die Häuser zogen. »Was ist eigentlich mit dir und Conrad? Läuft da was?«

»Wir haben uns ein paarmal geküsst.«

»Und wie küsst er so? Ich finde, er wirkt so brav und anständig.«

»Der Eindruck trügt.« Dabei hatte Charlotte dasselbe gedacht, hatte ihn mit seiner Gelehrten-Ausstrahlung für eher konservativ gehalten. Und er küsste nicht nur wirklich gut, er hatte beim letzten Mal auch einige Liebkosungen gewagt, die gleichzeitig kühn und zurückhaltend anmuteten. Ausreichend, um kleine Flammen auflodern zu lassen, eine Neugier zu entfachen, die lockte und verführte. Aber mehr war nicht geschehen.

»Ist es etwas Ernstes?«

»Nein, du weißt doch, dass ich unabhängig bleiben möchte. Meine Apotheke teile ich mit keinem Mann.«

»Schön, dann können wir uns heute ja nach Herzenslust amüsieren und Kerle anlachen, die uns den Abend bezahlen.«

Sie begannen in einer Tanzbar in der Friedrichstraße, wo sie sich wie immer gelangweilt und unbeeindruckt gaben. Nicht lange darauf standen zwei junge Männer an ihrem Tisch, die nur zu erpicht darauf waren, ihnen für diesen Abend Gesellschaft zu leisten.

»Sie sehen aus, als würden Sie etwas feiern«, sagte einer der beiden.

»Wir feiern«, sagte Paula und hob ihr Glas, »dass meine beste Freundin hier demnächst einen steinreichen Schwager hat und damit zur richtig guten Partie wird.«

»Tatsächlich?« Der Mann grinste. »Und auf welche Art wird gefeiert?«

»Das überlegen wir uns noch«, sagte Paula, ließ dabei aber einen vielversprechenden Augenaufschlag sehen. Die beiden hatten Feuer gefangen, und zumindest bei Paula würde einer von ihnen zum Zug kommen, sie sahen beide nicht schlecht aus, und Paula betrachtete sie auf eine Art, als sei sie noch unentschlossen, welcher in den Genuss käme. Charlotte ihrerseits wollte solche Hoffnungen nicht machen, spielte das Spiel aber mit.

Sie gingen auf die Tanzfläche, wo sie unvermittelt auf Wilma trafen. Gar so überraschend war das nicht, denn sie wohnte in der Nähe, allerdings waren sie sich seit dem unseligen Abend aus dem Weg gegangen. Auch jetzt sah Wilma aus, als habe sie das weiße Pulver genossen. Sie schob sich beim Tanzen das Kleid über die Schultern hinunter, drehte sich lasziv, und ihre Brüste drückten sich gegen den durchscheinenden Stoff des Unterkleides. Charlottes Tanzpartner stolperte zweimal fast über die eigenen Füße, während er glotzte.

»Ich überlasse Sie ihr gerne«, sagte Charlotte schließlich, was ihn rot anlaufen ließ.

»Morgen schämt sie sich wieder in Grund und Boden«, sagte Paula, als ihre beiden Galane Getränke von der Bar holten. »Das ist immer so.«

»Hat sie keine Freundin, die sie von solchen Dummheiten abhält?«

»Ihre beste Freundin ist gerade mit einem Kerl in einer Toilettenkabine verschwunden.«

»Glaubst du, ihre Eltern ahnen etwas?«

»Wilmas? Wohl kaum, der Vater ist stockkonservativ. Wenn der von dem Treiben seiner Tochter hier erfährt …« Paula machte eine vielsagende Geste.

Charlotte beobachtete die junge Frau. Wilma wirkte eigentlich nicht, als habe sie Spaß, vielmehr hatte ihre Art, sich in immer verruchtere Vergnügen zu stürzen, etwas Verzweifeltes. Sie wurde aus ihren Überlegungen gerissen, als die beiden Männer mit den Gläsern in den Händen zurückkehrten.

Einer von ihnen hob das Glas, sah Charlotte an. »Auf die künftige gute Partie.«

Dominik war am Abend zuvor mit seinen Freunden ausgegangen, um, wie diese es nannten, seinen letzten Abend als Junggeselle noch einmal auszukosten. Helena hatte ihn argwöhnisch gefragt, ob zu den letzten Freiheiten auch eine Nacht mit einer anderen Frau gehöre, aber er hatte gelacht und ihr versichert, dass sie dergleichen nicht zu befürchten habe.

Neben der Entscheidung, welche Kirche sie für die Trauung auswählten – es hatte sich glücklicherweise herausgestellt, dass sie beide protestantisch waren –, hatte sich die Frage gestellt, wer Helena zum Altar führte. Paula hatte das zur Sprache gebracht, als sie Helenas Brautkleid absteckte, und Helena hatte einräumen müssen, dass ihr niemand einfiel. Ihre Familie bestand nur noch aus ihrer Mutter. Daraufhin sagte Paulas Bruder: »Ich mach's, wenn du das möchtest.«

Charlotte hatte die Augen verdreht, aber Helena hatte das Angebot angenommen. Als Charlottes beste Freundin gehörte Paula praktisch zur Familie, und Martin war immer nett zu ihr gewesen.

»Das macht er doch nur, weil er seine Chance wittert, auf die Feier zu dürfen«, schimpfte Charlotte.

»Das mag sein, aber jemand muss mich zum Altar führen, und dann nehme ich lieber Martin als einen von Dominiks Freunden, die ich kaum kenne.«

»Martin kennst du auch kaum.«

»Das stimmt, aber er ist Paulas Bruder.«

Nun, da Helena im Zimmer ihrer Mutter im Adlon saß, während diese sie schminkte und frisierte, schlug ihr das Herz bis zum Hals. »Ich habe ein Geschenk von der Baronin mitgebracht«, sagte ihre Mutter. »Es ist eine Überraschung, ich weiß selbst nicht, was drin ist. Du sollst es abends auspacken, sagt sie.«

Helena trug ein Kleid aus elfenbeinfarbener Seide, das Paulas Mutter so geschickt geschneidert hatte, dass der Bauchansatz kaum zu sehen war. Am Oberteil war über die Seide hauchfeine Spitze gearbeitet, die über die Hüften reichte, und in den Rock waren hauchfeine Goldfäden gewebt. Den Schmuck hatte Dominik ihr geschenkt, Perlen mit diamantbesetztem Anhänger sowie passende Ohrgehänge.

»Dein Dominik bekommt eine sehr schöne Frau«, sagte ihre Mutter. »Du hast gar keinen Grund, so nervös zu sein, alle werden dich lieben.«

»Seine Schwester gewiss nicht.«

»Du meinst die jüngste der drei, die sich den ganzen Abend bei Tisch ausgeschwiegen und dich immer wieder so seltsam angesehen hat? Mach dir nichts daraus. Die anderen waren doch reizend.«

Helena nickte nur leicht. Leider waren es ausgerechnet

die beiden freundlichen Schwestern, die weit weg wohnten, während sich die garstige ja praktisch als Dauergast einquartierte.

»Jetzt wünschte ich gar, dein Vater könnte sehen, wie seine verstoßene Tochter den Lichtenthal-Erben heiratet und eine berühmte Filmschauspielerin als Trauzeugin hat.«

»Wenn er imstande wäre, das zu sehen, wäre ich ja gar nicht nach Berlin gekommen.«

Ihre Mutter tat diesen Einwand mit einer Handbewegung ab. »Aber weißt du, was mich wirklich stolz macht? Wie du dich hier behauptet und dein eigenes Unternehmen gegründet hast mit dem, was ich dir beibringen konnte.«

Helena stand auf und umarmte sie. »Wer hätte das gedacht, nicht wahr?«

»So, jetzt aber genug der Rührseligkeiten.« Ihre Mutter sah auf die Uhr. »Deine Trauzeugin muss jeden Moment da sein.«

Irene holte sie im Wagen ab. Charlotte, Paula und Martin würden direkt zur Kirche kommen. Als Helena aus dem Fahrstuhl ins Foyer schritt, wurde sie richtiggehend verlegen, als sie all die Blicke bemerkte, die ihr folgten. Und als sie dann auch noch von Irene in Empfang genommen wurde, die sie auf die Wange küsste und ihr versicherte, sie sehe großartig aus, hielten etliche Neugierige um sie herum inne und starrten sie unverhohlen an. Vielleicht versuchte der eine oder andere sogar, Helena irgendwie einzuordnen, fragte sich, ob er sie aus einem Film kennen musste.

»So, nun lass uns gehen, damit Dominik nicht in der Kirche steht und denkt, du hättest ihn versetzt.« Irene fuhr an und fädelte sich so knapp in den Verkehr, dass der Wagen hinter ihr eine Vollbremsung hinlegen musste.

»Grundgütiger!«, rief Helenas Mutter.

Sie wurden im Berliner Dom getraut, was Irene mit den Worten »Dominik macht eben keine halben Sachen« kommentierte. Martin wartete bereits vor dem Eingangsportal, und Helena stellte belustigt fest, dass er ein klein wenig nervös wirkte.

»Paula und Charlotte sind schon drinnen«, erklärte er ihr.

»Und Dominik?«

»Der natürlich auch.«

Irene gab ihr einen Kuss auf die Wange. »So, ich gehe dann auch mal meinen Platz einnehmen. Bis gleich.«

Helena nickte nur, weil sie mittlerweile zu zittrig war, um Worte zu artikulieren. Ihre Mutter zupfte an ihr herum, drapierte den vorderen Teil des feinen Schleiers über ihrem Gesicht, dann gingen sie in die Kirche, blieben am Mittelgang stehen, und Helena sah Dominik, der sich nun zu ihr umdrehte. Der Schleier bewegte sich sacht in Helenas Atemzügen, und sie bemerkte die Blicke aller, die sich nun auf den Bänken zu ihr umwandten. Ihre eigenen Gäste waren sehr überschaubar, das waren außer Charlotte und Paula noch deren Mutter und Schwester sowie Conrad Rudorf. Helena holte tief Luft, stieß den Atem langsam aus, und dann setzten die Orgelklänge ein.

Die Worte des Geistlichen schafften es nur gedämpft durch das Dröhnen in Helenas Ohren, das dem schnellen Herzschlag geschuldet war, aber instinktiv tat man wohl doch in so einer Situation stets das Richtige. Helena gab ihr Jawort, reichte Dominik die rechte Hand, damit er ihr den Ring über den Finger schieben konnte, und der Rest lag bei Dominik. Er hob den Schleier von ihrem Gesicht, küsste sie. Und dann ging es feierlich aus der Kirche hinaus, sie an seinem Arm. Irene und Ferdinand Abendroth folgten ihnen, die übrige Hochzeitsgesellschaft schloss sich an.

Vor der Kirche empfing sie der goldene Glanz eines herbstlichen Nachmittags. Warum nur wollte jeder im Frühjahr heiraten, fragte sich Helena, deren liebste Jahreszeit seit jeher der Herbst gewesen war. Sie hielt einen Moment lang das Gesicht in die Sonne, dann ließ sie sich von Dominik in den Wagen helfen, und als er schließlich neben ihr saß, ging es zu seiner Villa, wo die Hochzeitsfeierlichkeiten stattfinden würden. Dort wartete auch der Fotograf, um im Garten die Hochzeitsfotos zu machen.

Nachdem die Formalitäten hinter ihnen lagen, konnte Helena die Feier endlich genießen, und vor allem konnte sie etwas essen. Schon am Vorabend hatte sie keinen Bissen hinunterbekommen, und so lud sie sich am Büfett jetzt sehr undamenhaft den Teller voll.

»Stärkst du dich für heute Nacht?«, scherzte Irene, und Helena sah sich hastig nach möglichen Mithörern um, was ihre Freundin zum Lachen reizte. »Meine Liebe, keiner hier hält dich für eine unschuldig keusche Braut, nicht, nachdem die Hochzeit so kurzfristig anberaumt wurde. Aber du musst mir verraten, wie du es trotzdem schaffst, so rot zu werden. Ich werde nie rot.«

»Sei froh«, murmelte Helena und biss von einer Pastete ab.

»Wann brecht ihr auf?«

»Am frühen Abend.« Helena beobachtete Dominik, der sich mit seinen Freunden unterhielt, etwas sagte, woraufhin alle lachten. Dann suchte sie mit den Blicken Charlotte, fand sie auf der Tanzfläche mit einem Mann, den sie nicht kannte. Ihr Begleiter, Conrad Rudorf, unterhielt sich angeregt mit einem von Dominiks Freunden, einem Arzt, dessen Namen ihr entfallen war, irgendetwas mit Lilie.

Nachdem sie gegessen hatte, ging Helena auf die Tanzfläche. Einmal tanzte sie mit dem Schauspieler Alexander Rubin, der sich offenbar nicht mehr an sie erinnern konnte, worüber Helena nicht traurig war. Ihr war immer noch peinlich, was für eine Figur sie auf der Party abgegeben haben musste, wie wenig weltgewandt und städtisch sie gewirkt hatte. Sie vergewisserte sich, dass ihre Mutter sich gut unterhielt, denn diese hatte anfangs verlegen am Rande der Party gestanden, war aber nun in eine Unterhaltung mit Paulas Mutter verwickelt, die sich auf dieser Party zunächst ebenfalls fehl am Platz gefühlt hatte. Paulas Schwester hingegen amüsierte sich bestens, ebenso wie Martin, der sogar einen von Dominiks Gästen als ehemaligen Schulkameraden wiedererkannte.

Schließlich kam Dominik zu ihr und flüsterte ihr zu, dass es Zeit für die Abreise war. »Verabschiede dich bitte diskret von deiner Mutter, nichts ist peinlicher als lange, zotenreiche Abschiede von meinen Freunden.«

Helena musste lachen, kam seiner Bitte aber nach, und

ihre Mutter schloss sie fest in die Arme. »Komm mich bald besuchen, ja? Wir vermissen dich alle sehr.«

Da sie noch einmal zum Tanz aufgefordert wurde und nicht gut einen Korb geben konnte, dauerte es noch einen Moment, ehe sie die Party verlassen und die Treppe hochhuschen konnte, um sich oben umzukleiden. Ihr gemeinsames Zimmer. Helena konnte es noch gar nicht so richtig fassen. Ihr Zimmer. Ihr Zuhause. Es war überwältigend. Sie blieb einen Moment oben an der Galerie stehen, sah hinunter in die Halle, atmete tief durch, spürte, wie eine warme Welle des Glücks sie durchlief. Helena Lichtenthal, Begründerin von Rosenberg Kosmetik, einem weltumspannenden Konzern, mondäne Gastgeberin einer Villa in Berlin-Grunewald. Schließlich drehte sie sich um und ging ins Zimmer.

»Wie es aussieht, hat uns jemand eine kleine Überraschung hier hinterlegt«, begrüßte Dominik sie und nickte zu einer flachen, mit rosa Band verzierten Schachtel hin, die auf dem Bett lag.

»Das muss das Geschenk der Baronin sein. Meine Mutter sagte, dass sie es mir aufs Zimmer hat bringen lassen.« Helena löste die Schleife und öffnete den Deckel. Darin lag ein Nachthemd aus goldschimmernder, spitzenverzierter Seide, so fein, dass es fast durchsichtig wirkte.

Dominik hob eine Braue. »Oha. Eure Baronin hat offenbar bei der Auswahl ihres Geschenks auch an mich gedacht.«

»Ich würde sagen, sie hat nur an dich gedacht.« Helena hielt das durchscheinende Kleidungsstück hoch. »Es lohnt sich doch gar nicht, es anzuziehen, wenn du es mir ohnehin direkt wieder ausziehst. Außerdem ist es so durchsichtig, dass ich gleich nackt bleiben kann.«

Dominik seufzte. »Du musst noch viel lernen.«

»Das ist so aufregend. Wir werden nun bestimmt häufiger hier eingeladen«, sagte Paula. »Jetzt, da Dominik Lichtenthal dein Schwager ist. Dass ihn sich ausgerechnet dieses Landei angelt, wer hätte das letztes Jahr noch gedacht?«

Charlotte auf jeden Fall nicht. Wenn sie sich daran erinnerte, wie Helena vor ihr gestanden hatte mit dem langen Zopf und der altbackenen Kleidung. Aber sie hatte sich erstaunlich schnell eingefügt, das musste man wohl in einer Stadt, in der sich das Leben in schwindelerregender Schnelligkeit drehte. Und nun heiratete sie einen reichen Pharmaunternehmer und feierte mit Filmgrößen, hatte gar eine als Trauzeugin. Ob sie ihr Unternehmen trotzdem weiterführte? Helena hatte gesagt, das würde sie auf jeden Fall tun, aber vielleicht reizte sie das Leben einer reichen Unternehmergattin auch, und sie kostete es lieber in vollen Zügen aus, anstatt zu arbeiten. Andererseits hatte Helena viel Zeit investiert und hielt ihre Hochzeitsreise extra kurz. Nein, sie würde es weiterführen, dachte Charlotte, vielleicht sogar größer als jetzt, da ihr Unternehmen nun gewiss unbegrenzten Kredit bekam.

»Warum dieser düstere Blick?«, fragte Conrad.

Sie drehte sich zu ihm um. »Vielleicht bin ich verstimmt, weil du dich rarmachst.«

»Du findest, ich kümmere mich zu wenig um dich?«

Charlotte versuchte sich an einem hintergründigen Lächeln, das bei Männern in der Regel wirkte. Auch Conrad war nicht dagegen gefeit, und so führte er sie auf die Tanzfläche. Dass Helena bereits gegangen war, bekam sie nur am Rande mit, ihre Schwester hatte sich vorsorglich schon früh bei ihr verabschiedet, damit ihr Aufbruch nicht zu auffällig war. Charlotte konnte das verstehen, sie fand diese ganzen Zoten und Herrenwitze, die das Brautpaar in der Regel begleiteten, auch peinlich.

Nach Mitternacht lief die Party zur Hochform auf, und Paulas Mutter verabschiedete sich ebenso wie Helenas Mutter, mit der Charlotte außer einem Gruß bisher kein Wort gewechselt hatte. Beinahe erschien es ihr, als machte Frieda Rosenberg sie mitverantwortlich für den Bruch mit ihrem Mann, obwohl Charlotte da noch gar nicht geboren war. Paula blieb natürlich, hatte sie doch gerade erfolgreich die Aufmerksamkeit eines attraktiven Mannes auf sich gezogen. Sie würde wohl als eine der Letzten gehen. Ihre Schwester und Martin verabschiedeten sich, als es auf zwei Uhr zuging. Zu Charlottes Erleichterung hatte Martin keinen Annäherungsversuch gemacht, was wohl dem Umstand geschuldet war, dass Conrad auf dieser Feier als ihr Begleiter galt.

Charlotte reizte die Vorstellung nicht, in die stille Wohnung zurückzukehren. Nicht einmal Estelle war da, die würde sie am kommenden Tag bei der Nachbarin abholen, zu der sie sie nun doch hatten geben müssen, da auch Paulas Mutter nicht zur Verfügung gestanden hatte. Und hier auf der Party wäre es zu laut gewesen für den Hund, der sich an sein neues Zuhause ja erst einmal gewöhnen musste – und das würde warten müssen, bis Helena wieder da war.

»Eigentlich seltsam«, sagte sie zu Conrad. »Anfangs wollte ich nichts anderes, als dass sie endlich geht. Und nun, da sie fort ist, denke ich, dass mir das Zusammenleben mit ihr doch irgendwie fehlen wird.«

»Du musst ja in dieser Nacht nicht allein zurück.«

»Bietest du dich als nächtliche Gesellschaft an?«, scherzte Charlotte.

»Nur zu gern, wenn du mich lässt. Wir könnten noch zu mir.«

»Geht das nicht etwas zu schnell?«

»Bisher sprechen wir nur von Gesellschaft, nicht wahr?«

Obwohl Charlotte ahnte, dass ungesagt noch mehr mitschwang, willigte sie ein. Sie musste ja nicht bleiben, wenn es ihr nicht gefiel. Dann rief sie sich ein Taxi oder bat ihn, sie nach Hause zu fahren. Natürlich konnte es auch sein, dass er sich als einer jener Männer herausstellte, die in der Abgeschiedenheit eines verschlossenen Zimmers die Maske fallen ließen. Aber hätte er nicht Gelegenheit genug gehabt, sich ihr aufzuzwingen oder von seiner schlimmsten Seite zu zeigen? Nun, in ihrem Haus waren sie immer nur tagsüber gewesen, da hätte sie einfach auf die Straße laufen und schreien können. Aber nachts bei ihm? Wer würde sie hören? Und wer würde ihr glauben, dass irgendetwas gegen ihren Willen geschehe, wenn sie doch freiwillig mit ihm gegangen war?

Und doch erwiderte sie den Druck seiner Finger, als er sie aus dem Salon führte. Die kalte Luft war erfrischend und belebend, sodass Charlotte den kurzen Spaziergang zu Conrads Wagen genoss. Er schloss seinen schwarzen Benz auf und öffnete ihr galant die Beifahrertür. Sein Haus in der Villenkolonie Lichterfelde beherbergte unten die Praxis. Darüber befanden sich zwei Wohnungen, im ersten Stock wohnte Conrad, in der darüber hatten seine Eltern gelebt, bis sein Vater vor zwei Jahren gestorben und seine Mutter zu seiner Schwester nach Hamburg gezogen war, weil die Wohnung zu viele Erinnerungen barg.

»Und jetzt steht die Wohnung leer?«, fragte Charlotte, als sie aus dem Wagen stieg.

»Ja.«

Es war eine hübsche Gründerzeitvilla, umgeben von einer Mauer, durch deren breites, schmiedeeisernes Tor man auf die kurze Auffahrt gelangte. Offenbar hatte die Praxis gut betuchte Patienten. Die Haustür führte in eine Eingangshalle, von der aus es geradeaus in die Praxis ging, die das gesamte Erdgeschoss einnahm. Über eine geschwungene Treppe gelangte man in den ersten Stock. Conrad öffnete die Wohnungstür und deutete eine kleine Verbeugung an, als er Charlotte einließ.

Diese zögerte kurz und sah sich neugierig um, als Conrad das Licht einschaltete. Sie stand in einem großzügig angelegten Flur und ließ den Mantel von den Schultern gleiten. Conrad hängte ihn zusammen mit seinem an die Garderobe, die in einer Art begehbarem Kleiderschrank untergebracht war. Dann kehrte er zu ihr zurück, nahm ihre Hand, spielte mit ihren Fingern.

»Und jetzt?«, fragte er.

»Jetzt tun wir beide so, als wüsste ich nicht ganz genau, warum ich hier bin. Wir tun so, als wüsste ich nicht, dass der Abend unweigerlich in deinem Schlafzimmer enden wird, weil es genau das ist, worauf du gehofft hast, als du mich mit hierhergenommen hast, und ich leider viel zu neugierig auf die Liebe bin, um es dir auszureden.«

»Gehen wir also zuerst in den Salon und tun so, als würde der Abend dort enden?«

Sie nickte nur, und Conrad senkte den Kopf, küsste sie, ging leicht in die Knie, um sie hochzuheben, trug sie zu einem Raum, von dem Charlotte ahnte, dass es gewiss nicht der Salon war. Eine Stimme der Vernunft versuchte noch, sich Gehör zu verschaffen, fragte in scharfem Ton, was sie da eigentlich gerade tue und ob sie nun gänzlich den Verstand verloren habe. Die Vernunft wollte sich artikulieren, schaffte es aber nur zu einem kleinen Rest zusammengeschrumpft über die Lippen.

»Ich möchte nicht schwanger werden.«

»Ich passe auf.«

Und dann verstummte die Vernunft gänzlich.

Erst als Charlotte atemlos auf dem Rücken lag, meldete sie sich vorsichtig wieder zu Wort, lotete aus, ob sie dem schlechten Gewissen jetzt schon den Vortritt lassen sollte oder ob es getrost warten konnte, bis die Nacht vorüber war, die – nun, da sie einmal begonnen hatte – auch gleich bis zur Neige ausgekostet werden konnte. Dann konnte es noch ein wenig die Krallen wetzen, um am nächsten Morgen so richtig zuzuschlagen.

Charlotte drehte sich auf den Bauch, umschlang das

Kissen mit beiden Armen, schmiegte das Gesicht hinein. Es war dunkel im Raum, nur das Licht aus dem Flur fiel herein, ein feiner Schleier, der in warmen Farben Konturen aus dem Dunkel schälte. Was war in sie gefahren? Sie war doch sonst so überlegt in allem, was sie tat. Im Gegensatz zu Paula hatte sie bisher kaum geküsst. Geflirtet ja, aber mit Küssen war sie sparsam gewesen. Und jetzt das.

»Das war schön«, hörte sie Conrad sagen und drehte sich zu ihm um. Wie jungenhaft er aussah, ohne Brille und mit dem zerzausten Haar, in das Charlotte die Hände gekrallt hatte, während sie ihn küsste, und in jenem Augenblick, da das Verlangen so überwältigend gewesen war, dass sie sich an etwas hatte festhalten müssen.

»Ja, das war es«, antwortete sie schließlich.

Conrad lag neben ihr auf der Seite, auf den Ellbogen gestützt, und betrachtete sie, streichelte mit den Fingerspitzen über ihren Rücken, fuhr sanft daran entlang, folgte der Linie ihres Nackens, ihrer Schultern, ließ dann die Lippen dem feinen Muster folgen, das seine Finger zeichneten. Als sei ihr Körper eine Landkarte, die er auswendig kannte und daher wusste, wo sich das genauere Erforschen besonders lohnte. Atemlos drehte Charlotte sich schließlich um, schlang ihm die Arme um den Nacken und küsste ihn.

Sie liebten sich bis in die Morgenstunden, schliefen zwischendurch, weckten einander. Als sie sich schließlich vom Bett erhob, war Charlotte erschöpft und gleichzeitig gesättigt und erholt, die Glieder von einer schweren Geschmeidigkeit. Nachdem sie geduscht und ihre Kleidung vom Vortag angezogen hatte, folgte sie dem Kaffeeduft ins Esszimmer. Conrad hatte die Zeit ihrer Abwesenheit genutzt, um das Frühstück vorzubereiten, ehe er ins Bad ging. »Der Kaffee steht auf dem Tisch, bedien dich ruhig schon einmal«, hatte er gesagt und sie geküsst. Charlotte nahm die Wärmehülle von der Kanne und goss sich eine Tasse Kaffee ein. Die Dusche war belebend gewesen, die Kleidung vom Vortag machte diesen Effekt wieder zunichte. Im Gegensatz zu Dominik Lichtenthal hatte Conrad offenbar keine frischen Kleider für seine Bettgeschichten.

Jetzt, da sie allein war, dachte sie über diese Nacht nach und fragte sich, ob sie verrückt geworden war. Die Stimme der Vernunft triumphierte und trat noch einmal kräftig nach. Ausgerechnet sie ging einfach so mit einem Mann ins Bett, den sie lediglich ein paarmal geküsst hatte? Sie, die immer so vernünftig und überlegt war. Und wie ging es jetzt weiter? Konnten sie so überhaupt noch zusammenarbeiten? Aber warum nicht? Sie konnten ja verständig damit umgehen.

Eine Nacht hatten sie zusammen verbracht, dadurch kannten sie sich nun natürlich intimer, als es normalerweise bei Menschen, die zusammenarbeiteten, der Fall war. Aber sie waren ja überdies auch Freunde geworden, und das würden sie bleiben. Ja, dachte Charlotte, das klang doch in der Tat vernünftig. Sie war neugierig auf die Liebe gewesen, und um ihr diese zu zeigen, eignete sich ein Freund hervorragend, da gab es dann wenigstens keine bösen Überraschungen wie ein nicht eingelöstes Eheversprechen oder Ähnliches. Sie wusste nun, wie es war, mit einem Mann zu schlafen, also konnte sie diese Erfahrung innerlich abhaken. Ende der Geschichte.

Conrad betrat das Esszimmer, lächelte sie an. Und was nun?, fragte dieses Lächeln.

»Lass uns frühstücken«, antwortete Charlotte.

Als sie am späten Vormittag nach Hause kam, lag im Hausflur auf dem Boden vor dem Briefschlitz ein Schreiben. Erstaunt hob Charlotte es auf. Offenbar war es nicht mit der Post, sondern von einem Boten zugestellt worden, nachdem sie zur Hochzeit aufgebrochen war. Der Absender war Lichtenthal-Pharma. Charlotte stieß langsam den Atem aus. Sie war nun seine Schwägerin. War das womöglich seine Art, sie in der Familie willkommen zu heißen? Indem er ihre Schulden in kleinen Raten stundete? Oder gar für nichtig erklärte? Mit wild klopfendem Herzen riss Charlotte den Umschlag auf und zog ein offiziell wirkendes Schreiben heraus. Im nächsten Augenblick war ihr, als schwankte der Boden, und sie musste sich an der Tür abstützen. Der Brief entglitt ihren Fingern, und die Welt schien stillzustehen.

NOVEMBER 1926

Es war nicht nur Helenas erste Urlaubsreise überhaupt gewesen, sie war auch zum ersten Mal über die Landesgrenzen hinausgekommen. Bisher kannte sie nur ihr Dorf und Berlin, und all die neuen Eindrücke, die sie an der mondänen Côte d'Azur gemacht hatte, waren überwältigend. Die Mode, die Kosmetik – Helena war so randvoll mit Ideen, dass sie das Gefühl hatte, überzusprudeln. Sie sah vor ihrem inneren Auge bereits Lippenstifte, die die warmen, satten Goldtöne der Sonne einfingen, die hier über allem lagen: Rot in verschiedenen Nuancen mit untergründigem Goldschimmer. Sie erzählte Dominik davon und schlug auch gleich einen Namen für den neuen Verkaufsschlager vor. »Man könnte die ganze Serie benennen nach dem Ort, wo die Idee ihren Ursprung hätte. Die Côte-Serie.«

»Würde ich für die Vermarktung lieber lassen«, antwortete Dominik. »Die Berliner machen daraus Kotzerie oder Schlimmeres.«

Obwohl Helena darauf bestanden hatte, nicht länger als zwei Wochen zu verreisen, war sie doch etwas traurig, als sie sich auf den Rückweg machten. Es war so wunderschön gewesen.

»Wir können noch bleiben, wenn du möchtest«, sagte Dominik, aber Helena lehnte ab. Sie musste in ihrem Schönheitssalon nach dem Rechten sehen, musste die Eröffnung vorantreiben. Außerdem vermisste sie Estelle.

Sie kamen am späten Sonntagabend zu Hause an – es war noch seltsam unwirklich, Dominiks Villa so zu bezeichnen –, und nach kurzem Überlegen beschloss Helena, den Besuch bei Charlotte am kommenden Morgen zu machen. Dann konnte sie Estelle auch gleich mitnehmen.

Am ersten Morgen in ihrem neuen Zuhause als Ehepaar nahmen sie sich Zeit für das Frühstück und brachen dann gemeinsam auf. Dominik setzte sie in der Friedrichstraße ab und fuhr ins Werk. Noch während Helena auf den Eingang zuging, fiel ihr das Geschlossen-Schild an der Tür zur Apotheke auf, und sie krauste irritiert die Stirn. War Charlotte krank? Sie beschleunigte ihre Schritte, schloss die Haustür auf und eilte die Treppe hoch zur Wohnung. Als sie diese betrat, kam ihr eine Estelle entgegen, die vor Freude und Aufregung ganz aus dem Häuschen war, und Helena musste sich hinknien, um den kleinen Hund zu begrüßen und zu beruhigen. Dann hörte sie Schritte, blickte auf und fand sich einer Charlotte gegenüber, die an der Küchentür stand und sie mit versteinerter Miene musterte. Helena erhob sich.

»Guten Morgen.« Das kam zögerlicher über ihre Lippen als beabsichtigt, aber sie verstand einfach nicht, was hier los war. »Warum ist die Apotheke heute geschlossen? Und wo sind meine Leute?«

»Deine Leute? Die werden wohl unverrichteter Dinge gegangen sein, nachdem ich die Tür nicht geöffnet habe.«

»Wie bitte? Aber warum denn nicht?«

»Tu doch nicht so, als wüsstest du das nicht ganz genau! Als wüsstest du nicht, was dein Ehemann getan hat!«

»Ich habe keine Ahnung, wovon du sprichst. Und seit wann arbeiten meine Mitarbeiter hier nicht mehr?«

»Oh, keine Angst, letzte Woche waren sie noch da, als ich versucht habe, die Sache noch irgendwie zu retten, und dachte, ich könnte das Geld zusammenbekommen. Aber die Frist endet heute und somit auch meine Möglichkeiten.«

»Ich verstehe immer noch nicht, was passiert ist.«

Charlotte taxierte sie, wirkte sogar eine Spur weit verächtlich. »Du schauspielerst tatsächlich nicht. Er hat dir nichts erzählt.« Sie drehte sich um, ging ins Wohnzimmer und kam kurz darauf mit einem Schreiben zurück, das sie Helena reichte. Die las es und spürte, wie ihr Herz schneller schlug. Das konnte nicht sein. Dominik hatte sie ganz normal hier abgesetzt, hatte nichts gesagt, hatte sie einfach in diese Situation laufen lassen.

»Ich …« Sie presste die Hand an den Mund, wusste nicht, was sie sagen sollte. Das konnte er nicht machen. »Ich spreche mit ihm«, sagte sie schließlich lahm.

»Mit ihm sprechen? Wenn das etwas bringen würde, hätte er es dir erzählt und den Brief nicht zustellen lassen, als er genau wusste, dass ich ihn erst zu lesen bekomme, wenn du schon zur Hochzeitsreise aufgebrochen bist. Und zurückkommst, wenn die Frist abgelaufen ist.«

»Kann man es anfechten?«

»Natürlich kann man das nicht. Kannst du nicht lesen?

Sieh dir das doch einmal an. Ein Freund von Conrad ist Anwalt, der sagte mir, es sei aussichtslos.«

Helena schüttelte nur den Kopf, wollte das nicht glauben. »Ich spreche trotzdem mit ihm.«

Ihre Schwester sah sie nur schweigend an, dann wandte sie sich ab und ließ sie stehen. Helena brachte Estelle in die Villa, spielte ein wenig mit ihr im Garten und war dann doch zu unruhig, um im Haus zu bleiben. Sie musste mit Dominik sprechen, und das konnte nicht bis abends warten.

»Können Sie bitte ein Auge auf Estelle haben?«, bat sie Frau Birkholz.

»Sie hat ihren Korb ja bereits im Salon, nicht wahr, meine Süße?« Die Haushälterin kraulte den kleinen Hund.

Dennoch folgte Estelle ihr in den Flur, sah sie aus dunklen Augen an, als sie die Tür öffnete, und Helena ging noch einmal in die Knie, zog die Hündin an sich. »Ich bin ja nachher wieder da.« Damit stand sie auf und verließ das Haus. Auf der Straße hielt sie ein Taxi an. Die ganze Fahrt über war sie aufgewühlt, wusste nicht, was sie von der ganzen Sache halten sollte. Sie blickte aus dem Fenster, während sich das Taxi durch den morgendlichen Verkehr schob. Als sie schließlich vor dem Gebäude der Lichtenthal-Pharma standen, hatte sich Helenas Stimmung langsam in einen lodernden Zorn gewandelt. Wie er das alles geplant hatte, sie zurückkehren und in diese Konfrontation mit Charlotte laufen ließ. Und was bedeutete das überhaupt für ihr Unternehmen? Erwartete sie hier die nächste böse Überraschung?

»Sie wünschen, gnädige Frau?«, fragte der Portier.

»Ich bin Helena Ro… Lichtenthal, ich möchte zu meinem Mann.«

Wenn ihr Auftauchen den Mann erstaunte, zeigte er es nicht. »Durch das Foyer gehen Sie geradeaus auf die Aufzüge zu. Sein Büro liegt im zweiten Stock.«

»Vielen Dank.« Helena betrat das Gebäude, das sich von außen wie innen beeindruckend groß ausnahm. Der Marmorboden des Foyers glänzte, und ihre Absätze klackerten leise darauf. Die Aufzugtür glitt auf, und ein livrierter Angestellter fragte höflich, wohin sie wolle. Im zweiten Stockwerk angekommen erklärte er ihr noch, wie sie zu Dominiks Büro kam. In Helena lieferten sich Wut, Fassungslosigkeit und auch eine Spur von Angst ein wildes Gerangel. Und wenn diese Ehe nun bedeutete, dass sie alles verlor? Sie hatte Charlottes Worte im Ohr. *Aber beklag dich am Ende nicht, wenn du nur noch für Dominik Lichtenthal arbeitest.* Das durfte er ihr nicht antun.

Sie blieb vor der genannten Tür stehen und sah auf das Messingschild an der Wand daneben.

Vorzimmer Dr. Dominik Lichtenthal

Waltraud Schönhuber

Helena klopfte an und betrat auf ein knappes »Herein« hin den Raum. Die Frau am Schreibtisch mochte im Alter von Helenas Mutter sein, war hager, hatte graues Haar und trug eine Brille. Alles in allem entsprach sie dem Bild, das Helena sich insgeheim gemacht hatte.

»Ja, bitte?«

»Ich möchte zu Dominik Lichtenthal.«

»Und Sie sind?«

»Helena Lichtenthal.«

»Haben Sie einen Termin?«

Helena krauste die Stirn. »Ich bin seine Ehefrau!«

»Und er ist der Mann, der mein Gehalt bezahlt. Ohne Termin kann ich Sie nicht zu ihm lassen.«

Ein ungläubiges kleines Lachen entfuhr Helena, dann ging sie am Schreibtisch vorbei auf die Tür zu, die zu Dominiks Büro führen musste, und die Frau sprang mit einer Schnelligkeit auf, die Helena ihr nicht zugetraut hätte. Vor der Tür baute sie sich auf, verschränkte die Arme vor der Brust.

»Wenn Sie keinen Termin haben, steht es Ihnen frei, unten im Foyer zu warten. Ich frage ihn nach seiner Besprechung, ob es zeitlich passt.«

Da konnte man doch aus der Haut fahren! Helena ging zum Schreibtisch, nahm einen Stapel Unterlagen und warf sie auf den Flur hinaus. Mit einem Aufschrei stürzte die Frau sich darauf, um alles wieder einzusammeln, sodass der Weg zur Tür frei war.

»Da können Sie nicht rein!« Mit dem Arm voller Unterlagen lief ihr die Vorzimmerdame hinterher, aber Helena hatte die Tür bereits geöffnet und ging in das Büro. An einem kleinen Konferenztisch saß Dominik mit fünf Männern, und alle blickten sie überrascht an.

»Wir müssen reden!«, sagte sie zu Dominik, dessen Miene von Überraschung zu Fassungslosigkeit wechselte. Kurz glomm Wut auf, die er jedoch sofort unter einer Maske von Gelassenheit verbarg.

»Meine Herren«, sagte er und erhob sich. »Wir setzen die Besprechung später fort.«

Die Männer standen nun ebenfalls auf, musterten Helena konsterniert, während sie nacheinander den Raum verließen.

»Ich habe versucht, sie aufzuhalten«, sagte die Vorzimmerdame.

»*Sie* ist seine Ehefrau«, fauchte Helena die Frau an, noch ehe Dominik antworten konnte. »Und nun verschwinden Sie und schließen die Tür.«

Dominik biss die Zähne so fest zusammen, dass die Muskelstränge seitlich an seinem Kiefer hervortraten, und er nickte seiner Vorzimmerdame knapp zu. Dann sah er Helena an. »Das tust du besser nie wieder!«

»Ach was? Und wenn doch? Was wirst du dann tun? Mich auf die Straße setzen wie meine Schwester?«

»Ich habe sie nicht auf die Straße gesetzt.«

»Wie nennst du es denn?«

»Sie kann in der Wohnung bleiben, bis sie etwas Neues hat. Überdies habe ich ihr angeboten, für mich zu arbeiten.«

»Wie unfassbar großzügig!«

»Sie hatte ihre Chance, nicht wahr? Über ein Jahr lang. Und was tut sie? Häuft weiter Schulden an.«

Helena zwang sich, ruhig zu atmen. »Sie ist deine Schwägerin.«

»Richtig, aber meine geschäftlichen Entscheidungen haben nichts mit meinem Privatleben zu tun.«

»In diesem Fall kann man das nicht trennen!«

Wie kalt und überlegt er vorgegangen war, wie er ihre Schulden aufgekauft hatte, um sich im richtigen Moment als Hauptschuldner zu präsentieren. Und der richtige

Moment war offenbar, als Helenas Unternehmen kurz davorstand, einen Sprung nach vorne zu machen. »Und ich? Was ist mit mir? Bin ich auch enteignet?«

»Nein, dein Anteil an den Schulden gilt als getilgt, das habe ich schriftlich bereits aufgesetzt. Die meisten Schulden der letzten Zeit hat deine Schwester ohnehin allein gemacht, sie hat ja die Apotheke um jeden Preis am Leben halten wollen.«

»Warum hast du so lange gewartet?«

»Weil ich eine großartige Geschäftsidee erkenne, wenn ich sie sehe.«

»Und dann? Warum hast du meinen Anteil nicht auch einfach weggepfändet?«

»Was nützt mir das Unternehmen ohne dich? Du bist doch das Gesicht des Ganzen.«

Eine Gänsehaut kroch ihren Körper hoch, und Helena rieb sich die Oberarme. »Deshalb das alles? Die Beziehung mit mir?«

»Daher allein sicher nicht, das war nur die angenehme Dreingabe.«

»Aber warum? Du hast doch Möglichkeiten, problemlos selbst so ein Unternehmen aufzuziehen.«

»Warum soll ich Geld investieren in Werbung und Entwicklung, wenn ich mich einfach zurücklehnen und zusehen kann, wie ihr das tut?«

»Das ist hinterhältig!«

»Ich nenne es, mein Geld für mich arbeiten zu lassen.«

Helena kämpfte mit den Tränen, wollte nicht, dass er es bemerkte, und wandte sich rasch ab, sah zum Fenster hinaus auf die Straße.

»Lass uns zu Hause reden.« Seine Stimme klang nun sanft, versöhnlich.

»Was gibt es da denn noch zu reden?« Sie fuhr sich mit dem Handrücken über die Augen, verschmierte gewiss ihre ganze Schminke, aber das war ihr nun gleich. Dominik hatte den Nerv, die Hand nach ihr auszustrecken, aber sie trat zurück, sodass sein Griff ins Leere ging, dann wandte sie sich abrupt ab und verließ sein Büro.

»Ich habe dir gesagt, aus der Sache kommst du nicht so leicht wieder raus.« Ferdinand zündete sich eine Zigarette an und atmete den Rauch aus.

Sie hatten sich zum Mittagessen in einem Restaurant getroffen, wo Dominik ihm von der Begegnung mit Helena erzählt hatte. »Sie wird sich beruhigen und feststellen, dass sie ihr Unternehmen viel besser führen kann, wenn ihr die Räumlichkeiten allein zur Verfügung stehen und sie schuldenfrei ist.«

»Und ihre Schwester?«

»Die wird schnell merken, dass sie ein Auskommen braucht, und auf mein Angebot zurückkommen. Und wenn nicht, findet sie mit ihrer Qualifikation gewiss etwas.«

»Jetzt besitzt du also ein Haus in der Friedrichstraße.«

»In bester Lage, ja. Zumindest die Hälfte davon, die andere gehört ja Helena.«

»Was kaum einen Unterschied macht, da sie ja deine Ehefrau ist. Mensch, Dominik, das ist sogar für deine Verhältnisse einfach unglaublich. Armes Mädchen. Kommt aus der Provinz, unschuldig, unerfahren und gerät dann ausgerechnet an dich.«

»Ich habe sie geheiratet, nicht wahr?«

»Du hast sie doch überhaupt erst geschwängert, damit sie gar nicht erst die Möglichkeit hat, Nein zu sagen. All die Jahre kommst du ohne Vaterfreuden davon, und dann das, praktisch unmittelbar nach deiner ersten Nacht mit ihr. Und ich dachte, du bist so geduldig und beharrlich, weil sie deinen Jagdtrieb geweckt hat.«

Dominik antwortete nicht.

»Übersteigt der Wert des Hauses nicht die Schulden?«

»Doch, daher bekommt Charlotte Rosenberg nach der Pfändung den Differenzbetrag ausgezahlt. Und das Interieur sowie ihre persönliche Habe rühre ich natürlich auch nicht an.«

»Kommst du rechtlich damit durch?«

»Gewiss. Das offizielle Schreiben wurde ihr heute zugestellt.«

Ferdinand schüttelte nur den Kopf, sagte aber nichts mehr dazu. Nach dem Mittagessen ging Dominik zurück ins Büro, wo er bis in die Abendstunden arbeitete. Dann fuhr er nach Hause, durchaus mit gemischten Gefühlen. Dass Helena sich mit einer Liebesnacht versöhnen ließ, glaubte er nicht, dafür war sie viel zu aufgebracht, was er durchaus verstehen konnte. Allerdings war sie schwanger und mit ihm verheiratet, ihre Möglichkeiten waren also begrenzt.

Er betrat die Villa, wo ihn Stille empfing. Im Esszimmer deckte Frau Birkholz den Tisch für das Abendessen. »Guten Abend. Wo ist meine Frau?«

»In der Bibliothek. Ich habe ihr gesagt, dass ich nicht weiß, ob es Ihnen recht ist, dass sie den Hund mit hineinnimmt, aber sie sagte, das … hm, das sei ihr gleich.« Frau Birkholz wurde rot, als wären das ihre Worte gewesen und nicht die Helenas.

Dominik seufzte. »Schon gut.« Er würde den Teufel tun und Helena in ihrer jetzigen Stimmung verbieten, den Hund mit in die Bibliothek zu nehmen. Sollte sie ihn doch in jeden Raum schleppen, der ihr beliebte, wenn sie dabei nur die Küche und das Schlafzimmer ausließ.

»Das Abendessen ist in einer halben Stunde fertig.«

»Vielen Dank.«

Dominik ging in den Salon, wo er sich eine Zigarette ansteckte und mit Blick in das Kakteenfenster rauchte. Marianne hatte ihre kleine Gartenwelt heimlich weiter ausgebaut, und zwischen den Liegestühlen graste nun eine Kuh einträchtig neben einem Wolf, der den Kopf in die Luft gereckt hatte, als jaulte er den Mond an.

»Herr Dr. Lichtenthal?« Frau Birkholz hatte erneut den Salon betreten. »Frau Danelius möchte zu Ihnen.«

»Danke, schicken Sie sie herein.« Dieser abendliche Besuch konnte nur bedeuten, dass Helena sich bei ihr ausgeheult hatte. Dafür sprach auch, dass Irene zu ihm wollte und nicht zu ihr.

Irene trat ein, lächelte. »Guten Abend, mein Lieber. Wie war die Hochzeitsreise?««

»Wunderbar«, antwortete Dominik argwöhnisch.

»Ich möchte zu Helena, aber ich dachte mir, vorher begrüße ich dich noch angemessen.« Sie kam zu ihm, immer noch lächelnd, ehe sie unvermittelt ausholte und ihm eine Ohrfeige verpasste, von der er – im wahrsten Sinne des Wortes – Sterne sah.

Er fuhr zurück, ehe eine mörderische Wut in ihm aufstieg, die man ihm offenbar auch ansehen konnte, denn Irene brachte rasch mehrere Schritte Abstand zwischen sich und ihn.

»Wenn du es wagst, mich zu schlagen, lauf ich hinaus und schreie die ganze Straße zusammen. Was glaubst du, wer schlechter davonkommt? Die berühmte Schauspielerin oder der Frauen verprügelnde Grobian?«

»Ich habe noch nie eine Frau geschlagen!«

Irene tat den Einwand mit einer Handbewegung ab. »Weißt du, ich dachte, ich hätte bisher so ziemlich jede Art von perfiden Mistkerlen kennengelernt, aber du übertriffst sie wirklich alle.«

Dominik sah sie an, schwieg stoisch.

»Wo ist Helena?«

»In der Bibliothek.«

»Bestens. Ich nehme sie mit, wir essen draußen. Solltest du also ein gemeinsames Abendessen geplant haben, lass ihr Gedeck nur ruhig wieder abtragen.« Damit drehte sie sich um und ließ ihn stehen wie Helena zuvor.

Als Charlotte den Brief erhalten hatte, war sie so schockiert gewesen, dass sie sich handlungsunfähig und wie gelähmt gefühlt hatte. Wie gut, dass Sonntag gewesen war und sie nicht hatte arbeiten müssen. Undenkbar, nach so einem Schreiben in der Apotheke zu stehen. Und wie unfassbar lächerlich ihr nun die Vermutung vorkam, ein Wohltäter, womöglich ein wohlhabender Freund ihres Vaters, hätte sämtliche Schulden bezahlt. Der verknöcherte Kerl war vermutlich Dominik Lichtenthals Angestellter für Finanzen gewesen, der fleißig sämtliche Schulden aufkaufte. Er hatte damit begonnen, nachdem Dominik Helena kennengelernt hatte, an jenem unseligen Tag, als diese Schläger in ihrer Apotheke gewütet hatten.

Sie hatte zuerst Paula aufgesucht, die noch wie beschwipst gewesen war von der Party in der Nacht zuvor. Danach war eine Woche gefolgt, in der Charlotte sich wie eine Schlafwandlerin bewegt hatte. In der Fertigung arbeiteten Helenas Mitarbeiter, dieser Chemiker, den Dominik gestellt hatte, und Ida Wagner. Charlotte hatte wie üblich im Verkauf gestanden und – ebenfalls wie üblich – mehr von Helenas Produkten verkauft als Medikamente. So, als wäre auch sie eine Angestellte von Helena. In der zweiten Woche hatte sie fieberhaft nach einer Lösung gesucht und schließlich auch wieder auf Conrads Kontaktversuche reagiert, denn diesen hatte sie unter fadenscheinigen Ausreden die ganze Woche lang auf Distanz gehalten.

Als sie ihn schließlich unangemeldet aufsuchte und ihm alles erzählte, verzweifelt und den Tränen nahe, hatte er ihr versprochen, einen befreundeten Anwalt aufzusuchen. In dieser Nacht hatte sie festgestellt, dass mit ihm zu schlafen nicht nur Trost spendete, sondern auch ein vortreffliches Ventil für ihre Wut und Verzweiflung war. Wie gut das getan hatte! Für einen Moment hatte sie sogar geglaubt, dass alles gut werden würde. Bis ihr Conrads Freund dann alles in Paragraphen erklärt hatte.

§ 398. Eine Forderung kann von dem Gläubiger durch Vertrag mit einem anderen auf diesen übertragen werden (Abtretung). Mit dem Abschluss des Vertrags tritt der neue Gläubiger an die Stelle des bisherigen Gläubigers.

Überdies hatte Dominik Lichtenthal alle Formalitäten erfüllt, hatte ihr Fristen eingeräumt, und sie war ihm bisher fast alles schuldig geblieben.

»Aber die Schulden, die er aufgekauft hat, hat er nicht angemahnt.«

»Die wurden von den vorherigen Gläubigern angemahnt, und er hat Ihnen ja jetzt auch zwei Wochen eingeräumt, die Schuld zu begleichen«, erklärte der Anwalt.

»Und was ist mit dem Schuldanteil meiner Schwester?«

»Sie ist jetzt seine Ehefrau. Abgesehen davon, dass er über ihr Vermögen verfügen kann, gibt es einen Paragraphen, der Fälle regelt, in denen Schulden erlassen werden.«

§ 397. Das Schuldverhältnis erlischt, wenn der Gläubiger dem Schuldner durch Vertrag die Schuld erlässt. Das Gleiche gilt, wenn der Gläubiger durch Vertrag mit dem Schuldner anerkennt, dass das Schuldverhältnis nicht bestehe.

Da war Helena ja fein raus. »Aber kann er gleich mein ganzes Haus wegpfänden?«

»Er kann deine Habe schätzen lassen und pfänden, was dem Wert der Schulden entspricht.«

Und die waren enorm. Durch die Schulden ihres Vaters waren immer weiter Zinsen angefallen, die Charlotte nicht hatte zahlen können. Und selbst wenn Dominik die Schuld nicht weiter verzinste, so war es dennoch einfach zu viel, als dass Charlotte es hätte bezahlen können. Und wenn sie ihre Apotheke weiterführen wollte, blieb es nicht dabei, sie musste ja auch laufende Kosten tragen. Sie war unglaublich wütend auf Helena, dachte darüber nach, wie sie ihr wehtun konnte. Einen Moment spielte sie sogar mit dem Gedanken, Estelle an irgendjemanden zu verschenken, sodass Helena sie nie wiedersah. Es würde ihr das Herz brechen. Dann jedoch, als Estelle sie mit ihren lieben Hundeaugen ansah, fühlte Charlotte sich für diesen Gedanken so schlecht, dass sie weinte. Als sie Paula später davon erzählte, fragte diese, ob sie noch ganz gescheit sei. »Was kann denn der Hund dafür?«

»Ich hätte es ja gar nicht wirklich getan. Ich war nur so wütend. Jetzt gehört ihr alles, und mir bleibt von dem Erbe nichts.«

Da Charlotte es nicht ertrug, wie Helena in der Fertigung werkelte, und mittlerweile eine weitere Angestellte im Verkauf stand, während Dominik Lichtenthal sich umgehend darangemacht hatte, die Apotheke aufzulösen, blieb sie dem Haus in der Friedrichstraße gänzlich fern.

»Dass sie da so einfach arbeiten kann, als sei nichts geschehen«, empörte sich Paula.

Charlotte glaubte allerdings, dass dieser fast schon verbissene Arbeitseifer ganz einfach Helenas Art war, mit den Dingen umzugehen. Bei Charlotte, das musste ihr mittlerweile klar sein, würde kein Versöhnungsangebot fruchten. Darüber, wie es mit Dominik nun lief, konnte man nur mutmaßen. Wenn er sie wirklich so unerwartet hatte auflaufen lassen, dürfte der Haussegen gehörig schief hängen. Also tat Helena das Einzige, was sie konnte – arbeiten.

Paula hatte ihr angeboten, bei ihnen zu wohnen, aber das wollte Charlotte nicht. Dort war kaum Platz für eine weitere Person. Paula und ihre Schwester teilten sich ein Zimmer, es gab noch einen winzigen Raum, in dem früher einmal eine Hausmagd gewohnt hatte und der als Gästezimmer diente, aber da war ja auch noch Martin, mit dem Charlotte nach wie vor nicht auskam. Und sie wollte nicht auf Kosten von Paulas Familie leben, denn Miete hätten sie von ihr nicht angenommen. Immerhin hatte sie jetzt Geld, das war der Witz an der ganzen Sache. Dominik Lichtenthal hatte ihr die Summe, die das Haus den Wert der Schulden überstieg, umgehend ausgezahlt.

»Du kannst bleiben, solange du willst«, sagte Conrad, als sie nachts mit ihm im Bett lag.

»Da werden deine Patienten vermutlich bald ordentlich was zu reden haben.«

Seine Finger waren wie Schmetterlingsflügel auf ihrer Haut. »Du könntest die Wohnung oben beziehen. So ganz offiziell.«

Charlotte schloss die Augen. Sie hätte nie geglaubt, dass er so gut lieben konnte, und für den Augenblick war ihr alles gleich, das Haus in der Friedrichstraße, Helena, Dominik Lichtenthal, während das Dasein auf das zusammenschmolz, was unter seinen Händen und seinem Mund war.

»Weißt du«, sagte er, als sie beide wieder zu Atem gekommen waren, »du könntest auch mit mir zusammenarbeiten.«

Die medizinische Kosmetik. Nachdem Charlotte die Apotheke verloren hatte, war ihr das nicht mehr wichtig gewesen, denn egal, was passierte, unter dem Dach von Helenas Unternehmen würde sie nichts mehr laufen lassen. »Ich weiß nicht, ob ich mich wieder ans Entwickeln von Creme machen möchte.«

»Ich dachte eher daran, dass du in meiner Praxis mitarbeitest.«

»Du hast doch schon eine Assistentin, die deine Termine organisiert.«

»Aber keine gelernte Apothekerin. Du arbeitest mit mir in der Praxis, und wir entwickeln gemeinsam eine Creme.«

»Ich möchte nicht Helena imitieren. Überdies kenne ich keine berühmte Schauspielerin, die mein Produkt bekannt macht.« Wieder diese Bitterkeit in ihrer Stimme. Charlotte konnte nichts dagegen tun.

»Wir gehen es anders an.«

»Und wie?«

»Darüber sprechen wir morgen, ja?« Er drehte sich auf den Rücken und zog sie mit sich.

Er hatte Charlotte angeboten, einen Teil ihrer Schulden zu bezahlen. Er lebte in einem gewissen Wohlstand, hatte Ersparnisse, aber Charlotte hatte das abgelehnt. Abgesehen davon, dass es ohnehin nichts genützt hätte, denn Dominik Lichtenstein hätte ihr entgegenkommen und den anderen Teil des Geldes stunden müssen, nahm sie kein Geld von ihrem Liebhaber, sie wäre sich wie eine Hure vorgekommen.

»So würde ich dich nie sehen«, hatte er widersprochen.

»Aber ich würde mich so fühlen. Ich möchte keine Schulden bei dir haben.«

Er hatte nicht insistiert, wofür Charlotte ihm dankbar war. Sie wollte nicht in die Situation kommen, ihm die Schulden nicht zurückzahlen zu können, während sie womöglich zum Erhalt der Apotheke wieder welche machen musste. Falls sie überhaupt noch beliefert wurde. Immerhin nahm sich ihre Situation nun nicht mehr gar so hoffnungslos aus.

Wenn Dominik sie in ihrer ersten Liebesnacht geschwängert hatte – und angesichts dessen, wie sprunghaft ihr Bauch auf einmal wuchs, war sich Helena dessen mittlerweile gewiss –, dann war sie nun am Ende des vierten Monats. Der Termin war für April ausgerechnet, und Helena fragte sich, wie sie das bis dahin noch aushalten sollte. Sie fühlte sich ja jetzt schon wie ein Wal.

»Ein hübscher Wal«, antwortete Irene auf ihre Klagen hin. »Da wird die Liebe vermutlich ein sehr akrobatischer Akt, ja?«

Wie immer, wenn sie so unverblümt darüber sprach, wurde Helena verlegen. »Wir schlafen nicht miteinander.«

»Tatsächlich?«

Dominik hatte es versucht, hatte sie an sich ziehen wollen, aber Helena hatte sich unter seinen Händen versteift, nicht nachgegeben. Und so ging es jede Nacht, während sie tagsüber jede Freundlichkeit seinerseits an Schroffheit auflaufen ließ. Sie war kühl und distanziert, schwieg ihn an und sprach nur mit ihm, wenn er etwas fragte, worauf sie antworten musste.

»Ich kann es verstehen, wenngleich ich ganz ohne gar nicht leben könnte.«

»Du bist ja auch nicht mit Dominik verheiratet.«

»Gerade dann würde ich doch nicht auf das Einzige verzichten, das er gut kann.«

»Ich bin so wütend auf ihn.«

»Das kannst du doch auch weiterhin bleiben. Du genießt ihn körperlich, mehr nicht. Morgens darfst du ihm ja trotzdem die Kaffeetassen um die Ohren werfen.«

»Ich kann das nicht trennen, und mir ist wirklich gerade überhaupt nicht danach, mit ihm zu schlafen.« Immerhin ging es mit ihrem Schönheitssalon gut voran, der nahm langsam Gestalt an. Sie hatte ihn eingerichtet wie einen eleganten Salon eines Herrenhauses. Die mit Stoff bespannten Stellwände hatte sie anderweitig bestellen müssen, da Paula ihr sehr barsch beschied, ihre Arbeitsleistung stünde nicht mehr zur Verfügung.

»Hast du noch einmal mit deiner Schwester gesprochen?« Irene ging durch den fertig eingerichteten Salon und blieb an der Tür stehen, die in den Hof führte. Hier musste noch Hand angelegt werden, damit er präsentabel wäre.

»Nein, ich weiß nicht einmal, wo sie derzeit wohnt. Vermutlich bei Paula, aber die erzählt mir nichts. Oder aber sie kommt erst abends hierher zurück, wenn ich fort bin, allerdings sieht die Wohnung unbewohnt aus.«

»Leer geräumt?«

»Nein, das nicht.«

Ein Windstoß fuhr über den Hof, wirbelte Blätter und kleine Zweiglein auf, brachte das brackige Wasser in dem kleinen Brunnen in Bewegung. Helena hatte erst gezögert, Dominiks Gärtner zu fragen, aber dann wies Irene sie darauf hin, dass das nicht mehr allein Dominiks Gärtner war, sondern ihr gemeinsamer. »Du bist seine Ehefrau, verzichte nicht auf die Privilegien.« Also würde dieser nach Weihnachten kommen, den Hof herrichten und Kübel aufstellen, die bepflanzt wurden.

»Ach ja, ich habe mich übrigens umgehört, weil du ja sagtest, du suchst jemanden, der sich mit Schminke und Kosmetik auskennt.« Irene zog eine Zigarette aus ihrem silbernen Etui. »Eine junge Frau hat eine Zeit lang bei uns als Assistentin unseres Maskenbildners gearbeitet, ehe sie sich mit ihm zerstritten hat. Er ist eher schwierig, und sie war seinen Avancen gegenüber nicht zugänglich. Ich habe sie letztens gesehen, wie sie an einer Bar stand und gezapft hat. Die berufliche Erfüllung ist das gewiss nicht. Soll ich sie fragen? Immerhin bringt sie Erfahrung mit.«

»Sehr gerne.« Helena spürte kleine, flatternde Bewegungen im Bauch. Nach wie vor waren ihre Gefühle gemischt, vor allem nach dem Zerwürfnis mit Dominik. Sie wollte sich trotz allem auf das Kind freuen, schließlich konnte dieses doch nichts für all das. Und als angehende Mutter freute man sich doch schließlich, war es nicht so? Aber Helena verspürte nur das drückende Gefühl einer Last, daran änderte auch das leise Flattern in ihrem Bauch nichts, im Gegenteil, es sorgte dafür, dass sie sich noch elender fühlte, da dort ein kleiner Mensch heranwuchs, der nicht ahnte, wie wenig Helena zur Mutter taugte.

TEIL 3

März 1927

Helena stützte die Hände ins Kreuz und drückte den Bauch nach vorne. Das verschaffte für einen Moment Erleichterung, ehe die Rückenschmerzen wieder einsetzten. Seit Tagen ging das jetzt schon so. Als reichte es nicht, dass sie sich in einem behäbigen Watschelgang bewegte und diese riesige Kugel vor sich herschob.

»Da kann doch unmöglich nur eins drin sein«, hatte sie mit wachsender Panik gesagt, als die Hebamme sie untersuchte.

»Ich höre nur einen Herzschlag und kann kein zweites Kind ertasten.«

»Ich habe aber schon davon gehört, dass das zweite überraschend hinterherkam.«

»Das gibt es gewiss, doch als erfahrene Hebamme erkennt man in der Regel die Anzeichen. Ihr Bauch ist auch nicht übermäßig groß, das kommt Ihnen nur so vor, weil Sie so schlank sind.«

Fortwährend musste sie zur Toilette, ständig stieg ihr die Säure brennend vom Magen bis hoch in den Hals, und sie musste Mandeln kauen, damit es erträglich wurde. Da hatte Dominik ja was Schönes angerichtet. Hätte sie ihm bloß nie diesen Tag am Wannsee geschenkt. Wäre sie danach nur nicht mit ihm nach Hause gegangen. Hätte sie da doch nur Nein gesagt, als er sie gebeten hatte zu bleiben.

Leider waren diese stetigen Beteuerungen an sich selbst nur noch halbherzig, wenn sie in ihrem Schönheitssalon stand, den sie ohne ihn in dieser Form wohl nicht hätte. Es war erstaunlich, was sich alles machen ließ, wenn Geld keine Rolle spielte, wenn man unerschöpflichen Kredit hatte. Und dann dachte Helena wieder, dass sie das gerne aus eigener Kraft geschafft hätte.

»Aber das hast du doch, Liebes«, sagte Irene auf diese Bemerkung hin. »Du hast die Ideen, er hat das Geld. Ständig werden Ehen für Geld geschlossen, also nimm, was du kriegen kannst.«

Und der Salon war wirklich schön geworden, die Stellwände bespannt mit Seidenstoff in den Farben Rosa, Blau, Grün und Apricot, die sie hinter die Frauen schob, da Teint und Haarfarbe vor verschiedenen Hintergründen unterschiedlich zur Geltung kamen und Frauen ihrer Meinung nach je nach Typ unterschiedliche Make-up-Farben tragen sollten. Die junge Frau, die Irene ihr empfohlen hatte, war ein Glücksgriff, denn sie war geradezu versessen darauf, ihre Fähigkeiten unter Beweis zu stellen, um bleiben zu dürfen, und es zeigte sich, dass sie ihre Lehrzeit am Filmset nicht verschwendet hatte. Helena konnte nun auf ihre Werbezettel schreiben, dass ihre Kosmetikerin bereits berühmte Schauspielerinnen geschminkt hatte. Irene als Werbeträgerin und der Umstand, dass sie sich oft an ihrer Seite zeigte, trug ebenfalls zum Erfolg bei.

Im Schönheitssalon duftete es nach Seifen und Ölen, die vorne im Verkaufsraum ausgestellt wurden. Zum Ende des Jahres hin hatte Charlotte an einem Wochenende, als sie sicher sein konnte, Helena nicht zu begegnen, ihre persönliche Habe abgeholt. Danach hatte sich Helena darangemacht, die Wohnung gänzlich leerzuräumen, was bis in den Januar hinein gedauert hatte. Die Küche war ausgebaut und zweckmäßig eingerichtet worden, denn hier wurden jetzt Seifen gesiedet. Das Bad hatte Helena ebenfalls neu hergerichtet, während ihr damaliges Zimmer zum Lager für die Rohstoffe genutzt wurde. Die übrigen drei Räume standen vorerst leer, wobei Helena auch schon Ideen für die Nutzung hatte.

Dank der Opernsängerin, die sich so für den Lippenstift *Berlin Noir* begeistert hatte, führte das KaDeWe Helenas Lippenstifte seit Januar, und Helena hatte es gar nicht fassen können, war mehrmals hingegangen, um dann hingerissen vor den Auslagen zu stehen. Sie hatte ihr Sortiment erweitert um die Farben, zu der sie der Aufenthalt in Südfrankreich inspiriert hatte, Farben mit hintergründigem Goldschimmer, die hervorragend ankamen. Doch vor allem ihre dunklen Lippenstifte waren gefragt, und ihr Verkaufsschlager blieb *Berlin Noir.*

Den Chemiker aus Dominiks Werk hätte sie gern behalten, aber er wollte an seine frühere Arbeitsstelle zurück. Deshalb hatte Helena einen jungen Mann eingestellt, der zwar kein studierter Chemiker war, aber in einem Pharmazieunternehmen ausgebildet worden und auf Arbeitssuche gewesen war. Eine weitere Angestellte stand im Verkauf, und es war eigentlich nicht nötig, dass

Helena jeden Tag dort war, Ida Wagner hatte ihr versichert, sie werde sie umgehend benachrichtigen, wenn es sein musste, sie könne sich ruhig schonen. Aber Helena wollte sich nicht schonen, wollte nicht in der Villa sitzen und abends auf Dominik warten, mit dem sie nach wie vor kaum sprach. Allerdings hatte sich ihr Zorn langsam abgenutzt, es war so anstrengend, die ganze Zeit über zu grollen. Die Distanz jedoch blieb, Helena war nicht zugänglicher geworden, und Dominik seinerseits versuchte mittlerweile nicht mehr, mit ihr zu schlafen.

»Denkst du, er hat sich anderweitig umgeschaut?«, hatte Helena Irene gefragt.

»Nein, eigentlich ist das nicht seine Art. Ab und zu hat er sich neben seinen Geliebten mal einen Flirt für eine Nacht erlaubt, aber mit denen war er normalerweise nicht im Bett. Wenn du ihm allerdings ein Leben in Enthaltsamkeit in Aussicht stellst, kann es durchaus sein, dass seine Überzeugungen ins Wanken geraten.« Irene sah Helenas Bauch an. »Vielleicht bist du ja wieder in Stimmung, wenn das Kind erst da ist.«

Helena hatte Angst vor der Geburt. Daheim hatte sie mitbekommen, wie Frauen Kinder geboren hatten, hatte das Wimmern gehört, die Schreie. War das wirklich so unfassbar schmerzhaft? Ja, bestätigte die Hebamme und fügte beruhigend hinzu: »Aber wenn Sie Ihr Kind in den Armen halten, ist jeder Schmerz vergessen.«

Da Helena sich nach wie vor nicht auf das Kind freute, war diese Antwort nicht gerade beruhigend. Dabei bemühte sie sich nach Kräften, Freude zu empfinden, Freude, wenn sie die Tritte spürte, und Freude bei dem

Gedanken, wie man es ihr in die Arme legte. Tatsache war jedoch, dass sie die Tritte bestenfalls als störend wahrnahm und im schlimmsten Fall als schmerzhaft. Und bei der Vorstellung, wie man ihr ein Kind in die Arme legte, das nass war von all den Körpersäften, die mit ihm ins Freie strebten, empfand Helena nur Ekel. Das erschreckte sie so sehr, dass sie mit niemandem darüber sprach. Und die Angst wuchs stetig mit jedem Tag, die Angst vor Schmerzen, die sie durchlebte, ohne die Hoffnung auf darauffolgende Freuden, die alles vergessen machten.

Als sie sich an diesem Abend mit Dominik im Salon aufhielt, die Hände ins Kreuz gedrückt, trat das Kind so heftig zu, dass sie zusammenzuckte, was Dominik, der rauchend an der offenen Verandatür stand, nicht entging. »Ist alles in Ordnung?«

»Ja, das Kind tritt mich nur beständig.«

Er sah sie an, nahm die letzten Züge von seiner Zigarette und drückte sie dann aus. Bisher hatte Helena ihn nie gefragt, ob er das Kind spüren wolle, und auf einmal wünschte sie, dass jemand diese Tritte fühlte und dabei Glück empfand. So, als könnte sich dieses Glücksgefühl auf das Kind übertragen, jene verstörenden Gefühle der Mutter überlagern. Helena ging zu Dominik, ergriff seine Hand und legte sie sich auf den Bauch, genau dorthin, wo sie die Tritte spürte. Es dauerte einen Moment, dann, als spürte das Kind, was von ihm erwartet wurde, trat es noch kräftiger zu als zuvor.

Über Dominiks Gesicht glitt ein zögerliches Lächeln. »Sie hat Kraft.«

»Sie?«

»Ich habe das Gefühl, dass es ein Mädchen wird.«

»Tatsächlich? Nun, ich habe das Gefühl, es wird ein Junge.«

»Noch ist Zeit, Wetten abzuschließen.«

»Und der Einsatz?«

Dominik schloss die Verandatür. »Die Namensfindung. Wird es ein Junge, entscheidest du, bei einem Mädchen entscheide ich.«

Das war einerseits ein guter Vorschlag, barg jedoch auch seine Tücken. »Mit Vetorecht.«

»Dann ist es ja nicht mehr alleinig.«

»Ich möchte nicht die Mutter einer Walburga oder Sieglinde werden.«

»Und ich nicht der Vater eines Adalbert oder Eckehard. Wir gehen also beide ein gewisses Risiko ein, was bei einer Wette aber dazugehört.«

Seine Hand lag immer noch auf ihrem Bauch, warm, vertraut und gar nicht mal unangenehm. Helena seufzte. »Also gut, abgemacht.« Hoffentlich bereute sie das nicht. Auf gar keinen Fall wollte sie zu jemandem sagen: »Das ist meine Tochter Ermentraud.«

Wieder trat das Kind gegen Dominiks Hand, und Helena machte das auf einmal traurig. Sie stellte sich vor, wie das Kind die Gefühle der Mutter erahnte und um die Zuneigung des Vaters buhlte. Kurz verschwamm ihr die Sicht, und sie blinzelte, spürte die Nässe in den Wimpern.

»Ich werde mir keinen schrecklichen Namen ausdenken«, sagte Dominik nun. »Kein Grund, jetzt schon zu weinen.«

Ein ersticktes Lachen drängte sich aus Helenas Kehle. »Du bist wirklich unmöglich.«

Jetzt legte er seine andere Hand an ihre Wange, behutsam, als befürchtete er, sie könnte sie wegschlagen oder zurückweichen. Helena blieb stehen, ließ die Berührung zu. »Warum hast du mir nichts gesagt?«, fragte sie schließlich. »Als du mich in der Friedrichstraße abgesetzt hast. Warum hast du mich ohne jede Vorwarnung meiner Schwester gegenübertreten lassen?«

»Hätte ich etwas gesagt, wärst du mit Entschuldigungen vor sie getreten und der Beteuerung, nichts geahnt zu haben, und sie hätte dir niemals geglaubt, dass du es nicht wusstest.«

»Gebracht hat es nichts, sie spricht trotzdem nicht mehr mit mir. Ich weiß nicht einmal, wo sie wohnt.«

»In der Wohnung über Conrad Rudorf.«

Helena hob den Blick. »Woher weißt du das?«

»Er ist mit Rudolf Liliengrund bekannt, und der war vor kurzem bei ihm in der Praxis, weil er eine Patientin zu ihm überwiesen hat. Irgendwie kam das da wohl zur Sprache, ich glaube, die Sprechstundenassistentin hat es erwähnt.«

»Und warum hast du mir das nicht erzählt?«

»Weil ich nicht wusste, dass du nicht weißt, wo sie ist.«

Helena wandte den Blick zur Verandatür, hinter der der Garten in scheinbar undurchdringlicher Schwärze lag. Sie spiegelten sich in dem Glas der Tür, Helena mit ihrem dicken Bauch und dem leicht geneigten Kopf, Dominik, dessen eine Hand auf ihrem Bauch lag und die andere an ihrer Wange. Sie trat einen Schritt zurück, entzog sich ihm und ließ sich schwerfällig auf einem der beiden Sofas nieder. Estelle kam zu ihr, trug den zerkauten Lederpantoffel im Maul, der mit ihr in die Villa hatte ziehen müssen. Er gehörte zu einem Paar, das Helena mitgebracht und das Charlotte stets als grausig altbacken bezeichnet hatte. Helena argwöhnte – vermutlich nicht ganz zu Unrecht –, dass sie Estelle den Pantoffel absichtlich überlassen hatte. Mehrere Versuche, ihn Estelle wegzunehmen und durch ein Hundespielzeug zu ersetzen, waren gescheitert. Nachdem sie einmal den Müll in der Küche umgekippt hatte, um den geliebten Pantoffel herauszuholen, hatten sie es schließlich aufgegeben und ihn ihr überlassen. Als Helena ihren kleinen Hund ansah, musste sie lächeln, dann ließ sie den Arm über die Armlehne hängen, sodass ihre Finger in dem weichen Fell ruhten.

Anfang des Jahres hatte Charlotte ihre Arbeit in der Praxis begonnen und sehr bald raus, wo sie mit einem neuen Produkt ansetzen sollten. Anstatt sich der Konkurrenz auf dem Markt der Schönheitskosmetik zu stellen und sich womöglich sagen lassen zu müssen, sie versuche, Helenas Erfolg zu imitieren, setzte sie auf die jungen Mütter. Die Idee war ihr angesichts der vielen wunden Wickelkinder gekommen, die mit ihren besorgten Müttern den Weg in die Praxis fanden. Es gab Salben, mit denen sich das Leiden lindern ließ, aber war es nicht besser, es gar nicht erst dazu kommen zu lassen? Natürlich gab es Kinderöle und Cremes wie beispielsweise die von zwei Honnefer Drogisten entwickelte Wundcreme Penaten sowie diverse andere

Produkte. Aber was hatte Helena gesagt? Man musste das Rad nicht neu erfinden, um einen Wagen zu bauen, mit dem es sich fahren ließ.

»Wir probieren das aus«, hatte sie vorgeschlagen. »Wir setzen auf Exklusivität, eine Creme, entwickelt von der Pharmazeutin des Arztes Dr. Rudorf. Und dann firmieren wir zunächst nicht unter Rudorf Kosmetik, sondern unter Dr. Rudorf und nennen das Produkt *Dr. Rudorfs Wundschutzcreme für Kinder.*«

»Wir können es versuchen«, war Conrads Antwort gewesen.

Charlotte rührte daraufhin eine Creme an, die als Basis Woll- und Bienenwachs enthielt, das sie mit Pflanzenöl geschmeidiger machte. Sie fügte etwas Mandelöl hinzu und als antibakterielle Essenzen Kamille und Ringelblume, die wundheilend wirkten und Entzündungen linderten. Hinzu kam außerdem Zink, das ebenfalls die Wundheilung unterstützte. Die Mischung gab sie in einen Porzellantiegel für die Praxis sowie in mehrere kleine Tiegel als kostenlose Proben.

»Ich finde, wir harmonieren bestens«, sagte Conrad, als sie abends beim Essen saßen.

»In jeder Hinsicht, nicht wahr?« Charlotte zwinkerte ihm zu.

Sie hatte Paula erst erzählt, dass sie mit Conrad schlief, als sie wegen des Umzugs zu ihm argwöhnisch geworden war. Danach war sie fast schon beleidigt gewesen, etwas so Wichtiges und Pikantes aus dem Leben ihrer besten Freundin nicht schon früher erfahren zu haben. »Ich hätte immer gedacht, dass ich die Erste von uns bin.

Allerdings warte ich noch auf den Mann, den ich dann auch heirate.«

Conrad wiederholte die Feststellung, als sie im Bett lagen. »Ich finde, wir harmonieren bestens.«

Anstelle einer Antwort lächelte Charlotte mit geschlossenen Augen.

»Ich vermute, kein Mensch glaubt uns, dass du wirklich oben wohnst.« Er malte kleine Muster auf ihren Bauch.

»Hmhm«, machte sie gedehnt und streckte sich wohlig.

»Ein alleinstehender Mann und eine alleinstehende Frau in einem Haus – man wird sich schon bald in sehr delikaten Phantasien ergehen.«

»Und damit kommt man vermutlich nicht einmal annähernd dahin, wie intensiv es wirklich ist.«

»Unterschätz die Vorstellungskraft der Leute nicht.« Ein kleines Lachen vibrierte unter seinen Worten.

Charlotte schlug die Augen auf. »Daran werden wir nun einmal nichts ändern können.«

»Möglicherweise schon.« Nun klang seine Stimme nicht mehr milde belustigt, sondern vorsichtig, und Charlotte war augenblicklich alarmiert, richtete sich halb auf.

»Möchtest du, dass wir damit aufhören? Brichst du mit mir?«

»Nein, auf gar keinen Fall.«

»Immerhin hast du mich verführt, als ich noch unschuldig war.«

»Nach dem, was du gerade getan hast, kann ich mir nicht vorstellen, dass du jemals unschuldig warst.«

Sie schlug ihm mit dem Handrücken gegen die Brust. »Also nun sag schon, wie du das gerade gemeint hast. Wie willst du das Gerede eindämmen?«

Er erhob sich halb, drehte sie, sodass sie auf dem Rücken lag, und neigte sich über sie. »Ich dachte mir, wir könnten ...«, er holte tief Luft, wirkte, als müsse er sich sammeln, »wir könnten unsere Beziehung offiziell machen und in einen, hm, gesellschaftlich annehmbaren Rahmen bringen.«

»Versuchst du gerade, mir auf unbeholfene Art einen Heiratsantrag zu machen?«

Jetzt wurde er tatsächlich rot. Charlotte ihrerseits hatte über eine Heirat nie ernsthaft nachgedacht, da sie keinen Mann gebraucht hatte, der ihr womöglich verboten hätte, ihre Apotheke weiterzuführen. Trotz aller Freiheiten, die sie vermeintlich hatten – letzten Endes unterstanden sie doch bei den wichtigen Dingen immer noch den Männern, da konnten sie feiern, küssen, koksen und Affären haben, so viel sie wollten. Und jetzt? Sie sah ihn an, erkannte, dass seine Art, sie zu fragen, weniger Unbeholfenheit war, sondern vielmehr Vorsicht, vielleicht sogar Angst davor, ausgelacht und zurückgewiesen zu werden. Denn selbstverständlich kannte er ihre Ansicht zur Ehe, sie hatte daraus von Anfang an kein Geheimnis gemacht. Sie dachte daran, wie sie Helena verurteilt hatte, weil diese mit Dominik Lichtenthal ins Bett gegangen war, weil sie sich von ihm so schnell heiraten ließ und damit vermeintlich alle Freiheiten verlor. Sie selbst hatte nach drei Monaten mit Conrad geschlafen, was ihre moralische Überlegenheit einigermaßen ins Wanken gebracht hatte.

Allerdings war es bei ihr keine Schwangerschaft, die ihn zu einer Eheschließung trieb, sondern der Umstand, dass es einfach passte. Sie hob die Hand an seine Wange, schob sie langsam zu seinem Nacken, zog Conrad zu sich hinunter und küsste ihn.

»Ich muss darüber nachdenken«, sagte sie schließlich dicht an seinem Mund.

Seit die Hebamme ihr erzählt hatte, worauf sie sich nun, so kurz vor der Geburt, einstellen musste, wagte Helena kaum noch, das Haus zu verlassen, aus Angst, ihr könne auf der Straße oder womöglich gar in ihrem Schönheitssalon die Fruchtblase platzen. Unvorstellbar der Gedanke, wie sie dastand, während ihr das Wasser an den Beinen entlanglief und sich unter ihren Füßen eine Pfütze bildete wie bei einem Kleinkind, das es nicht schnell genug aufs Töpfchen schaffte. Infolgedessen wurde sie Dominik gegenüber wieder unleidlicher, denn schließlich war er schuld an ihrem Zustand.

An diesem Abend war Dominik ausgegangen und amüsierte sich mit seinen Freunden, während Helena auf dem Sofa im Salon saß, die geschwollenen Füße auf einem Hocker. Die ersten Monate waren nicht schlimm gewesen, da war zwar ihr Bauch gewachsen, aber ansonsten hatte sie sich noch recht beweglich gefühlt. Ende Januar hatten die Beschwerden begonnen, die Rückenschmerzen, die schweren Beine, die druckempfindlichen, geschwollenen Füße und Fesseln. Morgens kam sie noch in ihre Schuhe, aber ab mittags war ihr, als würden ihre Füße darüber hinwegquellen. Wenn sie dann die Schuhe auszog, kam sie nicht wieder hinein.

Das Schlimmste war, dass sie keine Schlafposition fand. Auf dem Sofa mit hochgelegten Füßen ging es noch am besten, vielleicht sollte sie bis zur Geburt in den Salon ziehen. Helena legte den Kopf zurück und schloss die Augen. Die Rückenlehne könnte etwas schräger sein, aber wenn sie ein wenig nach vorne rutschte und sich ein Kissen in den Rücken stopfte, war es sogar richtig bequem. Sie seufzte wohlig. Zu ärgerlich, dass sie noch einmal aufstehen musste, um ihr Nachthemd anzuziehen. Wobei – warum eigentlich? Wenn sie hier doch gerade so bequem lag und angenehm schläfrig war. Irgendwann würde Frau Birkholz oder spätestens Dominik sie wecken, aber dann würde sie einfach nur sagen, dass es reichte, das Licht hier zu löschen.

Kinderstimmen rissen sie aus dem Schlummer, und sie blinzelte, brauchte einen Moment, um sich zu orientieren.

»Tante Helena, warum schläfst du hier?« Marianne stand neben ihr und sah sie aus großen Augen an.

»Du lieber Himmel, hast du kein Bett?« Ariana ersparte sich die Begrüßung. »Marianne, komm, ich habe dir etwas gesagt, ehe wir losgefahren sind.«

»Ja, ich weiß, ich soll nicht mit ihr reden. Aber warum nicht?«

Helena richtete sich auf und nahm leise aufstöhnend die Füße vom Hocker. »Ja, ganz recht. Warum nicht?«

»Weil du kein Umgang für sie bist.«

»Ich bin ihre Tante.«

»Falsch, du bist die Frau ihres Onkels.« Ariana drehte sich zur Tür. »Erich, trödle nicht rum, ihr müsst ins Bett.«

»Was tust du überhaupt hier so spät?« Helena erhob sich mühsam.

Ihre Schwägerin war bereits an der Tür, als sie sich noch einmal zu ihr umdrehte. »Das ist mein Elternhaus, und ich komme hierher, wann es mir passt.«

»Jetzt wohne ich allerdings hier, und da wäre doch wohl ein Mindestmaß an Höflichkeit angebracht.« Helena hatte sich vorgenommen, ihrer Schwägerin diplomatisch zu begegnen, aber das war schlechterdings nicht möglich.

Ariana sah sich zu ihren Kindern um. »Marianne, geh mit Erich schon einmal ins Zimmer.« Dann sah sie Helena an. »Ich kenne das halbseidene Gesindel, das sich mein Bruder als Gespielinnen nimmt. Schauspielerinnen, Tänzerinnen, Lebedamen ... Nur dass er eine davon heiratet, damit konnte nun wahrhaftig niemand rechnen.«

Das Kind begann sich zu rühren und trat kräftig zu. »Das mag dir passen oder nicht, er hat es getan. Also bringst du mir entweder den Respekt entgegen, der mir als seine Ehefrau zusteht, oder du gehst.«

Ein ungläubiges kleines Lachen drang aus Arianas Kehle. »Von dir lasse ich mir bestimmt nicht den Aufenthalt in meinem Elternhaus verbieten. Ich habe mich übrigens über dich informiert, deine Mutter war eine ganz liederliche Person.«

»Wie bitte?«

»Keine Frau, die über jeden Zweifel erhaben ist, wird von ihrem Ehemann verstoßen.«

»Mein Vater hat sich von meiner Mutter getrennt, weil er eine Geliebte hatte, die von ihm schwanger war.«

»Viele Männer haben Geliebte und Bastarde. Aber keiner von denen lässt sich von seiner offiziell Angetrauten scheiden, das geht auch gar nicht ohne Weiteres. Ein Freund meines Mannes hat Einblick in Gerichtsakten, und es kam zur Sprache, dass dein Vater sich der Treue deiner Mutter nicht gewiss sein konnte, während sie ihm gleichzeitig die ehelichen Rechte verweigerte. Er äußerte sogar Bedenken darüber, ob er da überhaupt sein eigenes Kind großziehe.«

Helena brauchte einen Moment, um sich zu fangen. Davon hörte sie zum ersten Mal, allerdings hatte ihre Mutter angedeutet, dass ihr Vater vor nichts zurückgeschreckt sei, um sich seiner Ehefrau zu entledigen. »So ungewiss kann es nicht gewesen sein, wenn er mich als Erbin eingesetzt hat.«

Dem konnte Ariana nicht widersprechen, und so zuckte sie nur mit den Schultern. »Wie auch immer, ich möchte, dass du dich von meinen Kindern fernhältst. Da ich nun einmal nicht verhindern kann, dass du hier lebst – und dass dein Kind sich das gesamte Erbe unter den Nagel reißen wird.«

Ah, daher wehte der Wind. »An dem Kind war Dominik ebenfalls beteiligt, es ist also schwerlich mein alleiniges.«

»Ach bitte, wir wissen doch, wie das läuft. Der Einfluss einer Mutter ist nicht zu unterschätzen.« Ariana sah auf die Uhr. »So, und nun entschuldige mich, es ist spät, sowohl ich als auch die Kinder werden zu Bett gehen.«

Helena hätte selbst nichts lieber getan, gleichzeitig war sie viel zu wütend und erregt, um zu schlafen. Würde sich Ariana hier nun tage- oder gar wochenlang einquartieren? Das hielt sie nicht aus, da riskierte sie lieber auf offener Straße einen Blasensprung. Keuchend und mit seitlichen Verrenkungen quetschte sie die Füße in offene Schuhe, zog ihren Mantel an und band ein Seidentuch um den Hals, dann verließ sie das Haus und musste eine ganze Weile warten, ehe sie endlich ein Taxi anhalten konnte.

»Wennse ins Krankenhaus müssen, verjessense's. Ick will keene Sauerei im Wagen.«

»Ich will nicht ins Krankenhaus, sondern in eine Tanzbar. Also fahren Sie mich bitte.« Sie nannte ihm die Adresse.

Der Mann taxierte ihren Bauch, murmelte etwas Unverständliches und ließ sie dann doch einsteigen. Sie hatte die Tür kaum geschlossen, als er anfuhr.

»Dass du da überhaupt noch lange nachdenken musst.« Paula saß ihr gegenüber in einer Tanzbar. Dieses Mal zahlten sie selbst, weil Charlotte sich bei dem Gedanken, mit Conrad zu schlafen und sich von anderen Männern einladen zu lassen, liederlich fühlte. Erst recht jetzt, da er sie heiraten wollte. Das ging einfach nicht, wenngleich Paula solche Einwände stets mit einem Schulterzucken beiseitewischte.

»Du sollst dir ja keinen neuen Liebhaber nehmen.«

»Ich weiß nicht, wie es mir gefallen würde, wenn er mit seinem besten Freund ausgeht und sich für den Abend eine Frau anlacht, mit der er flirtet.«

»Du bist eifersüchtig?«

Darüber musste Charlotte nachdenken. Sie war noch nie eifersüchtig gewesen, konnte sich das auch nicht so recht vorstellen, denn für sie hatte Eifersucht immer zu einer Art Besitzdenken gehört. Nun jedoch löste der Gedanke daran, wie Conrad mit einer anderen Frau anbandelte, doch ein deutliches Unwohlsein aus.

»Eifersüchtig vielleicht nicht«, antwortete sie, »aber gefallen würde es mir nicht.«

Sie sahen zur Bühne, wo spärlich bekleidete Frauen mit Fliege und Zylinder in eckigen Bewegungen tanzten. Davor tanzten die Menschen, eine wild wogende Menge, die fast etwas Hypnotisches hatte.

»Ich finde, du solltest es tun.«

Charlotte löste den Blick von der Menge und sah ihre Freundin an. »Was tun? Ihn heiraten?«

»Ja, was spricht denn dagegen?«

»So ziemlich alle Überzeugungen, die ich bisher hatte. Mein Vater war ja nicht gerade das leuchtende Beispiel für den Umgang mit einer Ehefrau.«

»Dein Vater war nicht der Standard.«

»Das Gesetz nützt aber nach wie vor Männern wie ihm.«

»Conrad ist nicht so.«

»Das dachte meine Mutter wohl auch.«

»Das dachte deine Mutter gewiss ganz und gar nicht, denn es kann ihr wohl mitnichten entgangen sein, dass er ihr zuliebe seine Ehefrau und sein kleines Kind vor die Tür gesetzt hat.«

Das stimmte natürlich. Und so recht zutrauen mochte Charlotte Conrad so ein Verhalten auch nicht.

»Sieh mal, ist das nicht dein Schwager?«

Charlotte drehte sich in die Richtung, in die Paula genickt hatte, und entdeckte Dominik Lichtenthal mit einigen Freunden an einem Tisch. Rasch drehte sie sich wieder weg, ehe er sie ebenfalls bemerkte und womöglich gar an den Tisch kam, um zu grüßen, weil das seinem verqueren Sinn für verwandtschaftliche Höflichkeit entsprach. Helena wollte ja auch nicht einsehen, dass sie fertig war mit ihr, und versuchte, über Paula Kontakt mit ihr aufzunehmen. Glücklicherweise blockte Paula alles ab.

»Ich habe auch ihren Auftrag abgelehnt, die Stellwände zu bespannen«, hatte sie Charlotte erzählt, wobei das wiederum ein schlechtes Gewissen in ihr ausgelöst hatte, denn Helena zahlte mit Dominiks Geld und den Gewissensbissen im Nacken bestimmt gut, und Paulas Mutter brauchte jeden Auftrag, den sie kriegen konnte. Andererseits konnte sich Martin ja mal ein bisschen mehr reinhängen. Immerhin hatte er eine abgeschlossene kaufmännische Ausbildung, damit sollte sich ja wohl vernünftig Geld verdienen lassen. Allerdings nicht, wenn er weiterhin in dem Unternehmen seines Freundes arbeitete, der sich ebenfalls von Auftrag zu Auftrag hangelte.

»Komm, tanzen wir.« Sie stand auf. Falls Dominik Lichtenthal zu ihnen hinüberblickte, sollte er nur nicht denken, sie sei immer noch trübsinnig.

Paula begleitete sie auf die Tanzfläche, und sie machten einen großen Bogen um den Tisch von Dominik Lichtenthal. Allerdings konnte Paula es nicht lassen, die Hand zu heben und zu winken.

»Was sollte das denn?«

»Ich habe seinen Freund doch mal, hm, näher kennengelernt. Und da er gerade zu uns hinüberblickte, wollte ich nicht grußlos weitergehen.«

Charlotte nahm ihre Hand und zog sie mit sich auf die Tanzfläche. Sie ließ sich mitreißen von dem Rhythmus, tanzte fast schon ekstatisch, als sei die sich bewegende Menge ein Rausch, der sie mit sich riss. Zwei Männer schoben sich an sie heran, und während Charlotte sie ignorierte, wandte sich Paula zu ihnen um, tanzte zwischen ihnen, irgendwann umtanzten beide die Frauen, und dann tanzten sie zu viert miteinander, tanzten, bis Charlotte der Atem knapp wurde und sie die Tanzfläche verließ.

Sie ging die Treppe zurück an ihren Tisch, bemerkte aus dem Augenwinkel, dass Dominik Lichtenthal sie ansah, ignorierte ihn jedoch und ließ sich an ihrem Tisch nieder, beobachtete Paula, die sich immer noch auf der Tanzfläche drehte, inzwischen einen anderen Tanzpartner gefunden hatte. Die Kleider der Frauen fingen glitzernd das Licht auf, die Musik spielte schneller, geradezu schwindelerregend. Der Kellner stellte ein Glas vor ihr ab, und Charlotte hob es kurz an ihre erhitzte Stirn, genoss die Kälte so lange, bis sie sie nicht mehr ertrug, nahm erst dann einen ersten Schluck. Conrad saß in seiner Wohnung, wartete auf sie und auf ihre Antwort. Charlotte indes sah auch jetzt nicht klarer. Sie nahm einen weiteren Schluck.

Kurz darauf kehrte Paula an den Tisch zurück, setzte sich und winkte einem Mann zu, der sich noch auf der Tanzfläche befand und zurückwinkte.

»Auch eine vergangene Bekanntschaft?«

»Nein, den habe ich gerade beim Tanzen kennengelernt. Wenn er so gut küsst, wie er tanzt, wäre das auf jeden Fall eine nähere Bekanntschaft wert.«

Charlotte verdrehte die Augen. »Dann nur zu.«

»Oh, sieh mal, ist das nicht Helena?« Paula beugte sich vor und deutete auf den Eingangsbereich.

Nun sah Charlotte sie auch. »Die hat aber gut zugelegt.«

»Das Kind müsste ja auch bald kommen, da darf man schon mal ein bisschen aus dem Leim gehen.«

Helenas Gang wirkte schwerfällig, und Charlotte fragte sich, was ihre Schwester hier tat, in ihrem Zustand. Wollte sie sich Dominik anschließen und sich noch ein bisschen amüsieren?

»Ich glaube, da steht jemandem Ärger ins Haus.« Paula klang amüsiert und ein klein wenig sensationslüstern.

Tatsächlich wirkte Dominik Lichtenthal nicht eben erfreut, seine Ehefrau zu sehen, wenngleich die Männer an seinem Tisch den Eindruck machten, als belustigte sie die Szene. Eine Diskussion entspann sich zwischen Helena und Dominik, und einmal blickte sie auf, sah die Männer in der Runde an, sprach mit ihnen, ehe sie sich wieder Dominik zuwandte. Der erhob sich nun.

»Mensch, ist der sauer«, sagte Paula. »Schade, dass man hier nichts versteht. Deine Schwester scheint sich ja in einen Hausdrachen verwandelt zu haben.«

»Oder aber er hat sich unmöglich benommen, und sie hat es herausgefunden, während er nicht da war.«

»Vielleicht ist sie sauer, weil er sich vergnügt, während sie schwanger daheim sitzt.«

»Na ja, gerecht ist das auch nicht.« Charlotte sah ihrer Schwester nach. Die Männer am Tisch grinsten, einer sagte etwas, woraufhin die übrigen lachten. Sie dachte wieder an Conrads Antrag. Er hatte recht, bei ihnen passte es in jeder Hinsicht. Bei Helena und Dominik hatte es offenbar bis ins Bett gepasst, während sie nun am Alltag scheiterten. Ein kleiner Anflug von Schadenfreude keimte in ihr auf.

»Wenn du Fragen zum Eheleben hast, ist unser Dominik ja jetzt ein passender Ansprechpartner.« Frank zündete sich eine Zigarre an, paffte, dann grinste er.

»Keine gute Idee«, entgegnete Andreas Braun, »schließlich möchte Ferdinand bestimmt, dass seine Holde ihn ranlässt.«

»Dominik durfte ja auch ran, sonst wäre seine Angetraute wohl kaum in diesem Zustand.« Rudolf Liliengrund tropfte Absinth auf Zuckerwürfel. »Ihm ist nur einfach das Kunststück gelungen, dass damit nach der Eheschließung ganz schnell Schluss war. Mach es einfach umgekehrt, dann geht gewiss nichts schief.«

»Seid ihr jetzt fertig?«, fragte Dominik.

Rudolf zündete die absinthgetränkten Zuckerwürfel

auf seinem Löffel an. »Ich für meinen Teil schon. Meine Meinung zu dem Umgang mit deiner Frau kennst du.« Der Zucker schlug Blasen und karamellisierte, während die kleine Flamme langsam erlosch.

»Ja, zur Genüge.« Dominik sah zur Bühne, wo sich spärlich bekleidete Frauen in eckigen Bewegungen zur Musik bewegten, die Brüste fast gänzlich nackt, abgesehen von dem Stern, der vorne darauf geklebt war. Sein Verlangen regte sich, und er wandte den Blick ab. Stattdessen beobachtete er, wie Rudolf den erloschenen Zucker in das Glas rührte.

»Du magst doch gar keinen Wermut.«

»Nein, aber ich beobachte den Zucker so gerne beim Abbrennen.« Rudolf schob das Glas zu Andreas Braun, der es an die Lippen setzte.

Absinth war seit 1923 verboten, genau das war wohl der Reiz daran, denn keiner seiner Freunde schien ihn zu mögen. Frank lehnte sich zurück und sah sich um, hatte wieder diesen Blick, wie wenn er auf die Pirsch ging, was bedeutete, er hatte die eine oder andere Frau entdeckt, bei der sich ein näheres Kennenlernen für diese Nacht lohnte. Auch Ferdinand beobachtete seine Umgebung aufmerksam, offenbar im Begriff, die Zeit, die ihm bis zu seiner offiziellen Verlobung blieb, so intensiv wie möglich zu nutzen.

»Wann stellst du uns deine Zukünftige vor?«, fragte er seinen Freund.

»Wir geben zur offiziellen Verlobung eine Soiree, da seid ihr natürlich eingeladen.«

»Wie heißt sie?«, wollte Andreas wissen.

»Mechthild von Brüsow.«

»Verwandt mit Arnim von Brüsow?«

»Seine Nichte.«

Frank pfiff anerkennend durch die Zähne. »Denen gehören doch mehrere Unternehmen im Bereich der Stahlindustrie.«

»Vor allem Rüstungsgüter.«

»Ist Arnim von Brüsow nicht einer dieser Männer, die so erpicht auf das nächste Großreich sind?«, fragte Andreas.

»Mechthilds Familie ist eher konservativ, das stimmt. Aber ihre Eltern sind in ihren Ansichten weniger rückwärtsgewandt als Arnim von Brüsow.«

»Dann solltest du deine Sympathien für die Kommunisten wohl besser nicht zu offensichtlich machen«, sagte Frank an Andreas gewandt. Der antwortete nicht darauf, sondern setzte lediglich sein Glas an die Lippen.

Frank hob die Hand und winkte jemandem zu. Als Dominik seinem Blick folgte, entdeckte er Paula Richter, die gerade zurückwinkte, und Charlotte, die so auffällig in die andere Richtung sah, dass klar war, sie hatte ihn bemerkt. Seufzend wandte Dominik sich wieder ab. Er hatte ihr ein wirklich gutes Stellenangebot gemacht. War es denn seine Schuld, dass sie zu stolz war, es anzunehmen? Niemand hatte sie dazu gezwungen, sich immer weiter und immer höher zu verschulden.

Wieder fiel sein Blick auf die Frauen auf der Bühne, und das Verlangen bekam eine fast schon schmerzhafte Intensität. Im Oktober hatte er das letzte Mal mit Helena geschlafen, in der letzten Nacht vor ihrer Abreise.

Das war jetzt ein gutes halbes Jahr her. Er hatte vorher zwar auch zehn Monate gewartet, aber da hatte es Küsse und Zärtlichkeiten gegeben und die Aussicht auf wundervolle Liebesnächte – eine Erwartung, die voll und ganz erfüllt worden war. Jetzt jedoch war ungewiss, wann er bei Helena wieder zum Zug kommen würde. Vor der Geburt auf gar keinen Fall. Und danach?

Ein Freund hatte ihm erzählt, dass seine Frau nach der Geburt des ersten Kindes ein Jahr gebraucht hatte, ehe es sie überhaupt nur danach verlangte, mit ihm zu schlafen. Ein Jahr! Dominik sah wieder zu den Frauen, ließ dann den Blick durch den Raum schweifen. Und wenn er sich eine Gespielin für diese Nacht suchte? Nur einmal? Nein, das kam nicht in Frage, er hatte immer viel auf seine Integrität und Loyalität gegeben, und Helena würde er eine nächtliche Liebschaft wohl auch nicht nachsehen. Abgesehen davon würde es nicht bei einem Mal bleiben, wenn er diese Grenze erst einmal überschritten hatte, das ahnte er.

Seine Freunde hingegen – ungebunden oder noch so gut wie – hatten diese Skrupel nicht und erhoben sich nach und nach, um tanzen zu gehen, während Dominik sie vom Tisch aus beobachtete. Er sah auch Charlotte und Paula – Letztere wieder mit einem Pulk aus Verehrern. Charlotte ging irgendwann zurück zu ihrem Tisch und saß dort eine Weile allein. Kurz überlegte er, ob er zu ihr gehen sollte, entschied sich jedoch dagegen. Da sie so offensichtlich nichts mit ihm zu tun haben wollte, würde es vermutlich zu einer hässlichen Szene kommen, spräche er sie an.

Nach und nach kehrten seine Freunde an den Tisch zurück, und Andreas winkte den Kellner heran, um eine weitere Bestellung aufzugeben. Paula ging an ihnen vorbei, wirkte ziemlich außer Atem, aber bestens gelaunt. Ein kurzer, schelmischer Blick traf Frank, der ihr zuzwinkerte, dann ging sie weiter.

»Läuft da wieder irgendetwas?«, fragte Dominik.

»Nein, wir haben nur kurz getanzt, ehe mich ihre neue Eroberung abgelöst hat.«

Rudolf sah auf, verengte die Augen, wirkte irritiert. »Ist das deine Frau?«

Dominik brauchte einen Moment, ehe ihm klar war, dass er gemeint war. Wer auch sonst, außer ihm war hier niemand verheiratet. Dass Helena hier hochschwanger herkam, war allerdings so absurd, dass er sich einfach nicht angesprochen fühlen konnte. Dann drehte er sich zur Treppe hin, die hoch zur Galerie führte, auf der sie saßen, und entdeckte sie. War das zu fassen?

Die Leute drehten sich zu ihr um, starrten sie an, waren offensichtlich irritiert, was eine Frau, die so augenscheinlich hochschwanger war, hierher verschlug. Blicke folgten ihr bis an Dominiks Tisch, den sie rasch erspäht hatte. »Guten Abend, die Herren.« Ihre Stimme bebte kaum merklich, was Aufschluss darüber gab, in welcher Stimmung sie war – hätte es da angesichts ihres düsteren Blickes noch Unklarheiten gegeben. Sie wandte sich an Dominik.

»Deine Schwester ist zu Besuch, und es sieht beinahe so aus, als richtete sie sich auf einen längeren Aufenthalt ein.«

»Verstehe. Aber bei aller Abneigung …«

»Ich bin noch nicht fertig! Sie hat ihren Kindern verboten, mich zu grüßen, und führt sich im Großen und Ganzen unmöglich auf.« Helena hob den Finger, richtete ihn auf Dominik. »Du hast die Wahl, entweder sie oder ich, aber eine von uns zieht heute Nacht aus!«

»Können wir das nicht morgen in Ruhe ...«

»Sag mal, war ich undeutlich?« Sie wandte sich an seine Freunde. »Meine Herren, war irgendetwas an dem, was ich gesagt habe, schwer zu verstehen?«

In Dominik brodelte es, während seine Freunde Helena grinsend versicherten, ihre Worte seien absolut unmissverständlich gewesen. Andreas kam sich offenbar besonders witzig vor, als er sich gar als Dolmetscher anbot.

Dominik winkte den Kellner heran, um zu zahlen, aber Rudolf kam ihm zuvor. »Geh nur, wir übernehmen das. Die Sache scheint keinen Aufschub zu dulden.«

Ferdinand klopfte ihm auf die Schulter, feixte. »Mein Freund, wir alle beneiden dich wirklich zutiefst.«

Sie verließen die Tanzbar, und Dominik musste sich zwingen, in seiner Wut nicht zu rasch auszuschreiten, sondern sich Helenas Schritten anzupassen. Er biss die Zähne zusammen, tat lange, tiefe Atemzüge, um sie nicht hier auf der Straße anzuschnauzen. Dann waren sie endlich beim Wagen angelangt, und Dominik entriegelte, öffnete ihr die Tür, half ihr hinein, was mit dem dicken Bauch kein leichtes Unterfangen war.

»Ist dir klar, wie peinlich das war?« Er startete den Wagen und warf den Gang ein.

»Peinlich? Ich kann dir gerne mal etwas über Peinlichkeiten erzählen, mein Lieber. Peinlich ist es, mit einem runden Bauch vor dem Altar zu stehen. Peinlich ist überdies, seinen angeblichen Sechsmonatsbauch durch die Gegend zu wuchten und zu wissen, dass kein Mensch einem die sechs Monate abnimmt. Peinlich ist die Vorstellung, wie die Fruchtblase vor allen Leuten platzt und ich dastehe, als hätte ich mir in die Hose gepisst!« Ihre Stimme wurde bei jedem Wort lauter.

»Es zwingt dich ja keiner, in deinem Zustand auf die Straße zu gehen.«

»Weißt du, was, ich hoffe, sie platzt gleich jetzt, hier in deinem geliebten Buick!«

Dominik wusste nicht, wie wahrscheinlich das war, aber er gab sicherheitshalber doch etwas mehr Gas. Natürlich entging Helena das nicht.

»Das ist wieder typisch! Wenn ich dich darum bitte, deine Schwester heimzuschicken, weil sie mir zusetzt, dann möchtest du dich lieber weiter vergnügen und es auf morgen verschieben. Aber droht deinem Wagen ein Ungemach, geht auf einmal alles sehr schnell.«

»Ich weiß, dass du mit meiner Schwester nicht auskommst, und ich billige ihr Verhalten dir gegenüber nicht, aber das ist kein Grund, sich hier wie eine Furie zu gebärden.«

»Eine Furie? Du hast mich noch nicht erlebt, wenn ich zur Furie werde!«

Da Dominik wusste, dass er diesen Disput nur verlieren konnte, schwieg er, aber auch das war nicht richtig.

»Ja, genau, ignorier mich ruhig. Ich wünschte, das hättest du schon viel früher getan, dann sähe ich jetzt nicht aus wie ein Wal.«

Ihm lag auf der Zunge, dass er sich das gerade in diesem Moment ebenfalls wünschte, aber da er ahnte, was dann los sein würde, zählte er lieber langsam von hundert an rückwärts.

»Du bist der größte Schuft, der mir je begegnet ist.« Jetzt brach sie in Tränen aus.

Dominik stieß den Atem in einem langen Zug aus, als er endlich in seine Einfahrt einbog. Im Haus brannte kein Licht mehr, aber dass Ariana ging, war unvermeidlich. Die Kinder konnte sie gerne am kommenden Tag abholen. Nachdem er Helena aus dem Wagen geholfen hatte, ging sie schniefend und schwer atmend mit ihren Watschelschritten neben ihm her, und nun hatte er doch ein schlechtes Gewissen. Er bot ihr den Arm, als sie die breite, runde Treppe zum Eingang hochgingen, und zu seiner Erleichterung wies sie ihn nicht zurück.

»Geh zu Bett«, sagte er, als sie das Haus betreten hatten. »Ich rufe meinen Schwager an, damit er Ariana abholt.«

Sie nickte nur, wischte sich die Tränen ab und ging auf die Treppe zu, umfasste das Geländer und schritt schwerfällig die Stufen hoch.

APRIL 1927

Seit Dominik Ariana mitten in der Nacht von ihrem Mann hatte abholen lassen, sprach sie nicht mehr mit ihm und glaubte offenbar, ihn damit zu bestrafen. Sein Schwager war alles andere als begeistert gewesen über den nächtlichen Anruf, sah aber auch ein, dass ein solcher Zustand für eine Hochschwangere nicht tragbar war. Erst hatte Ariana die Kinder nachts aus den Betten holen und mitnehmen wollen, dann aber eingesehen, dass sie damit eher sich selbst strafte als Dominik. Sie hatte die Kinder ja schon einmal aus dem Schlaf gerissen, als sie sich spätabends entschlossen hatte, ihren Mann nach einem Streit mal wieder für ein paar Tage zu verlassen.

»Man hätte ja auch bis morgen warten können«, hatte sie beim Verlassen des Hauses geschimpft. »Aber offenbar kannst du mich nicht schnell genug loswerden.«

In dieser insgesamt ohnehin schon angespannten häuslichen Situation auch noch seine Schwester – das würde über Dominiks Kräfte hinausgehen. Immerhin war Helena nicht gar so abweisend, und er hoffte, dass sich alles zwischen ihnen normalisierte, wenn erst das Kind da wäre. Die Schwangerschaft nahm sie mit, und während es immer hieß, dass werdende Mütter aufblühten und rosig wurden, schien es, als saugte das Kind jede Farbe aus Helena.

Er hatte mitbekommen, dass sie in dieser Nacht sehr unruhig geschlafen hatte und morgens noch früher auf den Beinen war als er. Beim Frühstück war sie sehr blass, und dann zuckte sie heftig zusammen, krümmte sich leicht und atmete langsam aus, entspannte sich.

»Ist alles in Ordnung?«

»Ich habe seit Mitternacht leichte Wehen, aber da liegt so viel Zeit dazwischen, dass es eigentlich noch nicht losgehen kann. Bisher war es kaum schlimmer als die Senkwehen, nur die jetzt gerade war stärker.«

»Soll ich die Hebamme anrufen?«

Helena wirkte unschlüssig und schüttelte den Kopf. »Nein, ich glaube, es ist noch zu früh.«

»Willst du dich hinlegen?«

»Ich gehe ein wenig im Garten spazieren, die Hebamme sagt, ich soll mich bewegen, solange ich kann.« Sie erhob sich schwerfällig, stützte sich dabei auf den Armlehnen des Stuhls ab, den er ihr aus dem Salon in das Speisezimmer geholt hatte.

Sie war jetzt seit fast vier Wochen nicht mehr in ihrem Schönheitssalon gewesen, aber den Fehler, ihr anzubieten, dort regelmäßig Präsenz zu zeigen, machte Dominik kein zweites Mal. »Planst du schon, mich zu ersetzen, damit ich schön zu Hause bleibe und dein Kindchen versorge?«

Dominik meldete sich im Büro und wies seine Vorzimmerdame an, alle Termine für den Tag abzusagen. Danach rief er die Hebamme an, die ihm bestätigte, dass noch Zeit sei. Sie würde sich aber gleich auf den Weg machen.

Einigermaßen beruhigt gesellte er sich zu Helena in den Garten, begleitete sie bei ihrem langsamen Spaziergang, während Estelle um sie herumtollte. Als Dominik ihr sagte, er habe die Hebamme trotz allem angerufen, fuhr sie ihn nicht an, wie erwartet, sondern nickte nur. Vielleicht lag das auch daran, dass sie gerade offensichtlich wieder von einer Wehe überrollt wurde, sich krümmte und ihre Finger in seinen Arm krallte.

»Soll ich dich ins Haus bringen?«

»Nein, ich kann jetzt nicht liegen.«

Dominik hatte sich selten so hilflos gefühlt, aber er konnte nun einmal nicht mehr tun, als neben ihr hergehen. Nach einer Dreiviertelstunde – sie waren gerade auf dem Weg ins Haus, denn Helena wollte sich nun doch ins Bett legen – traf endlich die Hebamme ein und löste ihn ab. Jetzt war er wirklich zur Untätigkeit verdammt. Er ging in den Salon, versuchte zu lesen, konnte sich aber nicht auf das Buch konzentrieren. Die Hebamme hatte ihm erklärt, dass es bei dem ersten Kind dauern könne, und so stellte er sich auf Stunden des Wartens ein. Schlimm wurde es erst, als er die Schreie hörte, laut, schrill, durchbrochen von Wimmern.

Estelle schien zu ahnen, dass etwas nicht stimmte, denn sie lief mehrmals in den Flur, setzte die Vorderpfötchen auf die unterste Treppenstufe und sah hinauf. Irgendwann hielt Dominik es nicht mehr aus, nahm die Leine und verließ mit dem kleinen Hund das Haus. Es war das erste Mal, dass er mit Estelle rausging. Bisher war er immer nur Begleiter gewesen, wenn Helena mit ihr spazieren ging, und auch das nicht mehr, seit sie zurück waren aus den Flitterwochen. Dass sie wütend auf ihn war, damit hatte er gerechnet, aber nicht damit, dass sie ihm über Monate jede Annäherung verbot. Offenbar hatte er seine Wirkung auf sie überschätzt.

Zu seiner Überraschung hatte ihre Mutter ihn nicht wutentbrannt beschimpft, sondern hielt sich heraus. Allerdings schien sie sogar etwas Schadenfreude darüber zu verspüren, dass das Erbe ihres Ehemanns komplett und schuldenfrei nun an die verstoßene Tochter gegangen war. Dass Charlotte nichts mehr mit dieser zu tun haben wollte, war nach ihrem Dafürhalten deren Problem und nicht Helenas.

Dominik sah auf die Uhr. Eine halbe Stunde war er nun mit dem Hund unterwegs, das musste reichen. Vielleicht war das Kind ja bereits da, und auf gar keinen Fall wollte er, dass Helena zugetragen wurde, er sei nicht auffindbar. Also beeilte er sich, nach Hause zu kommen. Er war gerade zur Tür hinein, als ihm Frau Birkholz entgegeneilte.

»Herr Dr. Lichtenthal, die Hebamme hat mich darum gebeten, den Arzt Ihrer Frau zu benachrichtigen, aber der wurde zu einem Notfall gerufen.«

»Warum braucht sie einen Arzt?«

»Das Kind liegt zwar mit dem Kopf nach unten, ist aber ein Sternengucker, sagt sie, dadurch wird die Geburt schwerer.«

Und überaus schmerzhaft, wie die Schreie erahnen ließen, die nun wieder zu hören waren. Dominik drückte seiner Haushälterin die Leine in die Hand. »Ich kümmere mich darum, dass ein Arzt kommt.«

Die Assistentin seines Freundes Rudolf stellte ihn umgehend durch. »Ich bin kein Geburtshelfer, Dominik.«

»Dafür ist die Hebamme zuständig. Du sollst sie nur unterstützen.«

»Was sagt sie denn?«

»Das Kind sei ein Sternengucker, was auch immer das heißen mag.«

»Es liegt mit dem Gesicht zum Bauch hin. Also gut, ich komme, die anstehenden Termine kann mein Mitarbeiter übernehmen.«

Dominik bedankte sich und hängte auf, dann ging er zum Servierwagen und goss sich etwas zu trinken ein. Selbst im Salon waren die Schreie zu hören. Es schien eine Ewigkeit zu dauern, ehe der Türgong erklang. Dominik öffnete selbst und ließ Rudolf ein. Der wusch sich die Hände und ließ sich dann von Dominik in das Zimmer führen. Danach ging Dominik zurück in den Salon, weil er die Schreie unmittelbar vor der Tür stehend noch weniger aushielt.

Über eine Stunde später – er überlegte gerade, ob er noch eine Runde mit dem Hund drehen sollte – war auf einmal Ruhe. Und dann hörte er das Weinen eines Säuglings, was ihn zugleich mit tiefer Erleichterung und Angst erfüllte. Er lief zur Treppe, nahm immer zwei Stufen auf einmal und blieb vor der Tür stehen, lauschte auf das Weinen des Kindes und auf die ruhigen Stimmen. Wenn Helena die Geburt nicht überstanden hätte, wären sie bestimmt aufgeregter gewesen. Zaghaft klopfte er an, und kurz darauf kam Rudolf hinaus, ein Bündel in den Armen tragend.

»Herzlichen Glückwunsch, du hast eine Tochter.«

»Und Helena?«

»Geht es gut, sie ist nur sehr erschöpft.«

Dominik sah das kleine rote Gesicht an, das aus dem weißen Tuch hervorlugte. Der Mund machte leise, schmatzende Geräusche, die Augen waren zusammengekniffen. Behutsam berührte er mit dem Zeigefinger die Wange des Kindes.

»Möchtest du sie nehmen?«

»Und wenn ich sie fallen lasse?«

»Das halte ich für sehr unwahrscheinlich.« Rudolf gab ihm das Kind in die Arme, legte es so, dass seine Ellbeuge das Köpfchen stützte.

In Dominiks Brust setzte ein fast schmerzhaftes Ziehen ein, und das Herz ging ihm in wilden Schlägen. »Kann ich zu Helena?«

»Warte noch, die Hebamme kümmert sich gerade um sie, und ich muss noch nähen.«

»Nähen?«

»Die Kleine hat sich ordentlich Platz gemacht, und ich musste trotzdem noch etwas nachhelfen und schneiden. Aber das ist nichts, das nicht wieder verheilt.« Er nahm ihm das Kind wieder ab. »Ich sage dir Bescheid, wenn du zu ihr kannst.«

Helena sah das Kind an, das neben ihr im Bett lag, während sie sich fragte, ob dieses Flickwerk, das dort unten heiß pochte und schmerzte, wohl je verheilen würde. Keinen Anflug von Scham hatte sie verspürt, als Rudolf zwischen ihren entblößten Beinen gesessen und bei der Geburt nachgeholfen hatte, hatte nur gewünscht, er würde endlich dieses Kind aus ihr holen, gleich wie. Und auch danach nicht, als er sie nähte. Jetzt zuckte kurz die Frage in ihr auf, ob er nun immer, wenn er sie traf, wenn sie sich auf einer Party über den Weg liefen oder zusammen zu Abend aßen, daran dachte, wie sie mit diesem geschundenen Unterleib vor ihm gelegen hatte. Es war ihr gleich – noch jedenfalls.

»Wie fühlst du dich?«, fragte er.

»Es tut so weh.«

»Das Medikament wirkt gleich.«

Die Hebamme nahm das Kind. »Das Kindermädchen ist eingetroffen.«

Helena nickte nur, machte keinen Versuch, ihre Tochter selbst in die Arme zu nehmen, hatte nicht einmal das Bedürfnis danach und empfand das als so herzlos, dass es ihr die Tränen in die Augen trieb.

»Soll ich Dominik holen?«, fragte er.

Sie nickte nur und wischte sich über die Augen. Es war, wie sie erwartet hatte, sie war eine schauderhafte Mutter. Wie schafften Frauen es bloß, mehr als ein Kind zu gebären? Unvorstellbar, dass Dominik je wieder in diesen wunden, schmerzenden Unterleib drang. Vermutlich war ihre Ehe dann gleich ebenfalls am Ende, und er würde sich scheiden lassen. Ihr und ihrer Tochter drohte dasselbe Schicksal wie ihrer Mutter. Wieder kamen ihr die Tränen.

Die Tür ging leise, und Dominik kam an ihr Bett, setzte sich behutsam auf den Rand. »Wie geht es dir?«

»Schauderhaft.« Erneut wischte sie sich die Tränen ab.

Er nahm ihre Hand, strich mit dem Daumen über ihre Handfläche. »Es tut mir leid, dass es so schlimm war.«

»Ich mache das nie wieder.« Besser, wenn das gleich gesagt wurde.

Dominik antwortete nicht sofort, lächelte aber. »Die Kleine ist wunderschön. Da dürfte jedes weitere Kind es schwer haben.«

Wunderschön war nicht das Wort, das Helena für diese schrumpelige Wesen gewählt hätte. »Sie ist bei ihrem Kindermädchen.«

»Ich weiß.« Dominik hielt weiterhin ihre Hand. »Was hältst du von Marion?«

»Du hast das mit dem Namen nicht vergessen, ja?«

»Im Gegenteil, ich habe wochenlang intensiv darüber nachgedacht.«

Wenigstens einer von ihnen. Ein Junge hätte Helena nun kalt erwischt, obwohl sie sich so sicher gewesen war, dass es einer werden würde.

»Ich ziehe vorübergehend in ein Gästezimmer, dann hast du hier deine Ruhe.«

Da Helena nichts sehnlicher wünschte, als einfach nur zu schlafen, nickte sie. Sie schloss die Augen, während ihre Hand immer noch in seiner ruhte, spürte, wie sein Daumen sanft kreisend nun ihren Handrücken liebkoste. Langsam dämmerte sie weg.

»Du bist Tante.« Conrad legte die Zeitung beiseite.

»Ich weiß, ich habe die Anzeige vorhin auch schon gelesen.« Sie saßen beim Frühstück, und Charlotte schenkte sich eben eine weitere Tasse Kaffee ein. Marion Lichtenthal. Charlotte hätte ja mindestens einen hochherrschaftlich klingenden Doppelnamen oder wenigstens einen Zweitnamen erwartet.

»Willst du sie nicht einmal besuchen?«

»Warum? Uns verbindet nichts, außer dass wir denselben Vater haben. Wir haben uns zu spät kennengelernt, als dass wir uns wirklich wie Schwestern fühlen würden. Wir waren eher eine Wohngemeinschaft und haben uns mit der Situation arrangiert.«

»Verstehe.«

Charlotte rührte Sahne in ihren Kaffee. »Ich kann nicht zu ihr gehen. Und ich kann mir auch nicht ansehen, wie die Apotheke, in der ich praktisch aufgewachsen bin und für deren Erhalt ich studiert habe, zu einem Salon geworden ist, in dem Frauen viel Geld für Schönheit ausgeben.« Sie hob die Tasse an die Lippen und sah ihn über den Rand hinweg an. »Möchtest du eigentlich Kinder?«, fragte sie, nachdem sie die Tasse wieder abgesetzt hatte.

»Durchaus, ja. Denkst du, wir sollten uns darüber unterhalten?«

Sie sah auf ihren Finger, an dem der Ring glänzte, den er ihr angesteckt hatte. Nun waren sie offiziell verlobt. Noch in der Nacht, als sie mit Paula in der Tanzbar gewesen war, hatte sie seinen Antrag angenommen, war nachts heimgekommen, hatte ihn geweckt und geliebt, ihm, noch während sein Herzschlag raste und ihm der

Atem stoßweise über die Lippen kam, gesagt, sie wollte ihn heiraten. Über Kinder hatte sie natürlich auch nachgedacht, sie wusste ja, dass diese in der Regel zu einer Ehe dazugehörten, auch wenn sie selbst sich mit einer Mutterschaft nie auseinandergesetzt hatte.

»Nein, eigentlich brauchen wir uns darüber nicht zu unterhalten. Ich mag keine halben Sachen. Und wenn ich schon heirate, möchte ich die Erfahrung, Mutter zu sein, gerne machen. Allerdings kann ich noch nicht versprechen, dass es mehr als ein Kind wird. Das kommt darauf an, wie mir das Muttersein gefällt. Und ob du erwartest, dass ich dann nur noch mit dem Kind daheimhocke.«

»Das würde ich nie wagen.«

»Das hoffe ich für dich, ansonsten erwartet dich wohl ein sehr unerquickliches Zusammenleben mit mir.« Sie zwinkerte ihm zu, nahm ihren Worten damit die Spitze.

Conrad stand auf, küsste sie. »Ich muss runter, die Praxis öffnet in zehn Minuten.«

»Und ich gehe in die Fertigung.« Die Wundschutzsalbe war überraschend gut angenommen worden und verkaufte sich auch in den Apotheken, sodass Charlotte den ganzen Tag damit beschäftigt war, neue zu produzieren. Da sie keine richtige Fertigung hatten, verlegte Charlotte das in den Salon, der ohnehin nur für Besucher genutzt wurde, und dafür reichte auch das Kaminzimmer, das ohnehin gemütlicher war. Also hatten sie und Conrad die Möbel beiseitegeschoben und einen langen Tisch gekauft, der an die Wand gestellt wurde. Ein weiterer stand daneben, sodass die Tische ein L bildeten, an dem Charlotte arbeiten konnte. Wenn sie ihr Tagespensum beendet und ausreichend Wundschutzsalbe hergestellt hatte, wollte sie sich an ihre Sonnenschutzcreme setzen – wieder zunächst für Kinder. Und wenn das lief, konnte man die Mütter und damit die Frauen insgesamt ansprechen.

Charlotte dachte an Conrads Worte: *Du bist Tante.* Paulas wenige Tage zuvor: *Ihr seid doch Schwestern.* Trotz allem. Aber Charlotte fühlte keine schwesterlichen Gefühle, fühlte keinen Drang, das Kind kennenzulernen, mit dem sie verwandt war. Paula hatte gesagt, Blut sei dicker als Wasser, aber wenn Charlotte hätte wählen müssen zwischen Paula und Helena, würde ihr die Wahl nicht schwerfallen. Sie konnte ohne Helena leben, aber niemals ohne Paula. Und sie brauchte auch keine Nichte, sie würde ihr eigenes Kind haben. Und dessen Tante wäre nicht Helena, sondern Paula. Sie hatte sich seinerzeit mit ihrer Schwester arrangiert, das stimmte, und wenn sie es ganz objektiv betrachtete, war das alles gewiss nicht Helenas Schuld und von ihr auch sicher nicht so gewollt gewesen. Aber das änderte nichts. Zurück blieb das Gefühl, verraten und um ihr Erbe betrogen worden zu sein.

»Wie fühlst du dich, Liebes?« Irene hatte einen Stuhl herangezogen und setzte sich an Helenas Bett.

Diese richtete sich auf und verzog das Gesicht. »So einigermaßen. Es fühlt sich zwar an, als würde es nie heilen, aber die Hebamme sagt, wenn ich weiterhin täglich meine Sitzbäder mache, tritt schon bald Linderung ein.«

»Du lieber Himmel! Sollte ich jemals auf den abwegigen Gedanken einer Mutterschaft kommen, erinnere mich bitte an diesen Moment.«

»Ich hätte auch keine Mutter werden dürfen.« Wie so oft in letzter Zeit kamen Helena die Tränen. »Ich bin viel zu kaltherzig, um eine Mutter zu sein.«

»Aber warum denn, Liebes?«

»Ich glaube, ich liebe die Kleine nicht.« Jetzt war es heraus. Nicht einmal ihrer Mutter gegenüber hatte Helena es gewagt, das zu sagen, hatte nicht in die Freude, Großmutter zu sein, sagen wollen, dass sie keine Mutter sein wollte, es nicht sein konnte.

»Wie kommst du darauf?«

»Ich stehe vor dem Bettchen, sehe sie an, und da ist nichts. Sie tut mir dann so furchtbar leid.« Helena brach die Stimme. Ständig dieses Geflenne, sie war es so leid und konnte doch nichts dagegen tun.

»Das klingt nicht besonders kaltherzig.« Irene stand auf und ging zu dem Tablett, das Frau Birkholz auf Helenas Nachtschränkchen abgestellt hatte. Sie schenkte zwei Tassen Tee ein und reichte Helena eine davon. »Du solltest jetzt erst einmal wieder auf die Beine kommen, das Kind ist doch versorgt, nicht wahr?«

»Aber was, wenn es schon jetzt spürt, dass es keine liebende Mutter hat, und in diesem Bewusstsein aufwächst? Wenn sein Leben davon überschattet wird?«

»Meine Liebe, für das Drama bin ich zuständig, und auch nur, wenn ich dafür bezahlt werde. Du bist jetzt erst einmal eine Frau, die Bettruhe braucht und Zeit, um zu heilen. Die Umstände in den letzten Monaten waren schwierig, die Konflikte mit deiner Schwester und Dominik – vermutlich kommt daher auch das Gefühl, dass du dich dem Kind nicht nahe fühlst.«

»Meine Mutter lebte unter schwierigeren Umständen und hatte solche Gedanken gewiss nie.«

»Das weißt du doch gar nicht. Sie war mit dir allein, verstoßen von ihrem Mann. Bestimmt hat sie das eine oder andere Mal gedacht, dass sie ohne ein Kleinkind besser dran wäre.«

»Meine Mutter liebt mich!«, stieß Helena heftiger hervor als gewollt.

»Natürlich tut sie das. Das eine schließt das andere nicht aus. Es bringt allerdings auch nichts, wenn du dich jetzt die ganze Zeit darüber bekümmerst, dass du eine schlechte Mutter bist, nur weil deine Gefühle nicht dem entsprechen, was du dir offenbar als Muttergefühl ausmalst. Du warst noch nicht einmal bereit für ein Kind, und allein dafür, dass Dominik die Schwangerschaft mehr oder weniger absichtlich herbeigeführt hat, gehört ihm einmal kräftig das Knie in den Schritt gerammt.«

Jetzt zuckte doch ein kurzes Lächeln über Helenas Lippen.

»Du siehst erst einmal zu, dass du wieder auf die Beine kommst. Und sobald dir danach ist, lässt du dich von Dominik ordentlich durchvö…«

»Irene!«

»Schon gut, ich vergesse immer, dass du im Grunde deines Herzens mein braves Provinzmädchen bist.«

»Um nicht provinziell zu sein, muss man ja nicht gleich vulgär werden.«

»Vulgär? Ihr seid verheiratet. Mehr Anstand geht nicht. Und ich setze für das Wohlbefinden gerne auf bewährte Hausmittel.«

»Das Hausmittel wird warten müssen. So, wie sich mein Unterleib gerade anfühlt, wird Dominik vorläufig nicht einmal in die Nähe kommen.« Helena trank Tee, wollte so gerne das vertraute Wohlbehagen dabei spüren, aber sie fühlte sich einfach nicht gut, konnte nicht richtig sitzen, hatte bei jedem Niesen das Gefühl, dass ihre Eingeweide unten hinausfallen würden, und überdies wirkte ihr Bauch wie ein Luftballon, aus dem man die Luft hatte entweichen lassen, eine wabbelige Masse.

»Neun Monate kommt der Bauch, neun Monate geht er«, war der wenig hilfreiche Kommentar ihrer Hebamme gewesen.

»Ich möchte, dass du Marions Taufpatin wirst«, sagte Helena. »Würdest du das tun?«

»Aber gewiss, meine Liebe. Nur allzu gern. Ich werde allerdings die Art von Tante sein, die das Kind furchtbar verzieht und verwöhnt.«

»Das ist mir nur recht, dann gleicht das die schauderhafte Mutter aus.«

»Hör auf damit, du bist wunderbar. Vielleicht kannst du einfach mit Säuglingen nicht viel anfangen. Aber stell dir ein kleines Mädchen vor, mit dem du spielen kannst und dem du hübsche Kleidchen kaufst.«

Helena versuchte es, aber diese Vorstellung war zu weit weg. »Ich fühle mich einfach so elend.«

»Gib dir Zeit, die Geburt ist erst wenige Tage her.«

Nachdem Irene gegangen war, stand Helena auf und ging vorsichtig – jeder Schritt ziepte – in das Kinderzimmer. Hier lag die Kleine und schlief. Helena sah sie an, wartete auf eine Welle von Liebe und Zärtlichkeit, aber je mehr sie das wollte, umso weniger schienen die Gefühle greifbar zu werden. Schließlich wandte sie sich ab und verließ das Zimmer wieder. Das Kindermädchen, Margarethe Thiel, kam ihr im Korridor entgegen, lächelte freundlich und erkundigte sich nach ihrem Befinden.

Unten ging die Tür, und Helena blickte von der Galerie aus hinab, sah Frau Birkholz mit Estelle die Halle betreten. Da Helena aus Angst, dass die Nähte aufgingen, keine Treppen stieg, durfte Estelle nach oben und hatte ihr Körbchen in Helenas Zimmer – vorübergehend, wie Dominik betonte. »Bringen Sie sie bitte hoch?«, bat Helena.

»Natürlich, Frau Lichtenthal.« Frau Birkholz nahm Estelle und kam mit ihr die Treppe hoch.

Wie immer freute Estelle sich, sie war gewiss der freundlichste und liebste Hund, den es gab. Helena nahm sie Frau Birkholz direkt aus dem Arm, hielt sie an ihrer Brust, legte die Wange auf das Köpfchen. Nachdem Frau Birkholz gegangen war, blieb Helene im Korridor stehen, hielt ihren kleinen Hund und spürte wieder diesen vertrauten Kloß in der Kehle.

»Ich verstehe das einfach nicht«, murmelte sie. »Dich hatte ich doch vom ersten Moment an lieb.«

Sie setzte Estelle ab und ging in ihr Zimmer zurück, wo sich der kleine Hund in seinem Körbchen zusammenrollte, während Helena sich auf dem Bett niederließ und in die Kissen lehnte. Ihr Blick fiel auf die rote Schachtel, die auf ihrem Nachtschränkchen stand. Dominik hatte ihr zur Geburt ein goldenes Armband geschenkt, in das winzige Perlen und Smaragde gearbeitet waren. Sehr geschmackvoll und vermutlich auch sehr teuer.

Ihre Angestellten vom Schönheitssalon hatten Helena einen Präsentkorb geschickt, den sie selbst zusammengestellt hatten, und auch von Dominiks Freunden und Bekannten waren Geschenke für Helena und das Kind gekommen. Ihre Mutter hatte ein Paket geschickt und vieles von Helenas Lieblingsleckereien hineingepackt, und auch von der Baronin hatte sich darin ein hübsches Kleidchen für Marion befunden. Überrascht war Helena von einem kleinen Kleidchen gewesen, dem eine Karte beilag – *Glückwunsch! Paula.*

Insgeheim hatte sie gehofft, dass auch Charlotte sich melden würde, aber da kam nichts, und das nahm sie stärker mit, als sie sich eingestehen wollte. Irgendwie war da doch die Vorstellung gewesen, dass die Geburt etwas ändern würde, dass Charlotte der Umstand, Tante zu sein, dazu bewegte, sich bei Helena zu melden. Helena sah aus dem Fenster, hinter dem sich das Wetter ähnlich trüb präsentierte wie ihre Stimmung. Aber immerhin war das Wetter wechselhaft, hatte auch lichte, helle Tage, was auf Helenas Gemüt nicht zutraf, vielmehr schien es, als versinke sie in immer größerer Schwermut.

Dominik kam früh nach Hause und brachte ihr einen weiteren Präsentkorb mit. »Von meinen Angestellten.« Er kam zu ihr ans Bett und gab ihr einen Kuss auf die Stirn. »Wie fühlst du dich?«

»Genauso wie heute Morgen.«

»Und die Kleine?«

»Als ich bei ihr war, hat sie geschlafen, aber das ist schon eine Weile her.«

Dominik ließ sich auf dem Bett nieder und lehnte mit

dem Rücken am Fußende. »Ich habe Ferdinand gefragt, ob er Pate für das Kind wird.«

»Ich habe Irene heute dasselbe gefragt.«

»Vielleicht hätten wir uns absprechen sollen.«

»Das wäre gewiss das Beste gewesen.«

»Dann hat unser Kind eben zwei Paten.«

Helena wollte lächeln, aber sie merkte selbst, wie bemüht das ausfiel. Sie fragte sich, ob Dominik ahnte, wie distanziert sie der Kleinen gegenüber war und ob das zwischen ihnen etwas verändern würde. Momentan war Dominik nach wie vor sehr bestrebt, sich mit ihr auszusöhnen, und zeigte sich von seiner besten Seite. Würde sich das ändern, wenn er diese herzlose Seite an ihr kennenlernen würde? Würde er darob erschrecken, so wie sie selbst?

JUNI 1927

Auch nachdem sich Helena wieder schmerzfrei bewegen konnte, blieb die Schwermut, hielt sie umfangen, als hätte sie sich in ein schwarzes Gespinst verstrickt. Ihre Distanz dem Kind gegenüber blieb, auch daran hatte sich nichts geändert. Dominik entging natürlich nicht, dass sie mied, das Kind in die Arme zu nehmen, und ihre Besuche im Kinderzimmer eher der Verpflichtung geschuldet waren als dem Wunsch, die Kleine zu sehen. In diesen Momenten stand Helena neben dem Bettchen, sah auf den Säugling und fühlte sich elend. Meist ging sie hin, wenn Marion schlief, aber einmal war sie aufgewacht, hatte gegähnt, geblinzelt und Helena dann angelächelt.

»Weißt du«, sagte Dominik, als sie zusammen im Kinderzimmer standen und sie nicht einmal Anstalten machte, ihm die Kleine aus den Armen zu nehmen, »das Kind kann nichts für all das, was passiert ist.«

»Denkst du wirklich, dass ich ihr die Schuld an irgendetwas gebe?«

»Du bist sehr kühl gegenüber der Kleinen, und ich frage mich, woran das liegt.«

Helena schwieg, sah erst Dominik an, dann das Kind.

Nachdem Dominik es ins Bettchen zurückgelegt hatte, ging sie in ihr Zimmer, setzte sich an den Sekretär und begann einen Brief an ihre Mutter, erzählte ihr von den seltsamen Gefühlen gegenüber ihrem Kind, von ihren Ängsten und dem Gefühl, vollkommen zu versagen. Während des Schreibens kamen ihr immer wieder die Tränen, und sie wischte sie fort, ehe sie auf das Papier tropfen konnten. Als sie fertig war, hatte sie fünf Seiten beschrieben, und sie fühlte sich etwas besser. Sie steckte den Brief in ein Kuvert, verschloss es, verließ das Zimmer und fragte Dominik, ob er ihn auf dem Weg ins Werk am kommenden Tag bei der Post einwerfen konnte.

»Gewiss. Für deine Mutter?«

Sie nickte, und er taxierte sie forschend.

»Warum hast du geweint?«

»Habe ich gar nicht.«

»Vermisst du sie so sehr?«

Unbestimmt zuckte sie mit den Schultern. »Na ja, momentan wäre es schon schön, wenn sie da wäre.«

»Ich habe dir doch gesagt, sie kann jederzeit kommen und in Berlin leben.«

Das hatte Helena ihrer Mutter bereits vorgeschlagen, aber die hatte nur gelacht. »Wie verzweifelt muss dein Mann sein, wenn er möchte, dass seine Schwiegermutter bei ihm im Haus lebt?«

»Davon ist ja gar nicht die Rede. Er würde dir eine Wohnung bezahlen.«

»Helena, ich liebe dich mehr als alles auf der Welt, aber nie wieder mache ich mich von einem Mann abhängig. Außerdem ist das trubelige Stadtleben nichts mehr für mich. Meinen Lebensabend werde ich hier verbringen, die Baronin hat bereits gesagt, dass es auf ihrem Gut immer ein Zimmer für mich geben wird. Wir sitzen dann zusammen, trinken Tee und tratschen über das Dorfleben.«

Helena wollte am kommenden Tag endlich wieder in ihren Schönheitssalon. Sie hatte Dominik erlaubt, hin und wieder nach dem Rechten zu sehen – unter der Voraussetzung, dass er sich in nichts einmischte und sie fragte, wenn Entscheidungen anstanden. Sie würde, ebenso wie früher, Estelle mitnehmen.

»Ich möchte Auto fahren lernen«, sagte sie unvermittelt.

»Sehr gerne, das hatte ich dir ohnehin schon vorschlagen wollen. Wann möchtest du anfangen?«

»So schnell wie möglich.« Für die Anmeldung in einer Fahrschule benötigten Frauen nach wie vor die Erlaubnis des Vaters oder des Ehemanns.

»Ich kümmere mich morgen direkt darum.«

Helena ging in den Salon, öffnete die Verandatür und ließ Estelle in den Garten. Dann stand sie eine Weile da, sah dem kleinen Hund zu, wie er im Garten herumtollte, und umschlang den Oberkörper mit den Armen, als fröstelte es sie in der sommerlichen Wärme. Die Aussicht, am kommenden Tag wieder in ihren Schönheitssalon zu gehen, war wie ein Lichtstreif am Horizont. Vielleicht wurde alles besser, wenn das Leben wieder seinen geregelten Gang ging und Helena das tat, was sie konnte und liebte – Kosmetik entwerfen. Sie brauchte eine neue Garderobe, denn in ihre Kleider, die sie vor der Schwangerschaft getragen hatte, passte sie nicht, während die Kleider aus den Umständen zu weit waren. Auch so etwas, was zu ihrem Unbehagen beitrug, das Gefühl, sich im eigenen Körper nicht wohlzufühlen.

»Das mit Charlotte«, sagte Dominik nun, der ihr unbemerkt gefolgt war, »hättest du unmöglich verhindern können. Ich hätte längst gepfändet, war sogar kurz davor. Dann fiel mir dein Werbeblatt in die Hände, und das hat mich zu euch geführt an dem Tag, an dem diese Kerle dort gewütet haben.«

»Ich erinnere mich«, antwortete Helena, ohne sich umzudrehen.

»Charlotte weiß, dass dich keine Schuld trifft, dass ich ohne dich niemals so lange gewartet hätte. Hätte es das Werbeblatt nicht gegeben, wäre ich nicht Zeuge dieser Übergriffe geworden und hätte nicht im Traum daran gedacht, einen Kredithai auszuzahlen und eure Schulden aufzukaufen. Keine Ahnung, was die Kerle mit euch gemacht hätten, aber erfreulich wäre es garantiert nicht geworden.«

Helena schwieg.

»Deine Schwester hätte sich an deinem Unternehmen beteiligen können, hätte aufhören können, fortwährend Schulden anzuhäufen, ohne die alten bezahlen zu können. Dann hättet ihr diesen Schuldenberg vielleicht sogar gemeinsam zu einem Gutteil abtragen können. Aber das wollte sie nicht.«

»Soll ich mich dadurch irgendwie besser fühlen? Oder möchtest du Absolution?«

»Du musst dich nicht schlecht fühlen, weil dich überhaupt keine Schuld trifft. Und ich brauche keine Absolution, denn Charlotte wollte immer als vollwertige Geschäftspartnerin behandelt werden, und genau das habe ich getan. Ich bin nicht nachsichtiger mit ihr, nur weil sie eine Frau ist.«

»Und wenn ich dir weniger gut gefallen hätte? Was dann?«

»Da das nicht der Fall war, kann ich dir darauf keine Antwort geben.« Er kam zu ihr, legte ihr die Hände um die Taille. Ob er spürte, wie füllig sie dort noch war? Spürte er die leichte Rundung, die wie ein Reifen um ihre Mitte lag? Er neigte den Kopf, sodass sein Mund dicht an ihrem Ohr war, als befürchtete er Mithörer eines pikanten Geheimnisses, obwohl sie ganz allein waren. Helena konnte nicht verhindern, dass ein kleiner – und keineswegs unangenehmer – Schauder über ihren Körper lief. »Ich möchte wieder mit dir schlafen«, sagte er, während sein Atem ihren Hals streichelte.

»Ich bin noch nicht so weit«, antwortete sie kaum hörbar.

»Ich werde sehr zurückhaltend sein.«

Sie schwieg.

»Nur Küsse und Liebkosungen, mehr nicht.«

Langsam schüttelte sie den Kopf, musste Dominik nicht ansehen, um zu wissen, wie sehr ihn ihre Ablehnung frustrierte. Er mochte es nicht so offen zeigen, aber die Art, wie er in einem leisen Seufzer ausatmete, die Hände noch einen Moment auf ihrer Taille ruhen ließ, ehe er sie zurückzog, war deutlich. Aber was sollte sie denn tun? Ihr Unbehagen ignorieren, das Gefühl, trotz verheilter Wunden noch so empfindsam zu sein, stetig begleitet von der Angst, es könnte etwas aufreißen und wehtun? »Es tut mir leid«, sagte sie, und es dauerte einen Moment, ehe er antwortete.

»Ist nicht schlimm.« Damit verließ er den Salon.

Charlotte hörte die Wohnungstür und wunderte sich ein wenig, weil es doch noch gar nicht die Uhrzeit für die Mittagspause war. »Hast du etwas vergessen, oder schließt du früher?«, rief sie in den Flur.

»Weder noch.«

Jetzt bemerkte sie neben Conrads Schritten noch weitere, die leichter waren, indes die Absätze auf den Holzdielen klackerten. Irritiert richtete sie sich auf, ließ den Spatel sinken, mit dem sie gerade einen Tiegel befüllte, und wandte sich zur Tür. Conrad trat ein, an seiner Seite eine elegante ältere Dame, die er nicht vorstellen musste, denn Charlotte ahnte, um wen es sich handelte.

»Hedwig Rudorf«, sagte die Frau, noch bevor Conrad etwas sagen konnte, und trat auf sie zu, streckte die Hand aus. Ihr Händedruck war fest, und sie hielt Charlottes Hand einen Moment lang, taxierte ihr Gesicht dabei und ließ sie schließlich wieder los, um sich zu Conrad umzudrehen, diesen für einen Moment anzusehen, ehe sie sich schließlich wieder an Charlotte wandte. »Nun freiheraus mit der Sprache. Sind Sie schwanger?«

»Wie bitte?«

Conrad stöhnte leise auf. »Mutter!«

»Du rufst mich an und erklärst mir lapidar, dass du im Juli heiraten möchtest. Was soll ich denn da annehmen?«

»Dass ich mich verliebt habe?«

Hedwig Rudorf musterte Charlotte, dann nickte sie, als sei sie mit dem Ergebnis vorläufig zufrieden. »Was stellen Sie hier her, meine Liebe?« Sie nickte zu den Utensilien, mit denen Charlotte werkelte.

»Ich probiere gerade eine Sonnenschutzcreme für Kinder aus. Aber das Mischverhältnis stimmt noch nicht so richtig.«

»Conrad sagt, Sie seien studierte Pharmazeutin?«

»Das ist richtig.«

»Also ein kluger Kopf. Und warum arbeiten Sie nicht in einer Apotheke oder einem Pharmaunternehmen? Nur weil Sie mit meinem Sohn schlafen, müssen Sie ihm doch nicht auch noch Ihre Arbeitsleistung zur Verfügung stellen.«

»Mutter, wir ...«

»Erspar mir das, ja? Ich glaube keinen Moment, dass sie in meiner früheren Wohnung nächtigt. Aber geschenkt, wir unterhalten uns gerade, also plappere nicht dazwischen.«

Ein kleines Lächeln spielte um Charlottes Mundwinkel. »Ich hatte eine Apotheke von meinem Vater geerbt, allerdings tauchte dann eine Schwester auf, die ich bis dahin nur namentlich kannte und der die Hälfte zustand. Mein Vater konnte nicht gut wirtschaften und war hochverschuldet, Schulden, die wir geerbt haben. Meine Schwester hat den Hauptschuldner geheiratet, und nun gehört ihr alles. Ich hätte für ihn arbeiten können, er besitzt ein Pharmazieunternehmen, aber das wollte ich nicht.«

»Verstehe. Wer ist er?«

»Dominik Lichtenthal.«

»Sie sind mit dem Lichtenthal-Pharma-Erben verschwägert?«

»Ja, leider.«

»Hat Ihre Schwester das alles so perfide geplant und eingefädelt?«

»Nein«, musste Charlotte gestehen. »Das war Dominik Lichtenthal allein. Aber unserem Verhältnis zueinander hat das nicht gutgetan.«

Hedwig Rudorf nickte. »Bezahlt mein Sohn Sie angemessen?«

Charlotte sah Conrad an, schenkte ihm ein warmes Lächeln. »Aber gewiss tut er das. Und wir stehen gerade am Anfang unseres Vorhabens, medizinische Kosmetik zu entwickeln.«

»Also schön. Conrad, bezieh mir bitte oben das Bett. Kommt die Zugehfrau weiterhin regelmäßig?«

»Ja, ich stehe hier ganz sicher nicht und putze das ganze Haus.«

»Charlotte, meine Liebe, lassen Sie uns doch zusammen zu Mittag essen, damit wir uns besser kennenlernen. Ich mache mich nur etwas frisch und ruhe mich von der Reise aus.«

»Sehr gerne.«

»Also gut.« Hedwig Rudorf schlug die Hände zusammen, als habe sie gerade eine Aufgabe bewältigt und nehme die nächste in Angriff, dann wandte sie sich erneut an Conrad. »Sie ist klug, sieht gut aus und ist nicht schwanger. Du hättest es wahrhaftig schlimmer treffen können. Meinen Segen habt ihr.« Sie wandte sich zum

Gehen und rief Conrad zu sich. »Du begleitest mich, trägst mir den Koffer hoch und beziehst das Bett. Ihr habt später ausreichend Muße, euch über mich zu unterhalten.«

»Hast du es dabei?« Frank saß Dominik im Moka Efti gegenüber und wirkte angespannt.

Dominik reichte ihm die Holzschachtel, in der sich zwanzig Ampullen Morphium befanden. Sie alle hatten mit den Folgen des Krieges zu kämpfen, aber keiner so sehr wie Frank, der im Gegensatz zu Dominik und Ferdinand nicht erst zum Kriegsende hin eingezogen worden war, sondern schon ein Jahr vorher, und das hatte es in sich gehabt. Andreas hatte ebenfalls mit ihm an die Front gemusst, kam damit aber besser zurecht, und ihn überkamen nicht jene Zitterattacken, die mit Kurzatmigkeit und dem Gefühl zu ersticken einhergingen. Morphium half, war aber in der benötigten Menge ohne Rezept nicht legal zu beschaffen, sodass Dominik es stets im Werk abzweigte. Kokain und Heroin halfen ebenfalls, doch Dominik setzte auf die Wirkung von Morphin, da Heroin noch schneller und stärker abhängig machte und bei Kokain die Wahrnehmung zu stark beeinflusst wurde. Dominik sah die Sache durchaus kritisch, er wusste, dass Frank abhängig war, aber die Alternative wäre gewesen, dass sich sein Freund auf dubiose Händler einließ und vermutlich in noch gefährlichere Fahrwasser geriet. Er nahm kein Geld von Frank, weil er der Meinung war, dass sie alle für den Krieg zahlten, jeder auf seine Weise. Frank mit seiner Gesundheit, Dominik mit seinem Geld – schließlich war es nicht sein Verdienst, so glimpflich davongekommen zu sein.

»Kommt Ferdinand auch?«, fragte Frank.

»Heute nicht, er ist mit seiner Verlobten verabredet.«

Sie bestellten etwas zu trinken, und Dominik bemerkte Irene, die mit einigen Freundinnen – einige davon erkannte er als Schauspielerinnen – durch die Tür trat. Er winkte ihr zu, sie winkte zurück und wandte sich dann wieder ihren Begleiterinnen zu. Es war noch einigermaßen früh, im Moka Efti wenig los. Das Café an der Ecke Leipziger Straße und Friedrichstraße war im März von einem griechischen Kaffeeröster, Giovanni Eftimiades, eröffnet worden, und Dominik war erst einmal hier gewesen.

Kurz nach Irene erschien Rudolf, schaute sich um, entdeckte Dominik und Frank und kam an ihren Tisch. »Andreas kommt später, er streitet gerade mit seinem Vater.«

Wieder einmal. Andreas' Hang zu den Kommunisten war dem alten Braun stets ein Dorn im Auge gewesen, denn dieser war stramm konservativ. Frank erhob sich, da er einen Freund erspäht hatte.

»Ich bin gleich zurück.«

Währenddessen gab Rudolf eine Bestellung auf und lehnte sich schließlich entspannt zurück. »Wie geht es euch mit dem Kind?«

»Gut, die Kleine ist bezaubernd. Allerdings habe ich das Gefühl, dass Helena ...«, Dominik zögerte, wusste nicht, wie er es ausdrücken sollte, »... keine mütterlichen Gefühle für sie hegt.«

»Woran machst du das fest?«

»Sie wirkt dem Kind gegenüber sehr kühl und distanziert.«

»Frauen reagieren unterschiedlich auf Kinder, manche fremdeln erst einmal.«

»Aber sie ist doch keine Fremde, sie war neun Monate in ihr.«

»Sie war ein Teil von ihr, und jetzt ist sie ein eigenständiger Mensch. Gib Helena Zeit, sich daran zu gewöhnen.«

Dominik nickte, zögerte kurz, die nächste Frage zu stellen. »Wie lange nach der Geburt sollten wir, hm, enthaltsam leben?«

»Das musst du sie fragen und nicht mich. Rein medizinisch würde ich sagen zwischen sechs und acht Wochen. Aber wann sie dazu bereit ist, wird sie dir besser beantworten können als ich.«

Dominik nippte an seinem Glas, bemerkte, wie Rudolf die Hand hob und winkte. Kurz darauf trat Andreas an ihren Tisch und ließ sich auf einem Stuhl neben Rudolf nieder. »Ich habe den Fehler gemacht, bei meinen Eltern zu Abend zu essen, und mein alter Herr hat mir mal wieder einen seiner Vorträge gehalten.«

»Wie er wohl erst reagiert, wenn er erfährt, dass du mit einer Kommunistin ins Bett gehst«, antwortete Dominik.

»Mit wem ich ins Bett gehe, ist ihm gleich. Kritisch wird es, wenn ich sie heiraten möchte.«

»Und?«, fragte Rudolf. »Möchtest du?«

»Das weiß ich noch nicht.«

Frank kehrte an den Tisch zurück, an seiner Seite ein Mann, den Dominik nicht kannte. »Hauptmann Heinrich von Baubitz, mein vorgesetzter Offizier damals in der Einheit.«

Sie stellten sich vor, und der Mann grüßte reihum, wirkte so militärisch, wie man nur militärisch wirken konnte. »Ich möchte die Herren auf gar keinen Fall stören.«

»Aber nicht doch.« Rudolf deutete auf einen freien Stuhl. »Franks Freunde sind auch unsere Freunde, nicht wahr?«

Andreas nickte, während Dominik verhalten reagierte. Ihm war das kurze Innehalten des Mannes nicht entgangen, ehe er Rudolfs Hand geschüttelt hatte. Liliengrund. Womöglich auch einer dieser Großmannssüchtigen, die vom Weltjudentum schwafelten und den Kaiser zurückhaben wollten.

»Haben Sie gedient?«, fragte Heinrich von Baubitz nun auch.

Sie nickten.

»Welches Regiment?«

Der Reihe nach zählten sie auf, und der Mann erging sich in Kriegserinnerungen, sagte, es sei eine Schande, dass so viele starke, junge Männer nicht zum Zug hatten kommen können. »Die standen bereit und hätten das Ruder herumreißen können, aber noch ehe ihr Marschbefehl kam, war alles vorbei. Eine Schande ist das.«

Frank schwieg, während Andreas, dessen Streitlust an diesem Abend offenbar aufgebraucht war, mit irgendeinem Allgemeinplatz antwortete. Heinrich von Baubitz sah Rudolf für einen kurzen Moment an, als wollte er dessen Reaktion ausloten oder erwartete eine Antwort. Spätestens jetzt wusste Dominik um die politische Gesinnung des Mannes und warf Frank einen Blick zu, den dieser nicht bemerkte.

»Wir wurden um unseren Sieg betrogen.«

»Ich für meinen Teil«, sagte Dominik nun, »bin nicht so furchtbar unglücklich darüber, den Schauplatz des Geschehens lebend verlassen zu haben.«

»Es ist eine Ehre, für sein Vaterland zu sterben.«

»Nur habe ich von dieser Ehre nicht mehr viel, wenn ich tot bin.«

»Aber Ihre Kinder.«

»Mein Kind wäre nicht geboren worden, wäre ich gefallen.«

»In der Familie wären Sie ein Held gewesen.«

»Ja, nun.« Dominik nippte an seinem Glas. »Mein Vater hatte lieber einen lebenden Sohn als einen toten Helden.«

Heinrich von Baubitz' Mund wurde schmal, dann zuckte ein kaum merkliches Lächeln darüber. »Aus Sicht des Vaters wohl verständlich, wenngleich unpatriotisch. Aber natürlich wünscht sich jeder den Ruhm des Deutschen Reiches und gleichzeitig, dass das eigene Kind gesund heimkehrt.« Er wandte sich an Rudolf. »Haben Sie auch gedient?«

»Selbstverständlich.«

»Und wie stehen Sie zum Kriegsende?«

»So wie die meisten, möchte ich annehmen. Mein Bruder war in Verdun, mein Cousin ist dort gefallen. Keiner von uns wollte diesen Krieg noch länger führen.«

»Immerhin ehrt es Sie, dass Sie auf der Seite des Volkes, in dessen Land Sie leben, gekämpft haben.«

Dominik wollte auffahren, aber Rudolf schüttelte kaum merklich den Kopf. Offenbar war dies keine Diskussion, die er an einem der selten gewordenen gemeinsamen Abende führen wollte. Andreas hielt nur mühsam an sich, das war an den angespannten Kiefermuskeln zu erkennen, und auch Frank krauste die Stirn. Das Schweigen immerhin machte dem Offizier wohl nicht minder deutlich, was sie von seiner Aussage hielten. Er versuchte mehrmals, das Gespräch wieder in Gang zu bringen, bekam aber gar keine oder nur einsilbige Antworten. Seine Anwesenheit, das war offensichtlich, war nicht länger erwünscht, und er empfahl sich.

»Reizende Freunde hast du«, sagte Andreas an Frank gewandt.

»Er ist kein Freund, wir sind nur bekannt und waren gemeinsam im Krieg.«

Vermutlich ahnte dieser schneidige Offizier nicht, dass Frank einer jener Kriegszitterer war, die seinesgleichen so verachteten.

»Am besten ignoriert man diese Leute einfach«, sagte Frank schließlich. »Die werden hier immer in der Minderheit sein.«

»Das wollen wir hoffen«, antwortete Rudolf und hob sein Glas, als wollte er darauf anstoßen.

»Es wird Zeit, dass du mal wieder richtig ausgehst«, sagte Irene, als sie Helena abholte. »Hat dieser Schuft dir nicht wenigstens mal angeboten, dass du dich wieder ein wenig amüsieren kannst?«

»Nein.« Tatsächlich hatte Helena Dominik auch wenig Gelegenheit gegeben, ihr irgendetwas Amüsantes anzubieten, denn sie ging ihm aus dem Weg. Nicht weil sie ihm wegen der Sache mit Charlotte noch grollte, diese Wut hatte sich vollständig abgenutzt. Vielmehr war es so, dass sie ihn nicht beständig zurückweisen wollte, daher gab sie ihm gar nicht erst die Gelegenheit, sie erneut zu fragen, ob sie mit ihm schlief, und er zog wohl auch deshalb nicht zurück ins Schlafzimmer, was ja ein erster Schritt gewesen wäre. Abgesehen von ihrer Angst, schwanger zu werden, fühlte Helena sich in ihrem eigenen Körper nicht mehr wohl. Nicht nur war ihr dieser Körper, den die Schwangerschaft in eine neue Form gegossen zu haben schien, irgendwie fremd, auch ihre Gefühle waren es. Diese Distanz ihrem eigenen Kind gegenüber, das ständige Bedürfnis, wegen Nichtigkeiten zu weinen – sie konnte sich jetzt nicht auch noch auf Dominiks Bedürfnisse einlassen.

»Arbeitest du wieder?«, fragte Irene, als sie den Wagen entriegelte.

»Ja, seit ein paar Tagen.« Und das war einfach wunderbar, als hätte sie ihr altes Leben betreten. Der Abverkauf ihrer Produkte lief hervorragend, sie hatten mittlerweile eine Warteliste für ihre Creme sowie mehrere Lippenstiftfarben und kamen mit der Produktion kaum mehr nach, weil sie inzwischen auch an Wertheim lieferten. Helena hatte eine Stellenanzeige aufgegeben, um eine weitere Mitarbeiterin einzustellen. Außerdem freute sie sich darauf, neue Farbnuancen für ihren Lippenstift auszuprobieren. Das pudrige Creme-Make-up kam gut an, und sie hatte Wangenrouge in mehreren Farbstufen.

»Es scheint dir gutzutun, du siehst wieder besser aus.«

»Es ist schön, ein normales Leben zu führen. Mir hat die Arbeit gefehlt, und ich fühle mich dort nicht so unzulänglich wie zu Hause.«

»Du bist nicht unzulänglich. Du stellst dir nur irgendein Mutter-Ideal vor, und weil du dem nicht entsprichst, fühlst du dich schlecht.« Irene setzte mit Schwung auf die Straße und verfehlte dabei nur knapp einen Mann auf einem Lastenrad. Der rief etwas, was sie nicht verstanden, wobei jedoch die vulgäre Geste in ihre Richtung keine Fragen offenließ. Irene machte eine entschuldigende Handbewegung und sprach weiter. »Außerdem geht es der Kleinen doch gut, und nach allem, was ich so höre, füllt Dominik seine Vaterrolle gleich für zwei aus.«

»Er ist vernarrt in die Kleine.«

»Sehr gut, dann ist doch alles bestens.«

»Aber …«

»Kein Aber. Wäre es umgekehrt, würdest du es nicht bemängeln. Niemand findet es ungewöhnlich, wenn Väter ihren Säuglingen gegenüber distanziert sind. Du solltest lernen, dich damit abzufinden, dass du bist, wie du bist. Ich wollte nie Kinder, obwohl mir von klein auf gesagt wurde, dass ich welche bräuchte, um als Frau vollständig zu sein. Ich gebe einfach nichts darauf, und das solltest du auch nicht.«

Helena schwieg und sah aus dem Fenster. Sie wollte den Tag genießen und sich nicht mit all den Sorgen belasten, die sie ohnehin tagtäglich plagten. Vielleicht gelang es ihr irgendwann, mit derselben Nonchalance wie Irene hinzunehmen, dass sie nun einmal war, wie sie war. Sie war unglaublich dankbar dafür, wieder arbeiten zu können, und es funktionierte auch mit Estelle sehr gut, denn die Räumlichkeiten waren bekanntes Terrain und die Besucherinnen geradezu vernarrt in den kleinen Hund. Das wunderte Helena nicht, denn man konnte ja gar nicht anders, als sich sofort in Estelle zu verlieben, wenn sie einen mit ihrem knopfäugigen Hundeblick ansah.

Irene parkte ein, indem sie aufs Gaspedal drückte und so knapp vor jemandem in eine Parklücke schoss, dass derjenige den Zusammenstoß gerade noch vermeiden konnte, indem er auf die Bremse trat. »Glück gehabt, direkt am Eingang.«

Helena öffnete die Tür zeitgleich mit dem Fahrer des anderen Wagens, der sofort auf sie zulief und mit der flachen Hand auf das Autodach schlug. »Hast du keine Augen im Kopf, du blöde Hure?«

Irene stieg mit der Grandesse einer Diva aus dem Wagen, streifte den Mann mit einem kurzen Blick, dann hakte sie sich bei Helena ein und ging auf die Bar zu.

»Hey, bleib gefälligst stehen!«, rief der Mann.

»Einfach weitergehen, der beruhigt sich schon.«

Helena befürchtete eine Szene, aber das Schimpfen des Mannes verstummte. Vielleicht war seine Begleiterin aus dem Wagen gestiegen und wirkte beruhigend auf ihn ein.

Die Bar lag in der Friedrichstraße und versprühte das Flair mondäner Eleganz, über der etwas Verruchtes lag. Eine Jazzkapelle spielte auf einem Podium, und die Tanzfläche war gut besucht. Irene zog Helena zu einem freien Tisch, von dem aus sie sowohl die Tanzfläche als auch die Bar im Blick hatten.

»Man weiß nie, ob es sich nicht lohnt, die Angel auszuwerfen«, erklärte sie.

»Na, für mich eher nicht.«

»Das weißt du ja noch gar nicht, vielleicht ergibt sich ja etwas Reizvolles für eine Nacht. Falls du dich aber darauf einlässt, sieh nur zu, dass derjenige dich nicht schwängert. Oder schieb sicherheitshalber morgen mit Dominik eine Nummer hinterher.«

»Irene!«

Diese lachte. »Du wirst ganz rot, das sieht man sogar in diesem Schummerlicht. Keine Sorge, ich nehme dich nur hoch.«

Helena setzte sich und strich ihr Kleid glatt, zupfte dann wieder daran herum, damit die Rolle um ihren Bauch nicht so deutlich sichtbar war.

»Du siehst hinreißend aus«, sagte Irene, die die Geste bemerkte.

»So hinreißend wie ein Nilpferd.«

»Lass uns die Tage mal in den Zoologischen Garten gehen.«

»Du meinst, da passe ich besser hin?«

Irene lachte. »Nein, ich kam nur gerade darauf, da du von Nilpferden sprichst.«

Helena antwortete mit einem knappen Schulterzucken.

»Es gefällt dir bestimmt, du magst doch Tiere.«

»Woher weißt du das?«

»So, wie du an Estelle hängst.«

»Ich dachte auch, ich mag Kinder, und nun sieh mich an.«

Irene seufzte tief. »Ich sehe schon, hier sind etwas wirksamere Aufmunterungsversuche notwendig.« Sie sah sich um, aufmerksam und konzentriert, dann hielt sie inne, hob die Hand und winkte. Helena drehte sich um und bemerkte zwei junge Männer – einer blond, der andere dunkelhaarig –, die erst etwas verdutzt wirkten, als glaubten sie nicht, dass sie gemeint sein könnten, sich dann aber in Bewegung setzten.

»Was machst du?«, zischte sie.

Irene schenkte den beiden Männern ein sinnliches Lächeln. »Meine Herren, sind Sie in Damenbegleitung?«

Helena starrte sie an, und auch die beiden Männer wirkten überrumpelt und gleichzeitig so, als könnten sie nicht so recht fassen, was ihnen gerade widerfuhr.

»Irene Danelius?«, fragte einer von ihnen.

»Genau die.« Irene strahlte. »Meine Freundin und ich verbringen heute den Abend fern ihres gestrengen Ehemanns. Wer von Ihnen wird mit ihr tanzen und ihr versichern, dass sie die schönste Frau in diesem Raum ist?«

»Das übernehme ich nur zu gerne«, sagte der Blonde rasch, noch ehe der Dunkelhaarige zu Wort kam, und reichte Helena die Hand. Die konnte ihm nun unmöglich einen Korb geben.

»Alexander von Recknitz«, stellte er sich vor.

»Die Dame bleibt anonym«, sagte Irene, als Helena

gerade ihren Namen nennen wollte. »Wir wollen sie schließlich nicht kompromittieren, nicht wahr?«

»Aber keineswegs.« Der Mann zwinkerte ihr zu.

»Und eines noch – die Dame wird ausschließlich auf der Tanzfläche erschöpft, nicht im Schlafzimmer. Es sei denn, sie ändert beim Tanzen ihre Meinung.«

»Das wird die Dame gewiss nicht tun«, sagte Helena.

»Dann wäre das ja geklärt. Also auf ins Abenteuer.« Irene hakte sich bei dem Dunkelhaarigen ein.

Charlotte öffnete die Balkontür und ließ die Katze herein. Seit ein paar Tagen kam sie immer mal wieder, kratzte an der Tür, maunzte, bis Charlotte sich erbarmte. Die Katze kletterte stets den Baum hoch, kam diesen jedoch wohl von allein nicht wieder hinunter, sodass sie stattdessen auf den Balkon sprang. Dann ließ Charlotte sie ein, öffnete die Wohnungstür und später unten die Haustür.

»Die gehört doch bestimmt jemandem«, sagte Conrad, als sie in den Salon zurückkehrte.

»Und derjenige wird sehr froh darüber sein, wenn das Kätzchen sich nicht beim Sturz vom Baum den Hals bricht.«

»Was, wenn hier mal niemand zu Hause ist?«

»Dann wird sich wohl irgendwann der Nachbar erbarmen, der in deiner Abwesenheit hier nach dem Rechten sieht. Wenn wir gehen, stellen wir einfach Wasser hin, dann verdurstet die Katze nicht, während sie wartet.«

»Ich glaube, ich lasse lieber ein Gitter um den Baum stellen.«

Charlotte streckte sich auf dem Sofa aus. Sie war müde,

hatte den ganzen Tag gearbeitet. »Sollten wir deiner Mutter nicht etwas öfter Gesellschaft leisten?«

»Nein, sie ist gerne für sich und nicht der Typ, der die ganze Zeit unterhalten werden muss. Wenn ihr nach unserer Gesellschaft ist, wird sie schon herunterkommen. Außerdem warst du doch nachmittags auf einen Kaffee bei ihr.«

Bei der Erinnerung daran lächelte Charlotte. Es war in der Tat sehr unterhaltsam gewesen. Damit, eine so angenehme Schwiegermutter zu bekommen, hatte sie nicht gerechnet, diese Frau war einfach wunderbar.

»Du wirkst amüsiert. Hat sie peinliche Geschichten über mich zum Besten gegeben?«

»Nein. Sie fand es nur belustigend, dass du mir im Bett den Mund zuhältst, weil du Sorge hast, sie könnte mich hören.« Conrad sah sie so entsetzt an, dass das Lachen mit einem Prusten aus Charlotte herausplatzte. »Ich habe nur Spaß gemacht«, sagte sie und musste wieder lachen. »Du müsstest mal dein Gesicht sehen.« Sie wischte sich die Lachtränen aus den Augen. »Morgen begleitet sie mich zu Paula, um das Hochzeitskleid zu sehen.«

»Ich dachte, die Familie des Bräutigams darf das nicht im Vorfeld sehen. Oder ist das nur der Bräutigam selbst?«

»Keine Ahnung, ich bin da nicht so konservativ. Deine Mutter hatte mich gefragt, ob sie es mal sehen darf, da habe ich ihr den Besuch morgen vorgeschlagen. Sie kennt Paula ja auch noch gar nicht, das müssen wir dringend ändern. Ich bin mir sicher, mit ihrer Mutter wird sie sich gut verstehen.«

»Ich habe heute übrigens mit einem befreundeten

Apotheker gesprochen, der Interesse an unseren Produkten hat. Was hältst du davon, wenn wir die Sonnenschutzcreme ähnlich vermarkten, wie deine Schwester das getan hat? Wir füllen Proben ab und verteilen sie an Kosmetiksalons. Damit könnten wir den Stamm an Kundinnen vergrößern.«

»Das könnten wir ausprobieren. Bei Helena hat das ja wunderbar funktioniert.«

»Hast du von ihr eigentlich in letzter Zeit etwas gehört?«

»Nein, darauf kann ich aber auch gerne verzichten.«

»Und wenn ihr euch doch versöhnt? Euch zusammentut und gegenseitig bei der Vermarktung helft?«

Charlottes angenehme Schläfrigkeit verflog, und sie richtete sich auf. »Das soll doch wohl ein Scherz sein, oder?«

»Keineswegs. Ihr seid Schwestern.«

»Nur biologisch, aber nicht vom Gefühl her. Und ich möchte mir nicht ansehen, wie sie sich in dem Gebäude breitmacht, in dem ich aufgewachsen bin und auf dessen Erbe ich so hart hingearbeitet habe. Meine Apotheke existiert nicht mehr, dafür lassen sich dort jetzt überkandidelte Damen Farbe ins Gesicht malen.«

Conrad zuckte mit den Schultern. »Es war nur ein Vorschlag.«

»Du weißt, wie ich dazu stehe.«

»Man kann seine Einstellung ändern.«

»Nicht in dem Fall.«

»Na dann, wie du meinst.«

»Bist du jetzt beleidigt, oder was?«

»Nein.«

Charlotte stand auf. »Ich bin müde. Gute Nacht.«

Ein langer Seufzer ging Conrads Antwort voraus. »Gute Nacht.« Er machte keine Anstalten, sie zu begleiten, vermutlich, weil er ahnte, dass er diese Nacht nicht darauf hoffen durfte, dass in seinem Bett mehr passierte, als dass sie nebeneinanderschliefen. Aber daran war er selbst schuld, er wusste, wie sie zu dem Thema Helena stand.

Seine Idee mit der Werbung war indes gut gewesen, sie hatte bisher gescheut, es ähnlich anzugehen wie ihre Schwester, da sie befürchtete, sich dadurch eine Blöße zu geben, indem sie deren Maßnahmen nachahmte. Aber das war natürlich Blödsinn, Helena hatte diese Art zu werben ja nicht erfunden. Am kommenden Tag würde Charlotte darüber nachdenken. Auch über eine Sache, die ihr schon seit Tagen im Kopf herumging, aber darüber musste sie mit Conrad in aller Ruhe sprechen. Vielleicht würde sie das angehen, wenn die Hochzeit hinter ihnen lag.

JULI 1927

»Deine Schwester hat geheiratet.«

Helena, die gerade eine Scheibe Brot zum Mund führen wollte, hielt inne. »Wie bitte?«

Dominik reichte ihr die Zeitung. »Hier steht die Anzeige.«

Ihre Hand zitterte kaum merklich, als Helena die Zeitung entgegennahm. Damit hatte sie nicht gerechnet, weder mit einer Heirat ihrer Schwester – kannte sie doch deren Einstellung zur Ehe – noch damit, dass sie nicht einmal darüber informiert wurde. Dabei hätte ihr das klar sein müssen, nur hatten Wunsch und Hoffnung auf Versöhnung nach wie vor tief in ihr gelauert.

Ihre Vermählung geben bekannt
Dr. med. Conrad Rudorf
und
Charlotte Rudorf (geb. Rosenberg)

Helena knabberte an ihrer Unterlippe, dann legte sie die Zeitung brüsk zur Seite. Wenigstens musste sie sich nun nicht mehr schlecht fühlen, weil sie Angst hatte, dass ihre

Schwester sich mittellos durchschlagen musste oder dazu gezwungen war, sich von einem Mann aushalten zu lassen. Kurz kam in ihr der Gedanke auf, dass Charlotte vielleicht allein aus diesem Grund geheiratet hatte, aber das hätte sie nie getan, dafür hatte sie zu große Angst, an einen Mann wie ihren Vater zu geraten. Sie würde sich lieber allein durchschlagen, als sich so behandeln zu lassen wie ihre – oder gar Helenas – Mutter.

Unter Dominiks aufmerksamem Blick goss sich Helena noch eine Tasse Kaffee ein, den sie schwarz trank. Das Brot ließ sie unangetastet, ihr war der Appetit vergangen. Schließlich erhob sie sich und verließ das Esszimmer.

»Helena!« Dominik folgte ihr. »Bist du mir immer noch böse deswegen?«

»Nein. Mittlerweile dürfte sie endlich begriffen haben, dass nicht ich schuld an allem bin. Und dennoch tut sie so, als würden wir uns nicht kennen.« Estelle kam angelaufen, stieg auf die Hinterbeine, um Helena die Vorderpfötchen auf die Knie zu legen. »Du sollst doch nicht springen.« Helenas Stimme indes klang so zärtlich, dass der Hund sich mitnichten getadelt fühlen konnte. Sie hockte sich hin und streichelte den Kopf, den Rücken, kraulte die kleine Hündin hinter den Ohren. »Hast du schon dein Frühstück bekommen, hm?«

»Offenbar in der Küche, wenn die Richtung stimmt, aus der sie kommt«, kam es missmutig von Dominik.

»Keineswegs.« Frau Birkholz kam die Treppe hinunter. »Ihre Näpfe stehen in dem Vorraum zur Küche. Das erschien mir praktikabler als die bisherige Lösung.« Vorher hatten sie neben der Hintertreppe in einer Mulde am Treppenaufgang gestanden.

Dominik ersparte sich den Hinweis darauf, dass der Vorraum auch zur Küche gehörte, er ahnte offenbar, dass er in dieser Sache auf verlorenem Posten stand. Immerhin war Estelle wieder in den Salon gezogen, wobei das weniger Dominiks Befindlichkeiten – kein Hund im Schlafzimmer! – geschuldet war, sondern weil Helena Angst hatte, Estelle könne trotz aller Vorsicht die Treppe hinunterfallen. So war es sicherer, und sie war auch schneller im Garten. Tagsüber nahm sie sie ohnehin mit zur Arbeit.

Nach einer letzten Kraul- und Streicheleinheit erhob Helena sich und ging die Treppe hinauf. Nachmittags hatte sie einen Termin mit einer Fotografin, die ihr Werbegesicht des Monats fotografieren sollte. Diese Idee war ihr vor einigen Tagen gekommen und von ihren Mitarbeiterinnen für gut befunden worden. Heute würde Helena erst einmal ein Angebot einholen und sehen, was der ganze Spaß sie kosten würde. Denn selbst wenn Dominik unbegrenzten Kredit gab, wollte sie darauf nur noch zurückgreifen, falls es unbedingt sein musste, ansonsten aber die Einnahmen trennen. Das war ihr Geld und etwas, was sie aus eigener Kraft schaffte. Aber immerhin hatte sie dank Dominiks Mittel den Salon wunderbar hergerichtet.

Als sie sich ein leichtes Seidentuch um den Hals legte und den Zerstäuber für ihr Parfüm drückte, fiel ihr ein, dass sie noch gar nicht nach der Kleinen geschaut hatte. Dominiks erster Weg führte jeden Morgen in das Kinderzimmer, Helenas nur, wenn sie daran dachte. Und an diesem Morgen hatte sie es schlicht und ergreifend vergessen, weil ihr so viel anderes im Kopf herumging. Diesen Umstand galt es nachzuholen, denn Helena wollte eine gute Mutter sein, wollte, dass die Kleine in dem Bewusstsein aufwuchs, dass ihre Mutter da war. Vielleicht hätte sie ja später Lust, sie zur Arbeit zu begleiten. Nicht als Kleinkind, aber vielleicht, wenn sie in Mariannes Alter war.

»Sie schläft«, sagte das Kindermädchen mit gedämpfter Stimme, als Helena das Zimmer betrat.

Die kleine Marion lag in ihrem Bettchen, die Fäustchen rechts und links neben dem Kopf, die Augen so niedlich zusammengekniffen, dass Helena wieder ganz schwer wurde ums Herz. Der Abend mit Irene hatte zwar gutgetan, aber besser fühlte sie sich dennoch nicht.

Dominik wartete bereits im Wagen auf sie, und Helena stieg ein, ließ Estelle in den Fußraum springen und schloss die Tür. Am frühen Abend hatte sie eine Fahrstunde, und sie freute sich auf die Unabhängigkeit, die ein Führerschein mit sich bringen würde.

»Ich habe gelesen«, sagte sie, »dass Kokain schlank macht. Stimmt das?«

»Warum fragst du?«

»Weil ich endlich wieder meine frühere Figur zurückhaben möchte.«

»Dafür greifst du gewiss nicht zu Kokain, du bist wohl toll.«

»Das ist ja wohl allein meine Entscheidung.«

»Das Zeug macht schwer abhängig.«

»Stellt ihr Diätpillen her?«

»Nein, das ist Quacksalberei, nimm so etwas bitte nicht.«

»Ich möchte aber endlich wieder so aussehen wie vor der Geburt.«

»Dann geh schwimmen, das bringt schon eher etwas. Allein die Vorstellung, Kokain zu nehmen, um Gewicht zu verlieren …« Er beendete den Satz nicht und schüttelte nur den Kopf.

Natürlich verstand er es nicht. Wie auch? Als Mann stand er nicht unter diesem Druck, immer einem Ideal zu entsprechen. Er musste nicht in einer Welt bestehen, in der man gertenschlank und makellos auszusehen hatte. Als sie vor dem Schönheitssalon vorfuhren, war Helenas Stimmung auf dem Tiefpunkt angekommen, was Dominik wohl merkte, denn er nahm mit schicksalhaft wirkender Ergebenheit ihren knappen Abschiedsgruß entgegen. Aber auch damit brachte er sie wieder gegen sich auf, denn er gab ihr das Gefühl, als wäre sie eine Bürde, die man ihm auferlegt hatte und die er eben ertrug. Helena stieg aus, schlug die Tür etwas kräftiger zu als nötig und ging zum Eingang.

»Guten Morgen«, begrüßten ihre Mitarbeiterinnen sie, und Helena erwiderte den Gruß.

Es roch wunderbar nach Puder und Duftölen, und der Verkaufsraum versprühte die Atmosphäre mondäner Eleganz. Die Wände waren elfenbeinweiß, die Regale und Verkaufstheke aus Kirschbaum. Die alte Lampe war gegen moderne Beleuchtung ausgetauscht worden, die raffiniert angebracht worden war und den Raum warm ausleuchtete. In dem Bereich, wo die Schönheitsbehandlungen stattfanden, war helleres Licht gewählt worden, um optimal schminken zu können. Ventilatoren hielten die Räume einigermaßen kühl in der Sommerhitze, die in der dicht bebauten Stadt noch stärker zu spüren war. Es gab Möglichkeiten, die Räume über Belüftungsanlagen abzukühlen – das wiederum hatte den Vorteil, dass man im Winter auf warme Luft umstellen konnte –, aber das brachte nicht nur enorme Kosten mit sich, sondern auch umfangreiche Umbaumaßnahmen, und das wollte Helena jetzt, da es gerade gut lief, nicht in Angriff nehmen.

Helena hatte im Winter Museen besucht, sich die Schmuckdosen angeschaut und Ideen gesammelt, in welchen Döschen man ihren Puder und das Make-up am besten vermarkten konnte. Es sollte hochwertig aussehen, teuer, aber nicht protzig. Ebenso ihre Lippenstifthülsen. Hatte sie anfangs schlichte Dosen und Hülsen verwendet, so hatte sie die Weichen für die Umstellung auf die neuen Produkte noch kurz vor der Geburt gestellt. Da sie sich wegen des Wochenbetts nicht darum hatte kümmern können, lagen die fertigen Pläne zwar vor, aber um die Fertigung hatte sie sich jetzt erst kümmern können. Zur nächsten Saison würde sie einen kleinen Katalog auf den Markt bringen, und dort würde ihre Kosmetik in der neuen Aufmachung präsentiert werden.

Jetzt galt es, sich um das Werbegesicht des Monats zu kümmern. Und dann musste die Strategie besprochen werden. In dieser Hinsicht hatte Helena zwar das letzte Wort, aber sie wollte ihre Mitarbeiterinnen nicht außen vor lassen, und so berief sie eine Besprechung in der Mittagspause ein.

Abends kam Dominik in den Schönheitssalon, um sie abzuholen. Da war Helena gerade dabei, eine neue Vermarktungsidee zu testen. Sie stellte ein Kosmetikset zusammen, mit dem man sich komplett für den Tag schminken konnte. Es enthielt je ein Döschen Puder, Grundierung und Creme, außerdem Make-up, Rouge, Mascara, Khol und Lippenstift, wobei sie dieses Fach so einrichtete, dass man drei Farben auswählen konnte. Dieses Sortiment konnte man sich für den jeweiligen Farbtypen zusammenstellen lassen.

»Ich brauche noch einen Moment«, sagte sie. Ihre Mitarbeiterinnen und der Chemiker waren bereits gegangen, und sie hatte Dominiks Verspätung – ganz pünktlich schaffte er es nie aus dem Werk – genutzt, um diese Idee auszuprobieren.

Estelle kam in den Verkaufsraum und begrüßte Dominik. Der ging in die Hocke und streichelte sie, wobei sein Umgang mit ihr immer etwas Unbeholfenes hatte, als fühlte er sich von Helena beobachtet und hatte Sorge, etwas falsch zu machen. Vermutlich ähnlich, wie Helena sich fühlte, wenn sie sich Marion zuwandte.

Die neuen Werbebroschüren mussten am kommenden Tag in den Druck. Bei Werbung für Kosmetik spielte man letztlich mit der Unsicherheit der Frauen. Dass Frauen sich für Kosmetik interessierten, war wahrhaftig nichts Neues, nur der Zeitgeist änderte sich. So hatte Helena sich von Ida Wagner die englische Werbung Helena Rubinsteins übersetzen lassen, um zu begreifen, wie diese ihre Kundinnen seit jeher einfing. In einer Werbung für hautverjüngende Produkte hieß es unverblümt, dass es meistens am Aussehen läge, dass manche Frauen zu Partys ausgeführt würden, während man andere nur nach Hause brächte. Man sprach Ängste an, sagte den Frauen, dass es in ihrer Hand lag, schön zu sein. Wenn sie es nicht waren, dann allein aus dem Grund, weil sie sich keine Mühe gaben, in dem Fall hatten sie sich ihr Versagen selbst zuzuschreiben. In einer Werbung von Palmolive wurde gefragt: »Würde Ihr Mann Sie noch einmal heiraten?«

Ida hatte Abitur und Englisch in der Schule gelernt. Dominik sprach es wohl auch ziemlich gut, zumindest war das Helenas Eindruck, nachdem sie ihn einmal mit einem englischen Kollegen am Telefon hatte sprechen hören.

»Meinst du, ich kann Englisch lernen?«, fragte sie ihn nun.

»Warum solltest du das nicht können?«

»Alle, die ich kenne und die es können, haben es in der Schule gelernt. Ich habe nur die Volksschule besucht.«

»Das heißt ja nicht, dass du es nicht lernen kannst. Wenn dir das nicht zu viel wird, kann ich mich gerne nach einem Lehrer umhören.«

»Ja, tu das.«

»Wie war deine heutige Fahrstunde?«

»Ganz gut. Jedenfalls macht der Fahrlehrer nicht den Eindruck, als hielte er mich für einen hoffnungslosen Fall.«

»Du warst gewiss nicht die Erste, die bei ihrer ersten Fahrstunde fast den Wagen gegen einen Laternenpfahl gesetzt hat.«

»Der Fahrlehrer hat mich aber angesehen, als wäre ich es.«

»Es ist seine Aufgabe zu verhindern, dass das passiert, sonst könntest du auch gleich ohne seine Begleitung losfahren.«

Helena klappte die Schachtel zu, freute sich, dass ihre Zusammenstellung so perfekt hineinpasste, und würde sie am kommenden Tag in dieser Größe in Auftrag geben. Die satinbezogenen Schachteln sollten in einem warmen Roséton mit einem Stich ins Goldene gehalten sein. Oben drauf wurde ihr Firmenname geprägt.

Rosenberg
Berlin

Helena seufzte zufrieden und ging nach oben, um ihre Handtasche zu holen, die in Charlottes ehemaligem Zimmer lag, der zum Pausenraum für ihre Angestellten geworden war. Nun standen ein Tisch und Stühle darin, außerdem eine Garderobe für Mäntel und Hüte sowie ein Regal, um die Handtaschen dort abzustellen. Helena leerte den Aschenbecher aus, der überquoll, und beschloss, das am kommenden Tag zur Sprache zu bringen. Das konnte ja wohl nicht ihre Aufgabe sein, noch dazu, da sie als Einzige nicht mehr rauchte.

»Wir können los«, sagte sie, als sie zurück in den Verkaufsraum trat. Auf dem Weg nach unten hatte sie die Leine vom Haken im Treppenhaus genommen und befestigte sie an Estelles Halsband.

»Übrigens wird Ida unser Werbegesicht«, sagte sie, als

sie vors Haus traten. »Eigentlich wollten wir eine Schauspielerin engagieren, auch wenn uns eine der Berühmtheiten zu teuer gewesen wäre, aber für eine der weniger bekannten hätte es gewiss gereicht. Doch dann hat Hetti Arnold – die Neue – den Vorschlag gemacht, wir könnten doch jemanden nehmen, der nicht in der Öffentlichkeit steht, und somit den Kundinnen zeigen, dass bei uns jede Frau aussieht wie ein Filmstar. Und dann haben wir lange überlegt und uns schließlich einstimmig für Ida entschieden. Die muss jetzt aber noch mit ihrem Vater sprechen. Nicht dass der das irgendwie für halbseiden hält und das alles unterbindet, nachdem wir den ganzen Aufwand hatten.«

»Ich glaube, so konservativ ist er nicht.«

»Das Ganze hat ja dann auch den Vorteil, dass jede Kundin, die den Salon betritt, sieht, dass Ida in Wirklichkeit auch so schön ist wie auf dem Plakat, und das wird sie hoffentlich dazu bewegen, viel Geld in Kosmetik zu investieren.«

Dominik entriegelte den Buick, und Helena stieg mit Estelle ein. Als der Wagen anfuhr, glaubte Helena, ihre Schwester gesehen zu haben, und drehte sich um, sah die Straße entlang, aber inmitten der Menschen war sie nicht mehr zu erkennen.

»Stimmt etwas nicht?«

Helena schüttelte den Kopf und setzte sich wieder richtig hin, dann beugte sie sich zu Estelle hinunter und kraulte sie. Dass die schwesterlichen Gefühle offenbar so einseitig waren, tat weh, aber zu ändern war es nicht, und Helena musste sich damit abfinden. Für sie waren diese eineinhalb Jahre offenbar intensiver gewesen als für Charlotte, und während Helena darin eine neue Art der Freiheit und Vertrautheit entdeckt hatte, war sie wiederum für Charlotte womöglich nur ein notwendiges Übel gewesen, mit dem diese sich arrangiert hatte. Und es war gleich, wie pragmatisch sie es zu sehen versuchte, traurig machte es sie dennoch.

Zu Hause versorgte Helena Estelle, dann ging sie in ihr Zimmer, um sich umzukleiden. Dominik trat ein, als sie gerade aus ihrem Kleid schlüpfte und nur im Unterkleid dastand. Seit man ihre Schwangerschaft hatte sehen können, hatte Helena sich nicht mehr vor ihm ausgezogen, aber nun ins Nebenzimmer zu laufen, wäre ihr albern vorgekommen. Dann sah er eben, wie füllig sie geworden war, immerhin war er ja nicht unschuldig daran.

Dominik sah sie an, sein Blick glitt langsam an ihr hinunter, dann wieder hinauf, verharrte auf ihrem Gesicht. Noch vor einigen Wochen wäre es Helena vollkommen undenkbar erschienen, mit ihm zu schlafen, aber die Wunde war verheilt, und was nun leise in ihr pochte, war nicht der Schmerz. Sie tat einen zittrigen Atemzug, stieß die Luft langsam wieder aus. »Ich kann nicht wieder schwanger werden, Dominik.«

»Da gibt es Mittel und Wege.«

Und warum hast du die dann nicht beim letzten Mal angewandt? Dennoch blieb das leise, sehnsuchtsvolle Ziehen in ihrem Bauch, das Verlangen, das trotz allem so jäh aufflammte. Sie dachte an Irenes Worte. *Du genießt ihn körperlich, mehr nicht.* Helena hatte geglaubt, dass sie das nicht unterscheiden könne, aber offenbar konnte sie das doch. Das Gefühl, von ihm hintergangen und verraten worden zu sein, blieb. Und doch wollte sie gerade nichts mehr, als mit ihm zu schlafen, sich von ihm bis zur Erschöpfung lieben zu lassen. Er würde alle Register ziehen, um sie zu versöhnen, dessen war Helena sich ebenso gewiss wie der Tatsache, dass es wunderbar werden würde. Sie knöpfte ihr Unterkleid auf, ließ es zu Boden fallen, dann ging sie zu Dominik, legte ihm die Arme um den Hals und küsste ihn.

Der Raum lag im Halbdunkel, als Dominik sich im Bett aufrichtete und sich umdrehte, um Helena anzusehen, die sich ebenfalls regte. Anfangs war sie sehr zurückhaltend gewesen, fast schon hatte es den Eindruck gemacht, sie schämte sich, dass er sie nackt sah. Diese Scham war aber nach und nach von ihr abgefallen und damit auch jede Zögerlichkeit.

Jetzt hob sie die Arme über den Kopf, streckte sich, wölbte den Körper katzenartig und seufzte leise. Dann zog sie die Decke über sich, wickelte sich darin ein, als wäre sein Blick nun, nachdem er aufgestanden war, ein anderer. Sie ging wieder auf Distanz, das war deutlich zu spüren. Aber angesichts der letzten Stunden wollte Dominik sich nicht beklagen.

»Ist wirklich schon Zeit aufzustehen?«, fragte sie und kuschelte sich in das Kissen.

Dominik griff nach der Uhr. »Ich fürchte, ja.«

»Geh nur zuerst ins Bad«, murmelte sie.

»Du weißt schon, dass wir mehr als eines haben?«

»Aber zu dem anderen ist es weiter.« Sie gähnte und streckte sich erneut, dieses Mal gut verborgen unter ihrer Decke.

Dominik zog seinen Morgenmantel an. »Ich nehme das *weit entfernte.*«

Wieder gähnte Helena. »Ich verstehe nicht, warum du so erholt bist. Du hast doch genauso wenig geschlafen wie ich.«

»In dem Fall zählt vermutlich nicht, wie lang der Schlaf war, sondern wie gut. Außerdem bin ich seit jeher ein Morgenmensch.«

»Ich nicht.«

»Ich weiß.« Er zog die Decke weg.

»Hey!« Sie richtete sich auf, rang mit ihm, gab schließlich auf und erhob sich. Rasch zog sie ihren Morgenmantel an, verbarg ihren Körper wieder vor seinen Blicken.

»Du bist wunderschön«, sagte er, obwohl er wusste, dass es nichts brachte. Falls sie nach der letzten Nacht noch daran zweifelte, wie aufregend er sie auch nach der Geburt fand, würden Worte nichts daran ändern. Wenn sie ihm schon damit kam, zu Kokain greifen zu wollen. Wer hatte ihr diesen Unsinn überhaupt erzählt, dass man damit abnehmen würde? Irene doch wohl hoffentlich nicht.

Eine halbe Stunde später stand er mit feuchtem Haar vor dem Spiegel und trug mit einem Pinsel Rasierseife auf. Helena trat ins Bad, immer noch im Morgenmantel. »Ich wollte nur rasch die Lavendelseife holen.«

»Ist keine Seife mehr in unserem Badezimmer?«

»Doch, aber ich möchte die hier.« Sie nahm die Seife aus dem Korb neben der Badewanne, dann blieb sie stehen und sah ihn interessiert an. »Darf ich dich mal rasieren?«

»Wir sind noch nicht so weit, dass ich dich mit einem Messer an meinen Hals lasse.«

»Mein Lieber, wenn ich darauf aus wäre, hätte ich genug Gelegenheiten, dich zu meucheln, wenn du wehrlos schlafend neben mir liegst.«

Er ließ das unkommentiert, setzte das Messer an und schnitt sich prompt. »Ah, verdammt.«

»Ich gehe dann wohl besser.« Helena verließ das Badezimmer, und Dominik hatte den Eindruck, dass sie ein klein wenig schadenfroh wirkte.

Vor dem Frühstück besuchte Dominik wie jeden Morgen seine Tochter. Es war erstaunlich, wie rasch sich so ein Säugling entwickelte und veränderte. Aus dem zerbrechlichen Neugeborenen war ein properes Kind geworden mit Pausbäckchen und knubbeligen Händchen. Wie immer, wenn Dominik sie ansah, zog es in seiner Brust, und er empfand Ängste, die er zuvor nicht gekannt hatte. Wenn er sie hielt, wünschte er, sie vor allem Ungemach und vor jeder Gefahr beschützen zu können.

»Sie ist so lieb«, sagte Frau Thiel. »Schläft jetzt schon fünf Stunden am Stück durch.«

Dominik hob die Kleine an sein Gesicht, atmete den Babyduft, spürte das weiche Haar an seiner Wange, küsste seine Tochter auf die Stirn, dann legte er sie zurück in ihr Bettchen. Sie sah ihn aus großen blauen Augen an, dann lächelte sie, und wieder war da dieses schmerzhafte Ziehen, gepaart mit einem so unvermittelten Glücksgefühl, dass es nur schwer erträglich war.

Als er in das Speisezimmer kam, saß Helena bereits am Tisch. »Warst du schon bei Marion?«, fragte er.

»Nein, das mache ich nachher noch schnell.«

Noch schnell. Rudolf hatte gesagt, er solle sie nicht unter Druck setzen, Gefühle ließen sich nicht erzwingen. Aber konnte es denn sein, dass man dazu gezwungen werden musste, sein eigenes Kind zu lieben? Er wusste, dass die Umstände, die zu dieser Ehe geführt hatten, nicht die besten gewesen waren, und er hatte gewiss auch Fehler gemacht – wenngleich nicht in geschäftlicher Hinsicht, dazu stand er auch weiterhin –, aber dafür konnte doch das Kind nichts. Und wenn er sah, mit wie viel Wärme sie den Hund behandelte, verstand er ihre Ablehnung noch weniger.

Helena trank ihren Kaffee, und sie musste Dominik nicht ansehen, um zu begreifen, dass sich seine Stimmung gerade merklich abkühlte. Das geschah immer, wenn es um die Kleine ging, aber Helena konnte daran nun einmal nichts ändern. Sie litt selbst genug unter der Situation und unter ihren eigenen Gefühlen, da brauchte sie nicht auch noch Dominik, der das schlechte Gewissen verstärkte. Sie hatte es ihm zu erklären versucht, aber offenbar fruchtete das nicht.

Nach dem Frühstück sah sie pflichtbewusst nach ihrer Tochter, danach fuhr Dominik sie zur Arbeit, und sie atmete auf, als sie mit Estelle ihren Schönheitssalon betrat.

»Du siehst müde aus«, begrüßte Ida sie. Seit sie nach der Schwangerschaft zurück an ihren Arbeitsplatz gekommen war, hatten sie und Ida beschlossen, sich zu duzen. Immerhin hielt sie hier die Stellung, wenn Helena nicht da war. Zwar galt sie nicht offiziell als ihre Stellvertreterin, inoffiziell war sie es jedoch längst, was auch von den anderen anerkannt wurde, da Ida am längsten hier arbeitete.

»Ich habe einfach zu wenig geschlafen.« Aber schön war es gewesen, immerhin. Allerdings hatte der Morgen gezeigt, dass die fehlende körperliche Liebe nicht das eigentliche Problem zwischen ihnen gewesen war. Das war zwar für Dominik ein unbefriedigender Zustand gewesen, aber was tatsächlich zwischen ihnen schwelte, ging tiefer. Er verstand sie nicht. Das Problem mit Charlotte war noch greifbar gewesen, da konnte er Stellung beziehen und seine Beweggründe rechtfertigen. Aber Helenas Distanz zu ihrem Kind war nicht so einfach zu erklären und erst recht nicht zu rechtfertigen. Die Gesamtumstände und die Schwangerschaft an sich konnte sie Dominik anlasten, das war kein Grund, sein eigenes Kind abzulehnen – aus Dominiks Sicht zumindest und vermutlich auch aus der jedes anderen.

Ihre Mutter hingegen verstand sie, erklärte ihr, dass solche Gefühle nicht ungewöhnlich seien, die meisten redeten nur nicht darüber. Ob Helena sie nicht einmal besuchen wolle, hatte sie noch vor wenigen Tagen in einem Brief gefragt. Vielleicht sei etwas Abstand genau das Richtige.

Das hätte Helena nur zu gerne getan, aber jetzt gerade

konnte sie nicht weg. Ihre neue Werbekampagne musste fertig werden, und da war noch viel zu tun. Außerdem hatte sie bereits Pläne für die Räume oben, denn sie wollte nicht allein auf Gesichtskosmetik setzen, sondern auf ganzheitliche Schönheitsbehandlungen. In der Schwangerschaft hatte sie ihren Bauch mit einer Creme massiert, die sie selbst zusammengestellt hatte. Die pflegenden, öligen Substanzen wurden erhöht, während die Duftessenz fast ganz zurückgenommen wurde, da Helena feststellte, dass manche Düfte für sie als Schwangere nicht gut erträglich gewesen waren. Von ihrer Mutter und aus Gesprächen mit anderen Frauen wiederum wusste sie, dass jede Schwangere auf Gerüche anders reagierte, sodass es am besten wäre, die ölige Creme fast geruchlos zu präsentieren und allein auf die pflegenden Eigenschaften zu setzen. Sie würde mit ihrer Hebamme sprechen und fragen, ob sie diese Produktproben verteilen würde.

Mittags hätte sie sich gerne mit Irene zum Essen getroffen, aber diese war in Dreharbeiten eingebunden. Also ging Helena mit Estelle zu Aschinger und aß dort eine Kleinigkeit, während der Kellner die Hündin mit Buletten fütterte.

»Sie ist so allerliebst«, sagte er. »Wir hatten damals einen ähnlichen Hund, leider ist er vor das Fuhrwerk eines Bierkutschers gelaufen.«

»Das ist ja furchtbar!«

»Der Kutscher ist einfach weitergefahren, ohne sich um das Hündchen zu kümmern. Über Nacht sind ihm seltsamerweise sämtliche Bierfässer, die er geladen hatte, ausgelaufen.«

»Zufälle gibt es.«

»Ja, nicht wahr?« Der Kellner stellte ein Schälchen Wasser vor Estelle ab und widmete sich dem nächsten Gast.

Nach dem Mittagessen spazierte Helena zum Schönheitssalon, wo sie sich an den Schreibtisch setzte, sie wollte ihre Schachteln mit der zusammengestellten Kosmetik extra bewerben, da musste sie noch einige Entwürfe durchsehen. Vor einigen Tagen hatte sie mit Ida eine Vermarktungsidee besprochen, über deren Durchführung sie noch nachdachte. Sie wollte eine Party geben, zu der ausschließlich Frauen eingeladen wurden und auf der sie ihre Kosmetik vorstellen wollte. Dafür brauchte sie noch den passenden Rahmen, denn die Räumlichkeiten ihres Schönheitssalons waren zwar sehr elegant, aber der Platz reichte nicht, um eine Veranstaltung in der Größe aufzuziehen, die ihr vorschwebte, schließlich sollten ihre Gäste sich ja nicht gegenseitig auf den Füßen stehen. Gleichzeitig sollte unbedingt der Eindruck von Exklusivität entstehen.

Helena würde den Eintritt zu der Party an den Erwerb bestimmter Produkte und Schönheitsbehandlungen binden, was bedeutete, man bekam eine der begehrten Karten, wenn man sich für bestimmte Produkte oder Behandlungen entschied. Das Ganze musste im Vorfeld geplant werden, da galt es, nichts zu überstürzen, um den Erfolg zu garantieren. Sie würde den Herbst nutzen für die Vorbereitungen, im Winter die Werbebroschüren drucken und das Ganze für den Frühlingsanfang veranschlagen. Darüber würde sie später mit Ida sprechen, und Helena machte sich eine entsprechende Notiz.

Abends hatte sie noch eine Fahrstunde und beendete diese vor dem Werk von Lichtenthal-Pharma, um von dort aus mit Dominik nach Hause zu fahren. Der wartete in seinem Bureau auf sie, und da der Vorzimmerdrachen bereits seinen Arbeitstag beendet hatte, konnte sie ohne Umstände direkt zu ihm gehen.

»Da bist du ja. Wie war es?«

»Gut, ich war schon sehr zügig unterwegs.«

Dominiks Lächeln wirkte müde. »Schön, dann bist du ja bald so weit.«

Sie ging zu ihm an den Schreibtisch, wo er gerade Papiere zusammenschob. »Du siehst aus, als hättest du einen anstrengenden Tag gehabt.«

»Der Tag nicht, nur die Leute, mit denen ich heute zu tun hatte. Ich war mit einigen Geschäftsfreunden essen, und einer hatte einen Freund in Begleitung, der einem Chemieunternehmen vorsteht, das unter anderem Giftgas für den Großen Krieg produziert hat. Und der wiederum schwafelte die ganze Zeit etwas von Weltjudentum und davon, wie wir von den Sozialdemokraten verraten worden seien. Danach hat er sehr ausführlich dargelegt, wie er sich die Zukunft des Landes vorstellte. Da kann man nur glücklich und dankbar sein, dass die Mehrheit hier nicht so denkt, sonst sähe es zappenduster aus.«

Mit Politik hatte sich Helena nie befasst, das war stets außerhalb ihrer Lebenswirklichkeit gewesen. Natürlich hatte sie nach Kriegsende die eine oder andere unzufriedene Stimme gehört, aber sie selbst war einfach nur froh gewesen, dass es vorbei war, und selbst wenn man die Deutschen um den Sieg betrogen hätte, wäre es ihr gleich gewesen. Hauptsache, es fielen nicht noch mehr der jungen Burschen aus dem Dorf und aus der Dienerschaft der Baronin. Es war vorbei, nur das zählte. Die Republik funktionierte nach ihrem Dafürhalten, das Leben hatte sich normalisiert. Wenn sie Dominik allerdings so reden hörte, stellte sie sich unweigerlich vor, wie es an der einen oder anderen Stelle brodelte, und das machte ihr Angst. Mit Grauen dachte sie an den Steckrübenwinter.

»Soll ich dich auf angenehmere Gedanken bringen?«, fragte sie und meinte damit vielmehr sich selbst.

»An was dachtest du?«

Sie kam zu ihm, schob ihr Kleid hoch und setzte sich auf seinen Schoß. »Laufen wir Gefahr, erwischt zu werden?«

»Ich glaube, das Risiko ist überschaubar.«

Helena legte die Hände um sein Gesicht, beugte sich vor und küsste ihn.

OKTOBER 1927

Hin und wieder war ihr Vater mit ihr und ihrer Mutter verreist, meist in Richtung Ostsee in eines der Seebäder. Von Auslandsreisen hatte er zwar immer gesprochen, aber nie eine mit ihnen unternommen, weshalb sich Charlotte eine Reise in die Schweiz wünschte. Sie wollte unbedingt die Berge sehen, und Conrad erfüllte ihr diesen Wunsch. Als sie zurückkamen, war Charlotte erfüllt von all den fremden Eindrücken, und im Monat darauf, dem August, war sie sich sicher, schwanger zu sein.

Zwei Monate lang behielt sie das Geheimnis für sich, wollte ganz sicher sein und suchte schließlich einen Arzt auf, der ihr bestätigte, in Erwartung zu sein. Paula war die Erste, die es erfuhr. »Im Ernst?« Sie ging auf die Knie. »Hallo, Krümelchen.« Dann umschlang sie Charlotte und gab ihr einen Kuss auf den Bauch. »Hier ist deine Tante Paula.«

»Jetzt steh schon auf.« Charlotte entwand sich ihrer Umarmung.

»Ach, das ist so schön.« Paula erhob sich. »Und ich werde die Patentante von Leopold.«

»Leopold?«

»Ja, ich habe im Gefühl, es wird ein Junge.«

»Ach was?«

»Und ich finde ja, Leopold Rudorf klingt so erhaben.«

»Leopold?«

»Wenn ich den Namen aussuche, ist es ja irgendwie, als wären wir zu dritt an dem Kind beteiligt.«

»Das ist eine etwas verstörende Vorstellung.«

»Du setzt dich jetzt erst einmal hin, und ich koche dir einen Tee.«

Conrad trat ein. »Hier wird Tee gekocht? Darf ich mich dazugesellen, oder wollt ihr lieber unter euch sein?«

»Nein, komm nur«, rief Paula und nahm seine Hand. »Wir sprachen gerade über Leopold.«

»Du hast jemanden kennengelernt?«

»Nein, ich meinte mein Patenkind.«

»Ah, herzlichen Glückwunsch.«

Paula sah Charlotte an, die die Augen verdrehte. »Er weiß noch nicht, dass er Vater wird?«

»Jetzt schon.«

Conrad starrte Charlotte an. »Stimmt das?«

»Ich hatte eigentlich auf einen passenden Moment gewartet, um es dir zu erzählen.« Ein kurzer, strafender Blick zuckte zu Paula.

»Ach, das tut mir leid.« Paula wirkte indes nicht zerknirscht. »Ich koche Tee und lasse euch dann allein, ja?«

Conrad schien noch nicht so recht zu wissen, was er sagen wollte. »Das ging schnell.« Seine Stimme klang ungläubig, als könnte er es nicht so recht fassen.

»Schnell?«, fragte Paula. »Ich dachte, ihr schlaft seit letztem Oktober miteinander.«

»Bis später, Paula«, antwortete Charlotte und schob ihre Freundin nun entschieden zur Tür. »Wir sehen uns, ja?«

»Und der Tee?«

»Den koche ich selbst.« Nachdem sie die Wohnungstür hinter ihr geschlossen hatte, drehte sie sich zu Conrad um.

Ein kleines Lächeln spielte um seine Lippen. »Bist du dir sicher?«

»Ja, ganz sicher.«

Er zog sie an sich, küsste sie behutsam. »Und du willst das Kind Leopold nennen?«

»*Paula* möchte es Leopold nennen.«

»Klingt doch gar nicht schlecht. Aber es könnte ja auch ein Mädchen werden.«

»In dem Fall heißt es Emma, nach meiner Mutter.«

»Verstehe.«

»Wir könnten uns auf einen Zweitnamen einigen, dann kannst du auch mitentscheiden.«

»Wie großzügig.« Ein winziges Lächeln verzog seine Mundwinkel, dann küsste er sie wieder. »Da werden wir uns schon einig.«

Es war Sonntag, und Charlotte nahm das mit dem Ruhetag sehr ernst. Die ganze Woche über arbeiteten sie, da wollte sie einen Tag haben, an dem es nicht um die Arbeit ging. Wenn das Wetter es erlaubte, machten sie Ausflüge, und wenn sich schon morgens ein Regentag abzeichnete, blieben sie direkt im Bett, standen nur auf, um zu essen, und selbst das nahmen sie auf einem Tablett mit ins Schlafzimmer. An diesem Tag hatte Charlotte gekocht, und Paula war zum Essen hier gewesen. Den Moment, als Conrad sich zum Rauchen auf den Balkon zurückgezogen hatte – Charlotte mochte keinen abgestandenen Zigarettenrauch in der Wohnung –, hatte sie Paula von der Schwangerschaft erzählt. Jetzt saß sie mit Conrad im kleinen Salon, trank Tee und überlegte, wie sie den Tag ausklingen lassen sollten. Sie waren am Abend zuvor bis in die Morgenstunden feiern gewesen, und Charlotte war trotz der frühen Stunde einigermaßen müde. Da sie jedoch unmöglich schon zu Bett gehen konnte, beschloss sie, einen Spaziergang zu machen, in der Hoffnung, sich dadurch wieder etwas wacher zu fühlen.

Conrad bot an, sie zu begleiten, aber sie lehnte ab, da sie zwischendurch ganz gerne mal für sich war. Sie hatte auf der Hochzeitsreise leise Zweifel an der Richtigkeit ihrer Entscheidung bekommen – nicht an Conrad, sondern nur an der Ehe an sich. Sie mochte ihn sehr, vielleicht liebte sie ihn sogar, so recht ließ sich das gewiss nicht unterscheiden. Aber nun, da der Bund besiegelt war, fühlte sie sich in gewisser Weise gefangen. Conrad würde seine Rechte, die das Gesetz ihm über sie gab, nie geltend machen, aber allein, dass er es könnte, war kein angenehmer Zustand. Andererseits bot diese Ehe eine gewisse Sicherheit, und die war nun einmal nicht zu verachten. Und jemanden, der besser zu ihr passte, würde Charlotte nur schwerlich finden.

Charlotte spazierte langsam durch die Straßen, versuchte dabei, in sich hineinzufühlen, wollte wissen, ob man das in ihr wachsende Leben nicht schon spürte. Sie freute sich auf das Kind, und gleichzeitig hatte sie Angst, aber das war wohl normal. Im Kaufhaus hatte sie einen Tiegel entdeckt – beschriftet mit dem Rosenberg-Schriftzug –, der beworben wurde als Creme für werdende Mütter. Charlotte hatte sich umgeschaut, ob sie auch niemand entdeckte, der sie kannte, dann hatte sie die Creme erworben. Mal sehen, ob es etwas brachte oder ob ihr Bauch am Ende so aussehen würde wie der von Paulas Mutter.

Dass Helena in genau diesem Moment, da sie daran dachte, vor ihr auftauchte, erschien Charlotte so skurril, dass sie für einen Augenblick an eine Erscheinung glaubte. Aber da war sie, ging auf der belebten Straße mit Estelle spazieren, und der Hund erkannte Charlotte, noch ehe Helena sie entdeckte, strebte auf sie zu. An Helena hätte Charlotte grußlos vorbeigehen können, nicht jedoch an Estelle. Nun entdeckte auch ihre Schwester sie, wirkte einen Moment verwundert, als sei es erstaunlich, dass sie es in dieser großen Stadt schafften, sich rein zufällig zu begegnen.

Als sie auf einer Höhe mit ihr war, ging Charlotte in die Hocke, kraulte Estelle, die sie freudig begrüßte. »Na, du Süße«, murmelte sie. Dann erhob sie sich wieder und begrüßte Helena mit einem knappen Gruß.

»Wie geht es dir?«, fragte diese.

»Gut. Und dir?«

»Auch gut.«

Daraufhin schwiegen sie. Und schließlich neigte Helena den Kopf, wünschte ihr noch einen schönen Tag und ging weiter. Charlotte setzte ihren Weg ebenfalls fort, dann jedoch blieb sie stehen, spürte, wie es in ihr flatterte, tief in ihrem Bauch. War das das Kind? Konnte das sein? Oder war es etwas anderes, vielmehr das leise Flattern der Erregung, wenn man sich an etwas Schönes erinnerte, an ein Gefühl, das man sich seit Monaten verbot, oder wenn man im Begriff war, etwas zu tun, was man noch vor zehn Minuten für absolut unmöglich gehalten hätte.

Wenn ich mich jetzt umdrehe und sie noch sehe, rufe ich sie zurück. Charlotte holte tief Atem, sammelte ihren ganzen Mut und drehte sich um. Aber die Menschenmenge hatte Helena bereits geschluckt.

Dominik hielt Marion im Arm, als er in den Salon trat, wo seine Schwester mit ihren Kindern saß. Seit er sie seinerzeit nachts nach Hause geschickt hatte, hatte sie lange geschmollt und danach nur hin und wieder einen Höflichkeitsbesuch gemacht. An diesem Abend jedoch hatte sie erstmals wieder mit ihrem Koffer vor der Tür gestanden.

»Irgendwann verlasse ich ihn endgültig«, hatte sie gesagt.

Dann tu's doch endlich, war Dominiks stumme Antwort gewesen. *Und kauf dir daraufhin auch bitte direkt eine eigene Wohnung.* Nicht auszudenken, wenn sie auf die Idee käme, sich dauerhaft bei ihm einzuquartieren. Da sie sich Helena gegenüber inzwischen anständig verhielt, hatte er nur genickt und sie eingelassen.

»Die Kleine ist so süß, Onkel Dominik«, sagte Marianne und stellte sich neben den Sessel, in den er sich mit seiner Tochter gesetzt hatte. »Darf ich sie mal halten?«

»Lieber nicht, nachher lässt du sie noch fallen.«

»Ich bin *sieben* Jahre alt und gehe in die *zweite* Klasse!«

»Onkel Dominik sieht sehr beeindruckt aus«, spottete Erich. Er war im Stimmbruch, wie Dominik belustigt feststellte.

»Sei doch leise«, rief Marianne. »Darf ich, Onkel Dominik? Biiiitteeee.«

Er stand auf. »Also gut, setz dich hin, ich lege sie dir in die Arme.«

Nach Marianne nahm Ariana die Kleine, und Dominik ging hinaus auf die Terrasse, um eine Zigarette zu rauchen. Er lehnte mit der Schulter an einer Säule und atmete langsam den Rauch aus. Irgendwann trat Erich zu ihm hinaus und stellte sich stumm neben ihn, sah in den Garten, die Hände in die Hosentaschen geschoben, die Schultern frierend hochgezogen. Er war in den letzten Monaten ein ordentliches Stück gewachsen, und derzeit schien nichts so richtig zusammenzupassen.

»Gleich wird deine Mutter kommen und dir sagen, dass du dir etwas Warmes anziehen sollst.«

»Das kann sie nicht, sie hat Marion auf dem Arm, und mit ihr wird sie nicht in die Kälte gehen.«

»Sie könnte Marianne schicken.«

»Die hat ja selbst keinen warmen Mantel an.« Um Erichs Lippen zuckte es.

»Bist du vor deiner Mutter auf der Flucht?«

»Nein, ich wollte kurz mit dir sprechen.«

Dominik drückte die Zigarette aus. »Worum geht es?«

»In sechs Jahren mache ich die Reifeprüfung.«

»Ich weiß.« Diesen Herbst würde Erich dreizehn werden. Dominik erinnerte sich noch gut daran, wie Ariana ihm ihren Erstgeborenen stolz in die Arme gelegt hatte mit den Worten »dein erster Neffe«, als hätte sie sein Geschlecht maßgeblich beeinflusst.

»Ich möchte Pharmazie studieren, aber Papa möchte, dass ich in die Wirtschaft gehe und Bankier werde. Mich interessieren Finanzen aber nicht, ich möchte in die Forschung.«

»Und jetzt willst du, dass ich mit ihm spreche?«

Erich nickte.

»Bis dahin sind es ja noch ein paar Jahre.«

»Ja, aber er lässt jetzt schon seine Beziehungen spielen, damit nach der Schule mein beruflicher Werdegang sozusagen in trockenen Tüchern ist.«

»Verstehe.«

»Sag ihm, dass ein Pharmaunternehmen auch ein wirtschaftlicher Betrieb ist.«

»Das weiß er gewiss selbst.«

»Erzähl ihm etwas von Zahlen, davon, wie viel du verdienst, das ist die einzige Sprache, die er versteht.«

Dominik sah seinen Neffen an, während sich in seinem Kopf bereits Zukunftsszenarien abspielten. Würde Marion Pharmazie studieren wollen? Falls ja, würde das Unternehmen in jedem Fall ihr gehören. Und falls nicht, wäre das schon eine gute Möglichkeit auszuloten, wen er an ihrer Stelle in die Führung beordern konnte. Schließlich sollte Marion keinen Zwängen ausgesetzt sein und nicht womöglich aus Pflichtgefühl heraus einen Beruf wählen, den sie nicht mochte. Hier galt es, alle Optionen offenzuhalten. Wenn er also seinen Schwager überredete, Erich Pharmazie studieren zu lassen, hätte er im besten Fall seinen eigenen Neffen als Nachfolger, und diesen konnte er nach

Belieben formen und vorbereiten. Und falls Marion das Unternehmen doch wollte, würde er aus Erich eben ihren Stellvertreter machen und dafür sorgen, dass er sie unter allen Umständen als seine Vorgesetzte akzeptierte. Dominik lächelte. »Ich werde sehen, was ich tun kann.«

Helena ging mittlerweile zweimal wöchentlich schwimmen, um ihren Körper wieder in Form zu bringen. Jetzt, da es für den Wannsee zu kalt war, ging sie ins Stadtbad Charlottenburg. Sportliche Betätigungen kamen für Frauen immer mehr in Mode, man ging reiten, schwimmen, spielte Golf und Tennis, fuhr mit dem Fahrrad – was Helena auf dem Land auch gerne getan hatte, sich hier in der wuseligen Stadt jedoch nicht traute. Seit Coco Chanel sich sonnengeküsst auf der Jacht des Duke von Westminster präsentiert hatte, wurden sonnengebräunte Haut und ein sportlich trainierter Körper zum Inbegriff von Gesundheit und Schönheit.

Vor einigen Tagen hatte sie die neuen Werbegesichter an einem wunderbar goldenen Herbsttag fotografieren lassen. Nachdem die Bilder von Ida so wunderbar geworden waren, hatte sie inseriert und drei weitere Frauen für entsprechende Fotos ausgewählt, eine davon mit betörendem schwarzem Haar und grünen Augen. Die Fotos waren großartig geworden, denn die Fotografin hatte jede Frau ins richtige Licht gesetzt und die Bilder von Hand koloriert. So wirkte das blonde Haar der einen wie gleißendes Gold, das schokoladenbraune Haar der anderen war effektiv in Szene gesetzt vor dem Hintergrund von buntem Herbstlaub. Für die Schwarzhaarige hatte sich die Fotografin einen gänzlich anderen Hintergrund gewählt und sie an der Spree fotografiert, während das Sonnenlicht kupferfarben auf dem Wasser lag. Zudem hatte Irene sich erneut bereit erklärt, mit ihrem Gesicht zu werben, und da hatte Helena beschlossen, dass sie die Kosmetikparty auf diese Weise bewerben würde. Stattfinden würde sie in der Grunewald-Villa, denn die elegant geschwungene Treppe in der Eingangshalle war nur zu geeignet, um Schönheit zu präsentieren, die langsam die Stufen hinunterschritt.

Die Werbung würde sie im Dezember starten, da würde gewiss der eine oder andere ein Geschenk für seine Frau, Verlobte oder Geliebte erwerben und damit möglicherweise eine der – hoffentlich – begehrten Eintrittskarten für die Party. Da Helena über Dominik auch einige prominente Damen einladen würde, wäre wohl ausreichend Anreiz da, sich unter die illustre Gesellschaft zu mischen und einer exklusiven Veranstaltung beizuwohnen.

Weil Helena am Nachmittag viel zu tun hatte, ging eine ihrer Angestellten mit Estelle eine Runde. Als Helena eine Stunde später von ihrem Schreibtisch aufstand und hinunter in den Salon ging, sah sie sich suchend nach Estelle um.

»Wo ist denn Fräulein Beckmann?«, fragte sie an Ida gewandt.

»Die ist noch nicht wieder zurück. Offenbar nutzt sie

das schöne Wetter aus, obwohl uns hier die Arbeit über den Kopf wächst.«

Helena nickte nur und warf einen Blick zur Tür. Das war natürlich möglich, wenngleich sie so eine Pflichtvergessenheit von ihren Angestellten nicht kannte und die nachmittäglichen Spaziergänge in der Regel höchstens eine halbe Stunde dauerten. Es war viel zu tun, und sie brauchten jeden, sodass sogar Helena im Verkauf einsprang. Dabei sah sie immer wieder auf die Uhr, während das Gefühl, dass etwas ganz und gar nicht stimmte, immer stärker in ihr nagte.

»Da stimmt doch etwas nicht«, sprach Ida es schließlich aus und sorgte dafür, dass die Unruhe einer bohrenden Angst wich.

In diesem Augenblick war die Haustür zu hören, und erleichtert stieß Helena den Atem aus und eilte durch den Verkaufsraum in den Eingangsbereich, wo sie einer ängstlich wirkenden Martha Beckmann gegenüberstand.

»Wo ist Estelle?«

»Ich war nur einen Moment unaufmerksam, das müssen Sie mir glauben. Unterwegs hatte ich mir einen Kaffee geholt, hatte die Leine unter den Ellbogen geklemmt, um Milch hineinzurühren, da ist Estelle auf einmal losgelaufen. Ich glaube, da war ein anderer Hund oder so.«

»Und wo ist sie jetzt?«

»Ich habe sie überall gesucht. Über die Straße konnte ich nicht direkt, da ist eine Bahn vorbeigefahren, und danach habe ich sie aus den Augen verloren.«

Helena wurde ganz kalt. »Sie läuft jetzt mit schleifender Leine durch die Stadt?«

»Vielleicht hält jemand sie auf.«

Und nahm sie dann womöglich gleich mit nach Hause, weil sie so niedlich war. Oder aber sie blieb irgendwo hängen und erdrosselte sich. Oder die Räder der Elektrischen fuhren darüber und wickelten sie ein … Helena wollte sich die unzähligen Szenarien gar nicht ausmalen, und am liebsten hätte sie die junge Frau geschüttelt.

»Ich suche sie. So weit kann sie ja eigentlich nicht gekommen sein.«

»Es tut mir so leid.« Martha Beckmann war den Tränen nahe. »Soll ich mitkommen?«

»Nein, hier ist gerade viel zu tun. Ich mache das.« Helena holte rasch ihren Mantel, legte einen Schal um, setzte ihren Hut auf und machte sich auf den Weg, ohne so recht zu wissen, wo sie anfangen sollte. Sie hatte sich von Fräulein Beckmann die Stelle beschreiben lassen, wo sie Estelle aus den Augen verloren hatte. Am besten fing sie dort an.

Zwei Stunden lief Helena durch die Straßen, fragte herum, ob jemand einen kleinen weißen Hund gesehen hatte, der seine Leine hinter sich herzog – ohne Erfolg. Viele Menschen hatten es zu eilig, um überhaupt zu antworten, andere beschieden ihr ein mürrisches »Nein«, wobei Helena vermutete, dass sie das sogar sagen würden, wenn sie den Hund gesehen hätten, weil es sie schlicht nicht interessierte. Andere wiederum sahen sich sogar suchend um, als könnten sie entdecken, was Helena entgangen war. Sie ging in sämtliche Lokale und Cafés, wo sie mit Estelle schon gewesen war, kehrte schließlich zum Schönheitssalon zurück, in der Hoffnung, sie könnte mittlerweile dort eingetroffen sein.

»Leider nicht.« Ida wirkte, als sei auch sie den Tränen nahe. Jeder hier mochte den kleinen Hund, wobei Martha Beckmann wohl auch um ihre Stelle fürchtete. Diese Entscheidung wollte Helena aber in ihrer derzeitigen Stimmung lieber nicht treffen. Überdies zählte gerade nur, dass sie Estelle endlich fand.

Als eine weitere Stunde verstrichen war, ohne dass sie ihren kleinen Hund fand, kostete es sie alle Mühe, nicht mitten auf der Straße in Tränen auszubrechen. Sie ging die Friedrichstraße entlang, immer weiter, kam in Bereiche der Stadt, in denen sie noch nie gewesen war. Irgendwann bemerkte sie, wie sich das Stadtbild gewandelt hatte und wie sie selbst in ihrer eleganten Kleidung hier wirken musste.

»Haste dir verloofen, Püppchen?«, fragte ein Mann, der rauchend an einer Hauswand lehnte.

»Ich suche meinen Hund.«

Der Mann grinste und zwinkerte ihr zu, als hätte sie einen Witz gemacht, den nur sie beide verstanden. »Na, dann hoff ick mal, du findst den untreuen Bock.«

Kopfschüttelnd ging Helena weiter. Als sie an einer Gruppe Arbeiter vorbeiging, blickten diese auf. »Na, watt denn? So watt Edles kriste och net alle Taje zu sehn.«

»Suchste 'nen Freier, schönes Kind?«

»Hier kann dir keener bezahlen.«

»Oder willste wat Neues erleb'n?«

Die Männer grinsten, und obwohl keiner Anstalten machte, sich ihr zu nähern, wurde Helena nun doch flau im Magen. Und nicht nur die Männer starrten sie an, auch die Frauen. Eine beschimpfte sie wüst, sie würde ihr das Geschäft verderben. Wenn Estelle hier war, würde sie sie nie finden, sie fand ja nicht einmal den richtigen Weg zurück. Eine Gruppe von Jungen folgte ihr, dann rempelte jemand sie unvermittelt an, und die Bande stob auseinander.

»He da!«, rief ein Mann und setzte den Jungen nach.

»Habense sich verloofen?«, fragte eine Frau, die an einem offenen Fenster zu ihrer Rechten stand.

Helena nickte nur und brauchte zwei Versuche, um eine Antwort zu artikulieren. »Ja.«

»Wo wollense denn hin?«

»Zur Friedrichstraße.«

Die Frau schnalzte mit der Zunge und wollte gerade zu einer Beschreibung ansetzen, als Helena hörte, wie hinter ihr jemand ihren Namen rief.

»Was machst du denn hier?« Andreas Braun verließ gerade ein Haus und kam über die Straße zu ihr geeilt.

»Ich suche meinen Hund, er ist mir entlaufen.«

»Und der soll hier sein?«

Sie zuckte nur mit den Schultern.

»Komm.« Er berührte ihren Ellbogen, und sie folgte ihm. »Das ist keine Gegend, in der du allein unterwegs sein solltest.«

Erstaunt nahm Helena zur Kenntnis, dass sich langsam Dunkelheit über die Straßen senkte. Sie hatte sich nicht nur rettungslos verlaufen, sie hatte auch keine Vorstellung davon, wie lange sie schon unterwegs war. Bei einem Blick auf die Uhr erschrak sie. Seit zwei Stunden irrte sie hier nun schon umher.

»Hast du hier jemanden besucht?«, fragte sie, obwohl es sie eigentlich nicht interessierte, sie wollte nur dieses unangenehme Schweigen brechen.

»Ich vertrete hier einige Pro-Bono-Fälle.«

Sie antwortete nicht, dachte an Estelle und hoffte inständig, dass diese mittlerweile wohlbehalten im Schönheitssalon eingetroffen war.

»Mein Wagen steht ein Stück weiter die Straße runter«, erklärte Andreas.

»Warum hast du so weit weg geparkt?«

»Das ist keine Gegend, in der man ein teures Auto abstellen sollte. Auf manch einen könnte das geradezu provokativ wirken, als wollte man mit seinem Reichtum herumprotzen, und nichts liegt mir ferner.«

»Aber du hilfst den Menschen doch.«

»Das weiß ja nicht jeder.«

Nach fünfzehn Minuten Fußmarsch kamen sie bei seinem Wagen an, und Andreas öffnete Helena die Tür. Als sie am Schönheitssalon ankam, schloss Ida gerade ab. Sie sah Helena erwartungsvoll an, und dieser sank der Mut. Also war ihr Hund immer noch nicht wieder da.

»Vielleicht ist sie ja nach Hause gelaufen«, schlug Ida vor.

Das wäre noch eine Möglichkeit, und Helena überlegte, ob sie Dominik anrufen sollte, aber dann beschloss sie, selbst zu fahren, dann konnte sie den Weg über Ausschau halten. Sie schloss gerade ihren Wagen auf – einen cremeweißen Benz, den Dominik ihr vor einigen Tagen gekauft hatte –, als sie eine vertraute Gestalt erblickte. Paula kam die Straße entlang, im Arm eine Tüte mit allerlei Gemüse. Vermutlich hatte sie wieder die Abendstunden genutzt, um die Reste günstiger zu bekommen.

»Guten Abend«, grüßte Helena.

Paula blieb stehen. »Guten Abend.«

»Wie geht es dir?«

»Wie gehabt.«

Helena nickte, und es entstand eine unangenehme Schweigepause. »Sag, hast du meinen Hund irgendwo gesehen?« Was für eine dumme Frage, denn gewiss hätte Paula eine Estelle, die ihre Leine hinter sich herschleifte, nicht einfach ihres Weges ziehen lassen.

»Nein. Ist sie entlaufen?«

»Ja, ich suche seit Stunden.«

Jetzt flackerte ein Anflug von Mitgefühl in Paulas Augen auf. »Ich kann später mal los und nach ihr schauen. Erst muss ich nur die Einkäufe nach Hause bringen.«

»Vielen Dank.« Helena verabschiedete sich von ihr, ehe sie sich erneut anschweigen konnten, dann öffnete sie die Tür, stieg ein und startete den Wagen.

Dominik saß mit seiner Schwester im Salon, als sie daheim eintraf.

»Warum bist du so spät?«, begrüßte er sie.

»Estelle ist entlaufen.« Helenas Stimme zerbrach an der letzten Silbe.

»Dein Hund?«, fragte Ariana. »Der taucht schon wieder auf. Und wenn nicht, holst du dir eben einen neuen, die Tierheime sind voll davon.«

»Falls du mal verschwindest, kann man so was wie dich ja auch einfach neu holen«, fauchte Helena.

»Das reicht jetzt!«, mischte Dominik sich ein.

»Deine Frau hat mich gerade mit einem Hund verglichen!«

Helena lag eine ätzende Antwort auf der Zunge, aber sie verzichtete darauf. »Ich fahre zurück in die Friedrichstraße, vielleicht ist sie inzwischen ja wieder da.«

»Ich begleite dich.« Dominik hatte sich erhoben. »Komm.« Er nahm ihre Hand. »Und morgen fahren wir die Tierheime ab und fragen, ob jemand sie abgegeben hat. Immerhin trägt sie ihre Hundemarke, nicht wahr?«

Dass er die Sache so ruhig und pragmatisch sah, beruhigte Helena ein wenig. Ebenso, dass er ihre Angst nicht als nichtig abtat und ihr dabei gleichzeitig ihre mangelnde Tauglichkeit als Mutter vorhielt, der aus Angst um ein Tier die Tränen kamen, während sie an den morgendlichen Besuch bei ihrem Kind erinnert werden musste.

Sie stiegen in den Buick und fuhren zum Schönheitssalon, und natürlich saß keine Estelle vor der Tür. Helena schloss auf, und sie gingen in den Verkaufsraum, wo Helena sich auf einem der beiden Stühle niederließ, die elegant gedrechselt waren, goldfarben gebeizt mit Bezügen aus rotem Samt. Sie hatte sie vor zwei Monaten gekauft, weil sie fand, dass sie den Raum aufwerteten. Dazwischen stand ein passendes Tischchen.

»Soll ich dir einen Tee kochen?«, fragte Dominik, aber Helena schüttelte nur den Kopf, und so ließ er sich auf dem zweiten Stuhl nieder, griff über den Tisch hinweg nach ihrer Hand.

»Du verstehst es nicht, ja?«, fragte Helena leise. »Dass

ich so verzweifelt nach einem Hund suche, während ich gleichzeitig so untauglich bin als Mutter. Du denkst, ich würde mein Kind für all das, was du getan hast, bestrafen, und es ehrt dich, dass du trotzdem mit mir hierhergekommen bist.«

»Dass du besorgt bist um deinen Hund, verstehe ich durchaus, wenngleich ich selbst nie einen hatte, mein Vater mochte keine Hunde und wollte keinen im Haus. Aber dein Verhalten Marion gegenüber möchte ich verstehen, kann es jedoch nicht.«

»Ich verstehe es ja selbst nicht.« Helena tat einen zittrigen Atemzug. »In jeder Geschichte, in allem, was sie einem erzählen, geht es beim Kinderkriegen immer nur um Mutterglück und dass es sich praktisch vom Moment der Geburt an einstellt. Aber darauf, was man tun soll, wenn man nicht so empfindet, bereitet einen niemand vor. Ich kann doch meine Gefühle nicht ein- und ausschalten wie einen Lichtschalter.«

»Fühlst du gar nichts für sie?«

»Doch. Ich denke, ich würde sogar sterben für sie, wenn man mich vor die Wahl stellen würde, ob man mein Leben rettete oder ihres, aber ich stehe nicht vor ihr, sehe sie an und habe das Gefühl, dass es nicht mehr in meinem Leben braucht, um glücklich zu sein.«

Daraufhin schwieg er eine Weile, strich mit dem Daumen über ihre Handfläche.

»Es ist ja nicht so«, fuhr sie fort, »dass ich nicht selbst darunter leide und mir keine Vorwürfe mache. Das tue ich. Aber ich kann mich nicht dazu zwingen, etwas zu fühlen, das nicht da ist. Es tut mir leid, dass die Kleine keine bessere Mutter bekommen hat, das tut es wirklich. Ändern kann ich es jedoch nicht.«

Dominik schwieg weiterhin, nickte dann kaum merklich. »Und wären die Umstände anders gewesen …«

»Darüber zu grübeln bringt nichts. Vielleicht wäre es unter anderen Umständen genauso gekommen. Ich war so unglaublich verliebt in dich, und trotzdem war die Schwangerschaft ein Schock, und ich habe sie fortwährend verdrängt, auch während der Hochzeitsreise, als noch alles gut war zwischen uns.«

»Und ist es das jetzt wieder? Gut zwischen uns?«

»Sag du es mir! Wenn du mir weiterhin stumme Vorwürfe machst, weil ich nicht das bin, was du dir vermutlich als Mutter deines Kindes vorgestellt hast, dann sieht es wohl düster für uns aus.«

Wieder schwieg er eine Zeit lang, dann setzte er gerade zu einer Antwort an, als die Türklingel sie auffahren ließ. »Warum hast du die nicht längst geändert?«, fragte Dominik und stand auf. »Das Ding schreckt gewiss die halbe Nachbarschaft auf.« Er ging zur Tür, während Helena ihm mit bangem Gefühl folgte. Was, wenn dort jemand stand und ihr ihren toten Hund brachte? Sie schluckte aufkommende Tränen hinunter und stand an der Tür zum Verkaufsraum, sah Dominik nach, der durch den Eingangsbereich schritt und öffnete.

Dort stand ein stämmiger Mann, in dessen riesiger Hand Estelles Leine verschwand. Der kleine Hund indes drehte fast durch, so aufgeregt war er, sprang an Dominiks Bein hoch, und als der Mann die Leine losließ, flitzte Estelle ins Haus, sprang wie irre an Helena hoch, die wiederum in die Knie ging, den Hund streichelte und zu beruhigen versuchte, während ihr Tränen der Erleichterung über die Wangen liefen.

»Ick hab 'ne Fleischerei 'n paar Straßen weiter, und die Kleene is wohl in meenen Hof jeflitzt und von dort innen Keller. Hat wohl den juten Schinken jewittert. Mein Jeselle hat nix bemerkt und alles verschlossen, und dann sitz ick mit meener Frau abends inner juten Stube und hör von draußen Jaulen und Jewimmer. Da is mir janz anders jeworden, dat könnense mir jloben. Dachte, da kehrt irgendeen Viehzeug aus'm Reich der Toten zurück. Bin innen Keller, und da saß se, und mir fiel ein, dass ick die Kleene ab und zu mit'n Damen aus'm Salon gesehen hab. Eene davon schäkert ab und zu mit meenem Klaus.«

»Vielen Dank«, sagte Dominik und zückte seine Geldbörse. »Sie glauben gar nicht, wie glücklich Sie meine Frau gerade gemacht haben.«

»Aber ick will doch keene Belohnung für meene Bürjerpflicht.« Er nahm das Geld dennoch und tippte sich an den Hut.

»Wenn Ihre Frau, Tochter oder wer auch immer von Ihrer Familie in meinen Salon kommen möchte«, sagte Helena, »nur zu. Sie bekommen eine Komplettbehandlung und ein Produkt nach Wunsch umsonst.«

»Setzense denen bloß keene Rosinen innen Kopp.« Aber er lächelte doch und verabschiedete sich.

Estelle hatte sich beruhigt, und Helena hob sie hoch, hielt sie an ihre Brust geschmiegt, spürte, wie das Herz in der Brust wummerte. Wie verängstigt sie in dem finsteren Keller gewesen sein musste.

»Ist jetzt alles gut?«, fragte Dominik, und Helena ahnte, dass er sich nicht nur auf Estelle bezog.

Sie verließen das Haus, und Helena atmete die kalte Abendluft, legte den Kopf zurück und sah in den Himmel, der über der Stadt niemals wirklich dunkel wurde. »Ja«, antwortete sie schließlich. »Es ist gut.«

EPILOG

Das erste Weihnachten in Berlin hatte Helena mit Charlotte verbracht, sie waren zur Christmette gegangen und hatten sich einigermaßen verlegen zu Heiligabend gegenseitig eine Kleinigkeit überreicht. Am ersten Weihnachtstag waren sie bei Paula eingeladen gewesen, am zweiten waren sie zur Normalität übergegangen. Das nächste Weihnachten hatte Helena als verheiratete Frau in kalter Distanz zu ihrem Ehemann verbracht. Sie hatte überlegt, zu ihrer Mutter zu fahren, aber das hätte Fragen nach sich gezogen, warum sie als frisch verheiratete Frau nicht bei ihrem Mann war, und die Blöße, öffentlich zuzugeben, dass sie schlicht und ergreifend das Gefühl hatte, in eine sorgsam ausgelegte Falle getappt zu sein, hatte sie sich nicht geben wollen.

Dieses Jahr war ihre Mutter gekommen, um Weihnachten mit ihnen zusammen zu verbringen, und vor allem, um ihr kleines Enkelkind endlich persönlich kennenzulernen. Sie war vom ersten Moment an ganz vernarrt in die Kleine, und schon bald entstand ein eifersüchtiges Gerangel zwischen ihr und dem Kindermädchen, wer den nachmittäglichen Spaziergang mit Marion unternahm.

Und grundsätzlich befand jede von ihnen, dass die andere wenig Ahnung von Kindern hatte und davon, diese dem Wetter passend anzuziehen.

An Heiligabend gab es jedoch all diese Streitereien nicht, und die beiden Frauen zelebrierten eine erstaunliche Freundlichkeit miteinander. Helena, ihre Mutter und Dominik würden nachts zur Christmette gehen, aber vorher gab es am frühen Abend die Bescherung im Salon. Den Baum hatte Helena zusammen mit ihrer Mutter geschmückt, was ein großer Spaß gewesen war. Dominik hatte schließlich den Stern oben auf der Spitze angebracht, und als ihre Mutter nun Marion holte, sah diese mit großen Augen auf die funkelnde Pracht. Sie streckte ein Händchen aus und brabbelte.

Vor zwei Tagen hatte sie ihr erstes Wort gesagt. Es war der Moment gewesen, als Dominik sie in den Salon geholt hatte und Estelle auf ihn zugelaufen war.

»Tell!«, hatte sie gerufen. »Tell!«

»Sie sagt Estelle!«, war Helenas begeisterte Reaktion gewesen.

»Das hat sie nicht, sie hat einfach gebrabbelt«, behauptete Dominik.

»Ja, das kommt dich hart an, nicht wahr?«, hatte Helena ein wenig schadenfroh gesagt. »Dass ihr erstes Wort nicht Papa ist, sondern Estelle.«

Seither übte Dominik mit ihr das Wort Papa. »Paaapaaaa«, sagte er überdeutlich.

»Tell!«

Helena lachte.

»Und jetzt sag Oma«, rief ihre Mutter. »Ooooma.«

»Ihr bringt sie ganz durcheinander. Marion, wo ist Estelle?«

»Tell?« Die Kleine gluckste und schob sich das Fäustchen in den Mund, um auf den Knöcheln herumzunuckeln.

Nachdem sie die Geschenke ausgepackt hatten, zog sich Estelle mit einem Knochen, den ihr die Haushälterin aus der Küche geholt hatte, zurück und kaute hingebungsvoll darauf herum, während Marion auf dem Boden saß und das Geschenkpapier viel interessanter fand als die Geschenke, die unbeachtet um sie herumlagen. Als sie jedoch anfing, das Papier im Mund aufzuweichen, sammelten Dominik und Helena es ein, und ihre Mutter gab der Kleinen eine Rassel in die Hand.

Danach setzte Dominik sich an das Klavier und spielte ein Weihnachtslied, Helenas Mutter stellte sich dazu und begleitete ihn mit ihrer schönen Singstimme. Helena fühlte sich an die Kindheit im Haus der Baronin erinnert und musste einen Moment lang mit den Tränen kämpfen. Sie setzte sich auf die breite Fensterbank, die im Erker angebracht war, und lauschte auf die Musik. Es war so schön und idyllisch wie aus einem Kitschroman, dachte sie, und darüber wiederum musste sie fast lachen, sodass der rührselige Moment schwand.

Marion saß auf dem Boden und schlug ihre Rassel aufs Parkett, aber Dominik scherte sich nicht um mögliche Kerben und spielte weiter, während die Kleine die Rassel wieder in den Mund schob. Sie ist glücklich, dachte Helena. *Ich bin glücklich.* Und vielleicht brauchte es nicht mehr. Möglicherweise konnte sich ein Kind selbst mit einer Mutter wie ihr geborgen und glücklich fühlen, weil Glücklichsein ansteckend war. Vielleicht brauchte es nicht mehr zum Muttersein als die Fähigkeit, immer einen Grund zu finden, glücklich zu sein. Helena sah zu Dominik und ihrer Mutter, dann wieder zu der Kleinen und zu Estelle. In einer Woche war Silvester, dann würde das Jahr 1928 beginnen. Helena beschloss, diese neue Erkenntnis als Vorsatz mit ins neue Jahr zu nehmen.

Es gibt immer einen Grund, glücklich zu sein.

Autorin

Nora Elias ist das Pseudonym einer im Rheinland lebenden Autorin historischer Romane. Sie liebt Reisen und lange Wanderungen.
Zum Schreiben kam sie bereits als Studentin; in ihren Romanen widmet sie sich nun vermehrt der jüngeren deutschen Geschichte. Für »Antonias Tochter« erhielt sie den begehrten DELIA-Literaturpreis.
Weitere Romane der Autorin sind bei Goldmann in Vorbereitung.

Nora Elias im Goldmann Verlag:

Antonias Tochter. Roman
Die Frauen der Familie Marquardt. Roman
Königsberg. Glanzvolle Zeiten. Roman
Königsberg. Bewegte Jahre. Roman
Villa Conrad. Roman
Der Schönheitssalon. Das Erbe der Schwestern. Roman

(Alle auch als E-Book erhältlich)

Unsere Leseempfehlung

640 Seiten
Auch als E-Book erhältlich

816 Seiten
Auch als E-Book erhältlich

795 Seiten
Auch als E-Book erhältlich

London 1904: Lady Celia Lytton betört die englische Society mit ihrer Intelligenz und Schönheit zugleich. Sie ist die perfekte Gastgeberin, veröffentlicht im eigenen Verlag einen Bestseller nach dem anderen und genießt ihr junges Familienglück – ein privilegiertes Leben. Doch dramatische Ereignisse kündigen sich an, und als ihr Mann Oliver in den Krieg eingezogen wird, können die Lyttons nicht mehr die Augen vor der Realität verschließen. Die makellose Fassade bekommt erste Risse, und Celia beginnt zu verstehen, dass sie einen Preis zahlen muss, für die Entscheidungen, die sie getroffen hat, und die Geheimnisse, die sie bewahrt …

www.goldmann-verlag.de
www.facebook.com/goldmannverlag

GOLDMANN
Lesen erleben

Um die ganze Welt des
GOLDMANN Verlages
kennenzulernen, besuchen Sie uns doch
im Internet unter:

www.goldmann-verlag.de

Dort können Sie
nach weiteren interessanten Büchern ***stöbern***,
Näheres über unsere ***Autoren*** erfahren,
in ***Leseproben*** blättern, alle ***Termine*** zu Lesungen und
Events finden und den ***Newsletter*** mit interessanten
Neuigkeiten, Gewinnspielen etc. abonnieren.

Ein ***Gesamtverzeichnis*** aller Goldmann Bücher finden
Sie dort ebenfalls.

Sehen Sie sich auch unsere ***Videos*** auf YouTube an und
werden Sie ein ***Facebook***-Fan des Goldmann Verlags!

www.goldmann-verlag.de
www.facebook.com/goldmannverlag

GOLDMANN
Lesen erleben